Verraderlijk spel

NADINE BARROSO

Verraderlijk spel

DE CRIME COMPAGNIE
Crème de la Crime

Omslagontwerp: Margo Togni
Boekverzorging: Michiel Niesen, ZetProducties, Haarlem
Foto omslag: © Stephen Carroll, Trevillion Images & Roxana, Adobe Stock
Auteursfoto: Picture People

ISBN 978 94 6109 613 5
NUR 332

Meer informatie over De Crime Compagnie op www.crimecompagnie.nl

PROLOOG

Met gesloten ogen en opgetrokken knietjes lag hij op de grond. Op het geroep van een uilskuiken na was het stil in het bos. De volle maan belichtte de keien die in een figuur op de aarde waren neergelegd. Precies in het midden daarvan lag het kind, doodstil. Nee, niet het kind. Het stoffelijk overschot.

Hij was achtergelaten alsof hij was geofferd. Waarom moest hij sterven? Niemand had het kunnen tegenhouden, ook zij had hem niet kunnen redden. Ze probeerde uit alle macht 'Nee, niet weer!' te roepen, maar uit haar keel kwam geen geluid.

1

'Mag mijn Batmanpak mee?' vroeg Finn met zijn allerliefste stemmetje terwijl hij het verkleedpak omhooghield. Ella glimlachte en knikte terwijl ze de door hem verspreide kleding weer netjes opvouwde om terug in de kast te doen. Het vroege ochtendlicht viel door zijn slaapkamerraam naar binnen. Ze hadden nog ruim een uur voor vertrek.

'Maar stel dat het dan kapotgaat?' was de volgende bezorgde vraag van haar zoon. Hij was zichtbaar opgewonden door hun kampeertrip naar de Ardennen. Zelf zijn tas inpakken leek alleen maar voor meer dilemma's te zorgen.

'Weet je wat? Stop je pak gewoon onderin en als je hem dan toch een keer aan wil trekken, dan kan dat,' hielp Ella hem. Ze keek toe hoe hij zijn best deed zijn pak op te vouwen. Nu hij ruim een jaar naar de basisschool ging, was hij ineens zo groot geworden, vond ze. Hij was gegroeid, en niet alleen fysiek. Het leek erop dat nu zij lekkerder in haar vel zat, hij automatisch volgde.

Ze waren gelukkig geworden samen in hun knusse flat in het centrum van de stad. Ella gaf les op een leuke middelbare school en Finn had het naar zijn zin op zijn eigen schooltje. Hij was nu altijd vrolijk, met zijn stralende blauwe ogen en zijn donkere haar dat altijd net iets te lang was. Nou ja, bijna altijd vrolijk. Om de twee weken hadden ze altijd een moeilijk moment. Vlak voordat hij voor het weekend naar zijn vader ging. Hoe leuk ze het ook voor hem wilde maken, en hoe opgewekt ze ook deed, Finn werd altijd stilletjes in de aanloop naar het afscheid. Gelukkig hoefden ze de komende weken helemaal geen afscheid van elkaar te nemen. Haar ex-man was op vakantie naar het buitenland en miste daardoor twee papaweekenden. Hij had ook niet gevraagd om te ruilen met het weekend direct na zijn terugkomst, dus kon zij vier weken onafgebroken genieten van de zomervakantie met Finn.

Haar eigen vakantie was dit weekend ook officieel begonnen. Achter haar lag een mooi schooljaar. Het was nog even aanpoten geweest met een aantal leerlingen uit haar mentorklas met herexamens, maar uiteindelijk waren al haar examenleerlingen geslaagd en dat voelde fantastisch. Het moment dat ze op vrijdagmiddag de school uit was gelopen, had ze alles echt even kunnen loslaten. De spreekwoordelijke vogeltjes waren uitgevlogen en over ruim zes weken was er weer een nieuwe start met nieuwe brugpiepers en verse examenkandidaten.

Het jaar zou na de start weer snel aanvoelen als een paar goed ingelopen schoenen. Bekend en comfortabel, maar ook totaal niet spannend. Met veelal dezelfde leerlingen, dezelfde collega's en altijd weer hetzelfde lesprogramma. Altijd dezelfde vergaderingen en oudergesprekken, dezelfde miscommunicaties.

Stiekem verlangde ze aan het einde van ieder jaar naar een echte nieuwe start. Op een heel andere plek. Dichter bij haar ouders. Maar dat kon ze Finn niet aandoen; de band met zijn vader was al zo fragiel. Dat zou ze er niet beter op maken door de Atlantische Oceaan over te steken. Hoewel ze zelf vond dat ze de laatste tijd hun balans wel hadden gevonden, na jaren van gedoe, kon haar ex toch nog rare sprongen maken, wat indirect ook zijn relatie met hun kind beïnvloedde.

Zo was Dennis het op het laatste moment ineens niet eens geweest met hun op stapel staande kampeertrip. Ze vermoedde dat het hem irriteerde dat het een uitje was speciaal voor alleenstaande ouders met hun kinderen en dat hij misschien zelfs wel bang was dat ze daar een leuke gescheiden vent zou tegenkomen. Ella trok zich er weinig van aan, ze keek er vooral ontzettend naar uit om haar online vriendin Joyce eindelijk in het echt te ontmoeten. De georganiseerde kampeervakantie met de kinderen had Joyce, die ze had leren kennen in een Facebook-groep voor single moeders, een leuke gelegenheid geleken om hun vriendschap naar een nieuw niveau te tillen.

Met Dennis had ze het onderwerp bewust laten rusten. Aangezien hij nu zelf ook vakantie aan het vieren was in Thailand kon hij er ook weinig tegen inbrengen, had ze bedacht. Het voelde een beetje dubbel dat hij daar wel in de zon lag met zijn nieuwste verovering van begin twintig, terwijl hij haar niet eens een leuke ontmoeting gunde met gelijkgestemden. Soms leek het alsof hij haar niet kon loslaten. En dat terwijl hij er zelf zo'n potje van had gemaakt.

Ella was blij dat haar oude barrel nog steeds met redelijke snelheid over de snelweg snorde, maar sinds de geboorte van Finn was ze zich er wel van bewust dat het misschien niet de meest veilige auto was. Er was een kreukelzone van niets en door het sputterende geluid dat de motor af en toe maakte, leek het alsof hij er ieder moment de brui aan kon geven. Een voordeel was dat er nog een ouderwetse cd-speler in zat die een nog oudere cd afspeelde, eentje uit haar tienerjaren. Alanis Morrisette zong 'Ironic' uit volle borst en aangezien ze dit nummer vaak draaide, zongen zij en Finn uit even volle borst met het refrein mee. Na het lied viel Finn weer stil. Ella keek opzij naar haar zoon, die ineens weer extra klein leek in zijn grote autostoel. Hij was de hele rit al stiller geweest dan normaal.

'Zie je die wolken?' vroeg ze met een veelbetekenende blik.

Finn keek bedenkelijk met haar mee naar boven door de voorruit.

'Het wolkenvolk reist met ons mee, Finnie.'

De zon brak door op zijn gezichtje.

Het werkte iedere keer. Vandaag hadden ze mazzel. Tegen de helderblauwe zomerlucht prijkten de meest prachtige wolkenformaties als zachte witte bergketens die zomaar een onbekende wereld verborgen zouden kunnen houden.

'Ze zijn heel wollig vandaag! Misschien hebben ze een feestje!' antwoordde Finn dromerig. De lijn tussen werkelijkheid en fantasie was nog flinterdun en Ella vond het heerlijk om mee te genieten van alle onbegrensde mogelijkheden van zijn kinderbrein.

'Misschien zijn ze blij dat ze op vakantie gaan,' zei Ella met een knipoog. Zij was dat in ieder geval wel.

2

Jasmine Ziani schoot rechtop in bed en hapte naar adem. Het duurde even voordat ze zich realiseerde dat ze de droom weer had gehad. Het afschuwelijke beeld van het levenloze kind te midden van de stenenfiguur terroriseerde haar nacht na nacht.

Haar donkere haren plakten aan haar bezwete gezicht. Instinctief duwde ze het dekbed van zich af om de warmte te laten ontsnappen. Haar donkere gordijnen hielden het daglicht grotendeels tegen, maar aan de temperatuur kon ze voelen dat de zon al een paar uur op was.

Het beeld dat haar al zeven weken niet losliet had ze niet eens in het echt gezien. Het kwam allemaal door die verdomde foto's van de Technische Recherche. Ze haalde een paar keer diep adem en de afschuw die onherroepelijk gepaard ging met het zien van het vermoorde kind zakte weer weg. Wat overbleef waren de vragen. De vragen die al weken door haar hoofd spookten, tevergeefs op zoek naar een antwoord. Waarom was het slachtoffer zo gepositioneerd? Wat betekende dit? Die keien… Die figuur? Wie zat er achter deze walgelijke daad die iedereen van de recherche, maar ook burgers, al weken in zijn greep hield?

Het waren juist de onuitgesproken vragen die haar regelmatig de adem ontnamen. Begreep het kereltje dat hij ging sterven? Had hij om zijn moeder geroepen? Jasmine slikte.

In een poging de vragen van zich af te schudden, stapte ze resoluut uit bed. Ze moest zich focussen. Focussen op de feiten. Rechercheur Stevens had haar al meerdere malen gewaarschuwd dat als ze te emotioneel zou worden, hij haar uit het team zou laten zetten. Hij kon dat. Ze was immers maar een stagiaire die 'per ongeluk' bij de zaak betrokken was geraakt. Althans, dat vond Stevens. In werkelijkheid had ze zo'n cruciale rol gespeeld bij het lokaliseren van de plaats delict dat hoofdrechercheur De Bruijn simpelweg niet om haar heen kon. Allemaal door een stomme hashtag.

In haar open keukentje met de veel te grote eettafel deed ze het licht aan. Het was lang geleden dat ze aan die tafel had gegeten, al deed de stapel lege pizzadozen en het opgestapelde ongewassen serviesgoed iets anders vermoeden. Ze draaide impulsief drie pizzadozen op hun rug, zodat ze – op wat vetvlekken na – alleen wit karton zag, en legde ze tegen elkaar aan. In de lengte had ze nu een mooi groot schrijfvlak. Uit een uitpuilend laatje van het keukenblok pakte ze een zwarte stift. Geconcentreerd tekende ze een lange nagenoeg rechte lijn van de linker naar de middelste naar de rechter doos.

In gedachten schreef ze helemaal links op de tijdslijn een zwarte stip met de datum van verdwijning van het jongetje dat Dex heette. Wat had ze de zaak graag willen kraken. Dagenlang had ze 's nachts wakker gelegen en de gebeurtenissen tot aan zijn verdwijning herhaald in haar hoofd. Hoe het jochie, dat nog even na het eten met vriendjes op straat mocht spelen nog was gezien door buurtgenoten. Hoe ze verstoppertje hadden gespeeld en zo verder van huis waren geraakt. Hoe hij ineens niet meer gevonden werd door zijn speelkameraadjes, iets waar zijn moeder na de afwas achter kwam toen ze hem binnen wilde halen. Het waren jonge kinderen, vijf en zes jaar oud, in een wijk die als zeer kindvriendelijk te boek stond. Het was eind mei en dus lang licht. De buurtbewoners hadden gezocht, maar uiteindelijk vond ook de ingeschakelde politie geen sporen. Er werd groot alarm geslagen, maar dat leidde tot ieders verbazing nergens toe. Jasmine had de feiten keer op keer bekeken, wekenlang, en bleef ze ondersteboven en binnenstebuiten keren om iets te ontdekken. Ze ontdekte dat dit haar ding was, dat ze eindelijk haar richting had gevonden.

Op ongeveer het midden van de lijn zette ze een dikke stip en schreef ze een datum en de tekst: *Hashtag #dexvermist.* Zij was het die deze zoekterm direct na de verdwijning ongevraagd in het leven had geroepen op Twitter en zij was het die de onvoorstelbaar grote tweetstorm die daarop volgde regelmatig checkte zodat ze niets zou missen. 'Obsessief checkte', vond Stevens. Maar het zorgde er wel voor dat ze die vreemde tweet opmerkte. Kort na haar eerste aantekening op de lijn maakte ze een tweede punt, in werkelijkheid twee dagen later, en schreef erbij: *Tip tweet.*

De tip luidde als volgt: *@politielimburg Jullie bekijken de zaak ondersteboven. Probeer het eens Bovenste onder. #dexvermist*

Jasmine dacht te begrijpen wat deze cryptische boodschap betekende. Maar het lukte haar niet om hoofdrechercheur De Bruijn ervan te overtuigen om het team meteen het Bovenste Bos – vlak bij de woonplaats van het vermiste kind – te laten uitkammen. De Bruijn kende Jasmine alleen van gezicht en ze had technisch gezien niets met de zaak te maken. De tweet was niet meer te vinden – verwijderd door de gebruiker zelf – en ze vervloekte zichzelf dat ze geen screenshot had gemaakt.

'We zoeken met man en macht, en zijn begonnen met natuurgebieden die dichter bij de plek gesitueerd zijn waar hij is verdwenen,' had De Bruijn gezegd. Hij kon niet aan het team verkopen dat er eerst in het Bovenste Bos gezocht moest worden, zonder enig bewijs, alleen maar omdat een stagiaire van een andere afdeling een mogelijk dubieuze tweet had gelezen, die nu ook nog eens verdwenen was.

Jasmine had zich er niet bij kunnen neerleggen. Op haar geïmproviseerde pizzadozentijdslijn schreef ze de datum van een dag later en de woorden *zoekactie burgers.*

Met één suggestieve tweet vanaf een nepaccount had ze een klein burgerinitiatief op poten gezet. Het was veel te riskant, veel te brutaal en ook helemaal niet handig geweest van haar, dat wist ze best. Hoe kon ze het geestelijke welzijn van burgers zo op het spel zetten? Maar wat had ze dan moeten doen? Dit jochie moest gevonden worden. De Bruijn kwam op tijd achter haar onbezonnen actie en besloot de burgerzoekactie af te blazen. Na een stevig gesprek wist Jasmine hem toch te overtuigen een specialistisch team in het Bovenste Bos te laten zoeken naar Dex. En hij werd gevonden. De vermissingzaak werd een moordzaak.

3

Ella ademde de frisse boslucht diep in. 'Nou, wat vind je ervan?' Ze onderzocht het gezicht van haar zoon terwijl hij rondkeek, het handvat van zijn tas nog stevig in de hand geklemd. Hij keek bedenkelijk omhoog naar het bladerdek.

'Ik zie de wolken niet meer.'

Ella aaide zijn haren. 'Maar ze zijn er wel. Soms hoef je ze niet te zien om ze toch bij je te hebben.'

Hij keek naar haar op met zijn helderblauwe ogen. De ogen, met grote felblauwe irissen met een donker randje, die altijd verraadden hoe hij zich voelde. Hij glimlachte een beetje. Wellicht omdat zij het verwachtte. Hij vond het niet makkelijk om weg te zijn van huis, van zijn vertrouwde kamertje. Ella was er juist daarom nog zekerder van dat ze er goed aan deed om een keer met hem weg te gaan. Hij zou zien dat het niet eng was en dat er veel te beleven viel als je nieuwe dingen uitprobeert. Ze wilde niets liever dan dat hij zich veilig zou voelen in de wereld.

Het kampeerterrein was ruim opgezet. Op een grote open plek midden in het bos stonden al twintig tenten in een ruime kring. In het midden van die kring deden stukken boomstronk dienst als zitplaatsen rondom het kampvuur. Een idyllisch plaatje tegen een achtergrond van levendig donkergroen. Een hoge open hoofdtent bood zicht op een grote eettafel en alles wat er nodig was aan proviand. Het zag er kindvriendelijk en op-en-top verzorgd uit.

'Hoi, ik ben Ella en dit is Finn,' zei Ella terwijl ze een groepje mensen naderde dat al druk bezig was met het inruimen van hun tenten. Sommigen stopten om zich ook even voor te stellen en anderen knikten vriendelijk.

'We doen straks bij het kampvuur een uitgebreid voorstelrondje, hoor. Komt goed!' Een grote man van halverwege de dertig stak grijnzend zijn hand uit. 'Ik ben Nick, Nick Vonk.'

Ella pakte de hand aan. 'Jij bent de organisator, toch? We hebben contact gehad via e-mail?' Ze schudden elkaar wat langer de hand dan nodig en ook hun oogcontact bleef hangen. Hij was uiterst charmant, dat kon Ella niet ontkennen. Met die donkere blik, gebruinde huid en groene shorts en bergschoenen leek hij hier goed op z'n plek.

'Dat klopt helemaal.'

'Het ziet er leuk uit. Goed verzorgd,' zei Ella beleefd terwijl ze rondkeek.

'Dank je', antwoordde hij zichtbaar trots. 'Ik heb wel wat hulp gehad van de eigenaar van het terrein met het opzetten van het kamp, maar het kostte wel een dagje.'

Ergens had ze een Vlaams accent verwacht, gezien zijn Belgische e-mailadres en taalgebruik. Hij was echter zo Nederlands als wat.

'Hoe heb je dat dan gedaan? Al die spullen hier gekregen en zo?' Ze voelde dat Finn tegen haar been aan ging leunen en aaide over zijn hoofd.

Nick knikte met zijn hoofd richting de bossen. Ik heb hier verderop een vakantiewoning. Daar verblijf ik een groot deel van het jaar in verband met de kampeertrips die ik organiseer. Ik heb er een grote schuur bij gebouwd voor de opslag van alle spullen.'

'O, doe je dit al lang?'

Hij keek wat onrustig om zich heen. 'Nee, niet zo lang.' Meer details ging ze niet uit hem krijgen; het was duidelijk dat hij nog het een en ander te doen had.

'Zet die zware tassen maar gauw in jullie tent. Dan doen we daarna een welkomstdrankje,' zei hij en hij wees, 'die daar is van jullie. Sophie en ik slapen in de tent ernaast.'

Ella knikte, tot haar eigen verbazing een beetje teleurgesteld.

'Sophie is mijn dochter van bijna vier,' voegde hij er met een knipoog aan toe, waarna hij weg wilde lopen.

'O, eh, wat ik vragen wilde: is Joyce al gearriveerd? Joyce van Nispen?'

Nick dacht even na. 'Joyce van Nispen? Die naam komt me niet bekend voor. Ik zal straks eens kijken of ze op mijn lijst staat.'

Ella zette de tassen van haar en Finn in de tent. 'Misschien wil jij lekker mee gaan spelen terwijl ik een beetje uitpak,' zei ze tegen haar zoon terwijl ze wees naar een groepje kinderen dat een spelletje deed met een van de moeders. Tot haar verbazing ging hij er op een drafje op af. Ondanks zijn gereserveerde houding bij aankomst ontbrak het hem kennelijk niet aan zelfvertrouwen. Niet meer.

Zodra ze de kans had stuurde ze via Messenger een berichtje naar Joyce: *Ik ben hier, waar ben jij?*

Ze bleef naar haar telefoon kijken in de hoop dat Joyce online kwam. Kennelijk had Joyce haar melding direct gezien, want ze kwam online en was meteen aan het typen.

Kan niet praten. Gedoe met ex.

Maar je komt wel?

Nee... :'-(

Ella stond perplex. Het huilende emoticon na het korte nee zou de boodschap milder moeten maken, maar dat deed het niet. Ze kroop de tent weer uit, keek rond en zag dat er nog twee tenten vrij waren. Nick zag haar rondkijken en liep op haar af.

'Ik heb even gecheckt, maar er staat geen Joyce van Nisten op mijn lijst.'

'Van Nispen,' corrigeerde ze hem. 'Oké. Dank je.'

Bedenkelijk draaide ze zich weer van hem af de tent in en rolde vervolgens op haar hurken een slaapzak uit op de linker stretcher. Daarna typte ze een berichtje naar Joyce. *Ik snap dat je nu lastig kunt praten, maar de organisator zegt dat je niet eens op de lijst staat.* Ze kon zien dat haar berichtje direct werd gelezen.

Ik heb echt gedoe. En slecht bereik hier. Na een korte pauze volgde er nog meer tekst: *Ik heb een andere naam gebruikt in verband met mijn ex. Nicole van Benthem. Sorry, Ella. Ik neem snel weer contact met je op. x*

Ella reageerde direct: *Ben je veilig? Als je slecht bereik hebt, geef dan je telefoonnummer even door. Dat zou je sowieso nog doen, weet je nog? Laat je me snel weten wat er aan de hand is? Je hebt mijn nummer.*

Het berichtje werd afgeleverd, maar ze kon zien dat het ongelezen bleef. Ze wist dat de ex van Joyce gewelddadig kon zijn. In het jaar dat ze lief en leed hadden gedeeld leek haar eigen exman Dennis wel een snoezige kitten in vergelijking met die kerel. Naast haar bezorgdheid baalde Ella. Ze had er zo naar uitgekeken om haar vriendin eindelijk in het echt te ontmoeten.

Ze liep snel even naar Nick, die al druk bezig was met de voorbereidingen van de avondmaaltijd. 'Nick, staat er wel een Nicole op je lijst?'

Nick werd aan alle kanten geholpen, maar had het toch druk en antwoordde afwezig: 'Nee, sorry Ella. Er staat ook geen Nicole op mijn lijst. Ik kan me ook niet herinneren dat iemand met die naam zich heeft aangemeld. Ik heb met jullie allemaal persoonlijk contact gehad. En volgens mij zijn we nu compleet.'

4

Iedereen leek precies te weten wat ie moest doen en was druk in de weer. Ella daarentegen voelde zich een beetje uit het veld geslagen door de afwezigheid van haar vriendin en wist niet zo goed waar ze moest beginnen met helpen. In plaats daarvan speelde ze daarom met Finn en twee andere jongens een kaartspelletje in het licht van het knapperende kampvuur. De schemer had ingezet en de krekels lieten flink van zich horen. De warmte van het vuur in combinatie met de geur van het brandende hout gaf Ella een behaaglijk gevoel, maar helemaal tot rust komen lukte haar niet.

'Ah, weer verloren!' riep ze gespeeld teleurgesteld. De nieuwe vrienden van Finn vertrokken al giebelend met hun kaartspel naar hun ouders om wat te eten te halen. Ella was verrast toen Nick naast haar kwam zitten.

'Wil je wijn?' Hij had twee volle glazen vast, dus afwijzen werd lastig. Hij zag haar twijfel. 'Volgens mij kun je wel wat hulp gebruiken om te ontspannen. Eén drankje kan geen kwaad,' zei hij met een knipoog.

Dat hij haar kennelijk niet zo best gemaskeerde gespannenheid opmerkte, was vast aardig bedoeld, maar ze voelde niet de behoefte om hem te vertellen waardoor het kwam. Ze nam het glas wijn wel aan. 'Hé, een echt wijnglas? Dat had ik toch niet zo snel verwacht bij een kampeeruitje.'

'Weet je, ik ben een echte outdoorman, maar goede wijn hoort gewoon in een goed glas.' Hij grinnikte.

'Goede wijn, toe maar,' antwoordde Ella plagerig met opgetrokken wenkbrauwen. Ze had in geen tijden gedronken, maar dit kon ze toch niet afslaan. Het volgende moment vloog er een klein meisje met lichtbruine krulletjes om Nicks hals.

'O, dat is mooi,' zei hij al knuffelend. 'Ik wil je aan iemand voorstellen. Sophie, dit is Ella.'

Het meisje keek haar aan met stralende ogen en een grote glimlach. Enkele oranjebruine sproetjes sierden haar poppengezichtje.

'Hoi, Sophie, aangenaam.' Ze schudde het giechelende meisje de hand. 'Je hebt al net van die mooie blauwe ogen als Finn.'

'Ze lijkt sprekend op haar moeder,' vertelde Nick met een tedere blik.

Finn, die wat stilletjes op haar schoot was gekropen, stak ook zijn hand uit. Zowel kordaat als verlegen. Nick en Ella moesten er beiden om lachen. Ella begon langzaam haar zin in het kamperen terug te vinden. Nick deed overduidelijk zijn best en in het warme licht van het kampvuur promoveerde hij van 'wel charmant' naar 'behoorlijk aantrekkelijk'.

'Ik vind het gezellig dat jullie er zijn. Het is een leuke groep, dit wordt een fijne week.' Zijn hand raakte heel kort die van haar terwijl hij haar lege glas aanpakte. 'Dat weet ik nu al.'

Ella voelde haar wangen gloeien. Misschien kwam het door Nick, misschien was het gewoon de wijn in combinatie met de warmte van het kampvuur. Wat het ook was, ze had het in geen tijden gevoeld.

'Ik ga deze kinderen ook even aan een bordje eten helpen,' zei Nick terwijl hij opstond. 'O, en sorry Ella, ik heb trouwens een foutje gemaakt. Je had gelijk. Er stond wel een Nicole op mijn lijst. Nicole van Benthem. Ze had al eerder afgezegd, dus ik heb die tent niet eens opgezet. Vandaar de verwarring.'

Ella knikte ietwat verbouwereerd. 'O. Dank je wel.' Ze keek hem na terwijl hij met Sophie en Finn aan de hand naar de hoofdtent liep.

'Leuke vent, hè?' Een onbekende stem haalde haar uit haar gedachten.

Ella keek verbaasd op. Voor haar stond een vrouw met donker krullend haar. Knap, en wat ouder dan zij was.

'Hai, ik ben Marlies,' zei de vrouw met een glimlach.

'Ik ben Ella.' Ze stak haar hand uit.

'Ik vind Nick echt een onwijs lekker ding,' deelde Marlies openhartig terwijl ze naast haar ging zitten op de plek waar Nick net zat, 'maar volgens mij kan ik hem beter uit mijn hoofd zetten.'

'Hoezo?' zei Ella, terwijl ze het antwoord al wel wist.

'Joh, die ziet jou wel zitten. Dat is overduidelijk.' Ze keek naar Nick, die verderop stond te praten, en terug naar Ella. 'Hoe hij naar je kijkt... En wie kan het hem kwalijk nemen? Je bent een knapperd.' Ze knipoogde.

Ella schoof ongemakkelijk heen en weer.

'Maarre... die aandacht is best leuk toch?' Marlies keek haar onderzoekend aan.

Ella knikte. Leuk maar ook onwennig. Ze had geen relatie meer gehad sinds Dennis. Niet eens een *fling*. Naast Finn praktisch in haar eentje opvoeden en haar bijna fulltimebaan had ze eenvoudigweg geen fut gehad om zich bezig te houden met een nieuwe man in haar leven. Het gedoe met Dennis, en vooral het heropbouwen van een normale verhouding in het belang van hun kind, had haar veel energie gekost. En dan het verdriet... Het verwerken van de teleurstelling dat het leven niet altijd loopt zoals je had gehoopt, was niet te onderschatten.

Afgezien van het hartzeer had ze sowieso nauwelijks een sociaal leven opgebouwd in Nederland. Ze was er voor haar studie tijdelijk komen wonen – zoals zoveel jongeren van de Nederlandse Antillen in die tijd deden – en er blijven hangen voor de liefde. En hoewel ze van oorsprong Nederlandse was, had ze zich nooit zo thuis gevoeld om zich op de Nederlandse manier in het uitgaansleven te storten. Op wat oude – en getrouwde – studievriendinnen na kende ze niemand en die zaten ook niet direct te wachten op uitgaan met hun single vriendin. Dit gold ook voor haar collega's. Daarom was het ook zo fijn geweest om in contact te komen met Joyce. Ella vroeg zich af wat zij zou zeggen over Nick. Ze zou haar vast aanmoedigen gewoon te genieten in het hier en nu en er niet al te veel over na te denken. Zo was Joyce.

Terwijl ze zich afvroeg of ze niet toch wat te afhankelijk was geworden van het makkelijke en altijd beschikbare online contact met Joyce, nam ze zich voor zich open te stellen voor de vrouw die nu voor haar zat, Marlies.

5

Buiten hoorde Jasmine het uitgaanspubliek van Maastricht dat zijn plezier en gevoel van vrijheid tot vervelens toe nog niet wilde loslaten. Haar eigen sociale leven had ze na haar verhuizing eigenlijk verwaarloosd. Studiegenoten en collega's die haar meevroegen voor een drankje kregen voornamelijk te horen dat ze nog moest leren. De waarheid was dat ze het er niet bij kon hebben. Ze wilde zich focussen op haar werk, uitzoeken wat bij haar paste. En dat leek zijn vruchten af te werpen.

Geïrriteerd schopte ze haar dekbed weg met haar benen. Ruim zeven weken geleden had ze het gevoel dat haar carrière plotseling begonnen was, maar al in de startblokken bleek de race afgelast. Er waren nu eenmaal geen aanwijzingen en dus geen mogelijkheden meer. Na zich avonden samen met het team te hebben vastgebeten in feiten en brainstormen was er nu alleen maar loslaten in eenzaamheid.

Haar verzoek om bij de IT-afdeling iets te betekenen op het gebied van social media was afgewezen, door de afdeling in kwestie. Haar bijdrage aan de zaak-Dex lag bij die afdeling in het bijzonder nogal gevoelig. Ze werd dus op stand-by gezet voor deze zaak en mocht terug naar haar administratieve stagewerkzaamheden op het bureau.

Waarom was ze ook alweer zo vroeg naar bed gegaan? Een bonzende hoofdpijn kwam langzaam op achter haar ogen. Inmiddels wist ze dat haar poging om tot rust te komen alleen maar zou resulteren in uitzichtloos piekeren. En vandaag al helemaal: tijdens een uitzonderlijk saaie dienst op het bureau had ze het dossier van de zaak-Dex weer doorgekeken. Ze had ervoor gezorgd dat ze niet door rechercheur Stevens gezien werd. Hij was aangewezen om haar op sleeptouw te nemen en te begeleiden wanneer het de zaak-Dex betrof en ze had tot nu toe haar uiterste best gedaan hem niet tegen de haren in te strijken. Hij vond het belachelijk, zo'n jonge meid, met amper ervaring op straat, op zo'n grote zaak. Ze was nog student, aan de Masteropleiding Recherche weliswaar, maar volgens Stevens nog lang niet klaar voor het echte werk. Stiekem vermoedde ze dat hij gewoon geen zin had overtroffen te worden door haar, dochter van een allochtone Nederlander. Het was natuurlijk best bedreigend dat juist zij voor een doorbraak had gezorgd.

Doordat ze zo vaak zat te speuren op Twitter was zij het ook nog eens geweest die razendsnel ontdekte dat er een foto gelekt was op social media met belangrijke daderinfo. De verantwoordelijke agent, die de afbeelding had doorgestuurd, werd ontslagen. Het maakte Jasmine er niet geliefder op, maar de schade kon gelukkig beperkt blijven doordat zij erbovenop zat. Hoewel hij af en toe nog steeds opdook.

Die foto. Die eigenlijk niet eens zoveel onthulde van de gruwelijkheid die zij op de andere foto's uit het dossier gezien had. Er was alleen een deel van de stenenfiguur zichtbaar waarin het jongetje uiteindelijk was gevonden. Maar nu wist iedereen wel dat er een figuur van stenen was geweest en dat maakte het mysterie, en daardoor de angst, alleen maar groter.

Jasmine stapte uit bed en knipte het licht boven de eettafel aan. Haar zwarte stift lag nog naast de inmiddels volgekalkte pizzadozen van die ochtend. Ze moest toegeven dat het leek alsof er een waanzinnige aan het werk was geweest. Al haar gedachten, alle kernwoorden, alles wat maar mogelijk een aanwijzing kon zijn stond kriskras door elkaar rondom haar tijdslijn. Er was nog een lege plek rechtsonder in de hoek van de laatste pizzadoos. Nu ze vanmiddag weer naar de foto's van de plaats delict had gekeken zou het haar beter lukken om de verhoudingen van het symbool juist te krijgen. Ze boog over de tafel heen en volgde met de stift de contouren die ze zag in haar hoofd. Zonder de stift van het karton te halen tekende ze de figuur perfect na. Het was de zogenaamde triquetra, een Keltische knoop, van drie in elkaar grijpende bogen, die leven, dood en wedergeboorte betekenden.

Kónden betekenen, aangezien een klein online onderzoekje al uitwees dat het onder andere ook voor de christelijke heilige drie-eenheid kon staan. Een andere betekenis was die van 'moeder, vader en kind'. En dat was nog maar het begin. Wat het teken ook betekende, het was met de grootste zorgvuldigheid gemaakt. De gebruikte keien verschilden niet veel van grootte en kleur en bleken na een meting van het forensische team op exact dezelfde afstand van elkaar te zijn gelegd om de figuur vorm te geven. De dader was secuur op het obsessieve af. Het vertelde ook dat het allesbehalve een gelegenheidsmisdrijf was.

Het lichaam van Dex was in het centrum van het stenen symbool geplaatst en de manier waarop was opmerkelijk. Hij was na zijn dood in de foetushouding gelegd, volledig intact, gekleed en toegedekt met een te klein blauw dekentje, zo eentje die kinderen voor hun babypop gebruiken. Zijn positionering was bijna liefdevol te noemen. Er werd daarom binnen het rechercheteam in eerste instantie gedacht aan een dader met spijt, wellicht iemand die een ongeluk wilde verdoezelen en daarna deze hele poppenkast had opgezet. De extreme precisie sloot deze mogelijkheid eigenlijk al uit; dit was voorbereid.

Jasmines ogen gleden over de steekwoorden die ze had opgeschreven: *nauwelijks sporen van geweld.* Alleen de kleine rode stipjes in zijn ogen verraadden dat hij door verstikking om het leven was gekomen. Het team raakte er – door al deze feiten – kortstondig van overtuigd dat Dex was vermoord door iemand dicht bij hem, iemand van zijn naaste familie, kennissen, zijn leerkracht. Echter, ieder spoor liep volledig dood.

Geen DNA-match, las Jasmine tussen haar aantekeningen. Het enige bruikbare DNA-profiel dat werd gevonden was van een onbekende man die niet in de database voorkwam. De teleurstelling was groot en de angst bij het publiek misschien nog wel groter.

Jasmine zuchtte diep. Dat er een moordenaar bestond kon men accepteren, zolang hij maar veilig werd opgesloten. Een onzichtbare en onbekende moordenaar die zich bewoog onder de 'gewone mensen' was veel enger.

Zelfs de meest bruikbare aanwijzing, de hint over de vindplaats op Twitter, leidde uiteindelijk niet naar de dader. Nu zeven weken later andere zaken social media weer hadden overgenomen was Jasmine alleen maar meer gedreven geworden. Ze checkte de hashtag #dexvermist nog regelmatig. Er was alleen niets meer over te zeggen.

De dader bleef ook stil. Hij was slim. Heel slim. De minutieus opgezette plaats delict was onmogelijk het resultaat van 'een ongeluk verdoezelen'. De figuur van stenen, de triquetra, betekende iets. De dader had iets te vertellen en hij zocht een podium voor zijn boodschap. Jasmine was vastberaden om uit te zoeken wat die boodschap was, voordat hij de noodzaak voelde weer een statement te maken. Nog harder en nog duidelijker. Voor haar was het niet de vraag of hij weer toe zou slaan, maar wanneer.

6

Na een gezellige avond kroop Ella vermoeid naast een slapende Finn in de tent. Nadat ze zich had omgekleed in een zachte joggingbroek met katoenen hoody die ze voor de gelegenheid had aangeschaft ritste ze haar slaapzak dicht. Ze hoorde hoe de geluiden van de andere kampeerders langzaam wegstierven tot de krekels en uilen vrij spel hadden. Een tijdje bleef ze naar haar kind kijken in het licht van haar mobiel. Hij lag daar zo ontspannen in hun knusse tent. Hij deed het goed.

Normaal zou het haar wat extra moeite hebben gekost om hem op een nieuwe plek in slaap te helpen. Een verhaaltje, het neuriën van het alom bekende deuntje van Brahms' 'Lullaby', aaien over zijn rug; het was allemaal niet nodig geweest. Ondanks het geroezemoes van pratende volwassenen was haar zoon heel makkelijk gaan slapen. Of misschien juist wel daardoor. De vele nieuwe indrukken, het spelen en de frisse boslucht hadden er natuurlijk ook alles mee te maken.

Ineens maakte haar mobiel een piepend geluid, dat in de stilte zo hard klonk dat ze ervan schrok. Het was het geluid van een WhatsApp-melding, maar het bericht kwam van een onbekend telefoonnummer. Snel zette ze haar geluid uit en opende het bericht.

Hé El, ik wilde je even mijn nieuwe nummer doorgeven. Maak je alsjeblieft geen zorgen over mij en de kinderen. We zijn veilig. Mijn ex heeft het bont gemaakt en ik moet even de juiste paden bewandelen om deze rotzooi op te ruimen. Ik vertel het je allemaal nog wel. x Joyce

Ella borg haar telefoon resoluut op en nestelde zich in haar slaapzak.

Toen ze ontwaakte, klonk er al bedrijvigheid buiten de tent. Ze keek naar Finn. Zijn gezicht piepte boven zijn slaapzak uit. Vannacht was het best fris geweest en hij had zich instinctief dieper in zijn warme coconnetje gewerkt. Lange donkere wimpers lagen op zijn iets blozende wangen. Het buitenleven deed hem nu al goed.

Ze keek op haar mobiel om te zien hoe laat het was. Impulsief tikte ze daarna op het nummer van Joyce om verbinding te maken. Tot nu toe hadden ze altijd alleen maar gechat, dat was een beetje voortgekomen uit de manier waarop ze elkaar hadden leren kennen. Ella had het ook wel zo praktisch en fijn gevonden: ze hadden meestal meerdere malen op een dag contact; alsof ze altijd een maatje bij zich had. De telefoon ging een aantal keer over, maar er werd niet opgenomen.

Het signaal van een inkomend WhatsApp-bericht stopte haar poging om Joyce te pakken te krijgen. *Ik weet dat je toch bent gegaan, koppig als je bent. Jammer, maar aangezien ik in vakantiestemming ben zal ik er maar niet te moeilijk meer over doen.*

Dennis. Zou hij het menen en haar nu met rust laten? Door wat geschuifel in de tent keek ze op van haar telefoon. Twee grote ogen keken haar verwachtingsvol aan.

'Hé lieverd. Heb je lekker geslapen?'

Finn knikte bij wijze van antwoord.

'Zullen we je even aankleden?' Ze pakte een schoon setje uit zijn tas.

'Mama?'

'Ja lieffie?'

'Als we doodgaan, worden we dan roodborstjes?'

'Hè? Hoe kom je daar nou bij?' antwoordde ze bijna automatisch terwijl ze hem in zijn korte broek en shirtje hielp.

'Dat zei Boaz. We zagen gisteren een roodborstje en dat bleef heel lang zitten en kijken naar ons. Toen zong hij een liedje en vloog hij weg.'

Ella knikte, in afwachting van wat hij verder zou vertellen.

'En toen zei Boaz dat dat zijn oma was die hem weleens kwam bezoeken,' zei hij terwijl hij zijn schouders ophaalde, 'en toen vroeg ik: "Is jouw oma een vogel?"'

Ella moest glimlachen.

'En toen zei Boaz dat zijn oma niet meer leefde en dat hij en zijn moeder altijd zeggen dat het roodborstje zijn oma is.'

Ella knikte en dacht even na. 'Weet je, Finn, ik denk dat een roodborstje zien een heel mooi onverwacht moment is voor Boaz en zijn mama om even te denken aan oma, omdat ze haar zo missen. Ik denk dat Boaz dat bedoelde.'

Finn haalde weer zijn schouders op. Hij was kennelijk niet overtuigd. Alles is nog mogelijk als je vijf jaar bent.

'Maar als het wel waar is, en ik doodga, dan kom ik jou echt wel bezoeken. Dan hoef ik jou niet te missen,' zei hij zacht. Zijn lange dikke wimpers voegde een zwaarte toe aan zijn treurige blik.

Ella drukte snel een intens droevig gevoel weg. 'Ach lieverd, wat zeg je nu toch?' zei ze met een milde glimlach. 'Ik vind het heel lief van jou, maar jij gaat toch heel oud worden?' Ze liet een zucht langzaam ontsnappen. 'En mama ook. Misschien kunnen wij dan bij het zien van zo'n lief roodborstje ook gewoon denken aan iemand die we missen. Zoals opa en oma op Bonaire.'

'Ik mis alleen jou. Als ik bij papa ben.'

Ella knikte en trok hem tegen zich aan. Wat was hij toch een denkertje. En wat had hij een ontzettende knauw gekregen door de scheiding en de afstand met zijn vader. Ze kuste zijn bruine haartjes.

Daarna hield ze hem even van zich af en toverde een brede glimlach op haar gezicht. 'Zullen we eens buiten gaan kijken?'

7

Op een hard plastic bord legde Ella een zacht bruin bolletje met kaas.

Finn nam het bordje aan. 'Mag ik ook sap?'

Ella knikte en schonk het voor hem in. Daarna schonk ze vanuit een grote thermoskan voor zichzelf de broodnodige koffie in een emaillen mok. Het rook heerlijk, vers. Terwijl ze een eerste voorzichtige slok nam, draaide ze zich in navolging van de anderen naar Nick, die de centrale plek tussen de tenten had ingenomen en zijn keel schraapte.

'Zo mensen, we hebben elkaar gisteren allemaal een beetje leren kennen en een gezellige start gemaakt. Nu er voor vandaag allerhande activiteiten gepland zijn en jullie er ook zonder mij op uit zullen gaan, lijkt het me tijd voor wat huishoudelijke mededelingen.' Hij maakte uiterst serieus oogcontact met verschillende mensen om hem heen, als een strenge schoolmeester die wilde controleren of zijn leerlingen wel luisterden.

Ella grinnikte in zichzelf om hoe hij daar wijdbeens stond, met zijn handen in zijn zij.

'We zijn op dit terrein te gast,' vervolgde hij. 'Ik huur deze plek van een heel vriendelijke eigenaar die het bos respecteert. We zullen ons dus ook als gasten gedragen. Dit terrein grenst aan alle kanten aan de vrije natuur. Maar vrij betekent niet dat wij ook vrij moeten zijn om alles maar te doen. Ook in de natuur zijn wij te gast. Blijf waar je kunt op de gebaande paden. Er zijn veel geïmproviseerde maar duidelijke paadjes die je ook gerust kunt nemen. Te veel afwijken daarvan kan de bodem beschadigen. Insecten, holen, paddenstoelen, sporen: de natuur is kwetsbaar. Wees milieubewust. Breek geen takken af voor de lol. Brandhout kan gekapt worden op de daarvoor aangewezen plaatsen. Ook sprokkelhout zoeken doen we gezamenlijk. Dat brengt me bij het volgende. Maak geen vuur in het bos.' Hij keek bewust naar de wat oudere jongens. 'Geen fikkie stoken. De kans op een bosbrand door een onprofessioneel vuur is altijd aanwezig, zeker in de zomer. De enige plek waar we een vuur maken is op die plek,' hij wees naar het midden van de ronde zitkuil, 'en dat doen we alleen in de namiddag en avond.'

Na nogmaals streng te hebben rondgekeken vervolgde hij met luide stem zijn verhaal. 'Hier op de kampeerplek mogen we gewoon geluid maken, praten, zingen enzovoort. Echter, als je in het dichte bos bent, hou je je rustig. Geen geschreeuw, dat maakt de dieren bang. Geen muziek op je mobiel, gewoon geen lawaai.'

'Mogen we wel lachen?' vroeg een jonge tiener bijdehand met een hand slapjes in de lucht alsof hij op school was.

De strenge houding van Nick verzachtte. 'Natuurlijk mag je lachen. En je mag ook best schreeuwen als je in een ravijn dreigt te storten of oog in oog staat met een lynx,' antwoordde hij, 'maar gebruik je gezonde verstand, oké?'

Vervolgens wees hij naar het kleine sanitairgebouw dat niets meer was dan een paar muren. 'Voor je behoeften hebben we drie natuurtoiletten. Ben je te ver weg van deze plek, graaf dan een kuil van vijftien à twintig centimeter diep.'

Ella fronste boven haar mok koffie; dat zag ze zichzelf niet doen.

'Douchen kan ook,' vulde Nick aan, 'en wel met koud water – dat zullen vooral de dames waarderen – maar ik raad je aan je voornamelijk gewoon te wassen met een washand, daar kun je water voor opwarmen. Dit kan allemaal daar. Zwemmen in de beek is ook toegestaan. Dat is helder zoet water.'

Ella vroeg zich af of hij daarmee bedoelde dat zwemmen een douchebeurt verving, en besloot dat het kennelijk nu eenmaal zo ging in de natuur.

‘Oké, mensen, dat was het! Als jullie vragen hebben, weten jullie mij te vinden. We gaan een mooie tijd beleven!’ Er werd wat instemmend gejoeld en een aantal mensen klapten.

‘Ga je er nog werk van maken?’ Marlies zorgde ervoor dat Ella haar mond brandde aan een onbedoeld grote slok van haar net ingeschonken tweede kop koffie.

‘Waarvan?’ antwoordde ze zodra ze kon.

‘Van Nick? Anders doe ik het, hoor!’ zei Marlies gekscherend.

Ella wist dat er een kern van waarheid in moest schuilen. Ze lachte terug. ‘Ik weet het niet, Marlies. Hij is zeker een knappe vent, maar…’

‘Maar wat?’

‘Hij is zo… braaf.’ Dat was de omschrijving die het meest dichtbij kwam zo in het felle ontnuchterende daglicht.

‘Braaf?’ vroeg Marlies verbluft.

Ella dacht razendsnel na over wat ze nu eigenlijk bedoelde. ‘Ja… zo’n goedzak,’ besloot ze. ‘Neem nou die speech net, zo kordaat met zijn handen in zijn zij. Hij is echt zo’n… padvinder.’

‘Je bent gek, jij,’ zei Marlies. ‘Hij is eerder een Nederlandse Indiana Jones. Padvinder… Heb je dat lijf wel gezien?’ Ze keek haar onderzoekend aan en begon toen ineens te lachen. ‘O, wacht even, ik snap al wat hier aan de hand is. Jij bent meer van de *bad boys*!’

‘Bad boys?’ Ella nam nog een slok koffie, behoedzamer deze keer.

‘Ja, foute mannen. Spannende, onvoorspelbare kerels die je in het ongewisse laten terwijl jij smacht naar de volgende keer dat ze je op het bed smijten. De spreekwoordelijke mot en de vlam.’

Ella kon de glimlach van Marlies niet beantwoorden door de gedachten die haar woorden onbewust aanboorden. Haar exman Dennis was zonder twijfel een foute man. En die had absoluut haar hoofd op hol gebracht, ooit. Hij was knap én knap brutaal, een tikje arrogant en liet haar in hun begintijd weten dat hij haar móést hebben. Dat was zeker spannend geweest. Zelfs toen hij vreemdging, kon ze er nog van genieten als hij haar verleidde en… Ze schudde haar hoofd, alsof ze de gedachte letterlijk van zich af wilde schudden. 'Ik weet niet waar je het over hebt.'

'O jawel… Het klinkt allemaal zo logisch,' ging Marlies plagerig door. 'Denk maar eens aan je ex. Wanneer kon je hem echt loslaten?' Ze deed kennelijk een wilde gok, maar ze zat nog dichter bij de waarheid dan ze dacht.

Toen Dennis twee jaar geleden zijn leven beterde, voelde Ella pas echt dat het voor haar niet meer hoefde. Hij leek eindelijk voor haar en Finn te willen gaan en zij wees hem af. Ze begon nu te twijfelen aan zichzelf. Was dat de reden dat ze weinig voelde bij Nick, een aantrekkelijke vent die ook nog eens interesse in haar toonde? Hij was te bereikbaar? Ze kon het niet met zekerheid zeggen.

Er was iemand die meer van haar wist dan wie dan ook. Iemand die haar meestal beter kon vertellen hoe ze in elkaar zat dan zijzelf. Maar diegene had op dit moment haar eigen problemen.

8

'Jij nog een broodje?' vroeg Ella aan Finn, die naast haar over de tafel stond te turen.

'Ja. Met ehm... pindakaas.'

Inmiddels had ze gehoord wat de plannen voor de dag waren. Drie van de aanwezige vaders hadden besloten te gaan vissen met hun kinderen. Een paar moeders en een vader gingen hutten bouwen met de grotere kinderen. Er was een goede sfeer in de groep en heel natuurlijk vond iedereen zijn weg. Een groepsdynamiek met een niets-moet-en-alles-mag-mentaliteit. Ella vond dat wel prettig. Ze hield niet zo van al die gedwongen activiteiten en samen leuk moeten doen. Terwijl ze een mok jus d'orange voor zichzelf inschonk vroeg ze zich af wat zij en Finn zouden gaan doen.

'Ella, help jij mij straks met de afwas?'

Ze schrok op van Nick, die ineens naast haar stond.

'Dan laat ik je een heel mooi plekje zien als beloning.'

'Toe maar,' antwoordde ze plagend. Die laat er geen gras over groeien, schoot door haar heen. Haar twijfel over hem verdween plotsklaps naar de achtergrond.

'Ik ken een heel mooie vertakking van de beek hier dichtbij. Het water is wat minder diep en kristalhelder. En het licht dat daar door de bomen valt...'

Ella keek om naar Finn, die in kleermakerszit zijn tweede broodje zat weg te werken voor hun tent. Ze aarzelde. 'Ik... kan Finn niet zomaar...'

'Het is maar eventjes,' zei Nick met gespeelde teleurstelling.

'Maar ik begrijp je, hoor. Weet je wat? Sophie gaat even helpen bij het hutten bouwen, misschien vindt Finn dat ook leuk. De andere ouders kunnen ook heel goed opletten: we zijn hier als groep en als alleenstaande ouders moeten we elkaar natuurlijk wel een beetje helpen. We zullen toch sowieso even de borden en bekers moeten afspoelen.' En alsof ze nog meer overtuiging nodig had, voegde hij eraan toe: 'Iedereen komt een keer aan de beurt.'

'Ik ontferm me graag over hem, hoor,' zei Marlies ineens vanaf de andere kant van de grote tafel. Ze stond haar bord vol te scheppen met het roerei dat ze zelf had bereid. 'Hij speelt graag met mijn Boaz. En ik denk dat hij het ook wel heel leuk zal vinden om te helpen met onze boomhut.'

Ella keek Marlies aan en vervolgens naar Finn, waar de twee jaar oudere Boaz net naast was gaan zitten. Ze had inmiddels wat vaker met Marlies gepraat en ze mocht haar best, voor zover ze kon beoordelen. De vrouw was wat meer ontspannen in het moederschap met haar twee kinderen, maar was zeker zorgzaam genoeg.

'Ik verlies hem niet uit het oog, Ella, dat beloof ik,' voegde Marlies met een knipoog toe.

'Hoe ben je er eigenlijk op gekomen om dit soort trips te organiseren?' vroeg Ella terwijl ze de bekers die ze had omgespoeld omgedraaid op een houten pallet zette om te laten uitlekken. 'En is dit je fulltimebaan? Of doe je buiten het seizoen iets anders?'

Nick grijnsde. 'Dat zijn een hoop vragen.'

Zijn reactie maakte haar zelfbewust. Het leek wel of, wanneer zij bewust interesse toonde, hij zich juist een beetje afsloot.

Nick verbrak gelukkig de stilte: 'Kinderen van gescheiden ouders gaan me aan het hart. Niet omdat ik zelf gescheiden ben – want dat ben ik niet – maar omdat ik het product ben van een zeer heftige vechtscheiding.'

Ella begreep nu zijn terughoudendheid om te antwoorden wat

beter; er zat een verhaal achter. De opmerking dat hij zelf niet gescheiden was, echode nog even na in haar hoofd, maar algauw nam zijn verhaal haar aandacht over.

'Mijn ouders raakten allebei al ver voor de scheiding verbitterd, maar dit proces raakte in een stroomversnelling toen de kogel door de kerk was. In mijn ogen maakten ze niets meer van hun eigen leven: hun enige doel was elkaar kapotmaken nu hun huwelijk mislukt was.'

'Wat vreselijk...'

'O, het wordt nog veel erger,' zei hij en hij lachte schamper; er was duidelijk niets grappigs aan. 'Mijn moeder, bij wie ik woonde, beschuldigde mijn vader onterecht van misbruik om mij uit zijn leven te trekken. Mijn vader betichtte op zijn beurt mijn moeder van geestelijke mishandeling. Haar manipulatie en leugens zorgden ervoor dat ik angstig was en verward over de waarheid. Inmiddels weet ik zeker dat mijn vader me niet heeft misbruikt, maar toentertijd was er gerede twijfel. Zowel over mijn vader als mijn moeder. Mijn moeder ging zo ver dat ook mensen in haar omgeving twijfelden aan haar motieven. De situatie thuis werd onhoudbaar, maar Jeugdzorg wilde zich ook niet branden aan het plaatsen van een kind bij zijn mogelijke misbruiker,' zei hij zuchtend. 'Om een lang verhaal kort te maken: toen ik zeven was, werd ik uit huis geplaatst.'

'Wow, wat heftig, Nick!' flapte Ella eruit.

Hij knikte bevestigend en zweeg. Zijn gezicht stuurs en zijn houding gesloten.

9

Ella volgde Nick door een verwilderd stuk bos. Hij liep best snel; het was duidelijk dat hij het terrein ontzettend goed kende. Zij moest bijna doorlopend gefocust naar de grond kijken om geen misstap te maken. Ze dacht onwillekeurig terug aan de rest van hun gesprek tijdens het afwassen. Ze merkte dat het gevoelig lag bij Nick, maar ergens intrigeerde zijn verhaal haar: ze verwonderde zich over het feit dat twee mensen die ooit lief en leed deelden elkaar zo het leven zuur konden maken, met hun kind als pion. Zelf was ze vastberaden een goede band te houden met de vader van haar kind, al hadden mensen in haar omgeving daar weinig begrip voor. Dennis was vreemdgegaan en kon bij tijd en wijle moeilijk doen, maar zelf vond ze dat haar gevoel jegens hem niet de boventoon moesten voeren. Ze bleven samen de ouders van Finn.

Nick had al haar vragen bedaard beantwoord en vertelde haar dat hij in maar liefst acht pleeggezinnen had gewoond, omdat hij het zijn pleegouders allesbehalve makkelijk maakte. Hij had als kleine jongen vurig gehoopt dat hij terug mocht naar zijn moeder. Hij was zelfs bereid geweest zijn vader nooit meer te zien, als zijn moeder maar tot rust kwam. Hij vertelde over 'het verraad' waaraan hij zich volgens zijn moeder schuldig maakte toen hij eenmaal uitsprak dat hij zeker wist niet misbruikt te zijn door zijn vader.

De bezoekjes van zijn ouders, geregeld door Jeugdzorg, verliepen moeizaam. Volgens Nick begon zijn vader het min of meer op te geven om hem in huis te krijgen nadat hij een nieuwe vrouw had ontmoet met wie hij een nieuw gezin stichtte. Dit resulteerde erin dat Nick in zijn tienerjaren het contact definitief verbrak. Zijn moeder bleek een persoonlijkheidsstoornis te hebben en een drankprobleem dat steeds erger werd. Uiteindelijk kwam ze steeds vaker niet opdagen bij de bezoekjes omdat ze haar roes lag uit te slapen, terwijl haar zoon op haar wachtte.

Toen Ella hem had gevraagd hoe het nu met haar ging, haalde Nick zijn schouders op. 'Zo, en nu is het tijd voor wat afkoeling,' had hij vervolgens gezegd en hij spetterde haar onverwachts nat.

Ze nam aan dat hij genoeg had van zoveel treurigheid en binnen de kortste keren had hij het beladen gesprek succesvol omgetoverd tot een watergevecht. Ella had een soort ontlading gevoeld bij het gek doen, iets wat ze nog niet eerder met een man had gevoeld. Bij Dennis had ze doorgaans het gevoel gehad te moeten voldoen aan een bepaald beeld dat hij graag van haar zag. Serieus, sexy, terughoudend met emoties. Bij Nick had ze zich zojuist vrij gevoeld, vrij om te zijn en te voelen wat ze wilde.

'We zijn er,' zei Nick opeens. Ella kwam naast hem staan en keek haar ogen uit. Hij had niet overdreven over de mooie plek bij de beek. Het was alsof de dichte gewassen en vooral de grote bomen ruimte hadden gemaakt voor de stroom helder water, terwijl ze hoog in de lucht naar elkaar toe bogen om het van de nodige bescherming te voorzien. Het zonlicht, dat zijn weg vond tussen de vele groene blaadjes door, zorgde voor een constante speelse schittering op het water. Het levendige kabbelen van de stroming maakte de sfeer helemaal af. Het was sprookjesachtig mooi.

'Wat schitterend!' zei Ella, de serene stilte doorbrekend. Tijdens de wandeling ernaartoe hadden ze nauwelijks een woord gewisseld.

'Mooi hè?' antwoordde Nick haar na een tijdje.

Ze voelde dat hij haar van een afstandje bekeek.

'Jij weet best van wanten met een afwasborstel,' zei hij ineens met een flauwe glimlach.

'Afwassen met lauw water is toch niet echt mijn favoriete bezigheid,' antwoordde ze met een geforceerde lach.

'Ach, het is toch lekker warm? Een beetje met water spetteren zorgt voor de nodige verkoeling.' Hij keek haar doordringend aan. 'Sterker nog, ik heb wel zin in een duik.' Ineens trok hij in een soepele beweging zijn shirt uit.

Marlies had inderdaad gelijk; wat een lichaam had hij. Ella had zijn gespierde armen al wel gezien, maar zijn borstkas en buik werden overduidelijk ook niet overgeslagen in de sportschool.

'Ik heb geen zwemkleding bij me,' antwoordde Ella schor.

'Dat hoeft toch ook niet?' Zijn gezicht stond zo mogelijk nog serieuzer dan daarvoor.

Zijn sportieve lijf zorgde ervoor dat ze zich plotseling erg bewust werd van haar eigen lichaam. Aan haar bolle buikje was overduidelijk te zien dat ze een kind had gedragen en ook niets had gedaan om dat te verdoezelen. Ook haar borsten verraadden een periode van borstvoeding. Ze schaamde zich er niet voor, maar ze werd nu toch geconfronteerd met een verlegenheid die ze niet had verwacht. Ze had haar lichaam al zo lang niet meer gezien als iets seksueels dat het nu meer dan onwennig voelde om zich te uit te kleden tegenover een aantrekkelijke man.

Ze haalde diep adem en bedacht dat het misschien hoog tijd was om daar verandering in te brengen. Nu dit hele kampeeruitje anders liep dan ze had verwacht, voelde ze zich plotseling rebels. Ze wilde nu eens niet eindeloos afwegen wat het verstandigste was; ze had toch geen controle over de meeste dingen, dat bleek maar weer uit de afwezigheid van Joyce.

Ze trok resoluut haar shirtje over haar hoofd uit en wrong zich uit haar korte broek. Haar ondergoed was niet spannend, maar gelukkig bijpassend.

'Ik zal niet kijken,' plaagde Nick, met zijn vingers gespreid voor zijn ogen, voor hij zich omdraaide.

Ze had zich zo gefocust op zichzelf dat ze niet door had dat hij al spiernaakt het water in liep.

‘Ik waarschuw je alvast, het water is k-k-koud!’ riep hij over zijn schouder.

Ze kon het niet laten om de strakke billen te bekijken die langzaam onder het wateroppervlak verdwenen. Snel haakte ze haar beha los, trok haar slip naar beneden en liep vlug achter hem aan, zodat hij zich niet zou omdraaien voordat ze er goed en wel klaar voor was. Hij bleek een echte heer, want hij zwom langzaam van haar af zonder om te kijken.

‘Ben je zover?’ vroeg hij overdreven hard.

‘Ja.’

Nick draaide zich snel op zijn rug om haar aan te kijken. Zijn verbaasde gezicht vermaakte haar. Ze stond tot haar middel in het water, haar borsten trots vooruit. Haar tepels verraadden hoe koud het water daadwerkelijk was. Zijn ogen gingen tevreden over haar lichaam en ze voelde een rilling door haar hele lijf.

10

'Ik wist niet dat het hier nog mooier kon worden,' mompelde Nick terwijl hij zich weer omdraaide. 'Het begint al te wennen. Het water.'

Ella waagde zich, voorzichtig navigerend over de ruwe bodem, dieper het water in en onderdrukte een gilletje toen het koude water haar borsten bereikte. Ze zwommen even in stilte rond. Als je goed luisterde hoorde je, naast het kabbelen, het water ook zachtjes ruisen, op die plekken aan de oppervlakte waar het vastliggende keien en boomwortels tegenkwam. Het was een ware symfonie. Ella haalde diep adem en keek liggend op haar rug naar de helblauwe lucht en de frisgroene blaadjes van de bomen aan weerszijden van de beek die naar elkaar reikten. De wind speelde zachtjes met de blaadjes en liet de zon meedoen. Het geluid van vogels drong door tot de voorgrond. Ze had de neiging haar ogen te sluiten en dit moment volledig over zich heen te laten spoelen. Even geen gedachten. Toen ze dat deed, hoorde ze, alert als ze was geworden, ineens het water dicht bij haar in beweging komen.

'Ik wil dat je weet dat ik zoiets als dit normaal nooit doe,' klonk de zware stem van Nick vlak bij haar oor.

Terwijl ze zich omdraaide, voelde ze ook de oneven grond weer onder haar voeten. Ze keek hem aan en glimlachte, geamuseerd dat hij op deze manier aankondigde dat ze kennelijk iets gingen doen wat eigenlijk niet kon. Het maakte haar ineens niet uit of hij de waarheid sprak. Ze waren nu niet de reisleider en de moeder van Finn; ze waren gewoon twee mensen die in het moment deden waar ze zin in hadden. Dat was iets wat haar totaal vreemd was, maar verrassend goed voelde.

Zijn donkerbruine ogen boorden zich in de hare en ze genoot ervan het onvermijdelijke te zien naderen. Zijn gezicht kwam dichterbij.

Een alarmerend geluid verbrak ineens het moment. Het duurde even voordat ze doorhad wat het was. Het was haar telefoon die tussen haar bundeltje kleren op de kant lag. Zo in de stille vredige natuur was het een vreemd snerpend geluid. Het had iets dwingends, iets wat meteen alle aandacht opeiste, of dit nu nodig was of niet. Ze keek om naar haar kleren.

'Je telefoon. Misschien Marlies?' opperde Nick.

Ella schudde haar hoofd. 'Nee, dit is de ringtone die ik heb ingesteld voor mijn ex.'

Ze keek weer terug naar Nick. De betovering was verbroken. Zijn gezicht verraadde niet of hij ervan baalde. Zelf baalde ze wel.

'Laat maar gaan,' zei ze resoluut en ze dook onder. Toen ze bovenkwam was haar mobiel gestopt. Nick was een stukje verderop gaan zwemmen. Ze zwom naar hem toe en glimlachte toen ze in zijn gezichtsveld kwam. 'Waar waren we gebleven?' vroeg ze. Ze zag een grijns op zijn gezicht verschijnen. Hij legde zijn handen op haar blote heupen en trok haar dichterbij. Op dat moment ging haar telefoon weer. Zowel zij als Nick verstarde. Ze schudde verontschuldigend haar hoofd naar Nick; ze had weinig andere keus dan de telefoon op te nemen. De gedachte dat er iets aan de hand kon zijn, drukte ze direct weg. Dit was typisch Dennis.

Ze klauterde de kant op, zich vaag bewust van haar blote lijf, en grabbelde naar haar onderbroek en shirt, die direct doorweekt raakten. Even twijfelde ze of ze gewoon de telefoon op stil zou zetten, maar zodra ze het ding in haar hand had, klonk de ringtone opnieuw.

Geagiteerd nam ze op. 'Jezus Dennis, gaat ie lekker?'

'Eh, sorry hoor, maar waar was jij?' zei de stem aan de andere kant van de lijn. 'Waarom neem je je telefoon niet op?'

'Misschien zat ik wel in een boomhut een dak van bladeren aan elkaar te knopen,' reageerde ze ad rem.

'O, is dat zo? Wat leuk,' zei Dennis kalm. 'Sorry dat ik zo ongeduldig was dan… Mag ik Finn even aan de telefoon? Ik wil graag zijn stem horen.'

Ella's recalcitrantie nam langzaam af en maakte plaats voor een gevoel dat ze niet helemaal kon plaatsen. 'Nee, we zijn aan het zwemmen.'

'Ben je met Finn aan het zwemmen? Wat leuk! Die kleine waterrat zal het wel super naar zijn zin hebben.'

'Ja, dus eh… Kan ik je later terugbellen?' zei ze snel. 'Dan kun je Finn ook spreken.'

'Is hij nu alleen in het water?' Zijn kritische toon ontging haar niet.

'Nee, er zijn nog meer mensen.' Hoe meer hij vroeg, hoe meer ze zich bewust werd van haar leugentjes. Ook al ging het om iets totaal onbelangrijks en had ze alle recht om te doen wat ze deed.

'Ik ga nu hangen, Dennis, er wordt op me gewacht. Stuur de volgende keer gewoon even een appje als ik bezig ben, oké?' Zonder zijn antwoord af te wachten verbrak ze de verbinding. Ze draaide zich om naar Nick, die tot haar verbazing volledig aangekleed achter haar stond. Ze had helemaal niet doorgehad dat hij tegelijk met haar het water uit was gegaan. Kennelijk was hun zwempartijtje nu echt voorbij.

11

Het enige geluid dat klonk waren hun voetstappen op de droge bosgrond. Nick had niets meer gezegd sinds het telefoontje van Dennis. Ella was zich vaag bewust van haar druppende haar en vochtige kleding. Doordat ze het hoge tempo van Nick over de oneffen grond probeerde bij te houden voelde haar lichaam klam. Haar voeten voelden rauw door het schuren van de natte sokken in haar sneakers. Het maakte haar niet uit dat Nick wederom zo'n haast had. Ze wilde zelf ook zo snel mogelijk terug naar het kamp en naar Finn. Het was Dennis gelukt om onder haar huid te kruipen, zij het tijdelijk. Nu Nick ineens overduidelijk geen contact meer met haar maakte, voelde ze zich ontzettend stom dat ze haar kind had achtergelaten om met een wildvreemde te gaan zwemmen.

Toen ze het kampeerterrein op liepen, zag ze direct Marlies zitten met Boaz en Finn. Ze was appels aan het schillen.

Nick hield halt en keek Ella even kort aan. 'Ik ga even kijken hoe het ervoor staat met de hutten. Misschien hebben ze nog hulp nodig.' Alsof hij nog verdere uitleg verschuldigd was voegde hij toe: 'Sophie is daar ook.'

Ella knikte. Terwijl ze naar Finn keek toverde ze een glimlach op haar gezicht. Het was altijd fijn om zijn stralende oogjes te zien wanneer ze elkaar weer zagen. Het schelle geluid van haar mobiel verstoorde haar ontspannen gevoel van het weerzien. Ze nam zich direct voor de hoogst irritante ringtone voor Dennis zo snel mogelijk te veranderen.

'Zo, dat was snel,' waren haar eerste bitse woorden nadat ze opnam.

'Ja, wij gaan zo eten,' zei hij kortaf.

Typisch Dennis, altijd ongeduldig en altijd op zijn schema.

'Mag ik Finn nog even spreken? Anders lukt dat niet meer voor de dag hier eindigt.'

Anders lukt dat niet meer voor je lallend van de cocktails tegen je vriendinnetje aan over de dansvloer glijdt, voegde Ella in haar hoofd toe. 'Prima, komt ie,' antwoordde ze koeltjes, stiekem blij dat ze zijn stem niet langer hoefde aan te horen. Ze keek veelbetekenend naar Marlies en nam Finn mee naar de ingang van hun tent. Finn reageerde bescheiden blij toen Ella hem zei dat het zijn papa was.

'Hallo? Ja. Leuk. Hmm-hmm.' Hij knikte. 'Eh... Ontbijten. Hutten bouwen... En we gaan nu appels eten.' Dennis vroeg hem overduidelijk wat hij allemaal had gedaan vandaag en Finn antwoordde als een echte vijfjarige: alleen het hoognodige.

Bij zijn volgende woorden bevroor de glimlach op Ella's gezicht.

'Nee, ik heb niet gezwommen nog. Hutten bouwen met Boaz en Marlies. Ja. Nee, zonder mama. Oké. Ja. Dag, papa.'

Ella had al bedacht dat ze haar antwoorden aan Dennis eerder aan de telefoon niet goed had doordacht.

'Papa wil jou weer aan de telefoon.' Ook dat was geen verrassing. Finn gaf haar de telefoon en leek opgelucht dat hij klaar was met het gesprek met zijn vader. Hij huppelde richting Marlies, die hem direct een stukje appel aanreikte en onderzoekend langs hem heen naar Ella keek, die de telefoon weer tegen haar oor deed.

'Waarom vertel je mij niet gewoon de waarheid? Volgens mij had ik toch moeilijker moeten doen over dit tripje,' zei de stem van Dennis streng nog voor ze iets zei.

'Omdat jij anders weer zo gaat doen zoals je nu doet. En omdat het je niets aangaat.'

'Het gaat mij niets aan? Of jij god weet waar god weet wat met mijn zoon doet?' sputterde Dennis tegen.

'Nee, dat bedoelde ik niet,' verzuchtte Ella. 'Dat gaat jou best aan, maar je hebt in eerste instantie zelf toestemming gegeven voor deze vakantie, dus dan heb je er maar op te vertrouwen.'

'Toen wist ik nog niet hoe het allemaal precies zat.'

Ella liet hem niet uitpraten en verhief haar stem: 'Ik bedoelde dat het jou geen donder aangaat wat ik aan het doen was.' Ze zag Marlies verrast opkijken en gniffelen.

'O? Nou, dan kan ik het wel raden,' riep Dennis cynisch. 'Dus jij laat Finn alleen om te gaan zwemmen met een of andere kerel?'

'Ik heb Finn niet alleen gelaten. Hij was bij Marlies, een van de andere...'

'Marlies? *Who the fuck* is Marlies? Je laat een wildvreemde op ons kind letten?'

Ella voelde een plotselinge hitte naar haar wangen trekken. Wat wist hij toch altijd op de juiste knoppen te drukken. 'Jezus Dennis, doe even normaal. Waar haal je het gore lef vandaan? De Vader van het Jaar, die de eerste jaren niet eens naar zijn kind heeft omgekeken! Die op vakantie gaat stappen met zijn vriendinnetje van twintig en met een glaasje te veel op besluit mij lastig te vallen! Hoe haal je het in je botte hoofd?' Kwaad verbrak ze de verbinding en gooide haar telefoon in de tent. Het lef van die man!

12

De meeste kampeerders waren al naar bed. De intimiteit van een kleinere groep volwassenen en de verhullende eigenschap van het schaarse warme licht van het kampvuur zorgden ervoor dat degenen die over waren gebleven zich zeker genoeg voelden om de minder florissante details van hun verleden te delen. Ella had een dekentje van Finn om haar schouders geslagen en genoot van de sfeer en de geur van het knapperende vuur. Ze had zich wat afzijdig gehouden van de gesprekken, maar luisterde aandachtig.

Marlies had zojuist verteld hoe haar ex-man, die ze tijdens haar studie had leren kennen, zo veranderde door het 'volwassen leven'. De verantwoordelijkheden voor het gezin maakten hem serieus en zorgelijk, niet in de minste plaats omdat Marlies niet meer fulltime werkte. 'Ik denk dat er uiteindelijk niets meer over was dan teleurstelling,' vertelde ze terwijl ze in de dansende oranje en gele vlammen staarde. 'Er viel niet met hem te praten; hij wilde sowieso niet naar zichzelf kijken en al helemaal niet naar zijn aandeel in onze problemen. Ik was niet leuk genoeg, ík was niet meer spontaan. Ik "gebruikte" volgens hem de kinderen als excuus om niets meer te ondernemen. Niets meer te willen.' Ze snoof. 'En daarom stond hij ervoor open om verliefd te worden op een ander. Bij haar vond hij weer spanning en vreugde.'

Er werd links en rechts geknikt door de mensen om haar heen.

'En toen raakte ik totaal onverwachts in verwachting.' Er viel een lange stilte. 'Hij verweet het me. Hij dacht dat ik het expres had gedaan om hem bij me te houden. Het stomme was, we waren zo weinig intiem met elkaar dat ik hem niet eens had verteld dat ik gestopt was met de pil. Ook door onze vruchtbaarheidsproblemen… stond ik er gewoon niet bij stil.'

Er spookte een vraag door Ella's hoofd die ze niet durfde te stellen. Het bleef stil, waarschijnlijk omdat iedereen dacht wat zij dacht.

'Jullie zullen nu wel denken,' zei Marlies, 'waar is dat derde kind dan? Dat verloor ik.' Ze slikte. 'Dat verloren wij. In de laatste maand van de zwangerschap. En toen verloor ik mijn man ook. Het verdriet, de verwijten… wederom die altijd op ons drukkende teleurstelling.'

Nick vulde de stilte die volgde met een zachte schorre stem: 'Wat heftig, Marlies… Je wilt nu vast nog wel een glaasje wijn.' Hij stond op en pakte een van de flessen uit de voorraad en vulde daarna in stilte niet alleen het glas van Marlies, maar ook dat van de anderen.

Het bleef stil. Misschien hoopte iedereen wel op een positieve draai uit Marlies' mond. De krekels leken even harder te tjirpen.

'Het ironische is… met haar kreeg hij al heel snel een baby. En daarna nog een. Kennelijk was het gezinsleven wel voor hem weggelegd. Alleen niet met mij.' Marlies keek op en forceerde een glimlach. 'Zo, en dat is even genoeg over mij. Ik geef het stokje door aan… jou.'

Ella keek verbaasd op toen Marlies haar symbolisch een glas rode wijn aanreikte. Ze pakte het aan en nam een slok om de tijd te nemen de woorden te zoeken. De zachte zurige smaak beviel haar. 'Tja… Wat valt er te zeggen?' zei ze toen. 'Mijn ex wilde eigenlijk geen kind en ging vreemd om zijn gevoel van vrijheid terug te krijgen. Ik betrapte hem en ik ben weggegaan met Finn. En nu ben ik gelukkig. Dat was het eigenlijk.' Ze keek even rond met een gespeelde zelfverzekerdheid. In het zachte licht leken de gezichten om haar heen extra mild en geduldig.

'Kom op, Ella, ik leg net mijn hele ziel bloot. En dan kom jij even kort de bocht door,' zei Marlies en ze grinnikte. 'Voor wat hoort wat, hoor.'

Ella haalde haar schouders op. Ze wist niet zeker of ze alles wilde delen met mensen die ze net kende. Haar derde glas wijn van die avond brak echter bij ieder slokje haar weerstand af.

'Ligt het echt zo simpel? Dan heeft hij je hart vast gebroken,' klonk de zware stem van Nick. Het was de eerste keer dat hij iets tegen haar zei sinds hun uitstapje naar de beek.

'Eerst wel... Denk ik,' antwoordde ze. 'Maar ik voelde me vooral bedrogen. Dat liegen en gekonkel achter mijn rug om. Het veranderde me in iemand die ik niet wil zijn. Onzeker, achterdochtig.'

De donkere meelevende blik van Nick en de aantrekkingskracht die weer tussen hen opspeelde, zorgde ervoor dat ze snel haar blik op haar glas richtte. 'Uiteindelijk realiseerde ik me dat het beter is zo. Toen alles eenmaal *out in the open* was en alles geregeld en achter de rug, voelde ik me heel anders. Ik had mijn leven weer terug en ik wist dat ik me prima ging redden met mijn kleine man. Ik was niet gelukkig geweest in ons leven samen. In het leven van Dennis.'

'Hoe bedoel je dat, "in het leven van Dennis"?' vroeg Marlies aanmoedigend.

'Dennis had een heel duidelijk beeld van hoe zijn leven moest zijn, naar de buitenwereld toe. Hij was enorm ambitieus. Hij moest en zou dat mooie nieuwbouwhuis kopen. En hij hield van mooie vrouwen aan zijn zijde. Mooie vrouwen in wie hij bevestiging vond. Daarom hield hij misschien ook niet op met veroveren. Hij had iets te bewijzen nu ik hem niet meer... adoreerde.'

Ze zuchtte en keek nog eens rond. 'Toen Dennis vreemdging verviel ineens voor mij de noodzaak om me aan te passen aan zijn wensen en dromen. Ineens hoefde ik niet meer na te denken over wat hém gelukkig zou maken. Het was alsof hij mij met zijn affaires een vrijbrief gaf. Om mezelf te zijn.'

'Hoezo dat?' vroeg iemand.

'Nou bijvoorbeeld, ik wilde nooit wonen in een Vinex-wijk. Ik ben opgegroeid op Bonaire, een zonnig eiland, altijd buiten in de natuur, altijd vrij. Een nieuwbouwwijk moet nog tot leven komen. Ik voelde me opgesloten in de alledaagsheid, in die geupgradede burgerlijkheid. Voor hem had ik het over, dacht ik ooit. Toen we samen waren, dacht ik dat ik overal gelukkig kon zijn zolang ik maar met hem was. Waarschijnlijk voelde ik onbewust zijn onrust en probeerde ik er alles aan te doen om hem blij te maken. Daardoor vergat ik te kijken naar wat ik zelf wilde. Wat míj gelukkig zou maken.'

'Dat klinkt logisch. Ik denk dat de meesten van ons zich daar wel in herkennen,' zei een man die Bernard heette. 'En als dat niet zo is, dan vast onze ex-partners.' Hij lachte verlegen in een poging zichzelf een houding te geven.

Ella knikte naar hem, veerde op en sloeg zacht met haar handen op haar knieën bij wijze van afsluiting. 'Weet je, ik ben blij dat ik ontsnapt ben aan een leven van iemand anders gelukkig maken. Dennis brak mijn hart niet, maar hij liet het wel beurs en beschadigd achter. Ik heb ontzettend veel van hem gehouden, maar nu zou ik voor geen goud terug willen.'

Het was haar bedoeling het woord nu aan iemand anders te geven, maar Marlies stak daar een stokje voor. 'Kun je het wel echt achter je laten als hij af en toe nog zo vervelend doet? Zoals vanmiddag?'

Ella fronste bij het horen noemen van haar privégesprek ten overstaan van de groep. Natuurlijk had Marlies haar van een afstandje geobserveerd en ook gezien hoe ze nijdig haar telefoon in haar tent gooide. Maar dat betekende niet dat het haar iets aanging.

'Dat is het lot als je samen een kind hebt. Je bent het nu eenmaal niet altijd met elkaar eens, maar je moet wel samen je weg vinden.'

'Maar denk je niet dat hij het expres doet? Om iets bij je te bereiken? Aandacht op te eisen?'

Ella schudde haar hoofd en was er nog steeds niet zeker van of ze dit wilde delen. Marlies' vragen maakten echter iets onverwachts in haar los: de behoefte om Dennis te verdedigen.

'Ik denk niet dat er iets achter zit. Twee jaar terug begon hij heel erg zijn best te doen. Iedereen om hem heen zei dat hij me terug wilde. Zijn broer, zijn moeder, zelfs een aantal van zijn vrienden. Zelf zei hij dat hij er klaar voor was om volwassen te worden. Sindsdien is hij – meestal – attent naar mij toe en maakt ruimte voor ons kind in zijn leven. Hij komt keurig zijn afspraken na, doet leuke dingen, hij heeft hem zelfs een mooie nieuwe kamer gegeven zodat Finn zich thuis voelt bij hem.' Ze keek naar het glas in haar handen. Vooral dat laatste had ze heel erg gewaardeerd. Het had een groot verschil gemaakt voor Finn.

'Alles wijst erop dat hij het meende,' vervolgde ze. 'Hij heeft nu wel weer een vriendinnetje af en toe, daar kan hij niet zonder, maar hij heeft me weleens gezegd dat hij zijn toenmalige grietje direct zou dumpen als ik het weer met hem wilde proberen.' Ze schudde haar hoofd en draaide het laatste laagje wijn in haar glas rond. 'Hij leek oprecht gekwetst dat ik het afdeed als een grapje.' Ze keek doelbewust op naar Nick. 'Ik heb hem vriendelijk doch duidelijk laten weten dat het echt helemaal over is tussen ons.'

Nicks gezicht bleef bloedserieus.

Ella keek om zich heen naar de anderen in de kring rond het vuur. 'Ik gun Finn een gezin met zijn vader erbij, maar ik wil mezelf er niet meer voor opgeven.' Daar was dan toch de positieve conclusie die iedereen graag hoorde.

'Maar mis je dan geen partner in je leven?' vroeg Marlies ongelovig, die kennelijk nog steeds niet klaar was met het verhaal van Ella.

Ella staarde in het vuur. 'Ik weet het niet. Ik denk het niet, eigenlijk. Ik hou van mijn leven zoals het is. Ik heb Finn, mijn werk, ik doe waar ik zin in heb.'

'Misschien heb je de juiste man gewoon nog niet in je leven.' Ella schrok even van Nicks schorre diepe stem. Hij keek haar veelbetekenend aan.

Het bleef stil. Iedereen wist wat hij bedoelde en dat maakte wat ze daarna zei des te pijnlijker.

'Ik geloof niet dat dat het is.'

Hun blikken kruisten elkaar maar even.

'Ik heb niet het gevoel dat ik ook maar iets zou willen veranderen. Ik heb me er ook bij neergelegd dat niet iedereen mijn leven hoeft te begrijpen.'

Ze keek op en probeerde de ernstige blik van Nick te verzachten met een glimlach. 'En ik geef het stokje door aan jou, Nick. Is het contact tussen jou en je ex wel goed?' Maar zodra ze zijn gezicht zag, had ze al spijt.

Nick ging ongemakkelijk verzitten. Hij keek rond en zei: 'Mijn vrouw is overleden toen Sophie nog heel klein was.'

13

Finn was acht maanden oud toen ze voor het eerst met z'n drieën haar ouders bezochten op Bonaire. Ze hadden een van de mooiste suites van het hotel, maar Dennis leek er weinig tijd te willen doorbrengen.

'Wil je weer op pad gaan? Maar ik wilde Finn net neerleggen om te slapen.' Ze kon haar verbazing niet verhullen.

'Dan laat je je moeder toch een keertje oppassen?'

Ella zuchtte. 'Mijn moeder moet gewoon werken. Een hotel runt zichzelf niet, hè?'

'Nou, dan schakel je de babyfoon door naar je mobiel en dan gaan we lekker naar beneden. Waarom heb ik anders zo'n duur ding gekocht als we die functie nooit gebruiken?'

Ella wist dat ze zich gewonnen moest geven. Ze had er ook geen zin in om de hele vakantie een mokkende vent bij zich te hebben. 'Ga jij dan maar alvast. Ik moet Finn nog voeden en als hij dan slaapt, kom ik ook een drankje doen, oké?'

Nadat Ella zich had opgemaakt liep ze terug naar het kleine bedje naast haar kant van het bed. Een bedje dat haar ouders speciaal hadden neergezet voor hun kleinzoon. Zoals altijd bukte ze naar de baby toe om zijn buikje subtiel op en neer te zien gaan. Pas toen ze dat zag, kon ze met een gerust hart naar beneden. Met haar mobiel in de hand begaf ze zich naar de bar buiten, waar Jeffrey de heerlijkste cocktails mixte. Ze kende hem al sinds haar kindertijd. Haar ouders waren zulke fijne werkgevers dat de meeste personeelsleden geen reden hadden om te vertrekken.

'Hey princess, the usual?' *Jeffrey lachte zijn prachtige rij witte tanden bloot.*

Ella schudde glimlachend haar hoofd. 'Doe maar een virgin Mai Tai, dank je. Heb je Dennis toevallig gezien?' Hoewel het vrij druk was, wist ze dat Jeffrey goed in de gaten hield wie er wel of niet aan zijn bar was geweest.

'Andere kant.' Hij knikte met zijn hoofd achter zich. Dennis stond amicaal te bewegen tussen een groep langharige vrouwen.

'Hé, daar is mijn lieftallige bruid,' zei hij overdreven blij toen hij haar zag.

Ella fronste. Ze waren inderdaad nog niet zo lang geleden getrouwd, nog voor de baby geboren was, maar zo enthousiast had Dennis daar eerder nooit over gesproken. Een beetje verbouwereerd schudde Ella de handen van de dames die zich voorstelden.

'Herken je ze niet, schatje?' vroeg Dennis. 'Dit zijn de stewardessen van onze vlucht. En de steward natuurlijk!' De jongeman, die de clichés over stewards met alles wat hij in zich had bekrachtigde, schudde als laatste haar hand. Ze herkende een van de dames inderdaad als de stewardess die zich heel liefdevol over Finn had ontfermd. Dennis leek zo in zijn nopjes met zijn gezelschap dat Ella haar verbazing nog niet helemaal van haar gezicht kreeg. Ze wist dat hij graag in het middelpunt van de belangstelling stond en erg gecharmeerd was van vrouwelijk schoon, maar dit ging ook haar voorstellingsvermogen te boven.

Hoewel Ella zich had verheugd op wat tijd met Dennis zonder de baby bleek het vliegtuigpersoneel vermakelijk gezelschap. Doordat zij de enige was die geen alcohol dronk, kon ze haar lol op om de dansende feestende uitslovers op de dansvloer te zien. Een beetje jammer was het wel dat haar eigen echtgenoot er een van was. Er was maar één dame van het gezelschap die zich rustiger hield en naast Ella op een barkruk naar het schouwspel zat te kijken. Het was de knappe vrouw met rossige krullen die Finn en zijn jonge ouders extra aandacht had gegeven tijdens de vlucht. Hoewel ze eerder wat brutaal had gekeken vanaf haar positie naast Dennis, richtte ze zich nu wat verlegen tot Ella.

'Jullie kindje is zoooo schattig.' Aan haar overdreven manier van praten merkte Ella dat ook zij de nodige cocktails achterover had geslagen. 'Mijn man en ik proberen al heel lang om zwanger te raken. Die lange vluchten maken het er niet makkelijker op. Een ovulatie is zo gemist en dan moet ik weer een hele maand wachten! Ik word er ook niet jonger op.' Ze grinnikte en knikte naar de cocktail in haar hand. 'En volgens mij heb ik zojuist weer wat eitjes om zeep geholpen met deze mojito's!'

Toen ze vervolgens bijna van haar kruk kletterde en Ella dat nog net kon voorkomen, besloot ze dat het hoogtepunt van de avond meer dan voorbij was. Ze wenkte Dennis, die samen met de steward oude discomoves na poogde te doen op 'Night Fever' van de Bee Gees. Ze had nooit begrepen waarom haar ouders bleven vasthouden aan die afgezaagde muziek, maar nu zag ze met eigen ogen dat dronken hotelgasten niets liever wilden dan uit hun dak gaan op oude vertrouwde nummers. Een beetje schoorvoetend kwam Dennis aansjokken, maar nadat hij zijn armen om haar middel had geslagen en zijn gezicht in haar lange haar begroef om haar parfum op te snuiven, ging hij toch mee naar hun kamer.

'Ssst, wees nou stil, Den!' fluisterde Ella geïrriteerd nadat ze de deur had geopend. Hij had erop gestaan zelf aan de deur te prutsen en nog was het hem niet gelukt om de sleutelkaart goed in de gleuf te schuiven. Dennis stommelde giechelend de kamer binnen.

'De baby…' Ze wees naar het bedje in het licht van het nachtlampje dat ze had aangelaten voor haar vertrek.

'Ja ja ja, de baby, de baby,' zei Dennis op harde fluistertoon. Nadat Ella haar sandaaltjes had uitgeschopt, pakte hij haar stevig beet en keek haar doordringend aan met zijn felblauwe ogen. Zelfs als hij dronken was, deed zijn ondeugende blik haar nog genoeg. Hij zoende langzaam haar nek en ze voelde haar benen een beetje week worden. Het was veel te lang geleden. Hij duwde haar zacht maar dwingend richting het bed en rukte met een snelle vlotte be-

weging haar zomerjurkje over haar hoofd uit. Hij kuste haar ontblote borsten en duwde haar neer terwijl hij meteen op haar ging liggen. Van de onhandigheid die hij met de sleutelkaart had laten zien, was niets meer over. Kreunend woelde ze met haar handen door zijn haar. Hun zoenen landden onstuimig ergens anders dan waar ze bedoeld waren en ze voelde zijn tong overal. Wat had ze dit gemist.

Een ontevreden gewoel naast het bed, gevolgd door een zacht slaperig kreetje, haalde Ella direct uit haar roes. Na twee snikken was Finn op volle sterkte aan het huilen. Dennis stak zijn teleurstelling niet onder stoelen of banken; hij trok geïrriteerd de lakens van het bed opzij.

'We maakten te veel lawaai,' merkte Ella ten overvloede op en ze tilde het kleine mannetje uit zijn bedje. Hij stopte direct met huilen en zijn lijfje ontspande tegen haar aan.

Dennis trok zijn boxershort weer aan en ging met zijn rug naar haar toe in bed liggen. 'Had dan ook een suite met een aparte kinderkamer aan je ouders gevraagd.' Ze had hem maar niet verteld dat haar moeder dit expliciet had aangeboden, maar dat zij het veel fijner had gevonden als de baby dicht bij haar sliep in een vreemde omgeving. Zonder nog iets te zeggen knipte Dennis het licht uit.

Ella werd wakker en knipperde, alsof dat haar zou helpen snel iets te zien in de donkere kamer. Ze was diep weggezakt in het dikke kussen en voelde het warme stevige lijfje van Finn ontspannen tegen haar aan liggen. Ze was kennelijk in slaap gevallen tijdens het voeden. Voorzichtig legde ze de diep slapende baby in het bedje. Pas daarna waren haar ogen echt aan het donker gewend en zag ze dat het bed naast haar leeg was.

14

Het doffe ritmische neerkomen van zijn voeten op de grond weerklonk in het donkere bos. De bundel licht van zijn zaklamp wiebelde voor hem uit om zijn pad te verlichten. Hij wist precies waar hij naartoe ging. Over zijn schouder en borst hing het levenloze lichaampje, bedekt met een deken. Het was net of hij sliep. Hij was maar klein, maar tijdens de wandeling werd hij zwaarder en zwaarder. Hoe dichter hij bij de triquetra kwam, hoe meer de eenzaamheid wegzakte. Hij bracht het offer naar hen en bij iedere stap voelde hij meer en meer hun aanwezigheid.

Toen hij op de open plek bij de eenheid van stenen kwam, legde hij met moeite zijn zaklamp op de bosgrond zodat de figuur min of meer werd verlicht. Hij hield het kind nu in beide armen vast en ging voor de triquetra staan. Hij haalde diep adem en keek omhoog. Op dat moment schoof de sluierbewolking voor de maan vandaan en onthulde een bleek helder licht dat zijn meesterwerk in één keer goed zichtbaar maakte. Zijn adem stokte. Het was prachtig en onaangetast. Dit was een teken.

Hij legde het kind neer op zijn zij, precies zoals hij van tevoren had bedacht. Het dekentje legde hij over hem heen, zodat alleen zijn hoofd zichtbaar was. Hem achterlaten zou niet moeilijk zijn. Hier hoorde het kind te zijn. Hij stapte zelf uit de stenen figuur naar achteren en aanschouwde wat hij had gedaan. Hij wist niet hoe lang hij daar stond, maar pas toen het licht verzwakte en de maan weer werd verhuld door wolken realiseerde hij zich dat de tranen over zijn wangen stroomden. Het was gedaan. En nu kon hij alleen maar wachten.

En dat gevoel had hij nu nog steeds. In bed. In dezelfde stilte en dezelfde duisternis. Het was al weken stil. Te stil. Alsof wat hij gedaan had niet was gebeurd. Maar het was gebeurd. Toch?

Hij pakte zijn tweedehandssmartphone van zijn nachtkastje en opende Twitter, alsof hij bewijs nodig had. De zoektermen die hij gebruikte zorgden ervoor dat de oude tweets weer laadden in zijn gebarsten scherm. De topzoekresultaten gingen allemaal over hetzelfde: de dag dat Dex gevonden werd. Vreselijk vonden de mensen het. *Zo'n kleine jongen*, schreven ze. *Zo onschuldig*. En dat was hij. Een kleine onschuldige jongen. Zo puur. Het was adembenemend om dicht bij zoveel puurheid te zijn. Hij had hem willen bezitten, hij had de puurheid willen bezitten. De puurheid die hij ook ooit had. Maar als hij zou zijn afgeweken van zijn plan was de jongen geen goed offer meer; als hij hem zijn puurheid had afgenomen was alles voor niets geweest.

Hij scrolde door de tweets van weken geleden; de steunbetuigingen, de speculaties, het tasten in de duisternis over het hoe en waarom. Hij voelde zijn frustratie opborrelen. Ze snapten het niet. Ze snapten hém niet. Het kwam ook doordat de politie de volledige stenenfiguur niet vrijgaf. En hij kon het ook niet delen, want dan zouden ze hem zeker vinden. En die gedachte maakte hem angstig. Weer opgesloten zijn. Alleen. Hij kon het idee niet verdragen. Dus hield hij zich na de vondst van zijn meesterwerk stil.

De mensen moesten het doen met een gelekte foto die onmogelijk het hele verhaal kon vertellen. Dus gaven ze het gewoon op. De tweets hielden op. De berichtgevingen in de media stopten. Het werd stil.

Het was ook stil in huis. Nu weer wel. Moeder had ook genoten van de kinderstem die af en toe klonk, dat wist hij zeker. Hij ook. Het was fijn om weer voor iemand te zorgen die kon antwoorden. Het kind was jong, zijn angst werd makkelijk verdrongen door fantasie. Niet alle kinderen zijn zo, maar Dex was bijzonder. Dex had hem gekozen.

De dagen dat hij hem bij zich had gehouden waren spannend. De mensen hielden hun adem in en hun kinderen dichtbij. Precies zoals hij had verwacht. De spanning moest leiden tot de genadeklap die als een schokgolf door de wereld zou denderen.

Toen de maan vol was, was het moment daar. De stenen waren gelegd, wachtend op zijn komst. Dex was al in slaap gevallen. Wat zo sereen begon maakte hem uiteindelijk alleen maar vastberadener. Ondanks de slaap kwam het lichaam in opstand en vocht om te overleven. De macht die kwam kijken bij het volbrengen van zijn ultieme slotstuk was bedwelmend. Hij voelde zich meer in leven in dat ene moment dan in alle jaren die eraan voorafgingen. Het duurde niet lang.

Het gevoel dat hij had gehad toen hij het kind smoorde was een onverwacht hoogtepunt geweest. De herinnering aan dat moment zorgde voor een drang diep vanbinnen. Zijn frustratie over het uitblijven van de verwachte uitwerking van zijn missie voedde de drift die kolkte in zijn binnenste. Het zoog en het trok tot hij aan niets anders kon denken. De drang werd een oncontroleerbare honger die gestild moest worden.

15

Toen Ella bij Finn de tent in kroop, was ze rozig van de wijn en de warmte van het kampvuur. De verhalen van iedereen, en vooral die van haarzelf, spookten door haar hoofd en ze wilde niets liever dan die het zwijgen op leggen. De trip naar Bonaire was het begin van het einde geweest en toen de herinneringen daaraan naar boven kwamen, verdween de behoefte om Dennis te verdedigen als sneeuw voor de zon. Bijzonder hoe de tijd zogenaamd alle wonden heelt, maar dat ophalen van bepaalde gebeurtenissen de zorgvuldig opgebouwde maar kwetsbare nieuwe huid weer net zo makkelijk scherp en pijnlijk openschaaft. Ella trok haar vest uit en kroop in haar slaapzak. Ze streelde even over het wangetje van Finn.

Vervolgens griste ze bedenkelijk haar mobiel, die half onder haar stretcher terechtgekomen was nadat ze hem woedend de tent in had gemikt, van de grond, en zag op haar scherm een berichtje van Joyce van eerder die dag.

Hé, ik zag dat je me had gebeld! Hoe is het nu?

Ze typte bijna automatisch een antwoord. *Wel goed eigenlijk. Maar hoe is het met jou dan?*

Wederom kwam Joyce, ondanks het late tijdstip, direct online. Ella keek naar Finn. Nu gaan bellen zou hem zeker wakker maken. Er was alweer een appje van Joyce verschenen.

Ja, wel goed? Ik voel me echt een beetje schuldig dat jij nu daar bent zonder mij, maar als je het leuk hebt, verandert dat de zaak, haha. Vertel!

Ella twijfelde en typte terug: *Ik heb het gevoel dat het altijd over mij gaat. Hoe redden jullie je? En hoe is de stand van zaken?*

Ze zag de woorden 'Joyce is aan het typen' een lange tijd op haar schermpje staan. Toen het antwoord eindelijk verscheen, was het verrassend kort. *Ik zit voorlopig goed waar ik zit. In de tussentijd wordt er gekeken welke stappen er tegen hem kunnen worden ondernomen.*

Maar wat is er dan precies gebeurd? Jullie krijgen wel snel hulp toch?

El… Zo makkelijk is dat niet. Mijn ex is namelijk niet te bereiken voor de instanties.

Wat? Hij is weg? Hoe weet je dan dat hij niet zomaar ineens voor je neus staat?

Dat weet ik niet. We zijn alert, meer kunnen we nu niet doen.

Je doet er wel heel nonchalant over.

Ik weet het ook allemaal niet, El. Ik leef hier al zo lang mee. De onvoorspelbaarheid, de angst. Waarom denk je dat ik het er niet over wil hebben? Ik wil er niet aan denken, ik wil juist afleiding.

Quasigeïrriteerd typte Ella het eerste antwoord dat in haar op kwam.

Mijn leven is afleiding voor je?

Ze dacht aan alle keren dat Joyce het gesprek weer richting haar had weten te sturen. Ella had het heerlijk gevonden om te allen tijde haar hart te kunnen uitstorten; Joyce was de enige in haar leven die zoveel aandacht had voor haar en haar perikelen. Ze stond altijd voor haar klaar met wijze raad. Eigenlijk was dat andersom nooit zo geweest. Het was er gewoon niet van gekomen. Tegelijkertijd met Joyce begon ze te typen om haar kattige reactie ongedaan te maken.

Sorry, Joyce. Ik begrijp hoe moeilijk het allemaal voor je is. Is er iets waar ik je mee kan helpen? Wat kan ik voor je doen?

Het antwoord van Joyce liet even op zich wachten. *Ja. Je kunt me vertellen hoe je het daar hebt. Een van ons moet toch leuke avonturen beleven? ;-)*

Ella glimlachte. Op de een of andere manier lukte het Joyce, ondanks alles, om weer in een luchtige sfeer terecht te komen. Misschien trok dat haar ook wel zo aan in haar. Joyce was niet zoals zij, ze overdacht niet alles tot in den treure.

Nadat ze haar vriendin in geuren en kleuren uit de doeken had gedaan wat er die middag bijna was gebeurd met Nick in het water, wachtte ze op antwoord.

Jemig zeg! Lekker bezig weer die Dennis! Maar waarom pak jij dan ook die telefoon op? Die laat je toch gewoon gaan?

Ja, maar het was zo irritant, hij bleef maar gaan... En ergens voelde het gewoon... verkeerd. Alsof ik het recht niet had iets voor mezelf te hebben als ik ons kind bij me heb. Ik bedoel... Ik ben hier met Finn en ik laat hem alleen om een avontuurtje te hebben.

Doe even gewoon, El! Je hebt nog nooit een vriend gehad in de drie jaar dat jullie uit elkaar zijn! Je bent er altijd voor je kind. Waarom moet het ene het andere uitsluiten? Ik zou zeggen: geniet van je vrijheid en die lekkere Nick. En dan vooral de 'dick' van Nick. LOL!

Ella lachte per ongeluk echt hardop. Ze keek snel met spijt op naar Finn, maar die sliep gelukkig door. Ze las het berichtje nog eens na en vroeg zich af of Joyce gelijk had. Joyce was zo anders dan zij, zo uitgesproken. Als het om mannen en seks ging was ze heel direct, bij tijd en wijle zelfs plat, maar Ella kon daar juist wel van genieten. En misschien gaf ze haar nu juist het steuntje in de rug dat ze nodig had.

Het aanhoudende gezoem van haar telefoon, die naast haar kussen lag, drong niet direct tot Ella door. Ze vroeg zich versuft af of het al ochtend was en realiseerde zich toen dat het al licht was buiten. Het geluid had ze op stil gezet toen ze de vorige avond met Joyce zat te appen. Ze kneep haar ogen dicht om zich te wapenen tegen het verrassend felle licht van het schermpje. 'Goedemorgen, Dennis,' mompelde ze slaperig.

'Luister Ella, we gaan zo op een dagtochtje en ik weet niet hoe mijn bereik zal zijn,' klonk zijn stem gehaast. 'Is alles goed met jou en Finn? Jullie zijn nog steeds in de Ardennen, hè?'

Ella hoorde de paniek in zijn stem. 'Eh, ja natuurlijk, wat is er dan?'

'Volgens mij weet jij nog van niets, maar er is gisteravond weer een jongetje verdwenen in Limburg,' was het harde antwoord.

Ella ging rechtop zitten. De vermissingzaak van het jongetje Dex zat nog vers in haar geheugen. Het hele land was in de ban geweest van zijn verdwijning. Toen hij uiteindelijk dood werd teruggevonden was dat ingeslagen als een bom. 'Wat erg!' zei ze net iets te hard. Ze zag dat Finn zijn oogjes opendeed.

'En iedereen is bang dat er een verband is,' vervolgde Dennis. 'De media speculeren, Twitter blaast alles op, het hele land lijkt ermee bezig.'

'En dat op de vroege ochtend,' mompelde Ella terwijl ze over Finns bolletje aaide.

'Ik heb er geen goed gevoel bij dat jij daar met Finn in zo'n uitgestrekt bosgebied zit,' zei Dennis. 'Ik zou het echt beter vinden als jullie naar huis gingen.'

Hoewel ze zijn eerste gedachten en emoties best begreep werd ze recalcitrant van zijn bemoeizucht. 'Den... Ik zit in de Belgische Ardennen. Omdat er paniek is uitgebroken in Nederland wil dat niet zeggen dat wij hier ineens niet meer veilig zijn. Ik ben altijd bij Finn...' Ze stopte met praten toen ze zich hun recente ruzie herinnerde. Ze wist zeker dat Dennis daar ook aan dacht. 'Oké, luister, Dennis,' zei ze toen vastberaden. 'Ik beloof je dat ik Finn vanaf nu niet uit het oog verlies. Je kunt gerust zijn, echt.'

'Waarom ben jij toch altijd zo koppig?' Zijn stem klonk milder. 'Het lukt mij nooit om jou te overtuigen, hè? Altijd je eigen weg kiezen. Eigengereid ben je.' Zijn woorden waren gemeend, maar ze hoorde dat hij een schampere lach liet horen.

'Daarom hou je toch van me?' zei ze plagerig. Ze had er meteen spijt van.

16

'Moet ik direct naar het bureau komen?' vroeg Jasmine.

'Dat lijkt me vooralsnog niet nodig.' Ze hoorde meer irritatie in Stevens' stem dan gewoonlijk. De vermissing lag nog in handen van een team van de lokale politie onder leiding van het Landelijk Bureau Vermiste Personen.

'Waarom in vredesnaam?' riep ze gefrustreerd. 'Waarom niet meteen groot alarm slaan, een Amber Alert eruit en het eerdere Team Grootschalige Opsporing weer actief?'

'Ik ben ermee bezig,' antwoordde Stevens nors.

Jasmine las nogmaals het Kind Vermist Alert van het Landelijk Bureau Vermiste Personen dat openstond op haar laptop. Thomas van der Vaart, een vijfjarig kereltje uit Diependal, werd gisteravond als vermist opgegeven. Na een tripje aan de kinderboerderij met de buitenschoolse opvang was hij niet meer in de bus terechtgekomen, maar dit werd pas opgemerkt bij terugkomst op de opvang. Het Kind Vermist Alert was afgegeven omdat er wel enige overeenkomst was met de zaak-Dex, namelijk de leeftijd van het kind, het geslacht en de regio. Deze vermissing had echter net buiten het gebied plaatsgevonden van de vastgestelde straal waarbinnen extra alertheid geboden was. Er was volgens de lokale politie nog niet voldoende gegronde reden om aan te nemen dat dit kind in levensgevaar was.

'Het trage politieapparaat heeft af en toe een oproerkraaier nodig... Ik ga me hardmaken voor een andere aanpak' – Stevens kuchte – 'en in de tussentijd kan het voor jou geen kwaad om te participeren in burgerinitiatieven... als burger. Helemaal uit eigen beweging dan, hè?'

Dit was een overduidelijke boodschap. Meer kon hij niet zeggen. Stevens leek er moeite mee te hebben te vragen wat hij nog meer wilde vragen, maar Jasmine voelde het al aankomen. De vorige keer had zij voor een doorbraak gezorgd. De vindplaats van het lichaampje in het Bovenste Bos was dankzij haar oplettendheid in het vizier gekomen.

'Wil jij... weer je ding doen op social media... off the record, zeg maar? Omdat ik het vraag? Dan doen we tenminste iets.' Hij schraapte zijn keel. 'Misschien heb ik het mis en is er geen verband. Er raken iedere dag kinderen vermist.'

'En meestal worden ze snel teruggevonden,' vulde Jasmine aan. Dat was zo. Maar als Stevens zijn trots opzijzette om haar hulp in te roepen was deze vermissing kennelijk anders.

Jasmine hoorde het vroege journaal van halfacht eindigen op de achtergrond, terwijl ze op haar knieën onder de bank zocht naar haar instappers. Er was geen berichtgeving van de vermissing op het nieuws geweest, en dat was maar goed ook. De massahysterie moest zo min mogelijk worden gevoed.

Helaas hadden een aantal online versies van de grote kranten het nieuws wel opgepakt. De gewone media deden nog weinig anders met het bericht dan de feiten weergeven; er was nog niets meer te vertellen. En dat terwijl op social media het volk alweer helemaal losging. De hashtag #dexvermist was ineens weer in gebruik en nu vergezeld door de hashtag #thomasvermist. Zodra een vermissing in de spotlights komt door een alert via social media is een verband snel gelegd. Het was alsof deze nieuwe vermissing de korst van de nog niet geheelde wond van de onopgeloste moord op Dex afrukte. Alles was ineens weer vers. De paniek, de onzekerheid, de angst.

Terwijl ze een bak te sterke koffie naar binnen klokte, drukte ze voor wat voelde als de honderdste keer die ochtend op het

Twitter-icoontje op haar smartphone. Geen nieuwe openbare informatie via @kindvermist. Op het Kind Vermist Alert werd alleen nog maar gereageerd door burgers die zich graag mengden in het dialoog.

Was het wel een dialoog te noemen, vroeg ze zich af. Uit het gezwets op Twitter bleek dat de meeste mensen alleen maar de intentie hadden hun eigen overpeinzingen of ongerustheid de wereld in te schieten. Het leek nog het meest op een hoop monologen, tegelijkertijd en door elkaar. Als kwetterende vogels, realiseerde ze zich voor het eerst.

Met een punt koude pizza van eerder die week in haar vrije hand gooide ze de koelkastdeur dicht met haar elleboog, en ververste de zoekterm #vindthomas zodra ze plaats had genomen aan haar overvolle tafel. De laag stof op de studieboeken voor haar neus maakte pijnlijk duidelijk hoe ze haar studie had laten versloffen. Ze deed geen moeite een bord te pakken en tuurde onverstoorbaar naar het lichtgevende schermpje terwijl ze hapte in de pizza, die verrassend goed smaakte. Er kwamen iedere minuut tweets bij van bezorgde, maar ook van betweterige mensen, en niet te vergeten van complotfanatiekelingen.

Ze wist niet wat ze hier meer hoopte te vinden dan wat Stevens haar zojuist via de telefoon al had verteld. Toch was ze doodsbang dat ze een essentiële aanwijzing zou missen, gezien de geschiedenis. Daarnaast zocht ze of er al burgerinitiatieven op poten werden gezet, zo in de vroege ochtend.

Er werd niet uitgesloten dat Thomas er op eigen houtje vandoor was gegaan. Zijn ouders vertelden dat hij het helemaal niet leuk vond om hele dagen op de BSO te zijn tijdens de zomervakantie en dat hij die ochtend hevig had geprotesteerd, ondanks het leuke uitstapje.

Jasmine hoopte vurig dat de in haar ogen ijdele hoop van de ouders op waarheid gestoeld was.

17

Het was een bewolkte ochtend in de Ardennen. Ella hoopte dat er geen regen zou vallen; ze was al niet zo'n kampeerder van nature, maar niets leek haar zo vervelend als niet kunnen ontsnappen aan de nattigheid van een drassig bos.

'Mama, ik wil in de boom klimmen. Ga je mee?' vroeg Finn, die enthousiast aan kwam rennen.

Ella wist inmiddels maar al te goed van de mooie grote klimboom verderop waar alle kinderen verzot op waren. Voor Finn was het de Everest.

'Kijk! Dat is hem!' riep Finn enthousiast terwijl hij wees naar een grote kronkelige boom te midden van een bos van rechte naaldbomen. Hij had met zijn vertakkingen de nodige ruimte om zich heen vergaard.

'Als ik je nou het allereerste stukje help en dan hier onder je blijf staan? Dan kun jij zelf kijken hoe ver je wil gaan.'

'Maar ik kan het hoor, mama!'

Ella kreeg de neiging hem toch te helpen, maar hield zich in. 'Je kunt het hartstikke goed!' riep ze hem in plaats daarvan na. Het bladerdek zou hij waarschijnlijk nooit bereiken, maar voor hem was iedere centimeter een overwinning.

'Kijk eens hoe hoog, mam!' riep hij, zijn concentratie doorbrekend.

Geen 'mama', maar 'mam', bedacht ze. 'Wat knap!' Tot haar verbazing klom hij behendig steeds hoger, tot hij het hoogst mogelijke punt bereikte. Ze kon haar ogen niet geloven.

'Je kunt hier heel ver kijken!' riep hij. Hij keek trots naar haar om, zijn handen en voeten stevig verankerd in de grote stille boom. Zijn blauwe ogen straalden zo mogelijk nog meer. 'Heb ik van Nick geleerd!'

'Ssst, dat moet je niet verklappen, jongen,' zei onverwachts een zware stem.

Ella draaide zich om, om direct in het knappe gebruinde gezicht van Nick te kijken. Hij had zijn dochter aan de hand.

'Deze wil ook klimmen. Hè, Sophie?' Hij keek opzij naar het kleine meisje, dat knikte en enthousiast onder de boom ging staan om op haar beurt te wachten.

'Kom je al, Finn?' riep ze de huidige klimmer toe, die al voorzichtig was begonnen aan de terugweg.

Nick keek haar even aan en deed met een grote grijns demonstratief zijn handen in zijn zakken. Toen ze naar de kleine Sophie keek, wist ze waarom. Finn was inmiddels bijna beneden en keek ook vol bewondering naar het meisje. Ze was amper vier jaar oud, maar klom met het grootste gemak razendsnel tot halverwege de boom. Ella knikte vol ontzag naar Nick en realiseerde zich direct dat Sophie werd opgevoed door niemand anders dan haar vader. Zij had geen overbezorgde moeder om haar af te remmen.

'Je laat haar goed vrij. Ze is zelfverzekerd... En jij ook,' stelde ze voorzichtig.

'Is allemaal fake,' antwoordde Nick met een bescheiden glimlach. Hij hielp Finn het laatste stukje met een zogenaamde grote sprong en zwierde hem het laatste stukje rond. Finn schaterde het uit.

Na een lange stilte zei Nick: 'Ik ben niet zo zelfverzekerd als ik lijk. Ik ben als de dood dat haar iets overkomt. Maar daar heeft zij niets aan.' Hij keek naar zijn kleine meisje, dat met haar vrije hand naar hem zwaaide. 'Ik weet dat ik er niet altijd zal zijn om haar te beschermen. Ze zal dus sterk moeten zijn. Sterk genoeg om mij niet nodig te hebben.'

'Dat zeg je mooi,' zei ze en ze knikte bedenkelijk. 'Als ze leren dat ze zichzelf kunnen redden, kunnen ze de wereld aan.'

Nick keek haar aan en zei, alsof hij haar gedachten kon lezen: 'Dit hebben ze ons van tevoren nooit verteld, hè?'

Ella knikte en liet langzaam een diepe zucht ontsnappen. 'Het is lastig als je geen andere mensen hebt om op terug te vallen. Zoals je ouders... Ik heb dat zelf ook niet.' Hoewel haar ouders zeer betrokken waren en ze hen goed op de hoogte hield, maakten ze door de afstand maar een klein deel van hun leven uit. Ze zagen Finn hooguit een paar keer per jaar in levenden lijve en van oppassen was al helemaal geen sprake.

Nick haalde haar uit haar gedachten. 'Sophie heeft gelukkig wel een heel lieve opa en oma op wie ik terug kan vallen. De ouders van haar moeder. Ze is dol op ze. Ze zijn nauw betrokken bij haar opvoeding en ik kan altijd bij ze terecht. Ik breng Sophie ook regelmatig bij hen. Zij is het enige wat ze nog hebben sinds het overlijden van hun enige dochter.' Hij dacht even na. 'Sophie is ook de enige familie die ik heb. Dat schept een band, denk ik.'

'Dat is ook wel heel mooi.'

'Hé, voor ik het vergeet,' zei Nick alsof hij het ineens bedacht, 'we gaan straks met een groep een kindvriendelijke *hike* doen. Hebben jullie zin om mee te gaan?'

'Klinkt leuk!' zei ze en ze knikte, blij dat hij van onderwerp veranderde. Tijdens de stilte die daarna viel dacht ze aan een berichtje van Joyce dat ze vanmorgen op haar telefoon had gevonden.

Je gaat toch wel werk maken van die Nick? Voor je het weet richt hij zijn pijlen op een van de andere alleenstaande moedertjes.

Ze vond Nick leuk, ja, steeds leuker zelfs, maar dat betekende niet dat ze meteen 'werk moest maken' van iedere kriebel in haar onderbuik. Ze had zich vlak voor het slapengaan voorgenomen dat wat er zou gebeuren, zou gebeuren. Ze was hier met Finn en als er meer in zat met Nick, dan was dat leuk. Meer niet. En als Nick zijn interesse verloor als het niet snel genoeg ging, dan was dat jammer. Ze had dan ook niet geantwoord op het berichtje van Joyce.

Toen Nick klaar was met ook zijn klimmende dochter door de lucht te zwieren, keek hij Ella aan, wat haar direct uit haar gedachten haalde. 'We nemen allemaal water mee, maar in principe zijn we weer terug voor de lunch. Smeer jullie beiden ook even goed in met insectafwerende crème of spray. O, en er is regen voorspeld, dus een regenjas voor Finn en voor jou is geen overbodige luxe.'

18

Er waren veel auto's geparkeerd aan het begin van de landweg. Jasmine had moeite om haar oude Mitsubishi een veilig plekje te geven op de nauwe strook gras tussen de eenbaansweg en de sloot. Het zoekgebied lag een kilometer of twee van de kinderboerderij waar de jongen voor het laatst was gezien. In alle richtingen zou de omgeving worden uitgekamd.

Er stond een grote groep mensen net voorbij de eerste boerderij te trappelen om te beginnen. Vooral volwassenen uit de buurt, schatte ze in, en een enkele tiener. Misschien een familielid van het slachtoffer dat een dag school mocht missen onder deze omstandigheden. Niet het slachtoffer maar het vermiste kind, corrigeerde ze zichzelf. Ze vermeed bewust het groepje agenten dat er stond terwijl haar ogen speurden naar aanwijzingen wie de leiding had bij het burgerinitiatief. Een man van middelbare leeftijd met een zwaar Limburgs accent gaf een globale uitleg over waar de zoektocht zou beginnen, waar ongeveer de grens van het zoekgebied lag en hoe om te gaan met privéterreinen. Bingo, dacht Jasmine. Ze schuifelde dichterbij en luisterde geduldig. Nadat hij klaar was, klapte de man in zijn handen.

'Dus, we hebben toestemming alle landerijen door te lopen, met respect voor de gewassen. We blijven overal van af en laten de eventuele dieren met rust. Fijn dat jullie er allemaal zijn, laten we nu Thomas gaan vinden!'

'Eh, sorry... Mag ik nog even iets toevoegen?' Het plotselinge keurige ABN van Jasmine trok meteen de aandacht. 'Ik weet dat we natuurlijk op zoek zijn naar een levend kind, en dat hoop ik ook van harte, maar als we iets vinden wat lijkt op een misdrijf… zorg dan alsjeblieft dat je de plaats delict niet verstoort. Het is heel belangrijk dat sporen…'

De man die de leiding had onderbrak haar zichtbaar aangedaan. 'Dat is ons al uitgelegd door de politie, ja.' Hij stak zijn hand naar voren. 'Van der Vaart. Ik ben de opa van Thomas, en u bent?'

Ze vervloekte zichzelf. Waarom moest ze nou ook weer zo nodig de aandacht op zichzelf vestigen? 'Jasmine. Ik kom uit de buurt.'

'Juist ja. Fijn,' mompelde hij. 'Nou mensen, dan gaan we nu maar aan de slag om mijn kleinzoon zo snel mogelijk veilig en wel bij zijn ouders terug te krijgen.' Hij keurde haar geen blik meer waardig.

Ze kon zichzelf wel voor haar kop slaan. Wat ongevoelig en onnadenkend. Natuurlijk was de man die zo snel een zoektocht had georganiseerd familie van het vermiste kind en zij ging het even doodleuk hebben over een mogelijk misdrijf, de plaats delict en sporen. Ze kon zich het commentaar van Stevens wel indenken.

Ze zuchtte en sloot zich aan bij een groepje dat het weiland rechts van de boerderij ging doorlopen. De kinderboerderij, waar de zoektocht begon, was al volledig uitgekamd door de politie. Ook de naburige boerderijen konden diezelfde ochtend een bezoekje van het opsporingsteam verwachten. Het waren voornamelijk de weilanden en de plukjes bos die zouden worden uitgekamd door het burgerinitiatief. Voor de sloten zou groot materieel nodig zijn. Jasmine slikte.

Na een uur rondlopen en speuren, inmiddels op een weiland van twee boeren verderop, merkte Jasmine dat haar gedachten steeds vaker afdwaalden. Net zoals zij zelf was afgedwaald van de verschillende groepen mensen die linies vormden om zo geen enkel grassprietje ongemoeid te laten. Aangezien ze toch niets te vertellen had, trok ze liever haar eigen plan. Af en toe pakte ze haar telefoon om Twitter af te speuren. Door die afleiding drong het niet direct tot haar door wat de vrouw een paar meter van haar vandaan riep.

'Hij is gevonden! Thomas is gevonden!'

Jasmine keek op naar de vrouw, die haar mobiel in de lucht hield bij wijze van bewijs. Ook anderen pakten direct hun telefoon, alsof ze het pas zouden geloven als ze het op hun eigen apparaat lazen. Jasmine was niet aangesloten bij de groepsapp van de zoektocht, maar realiseerde zich dat er een bericht was verstuurd naar alle deelnemers.

'Hij is gevonden!' klonk het weer, nu nog harder maar met nog net zoveel ongeloof. Jasmine rende op de vrouw af.

'Waar?' vroeg ze met een bonkend hart terwijl ze ongevraagd met de vrouw meekeek op haar mobiel.

'In een van de boerderijen.'

Jasmine keek om zich heen en dacht koortsachtig na. Door de open weilanden kon ze veel boerderijen in de omgeving gedeeltelijk zien. Haar ogen speurden naar commotie. Ze dacht te kunnen zien dat bij een boerderij een paar honderd meter verderop enkele politievoertuigen stonden, meer dan je zou verwachten. Ze begon te rennen. Hoewel ze niet wist wat ze zou doen en wat ze moest zeggen, wist ze dat ze dichterbij moest zijn om iets op te vangen. Ze rende tot ze buiten adem een sloot bereikte. Daar, vanaf het weiland van de naburige boer, zag ze dat er een agent naar buiten kwam. Hij had een jongetje op zijn arm.

Hij leefde! Thomas leefde! Jasmine staarde naar het tafereel. Er klonk enthousiast gejuich. Er barstten mensen in tranen uit. Er werd geen lint gespannen. Er werd niemand in de boeien geslagen; er heerste niets anders dan opluchting en blijdschap. Thomas lag moe maar nieuwsgierig op de schouder van de agent en keek met wijze oogjes naar alles wat er om hem heen gebeurde.

Jasmine stond aan de zachte drassige grond naast de sloot genageld. Als een buitenstaander bekeek ze het groepje mensen van een afstandje. Ze had hier niets te zoeken. Thomas leefde.

Ze schrok van de grote kop van een koe die haar nieuwsgierig van dichtbij bekeek en vervolgens een hard geloei liet horen. Wegwezen jij, leek ze te willen zeggen.

19

Je gaat me toch niet vertellen dat je nog gevoelens hebt voor die lapzwans van een Dennis?

Ella stopte zonder Joyce te antwoorden haar telefoon terug in haar achterzak, zuchtte geïrriteerd en ging stoïcijns verder met het afruimen van de tafel.

'Dat was een mooie wandeling, hè? Gelukkig hebben we het droog gehouden!' zei Marlies plotseling, terwijl ze Ella begon te helpen met de borden opstapelen. Ella kreeg geen tijd om te antwoorden.

'Het is makkelijker als je gewoon niet kijkt,' wist Marlies te vertellen. 'Zo deed ik dat ook met mijn ex. Wat heeft hij nu weer?'

Het was niet Ella's bedoeling geweest zo overduidelijk geïrriteerd te reageren en daarmee een gesprek over Dennis te starten. 'O, niets. Hij doet moeilijk over dat vermiste jongetje.' Ze loog niet.

Marlies begon te lachen.

Het kwam Ella wat ongepast over. 'Waarom lach je?'

'Zie je dan echt niet wat hij doet, Ella?' vroeg Marlies op brutale toon.

'Wat bedoel je?'

'Dit gaat helemaal niet over de angst dat Finn iets zou overkomen,' zei Marlies vastberaden. 'Nee, dit gaat over controle. Zijn controle over jou. Het lijkt erop dat hij jouw vakantie met Finn wil verpesten en weet je wat? Volgens mij slaagt hij daar aardig in.'

'Hoezo? Ik laat hem helemaal niets verpesten,' antwoordde Ella stekelig.

'Je kijkt anders aardig vaak op je telefoon.'

'Dus? Daaruit trek jij je conclusies?' Ella probeerde haar stem op een niet-alarmerend volume te houden, maar het irriteerde haar dat Marlies zo doordramde. Ze kende Dennis niet eens, en haar ook nauwelijks.

'Ik snap jou niet. Je houdt volgens mij andere mannen aardig op afstand, maar je ex kan niets verkeerd doen. Hij loopt je constant op te fokken en jij blijft gewoon passief!'

'Zelfs als dat zo zou zijn weet ik niet waarom jij je daar zo druk om maakt, Marlies,' siste Ella ineens kattig. 'Luister, mijn ex is niet jouw ex. Ja, hij is een ploert als het om vrouwen gaat, maar hij heeft het beste voor met Finn. En inmiddels ook met mij.'

'Als jij het zegt,' mompelde Marlies zonder haar aan te kijken.

Ella veegde wat grove kruimels op een bord. Ze hield niet van confrontatie en zat er al helemaal niet op te wachten om Dennis steeds te moeten verdedigen. Waarom zou ze eigenlijk? Wie probeerde ze nu te overtuigen? Ze was het beu dat assertieve mensen zoals Joyce en Marlies altijd wat vonden over haar relatie met de vader van haar kind. 'Waar bemoei jij je eigenlijk mee? Je kent mij helemaal niet,' zei ze toen.

Marlies stak met opgetrokken wenkbrauwen schuldbewust haar handen in de lucht en ging verder waar ze mee bezig was. De rest van de kampeerders leek na de maaltijd in de relaxmodus te zijn gegaan; behalve zij had niemand door dat het tijd was om op te ruimen.

Marlies verbrak de minutenlange stilte tussen hen. 'Sorry Ella… Ik heb soms geen filter.' Ze glimlachte wat ongemakkelijk. 'Het spijt me.'

Ella haalde haar schouders op en werkte door.

'Misschien kan ik wel wat van je leren. Altijd zo strijdlustig en achterdochtig zijn doet ook niets voor me.' Marlies zuchtte. 'Jij accepteert de situatie met je ex, en überhaupt je leven, gewoon zoals het is. Ik vind dat bijzonder.'

Ella kon niet anders dan zich een tikkeltje beledigd voelen.

'Wat is er mis met mijn leven?' Ze keek op naar Marlies, die haar blik leek te vermijden.

'Nee, zo bedoel ik het niet,' antwoordde zij op haar beurt. 'Ik vraag me soms gewoon af hoe je het doet. Dat accepteren. Afgezien van het feit dat je zegt geen partner nodig te hebben... Is alles dan niet heel anders gelopen dan je ooit dacht? Jij verwachtte toch ook iets anders dan... dit? Zou je dan niet bijvoorbeeld nog meer kinderen willen? Gewoon een volwaardig gezin met twee ouders?'

Ella haalde haar schouders op. 'We zijn een volwaardig gezin. Ik ben dolblij met wat ik heb. Ik geniet intens van alle fases die Finn doorloopt. De babytijd was ook zo bijzonder.' Ze vroeg zich af of de opmerkingen van Marlies zo onder haar huid kwamen omdat er een kern van waarheid in zat. Natuurlijk waren die eerste jaren ook zwaar en groeiden zij en Dennis toen uit elkaar. Maar de band tussen haar en Finn was het mooiste wat ze ooit had meegemaakt. En ja, daarom dacht ze inderdaad weleens: zal ik het dan nooit weer meemaken? Nooit meer zwanger, een kleintje dat tegen me aan in slaap valt. Nooit meer samen één zijn.

'Nou, ik zou het wel weten!' zei Marlies alsof ze haar gedachten kon lezen. 'Je bent nog jong, aantrekkelijk...'

Ella keek haar verwonderd aan.

'Ja, het voelt gewoon een beetje als een verspeelde kans,' verduidelijkte Marlies schouderophalend. 'Ik bedoel... dat ik een derde keer zwanger ben geraakt is al een wonder. De eerste twee keer ging moeizaam, daarom zit er zoveel leeftijdsverschil tussen Kaya en Boaz. En na die ene keer onbeschermde seks was het zomaar in één keer raak.' Ze stopte waar ze mee bezig was en haalde haar schouders op. 'En nu ben ik te oud.' Ze grinnikte, maar Ella zag dat ze het niet werkelijk grappig vond.

'Wat moeilijk, Marlies. Maar ben je dan niet heel gelukkig dat je twee gezonde kinderen hebt?'

'Dat is altijd zo'n dooddoener,' zei Marlies bits. 'Het maakt het verlies en gemis er niet minder om, natuurlijk.' Even was er alleen het geluid van het bestek dat in een grote teil kletterde. 'Natuurlijk ben ik blij met mijn gezonde kinderen.' Marlies glimlachte mild om haar eerdere antwoord te verzachten. 'Maar als ik de kans had gehad, had ik een hele roedel! Sorry El, begrijp je nu waarom ik het een verspeelde kans vind dat jij het allemaal maar op je af laat komen? Geen kinderen meer, geen groter gezin, omdat je een vent had die vreemdging?'

Ella slikte. 'Nou nee… Dat begrijp ik eigenlijk niet. Ik ben gewoon tevreden met mijn leven en gelukkig met mijn zoon. Hij is geweldig lief en hij maakte mij moeder.'

Marlies onderbrak haar. 'Maar dan hangt je geluk toch af van je kind? Je enige kind. Stel dat er iets met hem gebeurt?'

'Waarom zou er iets met hem gebeuren?' antwoordde Ella perplex.

'Nou ja… Die ontvoerde kinderen zetten ouders wel aan het denken, toch? Jou toch ook?'

'Ja, natuurlijk denk ik na over de veiligheid van mijn kind, maar niet in de trant van: één kind kan ik kwijtraken dus laat ik maar een reserve maken,' antwoordde Ella snibbig.

'Ach, zo bedoel ik het ook helemaal niet. Sorry. Nu doe ik het weer. Dat filter, hè.'

Ella stapelde bedenkelijk de gebruikte bekers op in een tweede grote teil. 'Ik ben gewoon heel anders dan jij,' zei ze zacht. 'Jij vindt dat je actief moet najagen wat je wilt in het leven en ik neem het liever zoals het komt.'

'Tja, en je weet nooit wat het leven nog brengt. Dat is misschien wel het mooie.'

Ella keek verbaasd om naar de hese stem die dat zei en zag dat Nick ineens achter haar stond. Hoeveel had hij gehoord? Een warmte golfde onrustig door haar onderbuik.

'Wat is het mooie?' vroeg ze.

'Dat je niet weet wat het leven voor je in petto heeft. Alles is mogelijk,' antwoordde hij. 'We zijn al begonnen, toch?'

Zijn knipoog was zo snel dat ze hem bijna miste. Ze bleef hem verrast aankijken. 'Met wat?'

'Met afruimen?' Hij grijnsde ondeugend, of verbeeldde ze zich dat maar?

20

'Hé! Dat jochie dat verdwenen was in Limburg is gevonden! Slapend tussen de hooibalen op een hoge hooizolder!' Janine, een van de andere moeders, scrolde al pratend op haar telefoon.

'Wat fijn! Hoe kwam hij daar dan?' vroeg Ella terwijl ze een volle vuilniszak dichtknoopte.

'Hij bleek te zijn weggelopen van zijn groep van de BSO en was aan de wandel gegaan in het bos. Uiteindelijk wilde hij wel terug naar de kinderboerderij om naar huis te gaan, maar raakte de weg kwijt. De hooizolder heeft hij kennelijk pas gevonden toen de boer en boerin al naar bed waren. Alle lichten waren al uit, hij wist niet wat hij moest doen, dus verstopte hij zich op een veilige plek.'

Ella pakte haar eigen mobiel en zocht de informatie. 'Jemig,' mompelde ze, 'hij zocht een warm plekje tussen het hooi en was zo moe dat hij nog sliep toen de politie hem in de ochtend vond. De boer en boerin hadden geen idee.'

'Ella?' Nick, die in de tussentijd iets anders was gaan doen, kwam met een glimlach op haar af lopen. 'Ik weet dat je ook al hebt geholpen met afruimen, maar mag ik jou toch vragen de afwas te leiden? Met iemand anders? Jij weet nu ook hoe en wat en ik wil graag even gaan houthakken. We zitten steeds tot zo laat bij het vuur dat mijn voorraad er hard doorheen gaat.'

Ella glimlachte bij de gedachte aan de knusse avonden.

'Niet dat ik dat erg vind,' voegde Nick er met een brede grijns aan toe. Hij keek haar vervolgens veelbetekenend aan en vroeg: 'Ben jij er vanavond ook weer bij?'

'Ik denk het wel,' antwoordde Ella.

'Gezellig. Ik kijk ernaar uit.' Hij bleef haar vervolgens zo lang aankijken dat ze er verlegen van werd. Werd dit een soort officieuze date?

'Ik zal de afwas regelen,' zei ze toen kordaat.

'Dank je wel,' zei Nick, 'en ik beloof dat je daarna heel lang geen beurt krijgt.' Ze grinnikten allebei puberaal om de dubbele betekenis. Nick pakte haar hand vast en drukte er een kus op. 'O, en vraag genoeg hulp. Vele handen maken licht werk.' Hij draaide zich om naar zijn kruiwagen, legde er een bijl in en verdween tussen de bomen.

'Toe maar...' Marlies grinnikte. 'Dat gaat de goede kant op.'

Ella haalde haar schouders op.

'Zal ik met Kaya wat kleintjes meenemen voor een spelletje? Dan heb jij even de tijd voor de afwas,' zei Marlies. 'Ik heb iets goed te maken.' Ze knipoogde naar haar en voegde toe: 'Janine wilde helpen, geloof ik, en Bernard samen met zijn zoons.'

Ella knikte dankbaar.

'We gaan verstoppertje spelen, Finn,' hoorde ze Kaya enthousiast vertellen. 'En wie er wint, krijgt een mooie ballon!'

Finn voelde zich inmiddels zo op zijn gemak dat hij niet eens meer naar zijn moeder zwaaide.

Ella stapelde met Bernard alle schone droge borden op op de grote picknicktafel. De bekers, het bestek, alles stond weer klaar voor de volgende maaltijd. Er was verder niemand aanwezig in het kamp; iedereen had zich aangesloten bij een activiteit.

'Koffie?' Ineens kwam Marlies het kamp in lopen, pakte een schone thermoskan en schonk er de koffie in die Ella net had gezet.

'Waar zijn de kinderen?' vroeg Ella haar verbaasd. Eigenlijk had ze willen zeggen: waar is mijn kind op wie je zou letten? maar ze wilde niet te beschermend overkomen, zeker niet na het gesprek dat ze eerder hadden.

'Louise en Kaya spelen verstoppertje met ze rondom de open plek. Maak je geen zorgen, er is daar geen water in de buurt en ze weten precies tot hoe ver ze mogen.' Ella knikte bedenkelijk terwijl ze een mok hete koffie van Marlies aanpakte. Verstoppertje in dit bos was niet iets wat zij snel zou doen met vier- en vijfjarigen.

'De meiden zijn zestien, hè? En ze passen allebei regelmatig op jonge kinderen,' voegde Marlies toe alsof ze wist wat Ella dacht. Kennelijk sprak haar gezicht boekdelen.

De kinderstemmen die plots dichtbij kwamen, verzachtten direct de gespannen sfeer. Ella pakte haar beker en glimlachte naar de twee tienermeisjes en hun gevolg. Ze nam zich net voor hun een compliment te geven, maar de bedrukte stemming en de uitdrukking van paniek op het gezicht van Kaya deden haar intenties bevriezen.

'We kunnen Finn niet vinden!'

Het duurde even voordat hetgeen Louise zei tot Ella doordrong.

'We speelden verstoppertje en hadden iedereen gevonden, behalve Finn. We zochten en zochten, maar na een tijdje zijn we maar gaan roepen.' Het meisje struikelde over haar woorden.

Kaya vulde haastig aan: 'We riepen dat hij tevoorschijn kon komen en dat hij dan had gewonnen, maar ook toen kwam hij niet.'

Ella keek van het ene meisje naar het andere. Ze zette vlug haar mok neer en rende richting de open plek.

'Jij blijft hier met de kinderen,' riep Marlies. 'Let goed op ze!' Kaya gehoorzaamde haar moeder direct.

21

Ella keek om zich heen naar de bomen, die op elke plek zo'n beetje hetzelfde leken. 'Finn! Kom nu maar tevoorschijn!' Ze probeerde zo rustig mogelijk te klinken, net als Marlies en Louise, die haar op de voet volgden. 'Finn? Je hebt gewonnen! Kom maar tevoorschijn!' Haar stem sloeg over. Waarom antwoordde hij niet? Ze wist zeker dat hij zou komen als hij haar hoorde. Als hij kon.

Een angstaanjagend visioen van Finn beneden in een afgrond drong zich aan haar op. Verderop was er vrij plotseling een steile helling naar beneden die 'de geul' werd genoemd. Ze probeerde zichzelf te dwingen kalm te blijven en niet meteen uit te gaan van het ergste.

Ondanks het geluid dat ze zelf produceerden met zoeken en roepen overviel de overdonderende stilte Ella. Het was te stil, het bos was roerloos.

'Stil eens!' riep ze de anderen toe en ze keek om zich heen. Ieder klein kraakje dat zou kunnen duiden op zijn aanwezigheid ontbrak. 'Hij is hier niet. We moeten verder kijken!' Ella verliet resoluut de relatief open plek waar de kinderen zich hadden mogen verstoppen. Ze keek om zich heen. Welke kant kon hij op zijn gegaan?

Laat dit een grapje zijn van hem, smeekte ze in gedachten. Laat hem nu tevoorschijn komen. 'Finn!' Ze riep zijn naam zo hard mogelijk. Ze registreerde hoe Marlies Louise de opdracht gaf meer volwassenen te halen. De paniek zwol aan als een storm in haar lijf. Dit paste niet bij hem. Hij verraste haar deze vakantie wel vaker, maar dit zou hij toch nooit doen? Nee, haar voorzichtige, serieuze Finn zou nooit moedwillig bij de volwassenen, zijn veiligheid, wegblijven. Ze begon te rennen. Na een tijdje stond ze weer abrupt stil in het dichtere bos en keek om zich heen. Zijn gele regenjasje zou meteen in het oog moeten springen.

De bomen leken op haar af te komen. 'Finn! Waar ben je!?' Het enige wat ze daarna hoorde was haar eigen snelle ademhaling en in de verte het geluid van de anderen, die haar zoontje inmiddels ook waren gaan zoeken. Hun stemmen die zijn naam riepen wisselden elkaar af als een spookachtige symfonie, verder weg en dichterbij, achter haar en langzaamaan ook om haar heen.

Ik had hem nooit alleen moeten laten, schoot door haar heen. Stel dat ze hem niet vond? De angst vormde inmiddels hete misselijkmakende golven in haar buik. 'Finn! Geef toch antwoord!' Haar stem klonk nu hoog en schel en verre van rustig. Eén moment van onoplettendheid, dacht ze. Hoe heb ik zo dom kunnen zijn?

De vele bewegingsloze bomen stonden als stille getuigen om haar heen. De rust die ze normaal uitstraalden leek om te slaan in geheimzinnigheid, hun stilte een bevestigend misprijzen.

Haar gedachten tartten haar onophoudelijk. Waarom heb ik vreemden vertrouwd met mijn kind? Ze hapte naar adem en begon weer te rennen, geregeerd door haar paniek, al het rationele denken voorbij. Haar oppervlakkige ademhaling in combinatie met het roepen van zijn naam zorgde ervoor dat het voelde alsof haar borst ineenkromp.

Net op tijd stopte ze met rennen toen ze plotseling de afgrond van de geul voor zich zag opdoemen. Ze greep zich vast aan een tak en gleed uit op haar achterste. Buiten adem tuurde ze in de diepte in de hoop niets te zien. Of niemand. Tranen welden op in haar ogen. Wat heb ik gedaan, vroeg ze zich af. Is dit een nachtmerrie? Het terrein was verschrikkelijk onvoorspelbaar en dat was gevaarlijk voor een kind alleen. Er kon van alles gebeurd zijn. Ze voelde een druppel op haar haren en een volgende op haar gezicht. De langverwachte regen van die dag vond zijn weg door het bladerdek en tikte zacht en ritmisch overal om haar heen.

Ze hoorde dat iemand haar naderde en keek vlug om. Het was Nick.

'Ella, ik hoorde dat Finn kwijt is! We hebben ons zo goed als kon verspreid om te zoeken maar ik... ik denk dat we meer hulp nodig hebben.'

Ella vocht tegen haar tranen en antwoordde mechanisch. 'Ja, we moeten iedereen optrommelen.'

'Dat is niet genoeg,' antwoordde Nick hoofdschuddend. 'Dit is een moeilijk en verraderlijk gebied en hij kan alle richtingen op zijn gegaan. Ella, we moeten de politie waarschuwen. En snel ook.'

22

'We hadden duidelijke regels,' hoorde Ella Marlies voor de zoveelste keer zeggen. Nu van een afstandje. Haar schuldgevoel en ongeloof dwong deze herhaling kennelijk af. De Belgische rechercheur met wie ze sprak maakte een einde aan haar illusie.

'Dat zijn regels die de kinderen wellicht in de buurt houden, maar die een roofdier of een ontvoerder geen strobreed in de weg leggen,' zei hij in vlot Engels met een Frans accent.

Predator. Kidnapper. Roofdier. Ontvoerder. De woorden galmden na in haar hoofd. Zei hij dat nou serieus? Gingen ze er dan niet van uit dat Finn gewoon verdwaald was?

Alsof rechercheur Gilbert plotseling haar aanwezigheid opmerkte en zijn eigen lompheid tot hem doordrong, draaide hij zich naar haar om. 'Mevrouw Lasair, we gaan er vooralsnog van uit dat uw zoon gewoon wat verder weg is geraakt van het kamp dan hij wilde. We zoeken een steeds groter gebied af.'

Ella zat op een grote steen voor zich uit te staren en antwoordde niet. Als het aan haar lag, liep ze nu weer door het bos om Finn te zoeken, maar haar lijf protesteerde. Ze hyperventileerde en haar spieren waren stijf geworden door het onbewuste aanspannen.

Er waren uren voorbijgegaan en Finn was niet gevonden. Politie, de kampeerders, bewoners uit het gebied, iedereen was aan het zoeken en er was nog niets gevonden. Geen enkel zichtbaar spoor van haar kind. Er zouden zelfs speurhonden worden ingezet.

Zelf had ze de afgelopen uren als een dolle rondgelopen en

haar stem schor geroepen, tot ze niet meer kon. Iemand had haar teruggebracht naar het kamp, ze wist niet meer wie, waar Marlies haar had gedwongen te gaan zitten met een glas water en haar had overtuigd dat ze ook nuttig zou zijn als ze rustig de politie te woord stond. Maar toen ze dat had gedaan, viel de realiteit als een baksteen op haar.

Stel dat de avond zou vallen en Finn was nog in het bos? Alleen, koud, misschien wel gewond. Verdriet omklemde haar hart. Ze schrok op uit haar gedachten toen Nick ineens voor haar stond. Ze stond op en keek hem met paniekerige betraande ogen aan alsof hij alle antwoorden had.

'Ella, misschien is hij ergens gaan schuilen voor de regen en in slaap gevallen.'

'Maar het regende maar heel kort! Hadden we hem dan niet allang moeten vinden?' antwoordde ze hoofdschuddend. 'Hij is echt kwijt, Nick. Hij is weg.'

Hij pakte haar snel beet en trok haar tegen zich aan. Zijn sterke armen omklemden haar lichaam net op tijd toen de kracht uit haar wegstroomde en haar benen verslapten. Het geluid dat diep uit haar binnenste naar boven kwam, was de onmiskenbare oerklank van intens verdriet en pure wanhoop. De huil van een moederdier dat haar jong kwijt is.

Nick verborg zijn gezicht in haar haren en maakte een zacht sussend geluid vlak bij haar oor.

Hij schraapte zijn keel. 'Ik heb de politie net de sleutel van mijn vakantiehuis gegeven en ze aangeraden al mijn buren een bezoekje te brengen. Ik heb ze alle adressen en locaties van huizen en blokhutten doorgegeven.'

'Denk je dat iemand hier in de buurt Finn heeft?' Ella keek wat schrikachtig om zich heen toen ze het gehuil van een kind hoorde.

'Dat niet per se,' antwoordde Nick. 'Maar je weet niet wie misschien iets gezien heeft. Dit is een uitgestrekt gebied. En sowieso moet de politie grondig te werk gaan. Daarom heb ik ze ook meteen op mijn huis gewezen, straks willen ze naar binnen en dan ben ik hier niet.'

'Hoezo ben je er niet? Waar ga je heen dan?' vroeg Ella.

Nick keek haar aarzelend aan. 'Luister, Ella, ik heb net uitgebreid met rechercheurs Gilbert en Vanderlinde gesproken. Je wilt hier blijven en dat willen zij natuurlijk ook. En ik wil je niet alleen achterlaten. Maar ik wil er graag wel helemaal voor je zijn. Sophie is overstuur en het wordt alleen maar erger als ik haar niet de aandacht kan geven die ze nodig heeft. Daarom heb ik besloten haar naar haar opa en oma te brengen in Brabant.'

Op dat moment kwam het gehuil dichterbij. Een van de andere moeders had de dochter van Nick op haar heup en gaf haar met een verontschuldigende blik aan hem over. Haar gejammer verstomde direct, maar het geschud van haar lijfje bij iedere snik verraadde dat de huilbui niet net begonnen was.

'Moet je echt weg? Kunnen ze haar niet komen halen?' vroeg Ella hoopvol terwijl ze van de een naar de ander keek.

Nick schudde schuldbewust zijn hoofd. 'Mijn schoonvader heeft last van nachtblindheid, dus dan wordt de terugweg een probleem. En mijn schoonmoeder heeft geen rijbewijs. Bovendien wil ik dat ze zich zo snel mogelijk weer veilig voelt.' En daarmee was het afgedaan.

Ella kon niets meer terugzeggen. In zijn schoenen zou ze precies hetzelfde gedaan hebben. Ze voelde dat Nick haar hand pakte.

'Ik heb voor de zekerheid een kamer voor je geregeld in een hotelletje hier in de buurt voor de nacht. Dan heb je een uitvalsbasis dicht bij het politiebureau. En ik kom zo snel mogelijk terug, oké?'

Het klonk haar allemaal zo definitief in de oren. En zo echt. Alsof iedereen ervan uitging dat Finn niet gevonden zou worden vandaag. Ze keek Nick glazig aan. Ze wilde zeggen dat ze niet weg zou gaan uit het bos. Dat ze Finn hier niet achter zou laten. Ze rechtte automatisch haar rug en haar benen. 'Ik ga het bos weer in. Ik moet verder zoeken.'

Nick schudde zijn hoofd langzaam terwijl hij haar meelevend aankeek. 'Ella... Ik denk dat het tijd wordt dat je gaat bellen.' Hij kneep zachtjes in haar hand. 'Je moet je ex bellen. Hij moet weten wat er speelt. En je familie, je ouders. Je hebt hun steun nu hard nodig.'

23

Ella staarde voor zich uit. Haar ouders vertellen dat hun kleinkind vermist was, was afschuwelijk geweest. Dat zij, hun dochter, niet goed had opgelet en dat ze hem daardoor misschien wel voorgoed kwijt waren.

Ze wilden het liefst op het eerste vliegtuig naar België stappen, maar ze konden het hotel niet plotsklaps achterlaten zonder management. Een van hen kon komen, maar dat wilde Ella niet; haar ouders moesten bij elkaar blijven. Ze had er bewust niet bij gezegd dat ze eigenlijk wilde dat ze allebei zouden komen. Dat ze hen allebei nodig had.

Marlies, die haar kennelijk vanaf een afstandje had gadegeslagen, liep naar haar toe en sloeg een arm om haar heen. 'Wat zei Dennis? Komt hij hiernaartoe?'

'Jezus, Dennis!' riep Ella uit. 'Ik moet hem nog bellen.' Ze tikte snel door naar de laatste oproepen om het nummer van Dennis aan te tikken. Haar hart klopte in haar keel terwijl ze luisterde hoe de telefoon overging.

'Hé Ella!' klonk Dennis' stem opgewekt. 'Wacht, ik loop even het restaurant uit, er is hier te veel herrie. Alles oké?' Het was te verwachten dat hij verbaasd klonk. Ella vermeed het wanneer ze kon om hem te bellen, en al helemaal nu hij op vakantie was.

'Nee. Niets is meer oké. Finn is vermist.' Ze zette zich schrap voor de storm van woede die ze over zich heen verwachtte te krijgen. En die kwam.

'Wat? Vermist? Je maakt een grapje, hoop ik!? Hoe kun je dat nou in vredesnaam laten gebeuren, Ella?' schreeuwde hij in de telefoon.

'Ze speelden verstoppertje,' antwoordde Ella zacht toen ze een ruimte in zijn geraas hoorde. Marlies, die niet van haar zijde was geweken, wreef bemoedigend over haar rug.

Dennis onderbrak Ella direct weer. 'Wie speelt er nou verstoppertje in zo'n ongerept bos? Met zulke jonge kinderen! Levensgevaarlijk! Je zou hem niet uit het oog verliezen!'

Ella voelde een steek in haar hart. Het was een verademing geweest om zo nu en dan iets voor zichzelf te doen en te kunnen vertrouwen op anderen. Maar wat wilde ze nu graag dat ze haar belofte aan Dennis was nagekomen.

'Dennis... Het spijt me echt zo.' Ze begon te snikken.

'Ik kom naar je toe,' antwoordde haar ex-man resoluut.

'Nee, nee, nee, dat is echt niet nodig. We vinden hem vast snel.' Ze klonk niet overtuigd. Dennis was onvermurwbaar.

'Maar als hij dan ineens weer opduikt, dan ben jij voor niets...' probeerde ze nog.

'Dan wil ik hem ook zien,' antwoordde hij ineens een stuk kalmer, 'en vasthouden.' Hij aarzelde voor hij eraan toevoegde: 'En jou ook.'

Ella had ongemerkt haar adem vastgehouden en blies nu langzaam de lucht door haar dichtgeknepen keel naar buiten.

'Ella, ik ga nu een vlucht boeken,' klonk zijn vastberaden stem. 'Ik hou je op de hoogte. Bel me als je iets weet. Direct. Spreek een voicemail in als ik in de lucht ben.' De verbinding werd verbroken.

Ella keek verdwaasd naar het schermpje van haar telefoon. Dennis zou komen en er was niets tegen te doen. Met iedere minuut drong de realiteit van de situatie zich aan haar op. En iedereen leek beter te weten wat er nodig was dan zij.

'Mevrouw Lasair? Kan ik u even spreken?' De vrouwelijke rechercheur met wie ze eerder had gesproken kwam op haar af. Ze keek haar ernstig aan. 'Mevrouw Lasair. Ik wil u iets vertellen en ik wil dat u daarvoor even gaat zitten.' Ze duwde haar nog net niet richting een opklapstoel bij de grote picknicktafel.

Na de achtbaan van emoties die de afgelopen uren maar doorraasde, voelde Ella nu weer de paniek als een hitte door haar lijf golven. 'Nee! Hij is toch niet dood? Zeg me niet dat hij dood is!' Ze voelde twee handen over haar schouders wrijven en ging ervan uit dat het Marlies was.

'Rustig maar, mevrouw Lasair.' De rechercheur ging tegenover haar zitten. Ze legde haar ellebogen op haar knieën om Ella goed aan te kijken. Haar stem klonk plotseling erg zacht en vriendelijk. 'Ik ben rechercheur Vanderlinde, dat weet u nog wel, toch?'

'Ja, dat weet ik. Vertelt u mij alstublieft wat u mij wil vertellen,' smeekte Ella huilend.

'Mevrouw Lasair, we hebben reden om aan te nemen dat uw zoon is ontvoerd.'

24

'Niet al te ver van deze kampeersite is een figuur van stenen gevonden,' vertelde rechercheur Vanderlinde. 'Een grote figuur. We denken dat er een verband is met een zaak in Nederland.'

Ella's maag draaide om. Laat er alsjeblieft geen verband zijn met het vermoorde jongetje, dacht ze. Ze liet haar gezicht in haar handen zakken van wanhoop.

De stem van de rechercheur klonk ver weg. 'Er is nu zo'n grote zoekactie gaande dat de kans groot is dat de ontvoerder is gevlucht. Met Finn.'

Ella zag het ongewild voor zich: een gezichtloze boeman die haar Finn onder zijn arm wegvoerde. Weg van haar. Weg van de Ardennen. Om met hem te doen wat hij wilde.

Na de radeloosheid van de afgelopen uren voelde Ella een oergevoel in haar naar boven komen. 'Jullie stoppen hier toch niet met zoeken? We kunnen niet stoppen met zoeken!' Ze zag dat de twee rechercheurs hun spullen pakten.

'Rustig, mevrouw,' antwoordde rechercheur Gilbert haar. 'Natuurlijk stoppen we niet met zoeken. Er wordt nog uitgebreid sporenonderzoek gedaan. Tot het donker wordt zal het technische team...'

'Tot het donker wordt? En daarna? Laten jullie mijn kind aan zijn lot over? Jullie weten toch helemaal niet zeker of hij niet meer in de Ardennen is!?'

'Mevrouw Lasair, we laten niets aan het toeval over: in de nacht gaat een nieuw team met speurhonden door,' lichtte rechercheur

Vanderlinde zorgvuldig toe. 'Er komt ook een politiehelikopter. We sluiten nog niets uit en we weten dat de tijd dringt. Morgenochtend vroeg gaan wij ook weer hier verder.' Ze bekeek Ella nauwgezet. 'Als u morgen weer op uw benen wilt kunnen staan, kunt u beter een paar uur gaan slapen.'

Ella fronste bij haar woorden.

De rechercheur verduidelijkte: 'U kunt hier nu niet blijven. Is er iemand met wie u mee kunt gaan?'

Ella schudde haar hoofd.

De rechercheur richtte zich tot Marlies. 'U bent natuurlijk welkom om morgen weer te helpen zoeken. In dat geval raad ik ook u aan om een paar uur te gaan rusten in een hotel.' Ze leek even te twijfelen en schraapte toen haar keel. 'Maar zoals ik de andere kampeerders heb verteld, is het beter als u met uw kinderen terug naar Nederland gaat. Naar huis.'

Ella had gezien hoe onrustig de situatie was geworden met kinderen van verschillende leeftijden erbij. Iedereen had die dag willen helpen, dus een aantal mensen had zich over de jongere kinderen ontfermd. De stemming hielden ze voor zover mogelijk hoopgevend: als iedereen maar zijn beste beentje voor zou zetten, zou Finn vast snel gevonden worden. Dat dit maar niet gebeurde maakte veel los bij de meeste kinderen. Er was angst, verwarring en ook verdriet. Het advies van rechercheur Vanderlinde kwam dus niet onverwachts.

Marlies knikte naar haar en keek naar de grond. Ze had haar kinderen hun spullen al laten inpakken. Toen ze opkeek naar Ella wist ze duidelijk niet wat ze moest zeggen. Ze leek zich schuldig te voelen. Schuldig dat zij wel met haar kinderen weg kon gaan en Ella alleen zou achterlaten.

'Mevrouw Lasair, hebt u iemand die u kan opvangen?' vroeg de rechercheur toen nogmaals. Ella dacht aan Nick. Hij had een hotel voor haar geregeld. Waarschijnlijk omdat hij dacht dat zij dat zou willen. Maar zijn huis was hier, dicht bij waar Finn verdwenen was, alleen had zij daar geen sleutel van. Ze schudde gedecideerd haar hoofd. 'Ik ga hier niet weg. Ik kan mijn kind toch niet achterlaten?'

'U hebt rust nodig, het was een lange intensieve dag.'

'Kan ik niet gewoon in een van de tenten rusten?'

'U weet zelf dat u hier niet kunt slapen, er is te veel gaande en u wilt dan vanzelf iets doen. U bent welkom op het bureau,' concludeerde Vanderlinde vastberaden. 'Wij hebben daar straks overleg.'

Ella wilde graag vertrouwen op de politiemensen, maar nu kreeg ze het gevoel dat een stelletje wildvreemden haar buitenspel zette.

'Mijn collega brengt u graag naar het bureau.' De rechercheur wees naar een agent die verderop stond.

'Ik ga liever zelf, dan heb ik mijn auto,' mompelde Ella.

De agent kwam naar haar toe lopen met zijn mobiele telefoon in zijn hand om de gegevens te noteren. Ella pakte haar mobiel erbij om het adres dat Nick haar had gestuurd door te geven.

Vertrouwen ze me niet? schoot het door haar heen.

25

Ella liep, gevolgd door de agent, het lange heuvelachtige pad af naar haar auto. Ook op het kleine parkeerterrein stonden groepjes. Het waren de mensen die langer hadden willen blijven om te helpen met zoeken. Er waren al best wat auto's weg, wat betekende dat veel medekampeerders waren vertrokken zonder afscheid van haar te nemen. Ze wisten waarschijnlijk niet wat ze hadden moeten zeggen. Het waren veelal de mensen met jonge kinderen die na deze intensieve en uitzichtloze dag waarschijnlijk niets liever wilden dan hun vermoeide kinderen veilig mee naar huis nemen. Het was vreemd dat er zo abrupt een einde was gekomen aan hun gezellige samenzijn. Diezelfde ochtend nog waren ze allen hier met een gezamenlijk doel, als een groep. Nu was Ella praktisch alleen en bekeken de overgebleven vakantiegangers haar van een afstandje met medelijden. Ze voelde zich een onbedoelde paria.

Marlies, die haar al was voorgegaan naar de parkeerplaats, liet haar volgeladen auto en kinderen achter zich en liep naar Ella toe. Ze had tranen in haar ogen.

'Ella, ik wil niet gaan... Maar...' Ze haalde ongemakkelijk haar schouders op. 'Ik kan niet anders. De kinderen moeten naar huis. Hun vader is bezorgd...'

Ella begreep dat de vader van de kinderen er natuurlijk ook wat over te zeggen had.

'Maar ik wil proberen terug te komen,' vervolgde Marlies. 'Hoewel dit mijn weken zijn, willen Hans en zijn vrouw de kinderen misschien wel opvangen. Ik ga mijn best doen, dat beloof ik. En Nick is er straks weer.'

Ella knikte. Ze geloofde niet echt dat Marlies zou terugkomen.

Alsof Marlies haar gedachten kon lezen, pakte ze haar hand en keek haar doordringend aan. 'Ella, ik weet hoe je je voelt. Toen ik mijn derde kindje kwijtraakte...'

Het was alsof de woorden van Marlies Ella hard in de buik stompten; ze ontnamen haar heel even de adem.

Marlies zag het en stopte schuldbewust midden in haar zin.

'Maar jouw kindje was dood,' zei Ella toen luid en duidelijk. 'Finn is alleen kwijt. En we gaan hem snel vinden.'

Marlies knikte, maar haar vochtige ogen vol medelijden verraadden haar gebrek aan vertrouwen hierin. 'Ik hoop zo hard dat...' Haar tranen maakte het onmogelijk om de zin af te maken. Ze kneep in Ella's hand bij wijze van afscheid en liep terug naar haar auto. 'Je hebt mijn nummer, hè?' zei ze snuffend. 'Hou me op de hoogte!'

Ella keek toe hoe de agent die met haar was meegelopen in de volgepakte achterbak van Marlies wilde kijken voor ze instapte. Ze had er geen seconde bij stilgestaan dat iemand van het gezelschap iets met de verdwijning van Finn te maken kon hebben.

'Zijn alle auto's onderzocht?' vroeg Ella in het Frans aan de agent terwijl ze samen de auto van Marlies nakeken die het parkeerterrein af reed.

'Zodra het bericht kwam dat het om een mogelijke ontvoering gaat, hebben we iedere auto die vertrok gecontroleerd,' was het antwoord.

'Maar er zijn dus ook mensen vertrokken voordat dat nieuws kwam?'

'Ik zal het navragen bij mijn collega's,' mompelde de agent. Hij tuurde over het parkeerterrein en concludeerde net als Ella dat er geen enkele andere agent aanwezig was. Ella voelde woede in zich opborrelen. Ze vermoedde dat ze hier niets meer over zou horen. Woest stapte ze in haar auto en besloot verhaal te gaan halen op het bureau.

‘Mevrouw, weet u zeker dat ik u niet een lift moet geven?’ vroeg de agent.

‘En dan blijft mijn auto hier zeker?’ Ze schudde haar hoofd. ‘Nee, ik wil ook flexibel zijn. Bedankt.’ Ze sloeg haar deur dicht en stak de sleutel in het contact.

Iedere vezel in haar lijf gaf weerstand. Het lege autostoeltje naast haar liet haar geen seconde vergeten dat ze haar passagier miste. Ze draaide de sleutel om. De auto maakte een sputterend geluid en zorgde ervoor dat ze de sleutel nog een keer om moest draaien. De motor startte haperend en sloeg toen af.

‘Nee, nee, nee, niet nu!’ Ze probeerde de auto nog een keer te starten. En nog een keer. Het mocht niet baten. Ze sloeg gefrustreerd met haar handen op het stuur.

De agenten en rechercheurs waren druk in gesprek. Ella ving van een afstandje op wat ze zeiden terwijl ze Nick probeerde te bereiken.

‘Ik kan dit nu niet oplossen. Ik laat een sleepwagen komen.’ Na een stilte zei de agent die net onder haar motorkap had gekeken: ‘Zou ermee geknoeid zijn?’

‘Dan is het mogelijk een kidnapping met voorbedachten rade,’ hoorde Ella rechercheur Gilbert antwoorden. ‘En wilde de dader voorkomen dat de moeder hem kon volgen.’

De vrouwelijke rechercheur keek kort naar Ella om, dacht kennelijk dat ze aan het bellen was, knikte en draaide zich weer om. Ella moest zich concentreren om haar te verstaan, haar Frans was prima, maar het ging zo snel.

‘Ja, dat verandert de zaak wellicht,’ zei Vanderlinde. ‘We hebben alle contactgegevens van de aanwezigen?’

Waarom verandert dat de zaak, vroeg Ella zich af. En waarom vragen ze zich nu pas af of ze alle gegevens hebben? Ze hebben toch wel iedereen gesproken die vertrok?

‘Hallo, Ella? Hallo? Ben je daar?’

Ella schrok van de stem van Nick aan de andere kant van de

lijn. Hij had kennelijk al een tijdje geleden opgenomen. 'Hoi Nick, ja met mij,' zei ze snel. 'Ik eh... Mijn auto heeft pech. Hij start niet meer. Ik weet niet zo goed... Ik wil niet afhankelijk zijn van de politie.'

'Maak je geen zorgen,' klonk de vaste stem van Nick. 'Ik kom zo snel mogelijk naar het hotel. Of moet ik naar het politiebureau komen?'

'Ik ga mee naar het politiebureau. Misschien kan ik ze nog iets vertellen wat ze kan helpen.' Ze haalde diep adem. 'Ik wil nu ook niet alleen zijn.'

Nadat ze had opgehangen keek ze verwonderd om zich heen op het inmiddels verlaten parkeerterrein. Afgezien van de politie was iedereen vertrokken.

26

Jasmine draaide zich weer op haar zij. Het duurde even voordat ze zich realiseerde dat haar mobiel zoemde en dat die haar had wakker gemaakt. 'Mmja?' Ze draaide zich op haar rug en wreef in haar oog. 'Met Jasmine.'

'Sliep je?' Er klonk verbazing aan de andere kant van de lijn. Het was Stevens.

'Eh, ja.' De afgelopen tijd hadden ze maar één keer eerder contact gehad – over het vermiste jongetje Thomas – dus hij kon niet weten dat ze na het doodlopen van de zaak-Dex min of meer stuurloos was geraakt. Haar ouders vertelde ze dat ze te druk was voor een bezoekje, maar in werkelijkheid was ze in haar vrije tijd steeds vaker in bed te vinden. In haar zoektocht naar rust en verlossing werd ze vervolgens geplaagd door terugkerende dromen over plaatsen delict en dode kinderen.

Ze ging langzaam rechtop zitten en wreef met de duim en vingers van haar vrije hand in een knijpende beweging over haar voorhoofd. De zeurende hoofdpijn was er nog.

'Nou ja, nu ben je wakker. En dat is maar goed ook. Pak een tas, we gaan naar de Ardennen. Ik sta over vijf minuten voor je deur.'

Jasmine vergat direct haar hoofdpijn. Een scherpe alertheid nam de plaats in van haar slaperigheid.

Terwijl ze razendsnel een tas inpakte drongen de vragen zich aan haar op. Stevens was iemand die zichzelf graag hoorde praten, maar nu het erop aankwam, was hij nogal kort van stof. Na zijn mededeling had hij opgehangen met de woorden dat hij haar in de auto zou briefen. Zij kon haar tijd nu beter besteden aan inpakken, meldde hij, aangezien hij al onderweg was.

Als ik nu onverwachts word betrokken bij een zaak, moet er een link zijn met de zaak-Dex, dacht Jasmine.

Stevens wachtte nauwelijks tot ze de deur van de passagierskant had dichtgeklapt voordat hij met gierende banden wegreed. Jasmine keek hem vragend aan met haar weekendtas tegen zich aangeklemd.

'Gordel,' bromde hij terwijl hij over de weg tuurde, zijn kaak stond strak. Toen hij eindelijk kort haar kant op keek, leek hij verbaasd. 'Jezus, Ziani, je ziet er niet uit. Gaat het wel goed met je?'

Jasmine kreeg direct de neiging om zich de verdedigen. Haar lange zwarte haar zat in een rommelige knot en ze was net wakker. Aan de wallen onder haar ogen en de grauwe huid door de moeizame nachten van de afgelopen weken was ze zelf gewend geraakt. Ze had ook niet de moeite genomen iets anders aan te doen dan haar joggingbroek en het shirt waarin ze had geslapen.

'Waarom rijd ik ook alweer met jou mee?' vroeg ze met een schuine blik.

'Omdat maar een van ons reiskostenvergoeding krijgt. En als ik jou zo zie is het helemaal niet zo verkeerd dat je nu niet achter het stuur hoeft te zitten.'

'Het gaat prima met mij,' reageerde ze kattig. 'Nou, vertel op! Waarom word ik uit bed gerukt om laat op de avond naar de Ardennen te gaan? Er is toch niet weer een kind gevonden?'

'Nog niet. Lag je nu écht al te slapen? Het is pas halftien. Jezus, jij hebt echt geen leven.'

Ze negeerde zijn opmerking. Zijn 'nog niet' raakte haar meer.

'Er is wel een kind vermist. Een jongetje van dezelfde leeftijd als het vorige slachtoffer.'

'Oké, en…?' Jasmine had het gevoel had dat ze alle informatie uit hem moest trekken. 'Wat is de link verder? Het is een compleet andere locatie. En het is nog geen volle maan.' Ze keek door het raam naar de lucht. Het zou nog een paar dagen duren voordat de maan volledig zichtbaar zou zijn.

'Er is een stenencirkel gevonden,' antwoordde Stevens kortaf. Jasmine staarde naar buiten, ze hadden inmiddels de invoegstrook van de snelweg bereikt. Het beeld dat haar al weken teisterde drong zich aan haar op. Het dode jongetje, in elkaar gedoken op zijn zij, in het midden van een symbolische figuur van stenen.

'Maar geen slachtoffer?'

'Geen slachtoffer. De lokale politie denkt dat de dader mogelijk is gestoord door de zoektocht die direct op gang kwam en daarom niet kon afmaken wat hij van plan was.'

Jasmine realiseerde zich dat dit waarschijnlijk betekende dat hij het kind had meegenomen om zijn plan elders uit te voeren. De feiten na het vinden van het lichaam van Dex stonden haar nog helder voor de geest. De ontvoerder had dagen doorgebracht met het kind. Dex' maagje had nog vol gezeten met zijn favoriete eten. Ze hadden dus met elkaar gegeten en waarschijnlijk gepraat. En toch was het jongetje dood teruggevonden.

Ze hadden geen tijd te verliezen.

Na aankomst sprong Jasmine de auto uit.

'Wat ga jij nou doen?' Stevens klapte zijn autodeur dicht en keek verbaasd naar haar terwijl ze schuin naast de auto haar joggingbroek uittrok.

'Kun je even de andere kant op kijken?'

Stevens draaide zich sputterend om. 'Mag ik je vragen wat je in vredesnaam aan het doen bent? Welk deel van "we hebben haast" begrijp je niet?'

'Ik ben zo klaar.' Ze hees zich zo snel als ze kon in een nette linnen broek. 'Alsof iemand me serieus gaat nemen als ik daar in mijn joggingbroek aan kom,' lichtte ze toe. 'Zeker als jij zo strak in het pak bent.'

Tijdens de rit had ze van Stevens begrepen dat ze zouden samenkomen met het Belgische lokale team om de feiten en een plan van aanpak te bespreken. Ze kneep even in haar wangen, die meteen een gezonde blos vertoonden. Haar lange donkere haren gooide ze los door het elastiek eruit te trekken terwijl ze zocht naar de borstel in haar tas.

Stevens bekeek haar verbaasd. Ze wist dat ze er heel anders uitzag met los haar en zijn blik maakte dat ze zich enigszins ongemakkelijk voelde. De strakke staart of de losse knot die ze normaal droeg, maakte haar strenger, wist ze. En dat kon ze ook nu goed gebruiken.

Nadat ze haar haren had geborsteld en weer had samengebonden keek ze brutaal terug naar Stevens.

'Lekker belangrijk hoe je eruitziet en of iemand jou wel of niet serieus neemt. Je bent een stagiaire. Je mag blij zijn dat je erbij mag zijn van De Bruijn. Zoals afgesproken ga je luisteren en observeren. Je bent er vooral om te leren.'

Jasmine draaide zich om, zijn denigrerende toon negerend. Ze was het inmiddels gewend. 'Nou, kom je nog?' riep ze terwijl ze een chagrijnig kijkende Stevens voorbijliep en haar nog vrije arm in de mouw van een zomers colbertje stak. 'Niet zo treuzelen, Stevens.'

27

In een grote onderzoekskamer zaten zes plaatselijke rechercheurs en twee vertegenwoordigers van het lokale forensische team samen met hoofdrechercheur De Bruijn en Gutierrez van de Technische Recherche Maastricht.

'Ah, fijn dat jullie ook aansluiten,' zei De Bruijn, die met zijn grote postuur en charisma zelfs buiten het eigen district gezag uitstraalde. 'Dit zijn rechercheur Stevens en Jasmine Ziani, zij is onze socialmediaconsultant in de zaak-Dex en aspirant-rechercheur.'

Jasmine trok haar wenkbrauwen op. De afgelopen weken was ze niets meer geweest dan een depressieve student aan de Masteropleiding Recherche. Een stagiaire voor wie iedereen het te druk had. Nu was ze in één klap weer aspirant-rechercheur én socialmediaconsultant.

'Welkom, ik ben Vanderlinde, teamleider,' zei een vrouw daarop. 'Samen met rechercheur Gilbert leid ik het onderzoek naar de verdwijning van Finn Rubens.' De wat oudere rechercheur wees naar haar jongere mannelijke collega die rechts van haar zat. 'De rest van het team leren jullie gaandeweg wel kennen. Laten we nu zorgen dat jullie snel *up to speed* zijn, zodat jullie kunnen deelnemen aan het overleg.'

Vanderlinde schoof een foto richting Stevens, die al plaats had genomen. Jasmine ging naast hem zitten.

'Zoals u weet is er een jongen van vijf jaar vermist geraakt in het natuurgebied van de Ardennen. De jongen was op vakantie met zijn moeder op een georganiseerde kampeertrip. De ouders zijn gescheiden en aangezien er mogelijk met de auto van de moeder is geknoeid dachten wij aan een eventuele ontvoering door de vader. Echter, de moeder heeft ons ervan verzekerd dat de verhouding met de vader prima is. Bovendien is de vader in Thailand, waar hij op vakantie is. Dit is nagetrokken.'

Gilbert nam het woord van haar over. 'In eerste instantie dachten we dat het kind eenvoudigweg was verdwaald, maar toen vonden wij dít in het bos, op steenworp afstand van de plaats waar het kind het laatst is gezien. Aan het einde van de middag werd het opgemerkt door een van de vrijwilligers. Dit is ook de reden dat we uw hulp hebben ingeroepen. Uw zaak van bijna twee maanden geleden heeft ook bij ons de nodige media-aandacht gekregen door de gruwelijkheid ervan, de link was snel gelegd.'

'Zoals u ziet vertoont deze stenencirkel enige overeenkomsten met de foto's die rechercheur De Bruijn heeft meegenomen,' vulde rechercheur Vanderlinde aan terwijl ze gebaarde naar de muur rechts van haar, waar onder andere een groot whiteboard hing. Op het bord was een tijdslijn getekend met foto's en teksten erbij.

Nu de aandacht even van hen af was, schreef Stevens iets op een post-it, plakte hem op de foto en schoof hem door naar Jasmine. Ze las de tekst: *De big B noemde je alleen zo omdat de Belgen je er anders niet bij laten.*

Haar wangen gloeiden terwijl ze het papiertje er zo snel maar onopvallend mogelijk af trok en er onder de tafel een propje van maakte.

'Ik heb het team zojuist op de hoogte gesteld van de feiten rondom de vermissing en vondst van Dex Hofland,' zei De Bruijn. Hij wenkte naar Jasmine om de foto doorgeschoven te krijgen, stond op en liep naar de muur aan de kop van de vergadertafel. Hij hing de foto met een magneet naast de andere foto. Links hing nu de foto die Jasmine zojuist had gezien. Van dichtbij waren de stenen moeilijk te onderscheiden geweest van de ondergrond. Nu de foto op een afstandje hing, zag ze de stenenkring die in het bos in de Ardennen was gevonden duidelijker. Het zag er vreemd uit, als een langwerpig ovaal met een punt. Vreemd genoeg kreeg ze het gevoel dat ze het eerder gezien had. Op de tweede foto was de stenenfiguur te zien waar het lichaam van Dex in was gevonden.

Jasmine speurde naar de gelijkenissen. De stenen van de figuren leken zo op het eerste gezicht even groot te zijn. De afstand tussen de stenen kwam ook goed overeen, voor zover dat waar te nemen was op de rommelige bosgrond.

'Is jullie figuur een derde deel van de triquetra?' vroeg Stevens plotseling vrij luid naast Jasmine. 'De dader heeft de figuur wellicht niet af kunnen maken?'

Dat moest het zijn, dacht Jasmine. Daarom kwam het haar bekend voor.

'O, sorry, dat deel hebt u gemist,' antwoordde Vanderlinde direct. 'Dat zou je op het eerste gezicht inderdaad denken, maar de plek waar de figuur is gevonden is niet groot genoeg om de gehele triquetra neer te leggen.'

'Is er DNA om te vergelijken?' vroeg Gutierrez toen. 'Bij ons is er DNA gevonden bij de stenen maar we hebben tot nu toe nog geen lead gehad om het te vergelijken.'

'Dat is het lastige aan deze zaak,' vertelde Gilbert. 'Er is op en rondom onze stenen niets aangetroffen. Afgezien van de vergelijking met jullie stenenfiguur hebben we op dit moment geen enkel aanknopingspunt.'

28

'Misschien is het handig als jullie ons eerst een beetje op de hoogte brengen van de gang van zaken tot nu toe?' Stevens keek de vergaderzaal rond voor hij vervolgde. 'Hoe is de zoekactie tot nu toe verlopen? Of is dat allemaal besproken voordat ik binnenkwam?' Hij keek van Gilbert naar Vanderlinde en terug.

'Speurhonden worden ingezet *as we speak*. Er lopen uiteraard aanvragen voor verschillende gespecialiseerde teams. Morgen willen we het advies inwinnen van de Cel Vermiste Personen van de federale politie,' antwoordde Vanderlinde zorgvuldig. 'We moeten daar natuurlijk wel gegronde redenen voor hebben en de zoektocht is pas net gestart. De kans dat we hem zelf aantreffen...' Ze werd alweer onderbroken door Stevens.

'Aha, morgen pas. En hoe zit het met de aanwezigen van het kampeeruitje? Waar zijn die nu?'

'De meesten hebben meegezocht met de politie. Toen de situatie te onrustig werd zijn ze vertrokken...'

'De meesten zijn vertrokken,' herhaalde Stevens langzaam. 'Na uitgebreide ondervragingen en het doorzoeken van hun voertuigen, neem ik aan?'

'Toen het vermoeden begon te ontstaan dat het om een ontvoering ging, hebben we uiteraard de voertuigen die vertrokken gecontroleerd.'

'En zijn er ook mensen voor die tijd vertrokken?'

Het viel stil in de kamer.

Stevens, die in een ontspannen houding had gezeten met zijn

enkel op zijn knie – zijn 'alfahouding' zoals Jasmine die noemde – schoot verbaasd overeind.

'Je gaat me niet vertellen dat jullie mensen zomaar hebben laten vertrekken?'

De Bruijn schraapte luid zijn keel. 'Stevens, we zijn hier om onze collega's te informeren over onze zaak,' zei hij. 'Niet om te vertellen hoe ze hun werk moeten doen.'

'Kom op, De Bruijn,' reageerde Stevens schamper. 'We moeten meteen vanaf minuut één rekening houden met alle mogelijke scenario's.' Het gezicht van de hoofdrechercheur sprak boekdelen.

'Helder. Die auto's moeten alsnog worden onderzocht,' besloot Stevens resoluut. 'Is er een inventarisatie met namen en contactgegevens?'

'Ja die is er,' antwoordde de Belgische teamleider bits. 'Dat lijkt me dan een mooi klusje voor jullie.'

De Bruijn kuchte in zijn hand. 'Dat lijkt me inderdaad een goed klusje voor ons. Die mensen wonen allemaal in Nederland. Stevens, vertel jij onze collega's over de profiling van de dader in de zaak-Dex?' Hij wierp hem nogmaals een indringende blik toe.

'Goed,' zei Stevens. Hij stond op liep naar het hoofd van de tafel. 'We hebben te maken met een vrij uitzonderlijke dader. Een moordenaar die het plaats delict voor het publiek heeft achtergelaten als een toneel van zijn eigen zieke geest. De houding van het slachtoffer is geposeerd.

Hoogstwaarschijnlijk is het slachtoffer op een andere locatie omgebracht. Er zijn rekwisieten: een stenencirkel en een babydekentje. De geschiedenis leert ons dat de dader met dit lugubere theater een boodschap wil overbrengen of zijn macht tentoon wil spreiden. De eventuele boodschap kan bedoeld zijn voor het slachtoffer of zijn familie. We zouden dan te maken hebben met iemand uit de persoonlijke kring van het slachtoffer.

Als er echter geen verband gelegd kan worden tussen het misdrijf en de directe omgeving van het slachtoffer weten we dat de kans groot is dat...?' Hij keek de vergaderzaal rond alsof hij een lezing aan het geven was en op antwoord wachtte. '... de dader nog een keer toeslaat.'

Hij vervolgde zijn verhaal toen hij merkte dat hij geen respons kreeg. 'De boodschap is in dit geval groter, evenals het publiek. Controle speelt een grote rol. De dader raakt verslaafd aan de aandacht en de macht die komt kijken bij zijn "theater des doods". En dat is mogelijk waarmee we nu te maken hebben.'

Hij keek nog eens veelbetekenend de kamer rond. Jasmine zag dat hij genoot van de aandacht voor zijn expertise.

'Het is goed dat jullie ons er zo snel bij hebben geroepen,' zei Stevens. 'Want als dit inderdaad het geval is en we zijn er niet snel bij, krijgt deze misdadiger de kans om uit te groeien tot een heuse seriemoordenaar. En dat mogen we niet laten gebeuren.'

Hij liep naar de foto's en wees op die van de triquetra. 'Wat weten we verder van onze dader? Hij is verschrikkelijk perfectionistisch, zien we aan onze plaats delict. Waar wijst dit perfectionisme op? Mogelijk controledrang, wellicht angst voor afwijzing. Misschien beide. Het dwangmatig controleren van omstandigheden wordt vaak aangewend om een groot onheil te voorkomen. Meestal ontstaat deze drang al tijdens de kinderjaren.'

Hij liep met grote passen door de kamer zodat vele ogen hem volgden. 'Wat is er nog meer opmerkelijk?' vroeg hij voor hij meteen zijn eigen vraag beantwoordde. 'Wij zijn te weten gekomen dat ons slachtoffer snel na het overlijden is ontdekt. De jongen was echter al zes dagen vermist. Al deze tijd heeft de dader hem vermoedelijk bij zich gehad. Niet om hem te kwellen. In ieder geval niet lichamelijk; het kind vertoonde geen enkel spoor van geweld. En hoewel misbruik niet onomstotelijk kon worden uitgesloten, kon het ook niet worden bewezen.

We kunnen veilig zeggen dat het slachtoffer – op de doodsoorzaak na – zo goed als ongeschonden was. Sterker nog, het kind leek goed verzorgd. Hij had een flinke maaltijd in zijn buik, een fastfoodmaaltijd waar kinderen over het algemeen dol op zijn.

Frietjes, een hamburger en een milkshake.' Hij keek rond alsof dat in het bijzonder erg belangrijk was. 'De dader of daders hielden dus rekening met de voorkeuren van het kind. Dit kan een bizar laatsteavondmaaltijdritueel zijn, maar het kan ook zijn dat hij wilde dat het kind zich prettig voelde bij hem. Naar het schijnt niet om hem voor te bereiden op misbruik, maar puur omdat hij zelf ook van het gezelschap genoot.'

'Dat zijn een hoop aannames,' sputterde rechercheur Gilbert tegen. 'Is het niet wat vergezocht om te veronderstellen dat de dader genoot van het gezelschap van het kind dat hij uiteindelijk doodde?'

'Dat zou je denken,' antwoordde Stevens terwijl hij langzaam door de kamer begon te lopen. 'Maar naast de maaltijd én het ontbreken van sporen van geweld, is het slachtoffer ook post mortem toegedekt met een dekentje.'

'Dat wijst er toch eerder op dat de dader iemand is die het kind kent?' vroeg Gilbert, nog steeds niet onder de indruk.

'Tja, dat leren we allemaal,' antwoordde Stevens. 'Maar het kan ook iemand zijn die het kind nu pas leerde kennen en hem koesterde.'

'Waarom zou hij hem dan toch...'

Gilbert werd direct onderbroken door Stevens: 'Ik zeg niet dat ik alle antwoorden heb. Ik zeg alleen dat dit geen standaardzaak is.'

Vanderlinde schraapte haar keel. 'Kan het zijn dat de dader moed moest verzamelen om de moord te plegen? Nu hij het kind bij zich had?'

'Tja,' antwoordde Stevens schouderophalend. 'Het een sluit het ander niet uit. Het kind is gevonden met volle maan en wij dachten zelf dat dit gegeven enige significantie had. Misschien wachtte hij of zij daar wel op, die zes dagen. Het lijkt een dader te zijn met een bepaald gevoel voor symboliek, gezien ook de stenenfiguur.'

Voor iemand hem weer kon onderbreken, voegde hij toe: 'Hoe

het ook zij, als we het inderdaad over dezelfde dader hebben, dan kan het zijn dat we nog niet te laat zijn. Volle maan is het pas over een paar dagen. Er wordt dan wel degelijk nog gezocht naar een levend kind.'

'Maar de stenenfiguur werd al gemaakt? Duidt dat niet op snelle nadering van de moord?' vroeg Gilbert scherp.

'Ik twijfel. De stenenfiguur zo vroeg in het proces lijkt vreemd. Maar aan de andere kant... We weten helemaal niet wanneer de stenenfiguur bij Dex gemaakt is. Het kan ook gewoon simpelweg niet eerder opgemerkt zijn. Er zijn meerdere redenen waardoor ik denk dat hij niet van plan is geweest dit kind ter plekke om te brengen.'

'En dat is?'

'Er waren veel mensen in de buurt, wat zou voorkomen dat hij ongestoord de tijd kon nemen. Waarom bij de eerste moord zoveel tijd nemen en dan nu overhaast te werk gaan waardoor het kon mislukken?' antwoordde Stevens zelfverzekerd. 'En tja... toch weer die volle maan.'

'En stel dat dat allemaal toeval is en de dader wel degelijk van plan was het kind direct om te brengen?' vroeg Vanderlinde.

Stevens snoof minachtend. 'Dan zal de stenenfiguur ook wel toeval zijn en dan is de kans klein dat we het over dezelfde dader hebben. En dan begrijp ik eerlijk gezegd niet waarom ik mijn avondrust heb opgegeven om dat hele pokkeneind hierheen te rijden.'

29

De koffiepauze die tijdens de verhitte discussie werd ingelast was een welkome onderbreking. De radertjes in Jasmines hoofd draaiden nog volop toen ze buiten een frisse neus ging halen. Ze haalde diep adem. In de stilte en het donker leek de adrenaline die door haar heen raasde iets aan kracht te verliezen. De wassende maan leek haar te bespotten als een stille getuige terwijl ze koffiedronk.

Ze schrok op toen achter haar de deur van het bureau plotseling openging.

'Ik geloof niet dat ze in de kantine op mij zitten te wachten,' zei Stevens grinnikend.

'Nee, vind je het gek?' mompelde Jasmine.

'Ach, een beetje competitiviteit kan geen kwaad. Daar gaat iedereen harder van werken.' Hij ging naast haar staan en staarde net als zij het donker in. Direct achter de parkeerplaats begon het bos.

'Denk je niet dat het tijd wordt om een beetje te dimmen?' bromde opeens een zware stem achter hen.

Stevens keek om naar rechercheur De Bruijn en grijnsde. 'Ook niet welkom in de kantine?'

'O jawel, ik wel,' antwoordde De Bruijn. 'Niet in de minste plaats omdat ik er alles aan doe om te lijmen wat jij kapot hebt gemaakt.'

'Ik snap jou niet, De Bruijn,' antwoordde Stevens stekelig. 'We zijn hier om hen te helpen. Waarom zou ik praktisch hun kont kussen? Zou dat niet eerder andersom moeten zijn?'

De Bruijn fronste zijn wenkbrauwen. 'Daar heeft het niets mee te maken. Het zijn onze collega's en we hebben respect voor elkaar en onze eigen handelwijze. Bovendien vind ik het vrij baanbrekend dat ze ruimdenkend genoeg zijn om de link te leggen met een zaak in het buitenland om zo meer informatie te vergaren.'

'Baanbrekend?' Stevens lachte schamper. 'Nee, weet je wat het is? Ze kunnen het zich gewoon niet veroorloven om de zaak niet met de onze in verband te brengen. Ze hebben geen enkel ander aanknopingspunt en zetten door allerlei aannames geen vaart achter de zoekactie. Het halve team zit hier eindeloos met ons te overleggen, in plaats van dat ze in dat bos zijn waar dat kind hoogstwaarschijnlijk gewoon is!'

'Er is nog genoeg mankracht aanwezig, geloof me,' antwoordde De Bruijn nors.

'Iedereen moet aan het zoeken zijn! Dat kind moet gevonden worden!' riep Stevens gefrustreerd uit.

De Bruijn zuchtte diep en zijn gezicht werd onverwachts somber. 'Dat laatste ben ik met je eens. Er zijn zelden zaken die me zo aangrijpen. Zeker na de vondst van Dex Hofland.'

Jasmine was blij dat er eindelijk eens bevestiging was dat de zaak ook anderen uit het team zo aangreep, zeker de teamleider die ze hoog had zitten. Bij Stevens bemerkte ze alleen een ontzettende gedrevenheid, maar ze vermoedde dat dit puur professioneel was. Ze had hem geen enkele keer aangedaan gezien bij de zaak-Dex en hij leek tijdens het werk iedere kans aan te grijpen om grappen te maken alsof het gewoon *just another day at the office* was.

Stevens nipte aan zijn koffie en keek wat ongemakkelijk om zich heen.

De Bruijn keek nu Jasmine aan. 'Het gaat je toch niet in de koude kleren zitten,' zei hij bijna vragend. Het was alsof hij zich wilde verantwoorden voor het sprankje emotie dat hij toonde.

'Zeker niet, meneer,' zei Jasmine zacht. 'Zo'n klein ventje.' Ze voelde een brok in haar keel.

'Ik heb een kleinzoon van dezelfde leeftijd.'

Jasmine knikte, niet wetend wat ze moest zeggen en ook niet zeker of haar stem zou klinken zoals ze wilde.

'Maar goed, het is van het allergrootste belang dat dit jochie zo snel mogelijk gevonden wordt. Levend en wel. Ik zie jullie zo binnen.' De Bruijn knikte en draaide zich om. Alleen het geluid van de dichtklappende deur verbrak de stilte.

'Heb ik nou gewoon deze slag gewonnen?' vroeg Stevens grinnikend.

Jasmine rolde met haar vochtige ogen, maar zei niets. Het was precies Stevens om een gevoelig moment op deze manier omver te keilen.

'Ja, wat!? Het is toch zo? Ik won deze discussie. Hij kwam me op mijn donder geven, maar uiteindelijk droop hij af met een sneu verhaal.'

'Jemig, Stevens,' zei Jasmine snibbig, waarna ze luid haar neus ophaalde.

'Nee, jemig, De Bruijn! Weet je wat al die emotie doet? Het zorgt ervoor dat je niet helder en met een open blik kunt kijken naar de feiten.' Hij keek naar haar en ze hoopte van harte dat hij niet zag dat ook zij aangedaan was.

'Van emoties komen aannames die uit de krochten van je eigen persoonlijkheid komen,' vervolgde hij. 'Dat moeten we niet hebben.'

Jasmine zei niets terug en staarde naar het koffiebekertje in haar handen.

'Neem nou die fout van de Belgen. Ah, die aardige kampeerders met hun kinderen. Ze hebben het zo zwaar door deze gebeurtenis. Het is al zo laat, de kindjes moeten naar bedje toe.' De laatste zin zei hij met een overdreven kinderlijk stemmetje. Hij vervolgde weer met zijn eigen stem, en flink luid ook: 'Laat ze maar allemaal gauw vertrekken! Meteen beginnen met auto's onderzoeken? Nee joh, dat kost allemaal te veel tijd. En ze hebben zo goed meegewerkt, die aardige, aardige mensen.'

Jasmine knikte. Op dit punt was ze het met hem eens, maar ze kreeg de woorden haar strot niet uit.

'En waarom zou de ontvoerder niet een ouder kunnen zijn van een kind? Zelfs als we wel te maken hebben met een seriemoordenaar?' Hij keek haar vragend aan, maar wachtte niet op het antwoord. 'We denken altijd dat de enige die zoiets doet een of andere boeman is, een figuur die je vanuit het donker besluipt. Een afstotelijk monster dat zich niet onder ons stervelingen begeeft, maar alleen tevoorschijn komt om kwaad te doen. Maar het enge is dat we het allemaal kunnen zijn. Het zijn juist die aardige mensen die in het licht naar je glimlachen voor wie je moet uitkijken.'

'Jemig, wat ben jij donker,' antwoordde Jasmine.

Stevens grijnsde. 'Dank je. Dat betekent veel voor me, zeker van jou.' Zijn woorden waren sarcastisch, maar ze zag een twinkeling in zijn ogen die haar aandacht langer vasthield dan ze wilde. Plotseling ging de deur van het bureau weer open.

De Bruijn stak zijn hoofd om de hoek. 'Kom, we gaan de moeder nu spreken.'

'Nu nog?' Jasmine keek naar haar mobiel. Het was middernacht geweest.

'Ja, ze wilde niet weg uit het bos, dus hebben ze haar meegenomen hiernaartoe,' antwoordde De Bruijn, 'en nu wil ze hier weer niet weg. Misschien helpt het als wij met haar praten. Stevens, ik kan jouw overredingskracht wel gebruiken.' De deur sloeg weer dicht.

'Zie, daar heb je het weer,' zei Stevens terwijl hij opstond. 'Die voorzichtige beleefde Belgen weten niet wat ze ermee aan moeten. Dus mogen wij het opknappen.'

Jasmine volgde hem geïrriteerd. 'Wat ben jij toch een ontzettende... Hollander!'

Stevens hield met opgetrokken wenkbrauwen overdreven galant de deur voor haar open. 'Ja, dat ben ik. Dus?'

'Je bent precies de belichaming van hoe zij ons zien, weet je dat?' beet ze hem bits toe. 'Een hork. Een botte boer.'

'Ah jawel,' antwoordde hij. 'Maar wel een botte boer die nu hun probleem gaat oplossen, of niet?'

30

'Mevrouw Lasair, ik ben Walter de Bruijn, dit is Thomas Stevens. Wij zijn de rechercheurs die de zaak-Dex onder onze hoede hebben in Nederland, een vermissingzaak die u waarschijnlijk wel bekend is. Dit is onze collega Jasmine Ziani.' Ella schudde hun één voor een mechanisch de hand.

Jasmine vond het opvallend dat De Bruijn de zaak-Dex een vermissingzaak noemde. Het woord 'moordzaak' werd duidelijk vermeden.

'Mevrouw Lasair,' begon Stevens voorzichtig, 'ik wil u vragen ons te vertrouwen. Wij zijn hier om te helpen, dus er zijn veel kundige mensen bij de vermissing van uw zoontje betrokken. Probeer het aan ons over te laten, hoe moeilijk dat ook is. U hebt uw verhaal uitgebreid gedaan. U hebt alle vragen van de Belgische politie voor nu beantwoord. Ik denk dat het een goed idee is als u nu wat gaat slapen. Ik begreep van onze collega's dat een kennis een hotelkamer voor u heeft gereserveerd? Kan ik u daar misschien heen brengen?' Zijn toon was ongekend mild en begripvol. Jasmine wist dat hij dit alleen maar kon opbrengen als hij een doel te bereiken had.

'Ik wil niet naar een hotel,' antwoordde de moeder. 'Ik wil gewoon dat mijn kind wordt gevonden. En ik wil weten wat er wordt gedaan. Niemand beantwoordt mijn vragen, ze laten me maar de hele tijd zitten hier. Ze hebben niet eens alle auto's doorzocht, wist je dat? En dan moet ik vertrouwen hebben?' De paniek klonk door in haar spraakwaterval. 'Zijn er nu überhaupt nog wel politiemensen in het bos? Met honden? Ik word daar weggestuurd, maar Finn kan daar helemaal alleen zijn. Verdwaald, bang in het donker... koud. Waarom moest ik daar eigenlijk weg? Als er een kans is dat...'

Op dat moment hoorden ze een stem in de hal, waarna de deur zonder kloppen werd opengedaan. Naast rechercheur Gilbert stond een lange gebruinde man. Jasmine kon niet anders dan hem eens goed bekijken. Hij was knap en had overduidelijk charisma. Voordat ze zich kon afvragen wie hij was, stelde Gilbert hem voor als Nick Vonk, de kampleider van de georganiseerde kampeertrip. Ook Stevens en De Bruijn stelden zich voor.

'En ik ben Jasmine Ziani, socialmediaconsultant...' Ze stak haar hand uit naar de man.

'Jasmine is een stagiaire met een Twitter-account,' onderbrak Stevens haar met een grijns.

'En Stevens heeft zo'n groot ego dat hij het nodig vindt om mij constant te kleineren,' vulde Jasmine ad rem aan.

'Pardon? Wat is dit?' riep Ella overdonderd vanaf haar plaats aan de tafel.

'Ziani, de gang, nu.' De bombastische stem van De Bruijn galmde hard door de verhoorkamer. Jasmine volgde hem door de open deur als een klein kind dat wist dat ze iets verkeerd had gedaan. Zijn strenge blik hielp daarbij.

'Ziani, deze vrouw is haar kind kwijt. Hij is misschien wel dood. Het laatste wat ze nodig heeft is lastiggevallen worden met jullie infantiele pesterijtjes. Een beetje professionaliteit graag!'

'Het spijt me,' mompelde Jasmine en ze keek naar haar voeten. De Bruijn gaf haar geen kans om zich te verdedigen en liep direct de verhoorkamer weer in. Ze haalde diep adem. Waarom liet ze zich zo makkelijk op de kast jagen? In het bijzijn van de moeder van een mogelijk slachtoffer, nota bene. Ze had het gevoel in een spel getrokken te worden waarvan Stevens de regels bepaalde. Misschien kon ze beter teruggaan naar haar oude tactiek van domweg alles slikken wat hij haar kant op spuwde. Toen ze terug in de kamer kwam, hoorde ze de kampleider proberen de moeder te overtuigen om te vertrekken en wat rust te pakken.

'Ella.' Nick zakte door zijn knieën en hurkte vlak voor Ella neer om oogcontact te maken. Zijn medeleven en liefdevolle benadering leken haar niet direct te raken. 'Ella, je kunt hier niet blijven,' zei hij terwijl hij haar hand pakte. Hij was duidelijk door rechercheur Gilbert op de hoogte gebracht van haar onwil om te vertrekken. 'Bovendien vinden ze er Finn niet sneller door. En jij' – hij bekeek haar nauwkeurig – 'jij ziet eruit alsof je wel een paar uur slaap kunt gebruiken.'

'Slapen? Hoe kan ik nu slapen?' Ze begon te huilen.

Nick stond op terwijl hij haar hand vasthield. Ondanks haar verbale protest stond ze als vanzelf ook langzaam op van haar stoel. Nick bleef vlak voor haar staan en boog zijn rug iets zodat zijn gezicht dicht bij het hare was. Met zijn donkere ogen keek hij haar doordringend aan. 'Ella, je hebt rust nodig. Het is een heftige dag geweest. Finn heeft er meer aan als je helder blijft.'

Jasmine was onder de indruk van zijn doortastendheid.

'In de ochtend breng ik je direct hierheen of naar het bos toe. Wat je maar wilt. Dat beloof ik.'

31

De twee gevonden stenenfiguren op de beide plaatsen delict hadden de volledige aandacht nu het overleg met alle aanwezigen was hervat.

'Kijkend naar de symbolen, zouden wij hierin een motief kunnen vinden?' vroeg Gilbert terwijl hij de kamer rondkeek. Hij was aan het hoofd van de tafel gaan staan. Uitvergrotingen van de twee lege stenenfiguren prijkten nu op het grote whiteboard dankzij een projector naast hem. 'Zijn jullie erachter wat de betekenis is van het symbool dat is aangetroffen rondom jullie slachtoffer? Ik heb nog geen moment gehad om het op te zoeken. Is het iets satanisch?'

De Bruijn schudde zijn hoofd. 'Wij dachten in eerste instantie ook in de richting van een sekte of het occulte. Het is echter een zeer oud symbool met meerdere betekenissen door de eeuwen en religies heen. Helaas zijn er dus meerdere interpretaties mogelijk.'

Stevens nam het stokje ongevraagd van De Bruijn over. 'De triquetra is een Keltische knoop. De Latijnse naam betekent "driehoekig" en het staat dan ook voor een drie-eenheid. De vraag is alleen welke drie-eenheid de dader in gedachten had. De Keltische oorsprong van het symbool hing waarschijnlijk samen met de drie-eenheid: leven, dood en wedergeboorte... Het kan ook aarde, lucht en water betekenen. En we kennen allemaal de christelijke interpretatie van de drie-eenheid: de Vader, de Zoon en de Heilige Geest. En dan zijn we er nog niet. Bij meerdere religies is het getal drie sowieso een heilig getal. Binnen enkele natuurreligies zoals wicca wordt de triquetra geassocieerd met de moeder, de maagd en de oude wijze vrouw. De moeder van alles wat leeft.'

'Over de betekenis van jullie stenenfiguur valt dus te twisten, maar wat het moet voorstellen, is overduidelijk. Het is een triquetra,' zei Gilbert terwijl hij naar het whiteboard liep. 'Bij ons is dat een heel ander verhaal. De figuur is niet eens een gesloten symbool. Hier buigen de lijnen naar elkaar toe, maar de figuur is niet gesloten.' Hij wees de open uiteinden aan met een stift.

'Het is dan misschien geen deel van de triquetra, maar dat sluit niet uit dat hij werd gestoord en het niet kon afmaken,' merkte De Bruijn op.

Gilbert knikte, maar Stevens was hem voor. 'Misschien was het af, misschien niet. We moeten het ermee doen. Als we een mogelijke betekenis van jullie figuur kunnen linken aan een mogelijke betekenis van die van ons, vinden we misschien een verklaring voor het gebruik van beide symbolen. Vind de beweegredenen en je komt dichter bij de dader.'

De Bruijn opende zijn map en haalde er een papier uit. 'Zeker, Stevens. Wellicht kunnen we een verband vinden. Denk even mee iedereen. Mag ik?' Hij knikte naar Gilbert, die weer plaatsnam, en liep naar het whiteboard aan de wand. Naast de foto's schreef hij de mogelijke drie-eenheden op die al door Stevens genoemd waren en vulde ze aan met dingen die ter plekke werden bedacht.

'Welke zouden we nu in eerste instantie kunnen wegstrepen en bij welke zien we een mogelijk verband?' Als een schoolmeester keek De Bruijn de tafel rond naar het samengestelde team, met het enige verschil dat hij – in tegenstelling tot een schoolmeester – het antwoord zelf niet wist. Het was een tijdje stil.

'Ik zie wel een mogelijke link,' mompelde Gilbert, 'met leven, dood en wedergeboorte.' Hij wees van een afstandje naar de langwerpige ovaal met de punt beneden. 'Misschien staat ons symbool dan voor de vagina. Om de wedergeboorte aan te duiden.'

De jonge man met een bril die naast hem zat en zich voornamelijk achter zijn laptop schuilhield, schraapte zijn keel, voor het eerst. 'Technisch gezien is het niet de vagina wat u bedoelt. Het is de vulva.'

'Ah, we hebben een expert,' reageerde Stevens met opgetrokken wenkbrauwen terwijl hij achteroverleunde op zijn stoel. Er werd gelachen.

'Oké, dat kan zeker een optie zijn,' concludeerde De Bruijn op een strenge toon. 'Dan hebben we nog de "schepper, vernietiger en onderhouder". Hij bekeek de opties nog eens bedenkelijk. 'Tja, dan zitten we ook weer in de christelijk godsdienstige hoek, net als Vader, Zoon en de Heilige Geest...'

'Een godsdienstfanaat?' vroeg iemand.

'Tja, dat zou kunnen...' zei De Bruijn, 'maar wat moet het symbool in de huidige vermissingzaak dan voorstellen?'

Stevens schoof plots luid zijn stoel naar achteren. Ook hij liep naar het bord. 'Even iets proberen, hoor.' Hij draaide de foto een kwartslag. De punt van het ovaal wees nu naar links. Eronder tekende hij de vorm na met stift en trok de lijnen aan de rechterkant iets verder door. 'Wat zien jullie nu?'

'Een Jezusvis!' riep iemand direct.

'Juist. De Jezusvis. Oftewel, de IChThUS!' antwoordde Stevens triomfantelijk.

De jongeman die zojuist was begonnen over 'vulva versus vagina' typte ineens druk op zijn laptop. 'Ik vind hier dat IChThUS een acroniem is. In het Oudgrieks heeft het woord vijf letters en die letters staan in het Nederlands vertaald voor: Jezus Christus, de zoon van God, (is onze) redder. De IChThUS, ofwel de Jezusvis, werd ooit gebruikt als geheim symbool voor christenen onderling om elkaar te herkennen en vervolging te ontduiken. Tegenwoordig wordt het symbool openlijk gebruikt door mensen die graag willen laten zien dat zij christen zijn.'

Jasmine staarde naar de foto. Ze schudde langzaam haar hoofd. Ze werd uit haar gedachten gehaald door Stevens, die triomfantelijk zijn handen tegen elkaar sloeg. Hij plaatste zijn palmen op tafel en leunde vervolgens over de tafel heen om alle deelnemers van het gesprek even kort aan te kijken.

'Volgens mij probeert de dader ons iets te vertellen.'

'Dat hij christen is?' vroeg Gilbert.

'Hoogstwaarschijnlijk.' Stevens haalde zijn schouders op. 'En wat betreft de symbolen hebben we te maken met een serie. Eerst "de Vader, de Zoon, en de Heilige Geest" in de triquetra. Als tweede de IChThUS, een symbool dat staat voor alleen de zoon.'

'Jezus christus, wat staat ons nog te wachten?' Vanderlinde stelde de vraag die iedereen dacht. Jasmine keek bedenkelijk naar De Bruijn, die Stevens nu zonder enig commentaar 'de show' liet leiden.

'Misschien nog twee moorden?' zei Stevens met zijn handen in de lucht. 'Een met een symbool voor God, en een voor de Heilige Geest?'

'We weten niet eens of het vermiste kind dat we nu zoeken vermoord is,' sputterde Jasmine plotseling tegen.

Stevens negeerde haar en zei: 'Het kan natuurlijk ook zo zijn dat de moordenaar niet twee maar vier moorden na de eerste heeft gepland. Voor de overige vier Oudgriekse letters van het woord IChThUS. In dat geval is ieder stenenfiguur mogelijk een aanwijzing voor het volgende. We moeten wel een open mind houden.' Hij liet zich niet meer onderbreken. 'In ieder geval ben ik bang dat deze moordenaar nog lang niet klaar is.'

32

‘Eh, sorry hoor, maar hou je nu zelf wel een open mind?’ zei Jasmine met luide stem. Ze was zich ervan bewust dat iedereen aan de tafel naar haar keek. ‘En “vader, moeder, kind” dan? Slaan we die mogelijke betekenis gewoon over? Die zie ik toch echt nog in het rijtje staan daar.’ Ze wees naar het whiteboard. ‘En het occulte is ineens ook geen optie meer? Voor zover ik weet heeft een volle maan niets te maken met het christendom. Of is de volle maan in onze zaak nu ineens niet meer relevant?’

‘Onze?’ Stevens herpakte zich snel. ‘Ja, het was volle maan. Toen het kind werd gevonden. Het is nu geen volle maan, nee. Nog niet.’

‘We weten simpelweg niet of de volle maan relevant is of toeval,’ zei De Bruijn onverwachts. ‘Soms loopt het misschien gewoon zoals het loopt, ook voor een moordenaar. Misschien was de volle maan wel relevant in de zaak-Dex, maar heeft hij nu een kans gegrepen die zich voordeed. Een jongetje zonder toezicht…’

‘Dat geloof ik niet,’ onderbrak Jasmine hem hoofdschuddend. ‘Een dader die zo goed plant, tot aan de gelijkenis van de stenen en hun plaatsing toe, grijpt zomaar een kans om een kind te kidnappen omdat de kans zich voordoet? Vergeet niet dat hij de stenen van tevoren heeft moeten verzamelen. En die zak zware stenen heeft hij dan zomaar bij zich als hij op vakantie in de Ardennen toevallig op een volgend slachtoffer stuit?’

Het bleef een tijd stil. Stevens liep zwijgend en overduidelijk iets overpeinzend terug naar zijn stoel.

‘Daar heb je een goed punt,’ beaamde rechercheur Gilbert.

Jasmine voelde zich gesterkt en sprak door: 'Met alle respect, maar het blijft een feit dat we naast de leeftijd en het geslacht van de slachtoffers alleen maar stenen hebben. Een figuur. Niet eens dezelfde figuur.' Ze zuchtte. 'Ik wil ook heel graag dat er een verband is zodat we beide zaken kunnen oplossen maar... Er zijn tot nu toe meer verschillen dan overeenkomsten. We kunnen dus niet te snel een conclusie trekken wat betreft die schaarse overeenkomsten.'

Ze twijfelde niet meer om de stilte die viel op te vullen: 'Het komt maar al te vaak voor dat de politie zo in de eigen redenaties gelooft dat alle andere opties worden uitgesloten. We moeten ervoor waken dat we inzoomen op een enkele theorie.'

Stevens begon ineens keihard te lachen en leunde ver achterover op zijn stoel. 'Jemig Ziani, jij kijkt echt te veel Netflix-documentaires! Misschien kun je beter met je neus in de studieboeken zitten om je tentamens eens een keer te halen!' Er schuifelden een aantal mensen ongemakkelijk heen en weer.

'Nee, nee, nee,' zei De Bruijn onverwachts op rustige toon. 'Hoewel ik zeer zeker denk dat er wel degelijk een verband is tussen de twee zaken, ben ik het met Ziani eens dat we voorzichtig moeten zijn met al te rigoureus een pad inslaan. We moeten zeker niets uitsluiten.' Hij stond op en keek van dichtbij naar de foto van de vermeende vis, de IChThUS. Hij draaide de foto een kwartslag terug zodat de punt weer beneden kwam te liggen. 'Laten we zeker ook de optie openhouden die staat voor de vagina, of eh... de vulva... vruchtbaarheid misschien. Het symbool uit onze zaak zou dan ook de eenheid vader, moeder en kind kunnen betekenen.'

Er werd instemmend gebromd. Jasmine voelde zich triomfantelijk, maar durfde niet op te kijken naar Stevens.

'Wat heeft het in dit geval te betekenen? Laten we over die vraag nadenken.'

Vanderlinde antwoordde De Bruijn, die overduidelijk weer aan het roer stond, nadenkend: 'Misschien is het geen toeval dat het stoffelijk overschot ontbreekt. Wellicht is juist de "lege vulva" van betekenis.'

'Of wil iemand de moeder straffen,' opperde Gilbert. 'En hebben ze juist daarom haar kind weggenomen.'

'Een lege vulva kan ook staan voor... onvruchtbaarheid?' voegde Vanderlinde bedenkelijk toe.

'Allemaal goede punten,' antwoordde De Bruijn. 'Laat het me weten als jullie nog ergens opkomen, dan nemen we het mee.' Hij keek op zijn horloge.

'Laten we ook eens nadenken over de vraag: waarom nu België? Als het dezelfde dader is, zou het dan niet veel gemakkelijker zijn om een kind dicht bij huis te ontvoeren?'

'Het betreft wel een Nederlands slachtoffer, wat wel weer de link met een Nederlandse dader legt,' merkte iemand op. De stilte die volgde maakte duidelijk dat het juist inging tegen alle logica en alle kennis die ze hadden betreffende seriemoordenaars. Een andere locatie betekende meestal niets meer dan dat de dader een op zichzelf staande reden had om te reizen – zoals voor het werk – en in een andere plaats toevallig ook gelegenheid vond om toe te slaan. De verandering van locatie had gewoonlijk niets te maken met het slachtoffer. Maar ja, niets aan deze zaak was gewoon, bedacht Jasmine.

'Zou de dader de moeder en het kind zijn gevolgd? Omdat dit kind om wat voor reden dan ook speciaal voor hem of haar is?' vroeg Gilbert. 'Is er een link met de locatie van de vorige moord?'

'Dat is makkelijk,' mompelde Jasmine. 'Finn Rubens en zijn moeder wonen niet in de buurt van de locatie van de vorige moord – maar de vader wel, begreep ik. De dader kan dus wel degelijk dit kind geobserveerd hebben en hem, als het ware, gevolgd zijn.'

33

Ella staarde voor zich uit terwijl ze zich in het pittoreske hotelletje mee de trap op liet voeren door Nick. Ze kon niet geloven in wat voor nachtmerrie ze terecht was gekomen.

'Hier is het.' Nick opende de deur van een kleine maar charmante kamer. Hij zette haar bagage op de grond. De tas van Finn stond er eenzaam bij. Ze keek naar het kleine tweepersoonsbed rechts van de deur.

'Kunnen we niet gewoon teruggaan?' vroeg ze smekend. 'Naar het bos? Naar jouw huis daar? Dan zijn we...'

Nick onderbrak haar. 'Het is laat. Je moet nu zo snel mogelijk proberen een paar uur te slapen. Ik blijf hier bij je, dus we kunnen in de vroege ochtend meteen terug naar het bos om te zoeken, of naar het bureau,' zei hij geruststellend. 'En maak je geen zorgen, ik heb een eigen kamer.' Hij probeerde oogcontact met haar te maken. 'Je hoeft alleen maar te zeggen dat je wil dat ik wegga en ik ben weg.'

'Ik wil dat je weggaat,' antwoordde Ella zonder aarzelen en ze liep de kamer in.

Nick knikte begripvol en glimlachte. Zijn meegaandheid maakte het haar niet makkelijker, maar ze kon niet anders. Ze leek in de overlevingsstand te staan.

'Het spijt me, Nick. Het komt wat rot mijn strot uit, zeker aangezien je pas net terug bent uit Brabant, maar ik ben kapot. Ik wil nu alleen maar slapen,' loog ze.

Hij knikte. 'Ik wil er voor je zijn zoals jij dat nodig hebt.'

'Waarom ben je toch zo aardig voor me?'

'Ella...' Hij leek even te twijfelen. 'Ik was jullie kampleider en het was mijn taak om jullie veilig te houden. Dat is niet gelukt. Ik voel me... verantwoordelijk.'

Nadat ze de deur achter Nick sloot, ontsnapte een zucht van opluchting haar binnenste. Ze was wel degelijk kapot, maar ze wist al dat slapen niet zou lukken. Ze wilde gewoon alleen zijn. Eigenlijk wilde ze niets liever dan terug naar het bos en Finn weer in haar armen sluiten, maar ze had niet eens een auto om ernaartoe te gaan. Ze voelde zich volledig afhankelijk van Nick en zijn goede bedoelingen, maar ze had geen andere optie dan zich erbij neerleggen.

Ze pakte de tas van Finn van de grond en ritste hem open op het bed. Ze kon zich vaag herinneren dat ze een paar uur geleden hun losse spullen gehaast in de tassen had gepropt. Nu haalde ze alle kleertjes er langzaam uit en legde ze op het bed. Het verbaasde haar dat ze er onbewust in geslaagd was haar eigen spullen in haar eigen tas te stoppen en alleen die van Finn in zijn tas. Het leek zo onbelangrijk nu.

Ze begon de kleertjes die hij al had gedragen gedachteloos netter op te vouwen dan wat ze in de haast gedaan had. Impulsief drukte ze een van zijn shirtjes tegen haar gezicht, snoof de geur op en werd overvallen door verdriet. Met het shirtje nog tegen zich aan ging ze zitten op de rand van het bed. Ze liet zich naar achteren vallen en schoof de rest van de kleertjes tegen zich aan, alsof ze ieder minuscuul deeltje van Finn dat kon zijn achtergebleven wilde vasthouden en koesteren.

34

‘Er is dus best een grote kans dat het kind in Nederland opduikt,’ zei Jasmine tegen De Bruijn terwijl de Belgische collega’s na deze lange sessie de vergaderzaal verlieten.

‘Laten we het hopen, want als dat niet zo is, kan hij overal zijn. Zelfs elders in Europa.’ Met die veelbetekenende woorden en een knik verliet ook hij de vergaderzaal. Jasmine ging weer zitten en pakte de verhoorverslagen erbij die ze wilde inkijken.

‘Jij hebt wel lef,’ zei Stevens, die nog naast haar zat, nog geen tien seconden later.

‘Ik ben gewoon gedreven,’ mompelde ze ongemakkelijk terwijl ze haar ogen onverstoorbaar over het verhoorverslag van de moeder van het vermiste jongetje liet gaan.

‘Ontzettend gedreven om je zin door te drijven, ja,’ antwoordde Stevens. ‘Je zat aardig te drammen bij het overleg net.’ Nonchalant leunde hij naar achteren op zijn stoel. ‘Net als met die tweet toen.’

Ah, dus als ik niet reageer, ga je dieper prikken om je gram te halen, dacht Jasmine.

‘Ja, die tweet over het Bovenste Bos. Die niemand ooit gezien heeft. Behalve jij,’ vulde hij aan, alsof hij nog moest uitleggen over welk bericht hij het had. ‘Toen ging je ook maar door. En door. En door.’

Nog steeds zei ze niets en probeerde zich te verdiepen in wat ze las.

‘In plaats van drammen kun je ook gewoon wéér een tweet verzinnen om je gelijk te bewijzen.’

Jasmine beet op haar onderlip en stond op. De papieren stopte ze onder haar arm om bij het vertrek aan een van de rechercheurs terug te geven.

'Als ik die tweet met die tip zogenaamd verzonnen heb, hoe verklaar je dan dat het slachtoffer daar daadwerkelijk werd gevonden?' Ze vervloekte zichzelf direct omdat ze zich toch had laten uitlokken.

'Toeval?' Stevens haalde zijn schouders op. 'Het staat me bij dat jij al eerder had geopperd om dat bos te doorzoeken, maar ja, wie luistert er nou naar een stagiaire? En toen was er ineens die tweet. Die er indirect ook voor heeft gezorgd dat je hier bent.'

Jasmine schudde haar hoofd. Zo zat het niet en dat wist hij best. Het enige wat hij wilde was dat ze zich zou opwinden en reageren.

'Okhams scheermes, Ziani: de meest simpele uitleg is vaak de juiste,' zei Stevens toen. 'Maar ook dat mes snijdt aan twee kanten: want welke uitleg is het meest voor de hand liggend?'

'Je hebt veel fantasie, Stevens,' antwoordde Jasmine gespeeld onverschillig in de deuropening. 'Misschien moet je maar thrillers gaan schrijven.'

'Goed idee!' zei hij grijnzend.

'Ja,' mompelde ze. 'Dan verzin je misschien iets beters dan die onzin die je net tegen het einde van het overleg uitkraamde.' Ze liep snel de kamer uit voordat hij kon reageren. Ze had zich triomfantelijk moeten voelen, maar ze wist dat hij het er niet bij zou laten zitten.

Bij de kantine aan het einde van de hal botste ze bijna tegen hoofdrechercheur De Bruijn op die net naar buiten kwam lopen.

'Goed gedaan daarbinnen, Ziani.' Hij bekeek haar onderzoekend toen ze geen antwoord gaf. 'Alles goed met je verder?' Jasmine knikte alleen bij wijze van antwoord. 'Ik beloof je dat je straks een paar uur kunt slapen,' zei hij toen. 'Het hotel is bijna rond. Door het late tijdstip is het lastig om nog een sleuteloverdracht te regelen. Eet en drink hier nog even wat.' Hij wilde doorlopen om hetzelfde nieuws aan Stevens door te geven.

'Vermoeidheid is het probleem niet,' antwoordde Jasmine impulsief. Ze had direct spijt.

'Wat zei je?' Hij fronste zijn borstelige grijze wenkbrauwen. Ze wilde niet kinderachtig overkomen, dus schudde ze snel haar hoofd. 'O, niets. Het is fijn om hardop te kunnen meedenken. En serieus te worden genomen. Door de meeste mensen dan.'

'Stevens plaagt je graag, maar je bent ook wel een makkelijk slachtoffer,' antwoordde De Bruijn direct op strenge toon. 'Als je dit werk wil blijven doen zul je een dikkere huid moeten kweken. Stevens is zeer ervaren op het gebied van moordzaken, zowel in de hoofdstad als in de rest van de Randstad. Je kunt veel van hem leren, neem dat maar van me aan. Ook wat betreft die dikkere huid.'

Jasmine voelde zich verongelijkt. Natuurlijk lag het probleem weer bij haar, de overgevoelige vrouw. Zíj moest zich aanpassen, zíj moest een dikkere huid kweken.

'Het gaat niet om de grapjes,' zei ze impulsief. 'Het is alsof hij me niet voor vol aanziet. Alles wat ik zeg, wuift hij weg.'

'Maar uiteindelijk heeft hij het toch moeten accepteren? De rest van het team kon zich helemaal vinden in je denkwijze. Focus je liever daarop en laat hem zijn eigen demonen bevechten.' Na die woorden liep hij door.

Jasmine pakte de laatste muffin van de schaal in de felverlichte kantine. De meeste Belgische collega's waren er nog. Ook zij hadden moeite de zaak los te laten, ondanks de vermoeidheid. Dat gebeurde nu eenmaal bij zo'n buitengewone highprofilezaak. Adrenaline en een uitzonderlijk instinct namen het over. Een jagersinstinct.

Het duurde even voordat Jasmine alleen achterbleef in de kille ruimte. De koffiemachine zoemde. Plotseling voelde ze een klap tegen haar hand. De muffin vloog met een boogje door de lucht en viel op de grond. Het was Stevens, die hem vervolgens snel opraapte.

'Wat doe jij nou?' riep ze verbouwereerd uit.

'Wat? Je hebt toch tegen "de baas" gezegd dat je wilde dat ik je meer als gelijke behandel? Als een van de jongens? Nou... *You're welcome*!' Zelfingenomen nam hij een hap van de muffin die zojuist op de grond had gelegen.

'Gatver!' riep ze uit.

'Vierseconderegel,' zei hij met een tevreden grijns. 'Of wilde je hem terug?'

'Je bent walgelijk,' mompelde ze.

35

Jasmine schonk in de kantine een kop koffie in. Het was alsof ze er een uur geleden nog was geweest. Bij binnenkomst op het bureau werd Stevens meteen weggeroepen en kon zij het doen met het nieuws dat er die nacht geen enkel spoor van de kleine Finn was gevonden. Ze voelde zich allesbehalve uitgerust na de korte nacht in het hotel. Voor het eerst in tijden was ze niet geteisterd door nachtmerries, maar dat was niet per se een verbetering. Het was nu niet haar onderbewuste dat haar niet met rust liet, maar juist bewuste gedachtes en zorgen over de heftige voorgaande avond.

Tijdens het overleg hadden alle technische zaken de menselijke kant van de vermissing min of meer verdrongen. In bed kwam ze er echter niet onderuit dat er een echt jongetje was, dat óf doodsbang alleen in het bos was óf doodsbang in het bijzijn van een seriemoordenaar... of dood. Meer smaken waren er niet.

Steeds weer zag ze in het donker de wanhopige moeder voor zich. Ze was niet trots op zichzelf, hoe ze bepaalde dingen had aangepakt. Hoe kinderachtig ze had gedaan tegen Stevens in haar bijzijn. Wat moest de getergde vrouw zich alleen voelen. En Jasmine had daar alleen maar aan bijgedragen.

Langzaam begon de cafeïne zijn werk te doen en dat was ook hard nodig. De zoekactie in het bos was in volle gang en zodra er overleg was geweest, zouden zij zich daar ook bij aansluiten.

'De moeder is er alweer.'

Stevens stond ineens naast haar. Ze had zich niet gerealiseerd hoe zeer ze de stilte in de kantine in de vroege ochtend had gewaardeerd.

'En ze heeft veel vragen,' vulde Stevens aan. 'Heel veel vragen. De nachtrust heeft haar kennelijk goed gedaan.'

Jasmine fronste als reactie op zijn van empathie verstookte woorden, maar zei niets.

'Ik weet serieus even niet wat we met haar aan moeten,' voegde hij dus maar toe.

Jasmine keek hem aan met een vragende blik tot hij antwoordde.

'Ja, als een kind in de eigen omgeving vermist raakt, gaat zo iemand tussendoor naar huis of wordt opgevangen door familie. Maar aangezien we nu in de Ardennen zijn en zij hier niet woont...' Hij dacht even na en fronste. 'Ze is ook erg opgefokt. Ze heeft hier natuurlijk helemaal niets anders te doen dan piekeren en zich druk maken.'

'Nogal wiedes. Ze moet zich verschrikkelijk voelen,' antwoordde Jasmine scherper dan ze had gewild. 'En nu?'

Stevens nam een grote hap van zijn croissant en haalde zijn schouders op. Vervolgens sprak hij met volle mond: 'Enerzijds willen we haar natuurlijk niet constant bij de zoekactie hebben. Als ze zich daar ook de hele tijd kritisch uitlaat – en dat gaat ze doen – kan ze de boel alleen maar vertragen. Maar we hebben hier ook niet de tijd om haar steeds te informeren.'

'Ik bedoelde eigenlijk wat we voor haar kunnen betekenen. Hebben de Belgen bijvoorbeeld een familierechercheur aangesteld die haar hier kan begeleiden?' Ze keek hem vragend aan.

Stevens haalde zijn schouders op. 'Dat moeten de Belgen maar bedenken; dat is niet aan ons. Ze zit in een verhoorkamer en die kerel is weer bij haar, die kampleider. Hij heeft alle contactgegevens die hij had voor de organisatie van de kampeertrip overlegd, zodat we eventuele ontbrekende gegevens kunnen aanvullen. Gilbert kijkt of er nog wat andere informatie aan hem is te onttrekken. Hij kent het gebied goed.'

'En wanneer begint het overleg?' Ze pakte snel een broodje.

'Om acht uur.' Hij keek even op zijn horloge. 'Dat geeft ons mooi de tijd om de moeder te adviseren weg te blijven van de social media. De media heeft namelijk lucht gekregen van de vermissing en op Twitter gaat iedereen helemaal los. Dat jij dat nog niet weet, joh?'

Jasmine graaide met gloeiende wangen direct haar telefoon uit haar broekzak.

'Ziani, behalve dat we niet willen dat deze vrouw haar verstand verliest, willen we natuurlijk vooral niet dat ze zich gaat moeien in de spreekwoordelijke beerput die social media heet. Ze weet nu al veel meer dan de pers. We willen niet dat ze de zaak in gevaar brengt met het vrijgeven van enige daderkennis.'

Jasmine nam de woorden van Stevens maar deels in zich op terwijl ze Twitter opende en de hashtag #vermissingardennen intypte.

'Ziani? Hoor je me? Zorg dat je snel op de hoogte bent en dan bespreken we het met de moeder voor het overleg. Misschien kun jij dit wel doen, aangezien het "jouw afdeling" is. En regel jij even koffie voor verhoorkamer 3?'

Jasmine scrolde door de tweets terwijl de verse koffie in de maak was. Er werd inderdaad al grootschalig verslag gedaan van de vermissing sinds vanmorgen vroeg. Alle grote kranten en ook *Hart van Nederland* en het RTL *Ontbijtnieuws* hadden het nieuws opgepakt en de links werden veelvuldig gedeeld. Het was komkommertijd, wat de media nog eens extra happig maakte op een smeuïg verhaal. Zeker zo relatief kort na de moord op Dex.

De speculaties van het publiek waren niet van de lucht. Vooral de ouders moesten het ontgelden. *Moeder wilde aandacht van vader trekken*, las Jasmine. *Ouders nog steeds niet op goede voet na vechtscheiding.* Ze knipperde met haar ogen. Kennelijk was er meer informatie naar buiten gekomen dan de bedoeling was. Door wie dan? Bekenden van de ouders wellicht? Er waren natuurlijk ook veel mensen van het kampeergezelschap die het een en ander wisten. Sinds de opkomst van social media was het bijna onmogelijk om tegen te houden dat informatie werd verspreid. Het was onder andere aan haar om belangrijke zaken zo snel mogelijk te onderscheppen.

Ze wist nog van de zaak-Dex dat zelfs sommige politiemensen hun mond voorbijpraatten. Dat mocht deze keer absoluut niet gebeuren.

De gelekte foto van de vindplaats van Dex stond haar nog altijd helder voor de geest. Een deel van de stenencirkel was te lang zichtbaar geweest en had een weg naar het publiek gevonden. Die foto... Van precies een derde van de triquetra... Dat leek op een ovaal met aan één zijde een punt.

Ze sloeg met haar hand op het aanrecht. De foto! De foto die gelekt was leek precies op het symbool dat in de Ardennen was gevonden! Dat was de reden waarom het er zo uitzag! De gelekte foto was niet meegenomen in het overleg, maar dat had wel moeten gebeuren. Ze rende de hal door en klopte haastig op de enige dichte deur. Er klonk een geïrriteerde 'ja' aan de andere kant. Jasmine opende de deur op een kier en maakte alleen oogcontact met Stevens.

'Stevens, kan ik je even spreken?'

Hij stond direct schoorvoetend op om rechercheur Gilbert, de moeder van het vermiste kind en de kampleider achter te laten.

'Wat is er zo belangrijk dat het niet kan wachten?' vroeg hij stekelig nadat hij de deur luid achter zich sloot.

Jasmine wenkte hem en liep achteruit wat verder de gang in. 'Ik heb iets ontdekt,' zei ze bijna fluisterend.

Stevens fronste.

'Ja, dat symbool hier in de Ardennen is wél een deel van de triquetra! Maar dat wist de maker zelf niet!'

Stevens fronste dieper en kneep zijn ogen samen. 'Kun je iets sneller tot je punt komen?'

'Het is een copycat!' zei ze iets te hard.

'Dat is natuurlijk altijd een mogelijkheid, maar...'

'Nee, het is dé mogelijkheid,' onderbrak Jasmine hem. 'Weet je nog die foto die gelekt was? Van die agent die ontslagen is?'

'O ja, die. Jij maakt vrienden overal waar je komt.' Stevens grinnikte ineens. Uiteraard was het geen geheim gebleven dat Jasmines ontdekking de aanleiding was geweest voor zijn ontslag.

'Nee, jij trekt volle zalen,' mompelde ze.

Het amuseerde Stevens alleen maar meer.

'Stevens, dit betekent dat we ons niet meer hoeven af te vragen hoe de twee zaken verband houden. De enige informatie die ooit zichtbaar is geweest voor het publiek duikt hier in het bos op, dat is geen toeval. De dader in deze zaak moet de gelekte foto van de gedeeltelijk triquetra online gezien hebben en heeft het gekopieerd,' opperde ze enthousiast. 'We moeten dit zo in het overleg bespreken! Zal ik Weber van IT vragen of hij die foto stuurt?'

Stevens zuchtte. 'Oké, Ziani, prima. Wil je dan nu eerst die koffie gaan regelen?'

36

Terwijl ze de kastjes opentrok om een dienblad te zoeken, gingen haar gedachten alle kanten op. Stevens had maar lauwtjes gedaan over haar ontdekking. Vond hij het dan zo erg dat ze zijn theorie omverkeilde? Toch was ze vastbesloten om haar bevindingen te delen in het overleg. Stevens had toch al een hekel aan haar. En uiteindelijk hadden ze hetzelfde doel: het vermiste kind vinden. En de dader.

Ze pakte wat melkkuipjes, suikerstaafjes en wegwerpbekertjes. Ze vulde een kan met de koffie die ze had gezet en zette alles op het dienblad. Ze dacht aan alles wat ze had gelezen op social media. De reacties van de mensen waren te verwachten, maar één ding hield haar vooral bezig. De moordenaar van Dex, die dit alles niet ontgaan kon zijn, was stil.

Ze klopte en wachtte tot de deur werd geopend. Tot haar verbazing zat Stevens niet in de verhoorkamer. Rechercheur Gilbert knikte bedenkelijk naar haar, bij wijze van bedankje.

Ze stapte binnen met het gevulde dienblad. 'Koffie?'

Ella knikte.

'Even voor de duidelijkheid,' hoorde Jasmine Gilbert vragen, 'wanneer zal de vader van het kind aanwezig zijn?'

'Mijn ex-man Dennis is vanmorgen vroeg aangekomen op het vliegveld van Luik,' antwoordde Ella. 'Hij komt hier zo snel mogelijk naartoe met een taxi.'

Ineens stak Stevens zijn hoofd om de hoek van de deur. 'Ziani, ga je mee?' vroeg hij wat ongeduldig. Ze had nog niet eens de tijd gehad om de moeder te spreken over de socialmediaplatforms, maar ze zag dat tegensputteren weinig zin had.

'Ik… spreek u straks,' mompelde ze tegen Ella. Ze wilde eigenlijk wel weten waar ze ineens met zoveel haast naartoe gingen.

Op de gang liep Stevens meteen weg, er overduidelijk van overtuigd dat ze hem zou volgen. Hij had zijn spullen bij zich en was onderweg naar de uitgang.

'Gaan we naar de zoekplek?' Jasmine, die hem haastig was gevolgd, bleef abrupt staan en hoopte dat hij zich daardoor min of meer gedwongen zou voelen wat meer te vertellen. Hij draaide zich om en ze bespeurde irritatie op zijn gezicht.

'Het forensisch onderzoek op locatie is voor nu afgerond. En aangezien De Bruijn en de meeste Belgen daar al naartoe zijn, wil ik daar ook zijn. Zo snel mogelijk.'

'Hebben ze iets gevonden dan?'

'Dat weet ik niet. Ik kreeg minimale info. Alleen een berichtje van De Bruijn dat het onderzoek was afgerond. En rijkelijk laat ook.'

Jasmine wist dat hij vreselijk competitief was en dat zijn irritatie hoogstwaarschijnlijk voortkwam uit het feit dat hij als een van de laatsten werd geïnformeerd.

'En mevrouw Lasair dan?' vroeg ze.

'Dat moet Gilbert maar even oplossen. Doet hij ook eens wat nuttigs. Nou, wat sta je daar nou nog?'

Jasmine voelde zich een op sleeptouw genomen kind.

'Kan iemand mij vertellen wat er aan de hand is? Waar gaan jullie ineens naartoe?' De schelle stem was van Ella, die ineens achter hen stond. Ze keek van Jasmine naar Stevens. 'Waarom vertelt niemand mij iets?'

'Eh, wij gaan…'

Ella liet Jasmine niet uitpraten. 'Naar huis? Terug naar Nederland? Lunchen? Een dutje doen? Terwijl mijn kind god weet waar is?'

Jasmine keek met grote ogen naar de moeder. Ze wist dat ze

alleen maar uithaalde uit frustratie en machteloosheid, maar ze kon niet verder weg zitten van de waarheid.

'Mevrouw Lasair,' zei Stevens ogenschijnlijk kalm terwijl hij op haar af kwam lopen. 'Kalmeert u alstublieft.'

'Kalmeren? Kalmeren?' Haar stem sloeg over, maar toen ze weer begon te praten klonk ze zelfverzekerd en helder: 'Sorry, inspecteur Stevens, dat ik u tot last ben. Mijn kind is verdwenen, maar laat ik nu vooral in een hoekje kruipen en mijn mond houden.'

Jasmine zag vol verbazing Stevens nog net niet met zijn ogen rollen. Hij probeerde professioneel te blijven, maar door dat uitgangspunt pakte het juist helemaal verkeerd uit. Bovendien had hij dringend iets anders te doen; zijn ego moest in ere hersteld worden en hij kon niet langer verbergen dat alles daarvoor moest wijken.

'Wat ik bedoel, mevrouw Lasair, is dat u met uw gedrag zoveel aandacht naar u toe trekt dat het ons afleidt van de focus die we zouden moeten hebben: het opsporen van uw kind.' Hij leek even na te denken en zei toen scherp: 'Past u vooral op, voordat u zichzelf nog verdacht maakt.'

37

'O!? Dus dát doe ik! Ik ben u aan het afleiden!' riep Ella woedend. 'Nu snap ik het! Daarom zijn jullie hier in plaats van in dat godvergeten bos aan het zoeken naar mijn zoon! En ik vertoon ook verdacht gedrag! Moet ik me daar ook nog eens druk om gaan maken? Of wilt u me alleen maar bang maken en me zo de mond snoeren?' Ze keek Stevens doordringend aan. De stilte was om te snijden, waardoor de voetstappen die door de kale hal galmden en steeds dichterbij kwamen des te meer hoorbaar waren.

'Wat is hier in vredesnaam aan de hand!?' Een vlotte man voegde zich bij het gezelschap. De verbijstering was af te lezen aan zijn opvallende blauwe ogen. Zongebruind en met een modieuze lichte zomeroutfit aan leek hij niet op zijn plaats op het politiebureau. 'Ik ben Dennis Rubens, de vader van Finn, de receptioniste zei dat iedereen...'

Ella gunde hem nauwelijks een blik waardig. In het heetst van de strijd lukte het even niemand om zijn aanwezigheid te erkennen. 'Weet u wat, inspecteur Stevens?' onderbrak ze haar ex-geliefde op cynische toon. 'Het kan me werkelijk geen reet schelen of u mijn gedrag verdacht vindt. Dit is maar werk voor u. 's Avonds gaat u gewoon weer terug naar uw eigen veilige leventje en een goede nachtrust in een warm bed.'

Ella wees beschuldigend naar hem, maar Jasmine begreep dat ze haar net zo hard bedoelde.

'Vragen jullie je weleens één seconde af wie hij is? Hij is Finn. Niet "het vermiste kind", geen "slachtoffer".'

Stevens zei niets terug; keek de moeder alleen aan.

'En hij is alleen en bang.'

Dennis raakte zacht haar arm aan. 'Ella, misschien moet je de politiemensen de ruimte geven om hun werk te doen. Je bent hysterisch.'

'Wat weet jou nou helemaal? Jij was er niet!' snauwde Ella terwijl ze zich woedend tot haar ex-man richtte.

'Je moet echt kalmeren, El, je bent jezelf niet. Dit is niet normaal meer.'

Ook rechercheur Gilbert kwam gealarmeerd aan lopen.

'Nee, dít is wél normaal, Dennis,' siste Ella. 'Mijn kind is verdwenen.' Ze trok haar arm los van zijn zachte greep en keek hem beschuldigend aan. 'Ik snap werkelijk niet hoe jij zo kalm kunt zijn.'

'Ja, waarom ben jij eigenlijk zo kalm, Dennis?' De onverwachte rustige stem was van Nick Vonk, die kennelijk ook aan was komen lopen en nu op een afstandje met zijn armen over elkaar tegen de muur leunde. Zijn toon was zo onverwacht geraffineerd en ongepast beschuldigend dat een paar seconden lang niemand leek te weten hoe te reageren, zelfs Stevens niet.

'Sorry, wie ben jij!?' vroeg Dennis duidelijk geagiteerd.

'Ik ben de man die er was voor Ella toen jij er niet was,' was het simpele antwoord.

'Nick, alsjeblieft...' zei Ella, plotseling kalmer nu.

'Ja Nick, alsjeblieft. Ga,' onderbrak Dennis haar provocerend terwijl hij dreigend een paar stappen in zijn richting deed. 'Je bent niet meer nodig hier.'

Ella ging tussen de twee in staan en keek Nick indringend aan. 'Nick, alsjeblieft... Ons kind is vermist.'

'Ha! "Jullie kind"? Eerder "jouw kind", vind je niet?' Nick lachte schamper.

Jasmine zag Dennis naar zijn eigen wringende handen kijken, vermoedelijk in een verwoede poging zich te beheersen. Ze zag het aankomen, maar bleef als versteend staan toen hij Nick aanvloog.

'Arrogante klootzak!' Dennis haalde met zijn vuist uit, zijn andere hand stevig in de kraag van zijn uitdager. Stevens en Gilbert kwamen direct in actie en Jasmine kon niet anders dan hun voorbeeld volgen.

'Ieder in een andere verhoorkamer,' beval Gilbert vastberaden.

38

'Gaat het, mevrouw Lasair?' vroeg Jasmine. Ze zette het bekertje water voor Ella neer dat ze net had getapt uit de dispenser in de hal. De kamer was prettig leeg en stil na alle consternatie. Ze had zojuist duidelijke instructies gekregen van Stevens: 'Die kampleider moet weg; de situatie is al gespannen genoeg. En die dame heeft een babysitter nodig. Eén keer raden wie dat gaat worden.'

'Is Nick Vonk een goede vriend van u?' vroeg Jasmine voorzichtig nadat ze concludeerde dat ze geen antwoord ging krijgen op haar eerste vraag.

'Ik ken hem nog niet zo lang', antwoordde Ella zonder haar aan te kijken. In plaats daarvan staarde ze langs Jasmine heen naar de muur achter haar.

Jasmine schraapte ongemakkelijk haar keel en zei: 'Ik hoop dat u begrijpt dat het ons gezien de omstandigheden beter lijkt dat er wat afstand komt met de heer Vonk. Voor de rust.'

'Prima. Wat kan mij het schelen,' antwoordde Ella. Haar gezicht toonde al minutenlang dezelfde apathie, waardoor Jasmine niet wist of ze tot haar doordrong.

'Mevrouw Lasair, gaat het wel?' vroeg ze voorzichtig.

Ella knikte afwezig, maar haar hoofdbeweging ging langzaam over in een duidelijk nee schudden. 'Nee, het gaat niet. Het gaat helemaal niet. Ik heb niet het idee dat jullie snappen hoe dit is.'

'Dat klopt, dat kunnen wij misschien ook wel niet,' beaamde Jasmine. Ze haalde diep adem en dacht aan de instructies die ze van Stevens had gekregen. Ze moesten professioneler te werk gaan. De kwestie niet laten escaleren. Hulp inroepen voor die gebieden die ze zelf niet aankonden. Jasmine vond het ironisch dat hij het haar zo haarfijn wist uit te leggen terwijl hij net alle regels aan zijn laars had gelapt en de moeder volledig op de kast had gejaagd.

Ze schraapte haar keel en nam plaats op de stoel naast Ella. Ze keerde zich naar haar toe. 'Wij kunnen er inderdaad niet zo goed mee omgaan. Ik wil u daarom voorstellen met iemand te gaan praten. Ze hebben hier ook slachtofferhulp...'

'Ik wil helemaal niet met "iemand" praten,' onderbrak Ella haar resoluut. 'Mijn emoties hoeven niet weg te worden gestopt voor jullie gemak. Ik ben bang en verdrietig en boos en als jullie daar niet mee om kunnen gaan, dan hebben jullie pech.' Ze snoof en vervolgde: 'En het stomme is, ik ben normaal helemaal niet zo. Maar... ik moet voor hem opkomen. Ik voel het. Ik... kan niet anders. Mijn hele wereld staat op zijn kop.'

'Dat begrijp ik. En natuurlijk mogen uw emoties er zijn, maar in dezen gaat het erom hoe...'

'Mijn kind is mijn tranen, mijn verdriet en mijn wanhoop meer dan waard. Als ik het niet voel, wie voelt het dan?'

'Vertel me eens over hem,' zei Jasmine zacht terwijl ze het oogcontact met Ella niet verbrak.

'Wat?' Ella veegde met een papieren zakdoekje, dat ze van Jasmine aangereikt had gekregen, onder haar ogen en langs haar neus.

'Hoe is hij, wie is hij?' antwoordde Jasmine.

Ella keek haar doordringend aan en knikte bijna onmerkbaar. 'Hij is een geweldig kind. Ik weet dat iedere moeder dat zegt, maar in dit geval is het echt zo. Hij is zo ontzettend liefdevol, zo gevoelig' – ze lachte een beetje – 'en tegelijkertijd wil hij zo graag stoer zijn. En hij is slim. En mooi. Vanbuiten en vanbinnen.' Haar stem brak en ze snikte. 'Hij is zo lief. Een echte knuffelaar.' Ze glimlachte eventjes bij de gedachte. 'Als hij 's nachts bang is, klimt hij bij me in bed. Ik doe dan net of ik niet merk dat hij tegen me aankruipt, zodat hij snel verder slaapt.'

Jasmine zei niets, ze luisterde alleen.

'We kijken samen altijd naar de wolken,' vertelde Ella verder. 'Stapelwolken zijn net bergen.' Ze legde haar hand op Jasmines onderarm. 'Waar we ook zijn, we kijken altijd of er stapelwolken zijn, van die prachtige Hollandse wolken. Zeker als hij bij zijn vader is en ik thuis. Dan zijn we toch een beetje samen. En als hij thuiskomt' – ze haalde tussendoor nog eens diep adem om niet al te bibberig te praten – 'dan houdt hij me vast alsof hij me nooit meer los wil laten en vraagt hoeveel dagen hij thuis is voor hij weer naar papa gaat.' Ze keek even weg en staarde uit het raam.

Ze keek Jasmine met smekende ogen aan. De stilte was bijna tastbaar. 'Het kan toch niet zomaar zo eindigen, Jasmine? Zeg me dat het niet zo eindigt!'

Jasmine staarde naar de vrouw, haar keel kneep samen. Wat kon ze zeggen? In een opwelling sloeg ze haar armen om Ella heen en trok haar zachtjes tegen zich aan. Ze voelde de gebroken moeder schokken binnen de veiligheid van haar stevige omhelzing. Haar eigen ogen vulden zich met tranen die ze vlug probeerde weg te knipperen.

In de stille lege kamer was er eindelijk ruimte voor wat Ella voelde. Net als een kind dat een driftbui heeft, had ze geschreeuwd en gehuild om gehoord te worden. Nu was ze stil.

39

'Snotverdorie!' Woest smeet hij zijn mobiel door het sobere keukentje. Hoe boos hij ook was, hij kon de naam van de Heer niet misbruiken. Hij kreeg het gewoonweg zijn strot niet uit. Wel een paar minuten had hij zitten staren naar de foto. Het leek zo wel een IChThUS-teken; een Jezusvis! Alles was verpest!

De foto was zogenaamd uitgelekt en opgedoken op social media. Hij had hem direct opgeslagen op zijn telefoon voordat die vervelende mensen van de politie een stokje zouden steken voor de verspreiding ervan. Hij wist namelijk zeker dat hij binnen de kortste keren niet meer te vinden was.

Hij stond op en schoof zijn stoel met geweld aan. Daarna bedacht hij zich en haalde diep adem om te kalmeren. Hij moest moeder nog te woord staan. Ze moest weten waarom hij de deur uit ging, anders zou ze zich zorgen maken. Moeder hield niet van uitingen van boosheid. Of van verdriet. Ook niet van blijdschap, overigens. Hij haalde nogmaals diep adem in een poging te bedaren. Het had nu geen zin om razend te zijn. Hij moest actie ondernemen, voorbereiden. Dan was alles niet voor niets geweest.

Hij sloop met tegenzin de donkere trap op. Bij iedere stap kraakten de treden en kromp hij in elkaar. Moeder hield niet van lawaai. Ze hield van rust. Moeder had het al zwaar genoeg. Hij sloop over de versleten vloerbedekking naar haar gesloten kamerdeur. Bedeesd klopte hij. Zijn woede had plaatsgemaakt voor vrees. Ontzag, op zijn minst.

'Moeder?' vroeg hij schor. 'Bent u wakker?'

Ze gaf geen antwoord. Maar dat betekende niet dat ze hem niet wilde zien. Moeder was oud.

Zachtjes duwde hij op de deurklink en opende de deur. In de donkere kamer – hij had de bruin gestreepte gordijnen bewust gesloten: de zomerzon was zo fel – zag hij moeder in haar grote hemelbed liggen. Moeder hield niet zo van licht. Haar ogen konden het zonlicht maar moeilijk verdragen.

'Moeder, ik ga een tijdje de deur uit.' Hoorde hij daar een zucht die zijn aanwezigheid erkende? Hij snakte ernaar om meer met haar te delen. Hij schraapte zijn keel. 'Ik ga keien zoeken.'

Hij ademde diep in. Moest moeder misschien weer eens in bad? Het was alweer een tijdje geleden, maar hij zag het niet zo zitten. Zij leek het niet te waarderen en het was zo zwaar. Hij was geen grote man. Ook niet sterk. Moeder was struis en stevig, ondanks haar leeftijd.

'Stenen, moeder. Voor mijn meesterwerk.' Hij kon een zucht niet onderdrukken. Wat wilde hij graag meer vertellen. Misschien zou hij dan een reactie aan haar kunnen ontlokken.

'Alles werd verpest, maar ik ga het goed maken! Dat beloof ik!' Hij vervloekte zichzelf om de emotie in zijn stem. Moeder hield niet van woede en passie. Ook niet van tranen. Moeder kon 'het er niet bij hebben'. Ze had het al zwaar genoeg. Haar stilzwijgen bevestigde zijn onderdrukte gevoel.

'Goedenacht, moeder.' Hij aarzelde weer en fluisterde zijn laatste woorden bijna: 'Ik hou van u.' Hij sloop achteruit de kamer uit en sloot de deur uiterst behoedzaam. Er zou binnenkort een volle maan zijn; als er een afsluiting moest komen, zou het dan moeten zijn. Het was tijd om stenen te verzamelen. Als dat op orde was, kon hij nadenken over zijn volgende offer.

40

Het bleef doodstil in de taxi. De aanwezigheid van de taxichauffeur alleen al zorgde ervoor dat Ella en Dennis niet vrijuit spraken. Het was een vreemd weerzien geweest. Hoewel het vanzelfsprekend was dat ze samen, als de ouders van Finn, naar het zoekgebied reden, had Ella Dennis nauwelijks aangekeken.

Het parkeerterrein vlak bij hun oude kampeerplek stond helemaal vol met auto's. Kennelijk was het nieuws als een lopend vuurtje gegaan en kwamen veel mensen helpen met zoeken. Met grote ogen keek Ella naar de drukte. Het hart zonk haar in de schoenen toen ze zag dat ook de pers aanwezig was. Dennis had haar daar al voor gewaarschuwd. Gezien het feit dat het om een kind ging en door de mogelijke link met de Nederlandse moordzaak, was de pers er uiteraard als de kippen bij.

Ella haalde trillerig adem. Hoewel ze de social media probeerde te mijden, wist ze dat 'de moeder' het in vermissingzaken altijd moest ontgelden in de publieke opinie; zíj was hem kwijtgeraakt, zíj had niet opgelet. Iedereen had altijd een oordeel klaar. Eén verkeerde blik en ze was ook meteen een verdachte; ze kon het sowieso niet goed doen en nu waren er meerdere cameralenzen op haar gericht die duizenden mensen zouden bereiken, klaar om hun oordeel te vellen.

Ze wilde alleen maar zoeken naar haar kind, hier was ze niet tegen opgewassen. Dennis stapte aan de andere kant uit en hun blikken kruisten elkaar. Zonder aarzelen liep hij naar haar toe en pakte haar hand. Samen liepen ze richting twee politieagenten, de pers negerend. Het flitsen van de camera's begon direct en er werden vragen op hen afgevuurd waarvan Ella alleen maar flarden opving.

Jasmine volgde Stevens naar de plek die door de Belgen was omgedoopt tot 'de aanwijzing'. Met de foto's van de stenenfiguur in haar hoofd probeerde ze zijn grote passen bij te benen.

Plotseling hield hij halt. 'Daar, bij die witte schermen.' Hij knikte naar de agent die de ingang van de afscherming bewaakte. 'Mogen wij even?'

Samen keken ze naar het symbool.

'Zie je wat ik bedoelde? Wat betreft die gelekte foto na de vondst van Dex?'

Hij knikte bedenkelijk. 'Als je gelijk hebt, moeten we er extra zorg voor dragen dat er niet weer foto's uitlekken.'

Hij richtte zich vervolgens tot de agent. 'Beste man, sinds wanneer sta jij hier?'

'Sinds vanmorgen vroeg,' antwoordde de agent.

'En heb jij iemand afgelost?'

'Ik was de eerste vandaag.'

'En de figuur is bewaakt sinds de vondst?'

De agent knikte met een stalen uitdrukking op zijn gezicht. Hij leek niet erg onder de indruk van de Nederlandse rechercheur die even kwam controleren hoe hij zijn werk deed. 'Natuurlijk hebben we niet kunnen voorkomen dat een aantal van de kampeerders de figuur gezien heeft voor de politie de vondst veilig kon stellen. Die mensen waren hier om te helpen zoeken en stuitten er zelf op.'

Stevens knikte. 'Doe jij weer je dingetje, Ziani?'

Jasmine diepte haar mobiel op uit haar zak terwijl ze wegliep uit het afgeschermde gebied. Hoewel het ding de afgelopen weken bijna vergroeid was geweest aan haar hand, vergat ze hem juist nu, door al het hands-on werk dat ze op dit moment had, regelmatig te checken. Ze scrolde door haar tijdlijn terwijl Stevens de figuur inspecteerde, alsof hij nog iets kon toevoegen aan het forensisch onderzoek dat al was afgerond.

Ze vond niets, ook niet na het bekijken van verschillende hashtags. Het betekende echter niets. De Belgen hadden wellicht ook iemand in hun team om de social media in de gaten te houden; gevoelige informatie had al gedeeld en verwijderd kunnen zijn. Ze zou er bij Vanderlinde navraag naar doen.

'Witte schermen? Waarom staan hier witte schermen!?' riep opeens een stem.

Jasmine keek op in het verschrikte gezicht van Ella. De agent kwam direct in beweging om te voorkomen dat de trillende Ella, met Dennis in haar kielzog, verder richting de afscherming zou lopen, maar Stevens tilde veelbetekenend zijn hand op.

'Mevrouw Lasair, meneer Rubens, het is niet wat u denkt,' zei hij. 'Het is de stenenfiguur waar u eerder over verteld is.'

'Ik wil hem zien,' snoof Ella.

'Dat lijkt me geen goed idee,' antwoordde Stevens, ferm maar vriendelijk, de aanvaring van een uur geleden nog vers in het geheugen.

'Ik ga naar de toiletten,' mompelde Ella en ze draaide zich om. 'Laat me even, Dennis!' voegde ze er met een snauw aan toe toen hij haar direct wilde volgen.

41

Ella haastte zich tussen de bomen door. De tranen sprongen in haar ogen en het laatste wat ze wilde was zich weer zo kwetsbaar voelen voor de neus van die hork van een rechercheur Stevens. Ze was ontzettend geschrokken toen ze dacht dat ze op een plaats delict was gestuit. Dat daar achter die schermen haar Finn lag…

Maar opgelucht was ze niet. De stenenfiguur was het eerste fysieke bewijs dat dit allemaal echt was en dat ze niet was beland in een absurde nachtmerrie. Finn was niet alleen verdwenen, hij was mogelijk ten prooi gevallen aan een gestoorde seriemoordenaar.

Ze voelde een misselijkheid rondkolken in haar buik en het zweet brak haar uit. Verwilderd keek ze om zich heen. Waar waren die kampeertoiletten toch? Het was een excuus geweest om weg te komen, maar nu haar maag opspeelde, had ze er werkelijk een nodig. Ze wist zeker dat ze in de buurt moest zijn van het kamp, ook al kwam ze uit een andere richting.

Ineens zag ze een grote houten hut tussen de bomen. Er liep een man. Haar hart maakte een sprongetje toen ze zag wie het was. Nu hij haar ook zag liepen ze automatisch naar elkaar toe. Haar misselijkheid verdween naar de achtergrond. Ze onderdrukte de neiging om achter zich te kijken of Dennis haar toch niet was gevolgd.

'Ella…' zei Nick met een uitdrukking van medeleven op zijn gezicht. Ze had begrepen dat hij die ochtend meteen na de komst van Dennis naar de zoekactie in het bos was gegaan.

'Hoe is het nu met je?' vroeg hij.

Haar bleke gezicht en betraande ogen zeiden genoeg. Ze haalde haar schouders op terwijl ze diep inademde. 'Niet beter dan vanmorgen. Maar we gaan door.'

'We?' vroeg Nick.

'Ja… We. Dennis is daar verderop.' Ze haalde nogmaals diep adem en voelde dat ze kalmeerde.

Vervolgens begonnen ze allebei tegelijkertijd hun zin met elkaars naam en lachten even ongemakkelijk. Ella ging eerst. 'Nick, ik wil je ontzettend bedanken voor je hulp. Ik waardeer het enorm.'

'Tja, ik wil er voor je zijn. En als ik niet in je buurt kan zijn om je te steunen, dan help ik maar door mee te zoeken.'

'Ik bedoel niet alleen nu… Ik bedoel ook vanmorgen. En gisteren.' Haar stem had een trieste ondertoon.

Nick knikte maar zei in eerste instantie niets, waardoor er een lange stilte viel. Door de fluitende vogels kreeg het bos voor Ella een misplaatst vredig karakter.

Nick schraapte zijn keel. 'Hé, ik ging net even wat thermoskannen koffie maken voor de vrijwilligers.' Hij wees naar de houten chalet tussen de bomen.

Ella realiseerde zich dat ze onbewust dicht bij zijn vakantiehuis terecht was gekomen.

'Ik heb tenslotte al het proviand hier van de kampeertrip,' vulde hij aan. 'Heb je anders zin om even mee te lopen?' Ze wisten allebei donders goed dat de politie hun had aangeraden afstand te bewaren.

'Dennis is hier ook en ik wil hem niet onnodig…' Ze zag het teleurgestelde gezicht van Nick en veranderde van gedachte. 'Maar… ik kan je best even helpen.'

'Ik kan het wel alleen. Ik zie je later vast nog wel.' Meteen liep hij door naar zijn huis en liet haar verbouwereerd achter.

'Hé, daar ben je.' Dennis stond plotseling achter haar met een vragende blik. 'Wat doe je helemaal hier? De toiletten van het kamp zijn toch die kant op?'

Ella haalde haar schouders op. 'Ik kwam Nick tegen en wilde hem bedanken. Dat daar is zijn huis.'

Dennis kneep zijn ogen samen en liet zijn blik over de chalet achter haar glijden.

'Nou niet direct geïrriteerd raken, oké?' zei Ella fel.

De uitdrukking van Dennis verzachtte. 'Ella... Ik... We hebben eigenlijk helemaal niet echt gepraat, sinds ik er ben.' Hij liep naar haar toe en ging vlak voor haar staan.

'Ik weet gewoon niet wat ik moet zeggen,' zei Ella zacht.

'Nee, ik wil iets zeggen,' antwoordde Dennis. 'Ik wil dat je weet dat ik jou niets kwalijk neem.' Zijn felblauwe ogen boorden zich in de hare.

Plotseling voelde het schuldgevoel onverwachts zwaar in haar borstkas en tranen vochten zich een weg naar buiten. 'Ik wou dat ik de tijd kon terugdraaien... Dan was ik nooit gegaan,' zei ze snikkend.

'Nee, nee, nee, dit is niet jouw schuld. Ik weet hoe goed je op hem let. Je bent...' Hij pakte zacht haar gezicht met twee handen beet en dwong haar hem aan te kijken. 'Je bent de beste moeder die ik voor onze zoon kan wensen.'

Ella snikte terwijl ze hem in de ogen bleef kijken. 'Ik zou hem niet uit het oog verliezen. Dat had ik je beloofd.'

'Rustig maar, meisje.' Hij leunde naar voren en kuste haar op haar voorhoofd. Vervolgens voelde ze zijn lippen op haar wangen waar de tranen liepen. Zijn vergevingsgezindheid raakte haar. De laatste vluchtige kus drukte hij op haar lippen.

Met de mooie ogen waar ze ooit op was gevallen keek hij haar vragend aan. Toen hij plotseling naar haar toe leunde voor een tweede kus, trok ze zich terug. 'Wat doe jij nou?' vroeg ze bits en ze liep weg zonder zijn antwoord af te wachten.

42

Nu de adrenaline langzaam wegebde voelde Ella dat ze doodmoe was van de hele dag meelopen in de linies van de zoekactie. Toch had ze het liefst in het bos willen blijven. Door die vreselijke stenenfiguur ging ze er steeds meer vanuit dat Finn echt niet meer in het bos was, maar wat kon ze anders?

Dennis had haar toch overtuigd het bos te verlaten voor die dag; hij wachtte beneden met de taxi op haar om samen haar auto op te halen bij de garage. Daarna zouden ze de spullen van haar en Finn naar het hotel brengen waar Dennis verbleef. Het kleine hotelletje dat Nick voor haar had geregeld was kennelijk niet goed genoeg. Dennis stond erop de kamer te betalen. Dit deed hij wel vaker, de zaken naar zijn hand zetten. Ella had geen fut om zich daartegen te verzetten. Bovendien had hij ook wel een punt; het was veel handiger als ze in hetzelfde hotel verbleven en samen van haar auto gebruik konden maken.

Haar telefoon piepte. Het was Joyce. *El, ik lees de vreselijkste dingen op Twitter. Zeg me alsjeblieft dat dit niet om jouw kind gaat. Laat iets van je horen. Ik word gek van bezorgdheid.*

Het laatste contact dat ze met haar had ging over Dennis en eventuele gevoelens die Ella nog voor hem koesterde, waarop ze niet meer had geantwoord. Er leek een eeuwigheid te zijn verstreken sinds dat laatste berichtje.

Het gaat om Finn. Sorry, kan niet meer zeggen, typte ze terug. Ze stopte de kleding die ze gisteren had gedragen losjes opgevouwen in haar reistas.

Direct piepte haar telefoon weer. *Och lieverd, wat vreselijk! Wat nu? Dennis is zeker teruggekomen uit Thailand?*

Zonder te antwoorden pakte ze haar toilettas en checkte routinematig of ze al haar spullen had. Nu Finn was verdwenen was er een zware donkere deken van cynisme en achterdocht op haar neergedaald. Alles wat ze eerder voor lief had genomen leek ineens absurd. Ze graaide haar telefoon van het bed en tikte haastig: *Wees eens eerlijk, Joyce. Ken jij Dennis?*

Ze bleef naar haar scherm kijken. Het duurde even voordat er antwoord kwam. *Waarvan zou ik Dennis kennen? Ik ken hem alleen uit jouw verhalen.*

Mijn kind is vermist en het eerste wat je vraagt gaat over Dennis.

Ik was gewoon benieuwd of hij teruggekomen was. El, je bent paranoïde. Ik weet niet wat je insinueert, maar je voelt je begrijpelijkerwijs heel rot, dus ik laat het maar.

Ik ben paranoïde? Dus het is niet een beetje vreemd dat jij nooit je telefoon opneemt als ik bel? En dat de enige foto die ik ooit van je heb gezien een heel vage is?

Ze ritste haar tas dicht en zette hem naast die van Finn bij de deur. In plaats van meteen te vertrekken, opende ze WhatsApp weer om het volgende bericht van Joyce te lezen.

Oké ja, op dat vlak heb ik misschien wel wat op te biechten.

Het berichtje werd snel opgevolgd door een langere tekst. *Ik heb op FB inderdaad geen foto van mezelf gebruikt, maar gewoon een willekeurige foto van internet. Maar dat had met mijn ex te maken, niet met jou. En ik stond er zelf niet eens bij stil. We zouden elkaar toch ontmoeten? Dan zou je het weten.*

Er verscheen een afbeelding op het scherm. Ella liet zich verbaasd op het bed zakken. Een knappe vrouw met roodbruin haar en lichtbruine ogen leek haar aan te kijken. Ze kwam haar vaag bekend voor, maar ze was bang dat ze het zich inbeeldde.

De foto werd rap opgevolgd door een nieuw berichtje. *Zo zie ik er echt uit. Een selfie van een minuut geleden. Alsjeblieft Ella, hou nu op met die onzin. Laat me er gewoon voor je zijn.*

Ella bleef naar de foto op het scherm van haar mobiel kijken.

Dus dit was de vrouw met wie ze al een jaar bevriend was. Totaal anders dan het beeld dat ze had gevormd aan de hand van de profielfoto op Facebook, de ietwat korrelige foto van een blonde vrouw met een rode bloes aan die in de verte keek. Het klopte gewoon niet.

Ze nam zich voor niet meer te reageren en het straks met de politie te bespreken, maar het nieuwe bericht dat binnenkwam, kon ze niet negeren: *Lieve Ella, als dit allemaal voorbij is kom ik je opzoeken, dat beloof ik. Ik kan niet wachten je in levenden lijve te laten zien wie ik ben en dat onze vriendschap echt is. Dat het nog altijd zo hecht is als het was. Je bent niet alleen.*

Ze slikte. Ze voelde zich juist zo ontzettend alleen. Het was alsof Joyce dat precies aanvoelde, zoals ze haar meestal goed had aangevoeld het afgelopen jaar. *Daar hou ik je aan. Ik moet nu gaan.*

Sterkte! Ik denk aan je!

Nadat ze het antwoord had gelezen, stopte ze haar mobiel in haar achterzak. Tot haar verbazing piepte hij nog een keer.

Heb je die rare foto gezien van die stenenkring?

Ella fronste. De rechercheurs hadden haar meerdere malen op het hart gedrukt geen enkele informatie te delen met de buitenwereld, omdat dit de zaak kon schaden.

Hoe weet jij daarvan dan?

Twitter. Weet je wat er allemaal wordt gezegd?

Ik kan het wel raden, ja. Dat ik Finn heb laten verdwijnen.

Ja, alsof jij de aandacht van Dennis wilde trekken of zo.

Ella stond in de deuropening van haar hotelkamer en staarde naar haar telefoon. Het irriteerde haar dat Joyce dit gesprek begon terwijl ze duidelijk had gezegd dat ze moest gaan. En waarom toch weer over Dennis?

Waarom pik je dat eruit? typte ze snel terug.

Het zet je wel aan het denken.

'Je' algemeen? Of het zet jou aan het denken? Ze keek vol ongeloof naar de melding: 'Joyce is aan het typen'.

Nou, ja, je houdt toch nog van hem?

Ella voelde woede in zich opborrelen en drukte impulsief op het telefoontje. Zoals ze had verwacht nam Joyce niet op. Ze typte haastig een antwoord: *Jezus, Joyce, dit bedoel ik dus. Hoe kun je dat nou vragen? Je weet alles wat er gebeurd is! Alles!*

Alles wat jij me verteld hebt.

Wat zijn dit voor spelletjes, vroeg Ella zich af. Weer probeerde ze Joyce aan de lijn te krijgen. Haar ademhaling versnelde toen ze merkte dat de beltoon overging in de ingesprektoon. Joyce had haar weggedrukt. Snel typte ze een bericht: *Jezus. Dit heb ik niet nodig. Het is net of ik je niet meer ken.*

Ze pakte het telefoonnummer van Joyce er nog eenmaal bij en blokkeerde het impulsief. Het WhatsApp-gesprek verwijderde ze nijdig met een schuivende beweging van haar duim en een tik, waarna ze de kamer uit beende en de deur met een klap dichtgooide. Hoe had ze zich ooit zo in iemand kunnen vergissen?

43

'Ja, wat kan ik zeggen, mevrouw?' zei de vriendelijke monteur. 'Dit is wat ik weet. Het is een rammelbak waar van alles mis mee is, maar dat is niet de reden dat de auto niet startte. Er ontbreekt een zekering. U kunt niet in de Ardennen geraakt zijn zonder, dus ik neem aan dat hij hier is weggenomen.'

Dennis haalde zijn telefoon uit zijn zak en liep zonder iets te zeggen weg van Ella en de monteur.

'Mevrouw, ik kan u verder niets vertellen,' zei de man. 'We hebben het onderdeel vervangen en u kunt weer veilig de weg op. De rest zult u moeten opnemen met de politie. U betaalt cash?'

'Nee, creditcard,' mompelde ze terwijl ze achter hem aan liep naar de balie.

Dennis stond plots naast haar. 'Dit kan geen toeval zijn,' mompelde hij bedenkelijk. 'Ik heb die rechercheur gebeld, Stevens. Hij vroeg meteen of we naar het bureau wilden komen om hem daar te ontmoeten.'

Jasmine ijsbeerde door de vergaderzaal. Zij en Stevens waren de enige aanwezigen. De bom die De Bruijn zojuist had neergegooid, raakte hen beiden. Ze moesten terug naar Maastricht. De Belgische collega's hadden na de zojuist beëindigde bijeenkomst besloten dat de samenwerking ook op afstand verder kon gaan. De theorie over de copycat vonden ook zij zeer aannemelijk.

De Bruijn was het ermee eens geweest dat dit betekende dat er vooralsnog geen werkelijke inhoudelijke connectie was met de Nederlandse zaak-Dex. In ieder geval niet voldoende om te blijven. Er waren inmiddels ook genoeg hulptroepen ingeroepen in eigen land. Bovendien was er thuis genoeg werk te doen.

Ja, ja, iets met te veel kapiteins op een schip, dacht Jasmine schamper. Haar tas stond al in Stevens' auto. Ze moesten alleen de ouders van Finn nog spreken.

'Waarom is onze dader van de aardbodem verdwenen na de vondst van Dex?' mompelde Jasmine terwijl ze voor de vijfde keer van de ene naar de andere kant van de kamer liep.

'Wat zeg je?' antwoordde Stevens afwezig.

'Het slaat gewoon nergens op,' herhaalde ze. 'Zoiets doen met een kind en dan niets...'

'Maar hij is niet verdwenen,' antwoordde Stevens ineens zelfverzekerd. 'Hij heeft al eens bewezen dat hij een toetsenbordheld is. Hij houdt de social media nu waarschijnlijk nauwlettend in de gaten en weet precies wat zich hier afspeelt. Of hij nu wel of niet met deze vermissing te maken heeft, zolang het onduidelijk blijft, heeft hij sowieso nog zijn gram te halen. En als het dan echt niet meer kan, laat hij zo onzichtbaar en ongrijpbaar mogelijk iets van zich horen. Let maar op.'

Jasmine haalde diep adem en pakte haar smartphone voor de zoveelste keer uit haar zak. Ze hoopte dat hij gelijk had. Als de ouders waren langsgeweest was het hier voor hen definitief voorbij. Dan konden ze niets meer betekenen voor hen en voor Finn. En waren ze weer terug bij af voor Dex. Ze opende automatisch alle social media een voor een. Ze vernieuwde haar Twitter-feed.

'Hé, wat is dit nu?' Verbaasd keek ze naar haar scherm. 'Moet je kijken.'

Stevens stond op en nam de telefoon van haar aan. 'Wat is dit voor iets belachelijks?' Hij bekeek het bericht aandachtig. 'Het is een screenshot van Facebook. Zoek dat account eens op, wil je?' Terwijl Jasmine dat deed voegde hij eraan toe: 'Gelukkig zijn ze al onderweg hiernaartoe.'

Vanuit haar ooghoeken keek Ella naar Dennis. Hij zat weer op zijn telefoon. Het deed haar denken aan de tijd dat hij vreemdging. Maar hij koos mij, hij kiest uiteindelijk altijd mij, schoot er door haar hoofd. Ze drukte de gedachte weg; had ze deze gevoelens niet allang achter zich gelaten?

Stevens, die tegenover hen in de verhoorkamer zat, schraapte zijn keel en bestudeerde het formulier van de garage. 'Dus uw auto was echt onklaar gemaakt.'

'Ja, maar hoe past dat in het geheel?' vroeg Ella geagiteerd. 'Welke ontvoerder, of pedofiel, of weet ik veel wat – die zijn kans heeft gegrepen – zou in vredesnaam de tijd en moeite nemen mijn auto onklaar te maken? En hoe weet hij welke mijn auto is? Heeft hij ons in de gaten gehouden?'

'Dat is zeker een mogelijkheid.'

Jasmine, die was binnengekomen met vier koffie op een dienblad, vulde plots de stilte. 'We nemen dit serieus. Echt. We moeten alleen uitvogelen wat dit zou kunnen betekenen. Mevrouw Lasair... Ella, luister,' zei ze vastberaden nu ze merkte dat Ella zich weer begon op te winden. Ze merkte dat Stevens haar de ruimte gaf. 'Er is eigenlijk iets anders wat we met jullie willen bespreken. Er kwam ons iets onder ogen toen jullie hiernaartoe onderweg waren.' Ze nam plaats en keek Ella doordringend aan. 'Je vermijdt de social media nu, denk ik?'

'Ja. Ik heb zelfs mijn Facebook-account gedeactiveerd,' antwoordde Ella. 'Ik hoef die ellende nu niet te lezen. Maar mijn auto...'

'Je kunt het daar straks met de Belgische collega's over hebben. Ik bang dat er uit jouw naam een bericht viral is gegaan.' Jasmine verhief haar stem wat om Ella te overstemmen.

'Dat kan me niet schelen!' antwoordde Ella geagiteerd. 'Kunnen we het weer hebben over mijn auto? Ik vogel liever nu meteen uit wat dit te betekenen heeft!'

'Maar het zou je wel moeten kunnen schelen! Iedereen denkt dat jij dit bent!' riep Jasmine en ze kwakte een uitdraai van een

Facebook-bericht voor Ella neer op tafel.

Stevens schraapte zijn keel en zocht oogcontact met Jasmine, maar zij bleef gespannen naar Ella kijken.

'Nou en?' Ella zuchtte. 'Dan denken ze dat maar.'

Jasmine blies haar adem, die ze hoog in haar borst had vastgehouden, uit. Ze was er helemaal niet van overtuigd dat Ella hier niets van afwist. Van deze oliedomme actie die haar werk er ineens een stuk ingewikkelder op had gemaakt; de reacties op het gedicht stroomden binnen en de politie, onder wie zij zelf, zou erbovenop moeten zitten om mogelijke aanwijzingen tussen de bagger te vinden.

'Wilt u het eens voorlezen, mevrouw Lasair?' vroeg ze brutaal, terwijl ze met haar hele ziel en zaligheid haar geduld probeerde te hervinden.

Ella keek haar verbaasd aan. Ze keek naar het witte vel papier met blauwe accenten voor zich. Ze las de eerste zin en slikte. 'Waarom nou hij? Ik zorgde voor hem. Ik had hem lief…' Haar stem bibberde maar ze las door. 'Mijn kind om te koesteren.' Ze haalde diep adem. 'Mijn taak om hem te beschermen. Mijn falen, mijn eeuwige spijt. Jij nam hem weg. Waarom nou hij? Hij was van mij.' Bij de laatste woorden brak haar stem en barstte ze in tranen uit.

44

Jasmine verstarde toen ze zag hoe aangedaan Ella was.

'Onze excuses, mevrouw Lasair,' mompelde Stevens.

'Wie doet nu zoiets!' riep Dennis terwijl hij het A4'tje uit Ella's handen trok. Zij depte haar tranen met een papieren zakdoekje dat Stevens haar had aangereikt.

'Ik ben dit niet,' wist ze uit te brengen terwijl ze meekeek met Dennis. 'Ik heb dit bericht niet geplaatst.' Het was wel haar foto die bij het gedicht stond. Een gedicht dat ze nog nooit eerder had gelezen, maar waarvan de tekst haar diep raakte. 'Hoe komen ze aan mijn naam en mijn foto?' Ze keek met een wanhopige blik van Stevens naar Jasmine, die razendsnel bedacht dat het echt betekende dat iemand anders zich had voorgedaan als Ella. De vraag was waarom.

'Mensen komen overal achter,' mompelde Stevens. 'Door al die hashtags bijvoorbeeld kun je redelijk gericht zoeken. Je naam hoeft online maar één keer per ongeluk door iemand genoemd te worden en het is bingo. Waarschijnlijk heeft deze persoon je al gevonden voordat je je Facebook-account offline haalde, en je foto gedownload.'

'Zo simpel is het, mevrouw Lasair,' zei Jasmine. 'Hoewel dit gewoon iemand kan zijn die de aandacht wil trekken, puur voor het vermaak, moeten we er toch ook serieus rekening mee houden dat dit een bekende van u is. Iemand uit uw eigen vriendenlijst. Juist omdat deze persoon uw profielfoto al eerder moet hebben opgeslagen.'

De kamer viel stil en iedereen keek Ella aan.

'Is er iemand in uw omgeving die dit zou kunnen doen?' vroeg Stevens met een indringende blik.

Ella keek naar het papier alsof het antwoord daar stond. Haar oog viel op enkele reacties die mee waren afgedrukt met het gedicht en haar maag draaide zich om. In één oogopslag zag ze zowel steunbetuigingen als beschuldigingen. Het drong nu pas tot haar door wat er allemaal gebeurde in de online wereld. 'En al die andere mensen,' zei ze verbluft, 'waarom hebben die het de hele tijd over ons? Waarom laten ze ons niet gewoon met rust!?'

'Mevrouw Lasair... Kunt u iemand bedenken die dit gedaan zou kunnen hebben?' herhaalde Stevens geduldig.

'Denk even goed na,' zei Jasmine. 'Uw account was voorheen maar gedeeltelijk openbaar. Uw naam en profielfoto's waren voor iedereen zichtbaar, maar de andere persoonlijke gegevens – die ook zijn ingevuld – niet. Het moet iemand zijn die u kent.'

'Wanneer is dit account aangemaakt?' vroeg Ella.

Jasmine pakte haar telefoon erbij en zocht het account weer op. 'Een paar dagen terug.'

'En wanneer kwam het gedicht online?'

'Een uur geleden ongeveer,' was het antwoord.

Ella knikte. 'Dan weet ik wie het heeft gedaan.'

'Ze baalden wel dat we weggingen, hè?' zei Stevens na een lange stilte in de auto. 'Althans, ze vond het vast prima dat ik wegging. Heb jij haar jouw nummer gegeven?'

Jasmine knikte in gedachten. 'Wat een verhaal van die internetvriendin, hè? Die Joyce?' Ze keek opzij naar Stevens.

Hij bleef recht voor zich uit kijken over de donkere weg. 'Het gebeurt vaker dan je denkt. *Online friendships gone bad*,' was zijn uiteindelijke antwoord.

'Ja, je ziet ook maar zo weinig van een persoon,' concludeerde Jasmine. 'Iedereen kan de wereld van alles voorschilderen. Je ziet alleen wat men wil dat je ziet. Dat vergeten veel mensen volgens mij.'

‘Het is sowieso een raar wereldje, die social media,’ zei Stevens. Hij voegde in. ‘Helemaal zo sociaal niet. Kijk maar eens naar die reacties onder het zogenaamde gedicht van de moeder.’

‘Allemaal moraalridders die het beter weten,’ zei Jasmine zuchtend.

‘Er zit wel wat meer achter,’ antwoordde Stevens. ‘Mensen willen iets doen. Meepraten… en meedenken. Nuttig zijn of gewoon iets toevoegen, om te proberen de controle of grip op de wereld terug te krijgen.’

‘Denk je dat echt?’ Jasmine keek weer verbaasd opzij naar zijn gezicht. Het was niets voor hem om mensen zo ver te willen doorgronden. Althans, als het geen misdadiger betrof.

Stevens knikte, maar zijn ogen bleven op de weg gericht.

‘Ik geloof niet dat ze willen meedenken,’ besloot Jasmine resoluut. ‘Ze willen gehoord worden, ja. Maar ze willen vooral zichzelf geruststellen met hun eigen commentaar. En hoe meer medestanders ze vinden, hoe beter ze zich voelen.’

‘Op welke manier helpt het ze dan om de ouders zo af te vallen?’

Ze vroeg zich af of hij echt geïnteresseerd was of dat hij de tijd wilde doden tijdens de lange saaie rit terug naar Maastricht. ‘Nou, het is een enge gedachte dat een kind zomaar ontvoerd en mogelijk vermoord kan worden in onze maatschappij,’ antwoordde ze. ‘En helemaal als dat betekent dat er monsters vrij rondlopen.’ Ze tuurde uit het raam. ‘Het is veel minder eng als het de ouders zijn. Want dat betekent dat jouw eigen kinderen geen gevaar lopen.’

Stevens sprak haar niet tegen. Even was er alleen maar het zachte geluid van de radio.

‘Maar moeten we die mensen niet opsporen?’ vervolgde Jasmine gedreven. ‘Voor laster? En die nare grappenmakers…’

‘Alsof we daar tijd voor hebben. Weet je… Zoals ik het zie, straft het internet ze vanzelf. Er zijn genoeg “eigen rechters” aanwezig. Er worden vast wel weer screenshots gemaakt van de walgelijkste gevallen met het verzoek die te delen. Zo eindigen de grappenmakers aan de schandpaal. Als de ouders dan aangifte willen doen, horen we dat wel.'

Jasmine haalde geluidloos diep adem. Stevens nam haar vandaag serieuzer dan hij ooit had gedaan. Iedereen wil maar gehoord worden, dacht ze. Is het niet triest dat de enige in de wereld die naar mij luistert iemand is die me niet eens aardig vindt? Ze zuchtte. 'In een tijd dat velen gehoord willen worden, ben ik niets liever dan onzichtbaar.'

'Dat ben je praktisch ook,' grapte Stevens.

Jasmine keek uit het raam. Het zou een lange rit worden.

45

Hij moest vaart maken. De volle maan zou haar opwachting maken en als hij voor eens en altijd zijn punt duidelijk wilde maken, moest hij zorgen dat de details klopten. Alle details. Tot in de puntjes. Het felle licht buiten was een enorm contrast met de donkerte binnen in huis. Maar straks zou de zon al snel ondergaan. Straks. Als hij zijn keuze had gemaakt.

Bij de recreatieplas wemelde het van de mensen. Vooral ouders met hun kroost. Hij veegde het zweet van zijn voorhoofd. Wat vonden ze daar toch aan? Om als volgevreten spitvarkentjes hutjemutje te braden in die zon? De bebossing vlak achter het bankje waar hij op zat, gaf hem nauwelijks de schaduw waar hij op hoopte. Hoe ouder hij werd, hoe slechter hij de warme zomers kon verdragen. De verzengende hitte zorgde ervoor dat hij zijn hart in zijn hals voelde kloppen. Was het de spanning? Kwam er dan nooit een einde aan deze dag?

Zijn tegenzin zorgde ervoor dat hij moeite had met kiezen.

Misschien kan ik ervoor zorgen dat het kind mij uitkiest in plaats van ik hem, zoals Dex. Hij moest in ieder geval een moeder hebben die niet oplette. *Maar die zijn er gelukkig genoeg sinds die verdomde mobiele telefoons,* dacht hij schamper.

'Brammetje, moet jij ook plassen?' hoorde hij een moeder zeggen.

'Nee, ik ga spelen,' was het antwoord.

Zijn oog viel op het kind dat vastbesloten in het zand bij de waterkant ging zitten. Hij leek een jaar of vijf, zes. Perfect. Zijn naam... Prachtig. Bram. Abraham. Vader van vele volken. Vader zal hij helaas nooit worden.

De moeder, een volle vrouw, te vol voor haar krappe bikini, vond hij, stond aarzelend op en nam aan iedere hand een dochtertje. Een van de meisjes, de kleinste, begon te springen met haar hand tussen haar benen. 'Oké, ik loop even naar de wc's met Eva en Lois. Ik ben zo terug!' riep de struise vrouw luid richting het jongetje. De vertwijfeling op haar gezicht ontging hem niet. Toch ging ze. 'Niet in het water gaan, oké,' riep ze haar zoon nog onzeker toe.

Wie laat zijn kind nou alleen bij het water, vroeg hij zich geïrriteerd af. Dit was precies wat hij bedoelde! Die moeders van tegenwoordig. Altijd meer kinderen dan ze aankunnen. Niet zijn moeder. Zijn moeder had alleen hem. Maar ook zij kon niet altijd op hem letten. Zijn stemming werd plotseling triest. Moeder had het zwaar. Vader had hen in de steek gelaten en daarom moest zij werken. Moeder liet hem alleen en toen had de duivel hem gevonden.

Toen de moeder van Bram uit beeld verdween, verscherpte zijn concentratie. Dit had zijn kans kunnen zijn, maar het was te druk; het zou iemand opvallen als hij het kind zou benaderen. Hij was volledig gekleed en alleen. Op zijn bankje viel hij niet op, maar bij het water kon hij beter niet komen. Hij bleef roerloos zitten en ademde diep tot zijn hartslag weer rustig werd. Geen kans voorbij. Het was geen echte kans geweest.

De moeder kwam terug en hij verlegde zijn blik.

'Brammetje, waar ga je naartoe?' hoorde hij dezelfde moeder onmiskenbaar vragen tussen het geroezemoes.

'Ik ga naar de wc.'

'Maar ik ging net met je zusjes!'

'Ja, maar ik moet nu pas!'

Het jongetje drentelde weg en hij bedacht zich geen moment. Dit was een teken. Zie je wel dat het kind hem had uitgekozen? Hij had het terrein al eerder verkend en wist precies waar de toiletten waren. Hij moest snel zijn. Als het daar ook druk was, maakte hij geen schijn van kans. Hij liep langs de bebossing met een grote boog om de mensen heen naar de achterkant van de toiletten. Hij zag nog net welk houten huisje Bram binnenging. Bijna het laatste, dat was mooi. Het was perfect. Voorbestemd. Er waren wat mensen, maar er stond niemand echt te wachten. Iedereen leek bezig, in gesprek of wat dan ook aan het doen op die kleine schermpjes. Te afgeleid om te observeren. Maar hij moest het wel slim spelen.

Het een na laatste deurtje ging voorzichtig open. Zijn hartslag versnelde tot een hoogtepunt. Hij kwam uit zijn schuilplaats.

'Psst, Bram. Kom eens.'

Bij het horen van zijn naam deed Bram automatisch een paar stappen naar hem toe.

'Je moeder vroeg of ik je mee wilde nemen naar de parkeerplaats. Er is iets met je zusje... Eva.'

'Waarom? Wat dan?' vroeg Bram aan de man die hij nog nooit gezien had.

'Kom nou eens, dan vertel ik je...' Ongeduld begon in hem omhoog te borrelen. Doe toch niet zo tegendraads, eigenwijs nest, schoot het door zijn hoofd. Bram leek te aarzelen, maar hij was nog jong genoeg om vertrouwen te hebben in iemand die zijn naam en die van zijn zusje kende. Nog één stap en dan was het kind buiten beeld van de mensen, naast het laatste, lege toilethokje, tegen de bebossing aan.

'Wat is er dan met Eva?' vroeg Bram achterdochtig.

Hij had zijn antwoord al helemaal klaar, maar liegen ging hem niet makkelijk af. Liegen betekende klappen krijgen, met de riem. Soms betekende de waarheid vertellen dat ook, toen hij moeder had geprobeerd te vertellen wat de duivel met hem had gedaan. Zijn emoties kwamen op. Moeder hield niet van huilebalken.

'Kom nou eens hier.' Hij trok Bram zachtjes aan zijn pols

naar hem toe. Vlug dekte hij zijn mondje af met zijn hand om een gil te smoren en sloeg zijn vrije arm stevig om zijn middel, waarna hij hem razendsnel de bosjes in trok. Hij voelde hoe scherpe takken krassen maakten op zijn armen. Het kind was overdonderd, maar begon al flink te spartelen.

46

Jasmine wreef de slaap uit haar ogen. De strenge stem van De Bruijn uit haar mobiele telefoon deed zijn uiterste best om haar met geweld de realiteit in te trekken.

'Goedemorgen, Ziani. Ik heb slecht nieuws. Er is een stoffelijk overschot gevonden in het Bovenste Bos. Ik heb Stevens laten weten dat ik de ouders van Finn Rubens zo snel mogelijk hier wil hebben. Kom naar het bureau om hen samen met Stevens op te vangen, wil je? Zo snel mogelijk.' De verbinding was al verbroken voordat ze zich realiseerde waarmee ze zojuist stilzwijgend had toegestemd.

Ze struikelde uit bed direct over haar weekendtas. Ze had zich er de dag ervoor niet toe kunnen zetten om haar spullen op te ruimen; alleen haar toilettas stond in de badkamer, maar voor tandenpoetsen was nu geen tijd. Ze graaide een spijkerbroek van de klapstoel naast haar bed en trok hem binnensmonds vloekend aan terwijl ze zichzelf staande probeerde te houden tegen de spiegeldeur van haar inbouwkast. Peinzend keek ze in haar kast voor een representatief shirt en besloot dat 'fris' en niet gekreukt al voldeed. Ze trok een eerder gestreken zomerbloesje van een hanger.

Aangekleed en voor haar gevoel redelijk presentabel graaide ze haar sleutels van het kastje naast de deur. Op dat moment ging haar mobiel. Op het schermpje zag ze dat het Stevens was, die haar niet eens de kans gaf iets te zeggen.

'*Change of plans*, Ziani. We gaan niet naar het bureau. Die ouders moeten helemaal uit de Ardennen komen. Dat geeft ons genoeg tijd om naar de plaats delict te gaan. Het lijkt me goed voor je leerproces. Ik app je zo de exacte locatie door.'

'Toch geen copycat dus,' merkte Stevens peinzend op. 'Het beeld klopt nu helemaal. Doodsoorzaak: verstikking. De stenenfiguur is exact hetzelfde als bij Dex. Het slachtoffer is precies zo gepositioneerd. Zelfs het dekentje is van dezelfde stof, meen ik.'

Toen Jasmine geen antwoord gaf, keek hij even naar haar op. Ze staarde gefocust naar het blauwe dekentje. Er viel haar iets op, maar ze probeerde met het staren ook te voorkomen dat haar aandacht werd getrokken naar zijn gezichtje. Het gezichtje dat op het eerste oog door de slaap vredig leek te zijn, maar waarvan je meteen het gevoel bekroop dat er iets niet klopte. Hij zag er zo anders uit.

'Het is vanavond zelfs volle maan.'

Weer zei Jasmine niets.

'Toch is het vreemd dat als dit zijn uiteindelijke doel was, hij het ook heeft geprobeerd in de Ardennen.' Hij dacht even na. 'En waarom was die stenenkring anders en grijpt hij nu weer terug naar de eerste figuur? Misschien hebben we wel een eerdere figuur bij Dex gemist... Een eerdere lege figuur die we hadden moeten vinden na de ontvoering. Of is hij toch alleen uitgeweken omdat hij in de Ardennen werd gestoord en is hij daarom gevlucht met...' Hij knikte richting het lichaampje zonder zijn zin af te maken.

Zijn woorden kwamen binnen, maar Jasmine kon zichzelf er niet toe bewegen te reageren. 'Wellicht vond hij dat bij de oude locatie ook de oude figuur hoorde,' concludeerde Stevens.

Jasmine kon nu naar niets anders meer kijken dan het gezichtje van het kind. Tijdens haar korte tijd op straat, om haar kernopgaven voor de opleiding te behalen, had ze nare dingen gezien, maar een dodelijk slachtoffer was haar tot nu toe bespaard gebleven. Ze voelde dat Stevens weer naar haar keek. Hij was nu al een tijdje gestopt met praten. In plaats daarvan hield hij haar nauwlettend in de gaten en ze probeerde zich te vermannen. Haar lichaam reageerde op een primaire paniek die ze rationeel hard de kop probeerde in te drukken.

Haar gezicht hield ze zo star mogelijk, maar ze kon het niet helpen dat haar ogen heen en weer schoten. Het beeld was zo bekend. Het was alsof ze naar de liveversie keek van de foto die haar weken teisterde in haar dromen. Het lichaampje in foetushouding, de keien om hem heen. Het beschermende dekentje over zijn lijfje. Ze voelde een onverwachte golf van verdriet aankomen die langzaam maar onverbiddelijk over haar heen begon te spoelen. Ze wilde meedenken, ze wilde als een goede toekomstige rechercheur alles in zich opnemen en analyseren, maar het ging niet. Ze blokkeerde.

Plotseling draaide ze zich om en liep de grote witte tent uit.

Stevens volgde haar op de voet tot ze stilstond bij zijn wagen en haar handen op de motorkap liet rusten.

'Gaat het, Ziani?'

Ze haalde hoorbaar diep adem. Nu ze uit het zicht was van de Technische Recherche – die met vier man sterk aan het forensisch onderzoek begonnen waren – draaide ze zich om naar Stevens.

'Jezus, moet je nou janken?' Zijn woorden klonken hard, zoals gewoonlijk, maar zijn gezicht stond verrassend mild bij het zien van haar betraande gezicht.

'Ga je me nu vertellen dat ik harder moet worden?' antwoordde ze bits. 'Dat ik me professioneler moet gedragen?'

'Nee, ik eh... was alleen verbaasd dat...'

'Verbaasd om wat? Dat ik gevoel heb?' Ze probeerde haar volume te temperen. 'Dat ik het bij het zien van mijn eerste dodelijke slachtoffer niet droog hou?'

'Nou ja, nee, ik wist overduidelijk wel dat je gevoel hebt, maar dat is meestal niet eh... verdriet. Je bent normaal zo gedreven en taakgericht.'

Jasmine ademde snel. 'Ik kan je vertellen dat ik dat nog steeds ben.'

Stevens fronste. 'Kom, we gaan een kop koffie drinken,' zei hij plots.

'Maar we zijn er net,' stribbelde Jasmine tegen.

'Weet ik. Tijd voor een pauze.'

47

Op het muurtje bij de cafetaria zaten Jasmine en Stevens een tijdje zwijgend naast elkaar. Stevens bracht daar met een plechtige manier van praten verandering in: 'Soms komt er bij dit werk een stukje verwerking kijken. Van het werk zelf, maar ook van dingen die je nog niet wist van jezelf. Het is af en toe zo intens dat je niet om jezelf heen kunt, zeg maar.'

Jasmine zei niets terug. Ze wilde een opmerking maken over zijn vaderlijke toon, maar eigenlijk deed hij verbazingwekkend goed zijn best om haar op haar gemak te laten voelen.

'Het is volkomen normaal,' voegde hij toe.

'Heb jij dat dan ook gehad?' Ze haalde haar neus op die was gaan lopen door de tranen.

'Ja natuurlijk. Ook in het begin,' antwoordde hij. 'We zijn allemaal mensen. En zoveel leed zien… is confronterend. Maar je moet het uiteindelijk een plek geven… zodat je het ver weg kunt houden van je werk.'

Jasmine haalde haar schouders op en nam een slok van haar koffie. Wat hij zei klonk eigenlijk heel logisch, maar alleen als het over hem ging, over andere mensen dan zij. Ze zweeg.

Stevens stak een sigaret op en nam een flinke haal. Jasmine keek verbaasd opzij.

'We hebben allemaal andere mechanismen als het gaat om extreme stress, en dat daar' – hij wees richting het stuk bos waar het onderzoek plaatsvond – 'is extreme stress. Ook voor mij.' Na een tweede haaltje stak hij twijfelend de sigaret richting Jasmine.

'Nee, dank je,' antwoordde ze hoofdschuddend. 'Mijn zelfdestructie bestaat alleen uit een werkobsessie en eindeloos piekeren.'

'En slecht eten,' voegde Stevens er schamper lachend aan toe.

'Er bestaat geen slecht eten,' reageerde Jasmine gedecideerd. 'Alleen als het bedorven is.'

Stevens glimlachte om haar antwoord, maar keek haar vervolgens serieus aan. 'Weet je wat mij de meeste stress geeft, Ziani?' zei hij met ingehouden adem, waarna hij langzaam de rook uitblies. 'Dat alle ogen weer op ons gericht zijn. Net als toen bij Dex. Ik voel nu meer druk dan ooit tevoren.'

Jasmine knikte. 'Herkenbaar.' Zijn openhartigheid was haar vreemd. Stevens stelde zich nooit kwetsbaar op.

'Wil je me nu vertellen wat er nou net helemaal gebeurde met jou?' vroeg hij toen voorzichtig.

'Eigenlijk niet,' antwoordde ze.

'Kom op, Ziani, wie a zegt, moet b zeggen.'

Jasmine nam weer een slok van haar koffie.

'Ik voel me gewoon zo godvergeten machteloos. Ik wilde bij de politie om het kwaad de bestrijden, bij wijze van spreken. Maar dat blijkt niet te zijn wat wij doen. Er blijven maar dingen gebeuren, meer en meer en meer.'

'Tja, natuurlijk blijven er dingen gebeuren. We zijn er om te zorgen dat de klootzakken van deze wereld hun straf krijgen zodat ze niet nog meer slachtoffers maken.'

'Maar dan komen er weer anderen. We kunnen niets voorkomen!'

'Dat ben ik niet met je eens. Als we deze klootzak te pakken krijgen, voorkomen we dat hij nog meer uithaalt.'

'Maar is het genoeg? Er ligt daar een volkomen onschuldig kind dat zijn hele leven nog voor zich had. Wij hadden moeten voorkomen dat hij dood is. Wij hebben hem niet kunnen redden!' Ze wendde haar gezicht af toen er weer tranen over haar wangen liepen.

'Ah... Ik snap het al... Je bent een redder. Weet je, Jasmine, misschien zijn we dat allemaal wel een beetje. Maar in dit werk, recherchewerk en specifiek bij Moordzaken, draait het niet om redden. Het gaat om het pakken van de bad guys.'

Jasmine keek naar de grond onder haar voeten, vertroebeld door haar tranen, en haalde haar schouders op.

'Als dat niet je ding is,' vervolgde hij, 'en het leed van de slachtoffers grijpt je te veel aan, moet je je misschien afvragen of dit wel de richting is voor jou. En dat meen ik.'

Jasmine keek naar hem op. Ze voelde zich ontbloot, kwetsbaar. Zwak. 'Laten we maar aan het werk gaan,' mompelde ze terwijl ze opstond en richting plaats delict liep.

48

'Waarom zijn we hier? Waarom vertelt niemand ons iets? We zitten hier al een hele tijd op u te wachten!'

De Bruijn keek ernstig en ging voor de wanhopige moeder zitten. Jasmine was verteld zich op de achtergrond te houden, De Bruijn en Stevens namen de leiding. Ze hield ongemerkt haar adem in. Er was nog geen uitsluitsel wat betreft de identiteit van het slachtoffer, maar De Bruijn zou zich ook realiseren dat de ouders verder in spanning laten zitten een marteling moest zijn.

'Mevrouw Lasair, meneer Rubens, gaat u zitten. We gaan er geen doekjes om winden waarom we u hierheen hebben gehaald. Er is een lichaampje gevonden in het Bovenste Bos.'

Meer tijd om uit te leggen kreeg hij niet, want Ella sloeg haar hand voor haar mond en begon hartverscheurend te huilen. 'Nee, nee, nee...' riep ze uit.

'Wat? Nee! Dit kan niet waar zijn,' zei Dennis, en hij keek van de een naar de ander. Jasmine observeerde hun emotionele reacties gespannen.

'We willen u met klem duidelijk maken dat we nog niet weten wie het slachtoffer is', voegde Stevens haastig toe. 'Er is namelijk nog een vermissing in de regio. Er werd bij het andere slachtoffer uitgegaan van verdrinking, maar...' Hij kuchte en besloot die zin niet af te maken. 'Beide jongens vertonen veel dezelfde uiterlijke kenmerken. Daarom willen we u wat foto's voorleggen.'

Jasmine kende Finn alleen van foto's, maar ze had bij het plaats delict direct gevonden dat hij er anders uitzag. Soms gebeurde dit door het uittreden van leven. Een collega was al snel met het nieuws gekomen dat er de dag ervoor nog een jongetje vermist was geraakt, bij een recreatieplas in de buurt. Het kind was na een uitgebreide zoekactie in het water niet aangetroffen door de duikers.

Haar gedachten werden ruw verstoord door Ella, die plotseling opstond en over de vloer braakte. Iedereen in de kamer kwam direct in beweging, maar Jasmine stond als aan de grond genageld. Hoe heftig dit zou zijn, had ze niet kunnen vermoeden.

'Ik ga met mevrouw Lasair en meneer Rubens naar verhoorkamer 4,' hoorde ze in een waas de ferme stem van De Bruijn zeggen. Ze volgde het gezelschap met de gebroken moeder en de verdwaasde vader de kamer uit en richtte nog een blik op de plens geconcentreerde angst en wanhoop op de grond. Ze kokhalsde toen de zure geur haar neus bereikte.

'Finn heeft een moedervlek op zijn wang!' riep Ella wanhopig in de deuropening van de andere verhoorkamer. De Bruijn en Stevens wisselden een blik van verstandhouding, waarna Stevens haastig wegliep.

'Ziani, er is geen schoonmaakploeg beschikbaar op dit tijdstip. Zou jij alsjeblieft...?' De Bruijn keek haar vragend aan.

Jasmine knikte. Weigeren was geen optie; ze mocht in haar handjes knijpen dat ze zo bij de zaak betrokken werd.

Ella leunde voorover met haar ellebogen op tafel en haar gezicht in haar handen. Dennis wreef, lethargisch voor zich uit starend, over haar rug. Dagenlang hadden ze tussen hoop en vrees geleefd en nu leek het moment eindelijk daar: duidelijkheid, verlossing... En het diepste leed dat er bestaat.

'Mevrouw Lasair, meneer Rubens. Wat spijt me dit ontzettend,' begon De Bruijn, die niet wist hoe hij deze ouders veilig moest houden in de diepe spelonk tussen hoop en vrees. Er was geen draaiboek om deze specifieke situatie goed aan te pakken. De ouders waren al gealarmeerd voor er een positieve identificatie was, om de eenvoudige reden dat er op dat moment nog geen verband was gelegd met een mogelijk andere vermissing. Vervolgens waren ze eerder dan verwacht uit de Ardennen gearriveerd. Nu zaten ze in een situatie waarin ze de kans liepen de verkeerde ouders een overleden kind te laten identificeren.

'Ik heb hier een map met foto's,' begon de rechercheur voorzichtig.

Ella keek naar hem op met grote ogen die zich vulden met tranen en toen naar het dichte dossiermapje dat tussen hen in op de tafel lag. 'Laat het alsjeblieft niet mijn kind zijn...' Ze huilde met lange uithalen. 'Alsjeblieft niet Finn!'

De deur vloog open.

'Het is niet Finn!' zei Stevens terwijl hij binnenviel. 'Naar aanleiding van onder andere uw opmerking over de moedervlek, en informatie van de ouders van het gisteren verdwenen jongetje, is het lichaam geïdentificeerd. Het is niet uw zoon.'

Ella en Dennis vielen elkaar in de armen en huilden. De Bruijn en Stevens keken elkaar aan. De opluchting was ook bij hen aanwezig, wat op zijn zachtst gezegd een dubbel gevoel opriep.

'Weet u het zeker?' Ella's grote onzekere ogen fixeerden zich op Stevens.

Hij schraapte zijn keel. 'De ouders hebben het slachtoffer zojuist zelf geïdentificeerd.' Bij die gedachte viel er een doffe stilte. In één klap verdween de opluchting naar de achtergrond. De realiteit was hard. Er was nog steeds een dood kind. Twee andere ouders hadden zojuist bevestigd dat het inderdaad hun vermoorde kind was dat op de koude tafel van de lijkschouwer lag.

49

Jasmine zette de lege emmer met dweil terug in de bezemkast. Plotseling hoorde ze voetstappen in de gang.

Het was Stevens. 'Het is niet Finn.'

Ze bespeurde een opgetogenheid in zijn gezicht. Niemand kon kennelijk helemaal professioneel blijven en het feit dat ze de ouders hadden leren kennen maakte kennelijk uit. 'Hoe weet je dat?' vroeg ze.

'Ik heb net gebeld met het mortuarium,' was het antwoord. 'Terwijl wij met de ouders van Finn bezig waren, waren er voor onze collega's genoeg aanwijzingen om de identiteit van het slachtoffer vast te stellen en dit te laten bevestigen door de ouders.'

Jasmine knipperde met haar ogen van verbazing. Nog voor ze iets terug kon zeggen, zei hij: 'Hoe dan ook, nog een slachtoffer in dezelfde omstandigheden als Dex: we moeten aan de slag! Zullen wij meteen even brainstormen?'

'Maar… het is al best laat,' wierp Jasmine tegen. Ze was kapot van de lange intensieve dag.

'Dus? Dit is dé dag! Of nacht! We gaan de dader vinden. Ik voel het. Dit slachtoffer is geen toeval. De dader heeft iets te vertellen. Dat Finn nog niet is gevonden betekent iets, en zijn ontvoering, waarbij er kennelijk iets misging, zorgde ervoor dat die gek zich niet langer meer verborgen houdt zoals hij wekenlang heeft gedaan. Om hem op te sporen moeten we geen kostbare tijd verliezen.' Hij pakte haar schouders vast en keek haar indringend aan. 'Welkom bij de politie. Wij slapen niet, zodat burgers dat wel kunnen doen.'

Jasmine knipperde onbewust om aan zijn intense blik te ontkomen. Ze realiseerde zich voor het eerst dat terwijl zij zocht naar het kind, hij zocht naar de dader.

'Hoe heette het jongetje?' vroeg ze zacht.

'Bram.' Hij keek haar heel even onderzoekend aan en liet haar schouders los. 'Zet jij het een en ander op papier? Brainstorm, maak een mindmap, speur de social media af. De Bruijn komt zo ook nog even en morgenochtend vroeg voegt de rest van het team zich erbij!' Hij liet haar achter en beende de gang door met luide stappen.

Ze begreep zijn gedrevenheid als geen ander en zette haar vermoeidheid opzij: nu kwam het erop aan. Ineens was hun zaak, de zaak-Dex, die zo lang stillag, weer in volle gang. Alleen nu was het niet alleen maar de zaak-Dex. Nu was er ook Bram. De onverwachte speler die ze niet meer van haar netvlies af kreeg. Ze was hem gerechtigheid verschuldigd, op z'n minst. Een sprankje hoop was er, voor het verdwenen jongetje Finn en zijn ouders, maar opluchting was wel het laatste wat ze voelde.

De volle maan weerkaatste wit licht de vergaderkamer in. Aan de verder lege tafel speurde Jasmine met één oog via de browser Facebook af terwijl ze op haar telefoon non-stop Twitter door scrolde. Het was akelig stil over het onderwerp. Het was inmiddels ook al laat, dus er kwamen al nauwelijks nieuwe tweets bij. Een verdachte tweet zou nu wel heel makkelijk opvallen. Haar maag rommelde hoorbaar. Zoals wel vaker zat ze volledig in haar hoofd en nam ze niet de tijd om actie te ondernemen op de signalen van haar lichaam.

'Jezus, zit je wel vaker in het donker? Dat is slecht voor je ogen, man!' Stevens kwam binnenlopen met twee pizzadozen. Het felle licht dat hij aangeknipte, deed Jasmine opschrikken.

'Zijn de ouders van Finn al weg?' antwoordde ze terwijl ze verdwaasd opkeek.

'De ouders van Finn? Al lang! De vader zou de moeder naar

een hotel hier in de buurt brengen. Moeder wilde niet mee naar het huis van vader. Lang verhaal. Zeg, zit je al die tijd naar die schermpjes te turen?'

Jasmine knikte afwezig.

Stevens trok zijn wenkbrauwen op en kwakte de dozen onhandiger dan hij van plan was voor haar neer. 'Ik hoop dat je van peperoni houdt.' Hij ging naast haar zitten en opende de bovenste doos.

Jasmine voelde haar maag direct weer knorren en kennelijk was het hoorbaar, want Stevens bekeek haar onderzoekend.

'Ziani, je moet wel een beetje voor jezelf zorgen. Er is zoiets als focussen en er is zoiets als obsessie… Hoe lang heb je al niet gegeten?'

Ze haalde haar schouders op. Ze had hem ook niet zien eten vandaag en ze was praktisch de hele dag bij hem in de buurt geweest. Adrenaline en het stresshormoon cortisol hadden ervoor gezorgd dat het belang van eten naar de achtergrond was verdwenen.

Zonder aarzelen pakte ze een van de voorgesneden punten uit de doos en begon de ietwat vettige pizza dankbaar weg te happen.

'Ik heb De Bruijn net gesproken,' vertelde Stevens. 'Hij onderhoudt het contact met de Belgen en heeft ze op de hoogte gesteld van de ontwikkelingen. Dat dit slachtoffer in precies dezelfde omstandigheden als Dex is gevonden verandert alles. De kans op een copycat in de Ardennen-zaak is nu aanzienlijk kleiner.'

Nog voor Stevens aan zijn tweede punt kon beginnen pakte Jasmine haar derde stuk. Haar maag begon langzaam tot rust te komen dankzij de warme hap.

'Of juist niet,' antwoordde ze. 'We moeten alle opties openhouden.' Als ze iets van hem geleerd had, was dat het wel.

'Eens,' antwoordde Stevens. 'Oké, nu we hier toch zitten, laten we alvast samen even wat voorbespreken voor morgenochtend. Wat weten we tot nu toe?'

Jasmine keek naar alles wat ze had opgeschreven en somde op: 'Bram werd na een korte vermissing per toeval gevonden door een man die in de vroege ochtend zijn hond aan het uitlaten was. De hulpdiensten waren er tot dan toe van uitgegaan dat dit specifieke kind na een toiletbezoek buiten het zicht van de moeder het water weer was in gegaan en was verdronken; de zoekactie was alleen op de recreatieplas en omgeving gericht.'

Stevens knikte. 'We weten dat dit misdrijf veel overeenkomsten vertoont met de moord op Dex. Zijn er verder opvallende bijzonderheden?'

Jasmine dacht even na: 'Het dekentje is iets kleiner, maar zo op het eerste gezicht van hetzelfde materiaal. Het vertoont ietwat rafelende knipranden aan twee zijden, wat er mogelijk op duidt dat beide dekentjes zijn geknipt uit dezelfde grotere deken.'

Stevens keek haar verbaasd aan. 'We hebben het forensisch rapport nog niet binnen, toch? Of heb ik iets gemist?'

'Eh nee… dat niet, maar ik zag dat zelf.' Ze voelde haar wangen gloeien.

'Oké, goed opgemerkt. Ik ben benieuwd of dit zal worden bevestigd door het onderzoek. Als dat zo is, is dit bewijsstuk nog belangrijker dan we denken. Het kan de slachtoffers onomstotelijk met elkaar in verband brengen en mogelijk ook met de dader.'

50

Stevens richtte zijn aandacht op de bovenste pizzadoos om tot de conclusie te komen dat deze al leeg was. 'Jemig, wat kun jij eten zeg!' riep hij uit.

'Wat? Je gaf toch zelf al aan dat ik te lang niet gegeten had?' antwoordde Jasmine stekelig.

'Het is een wonder dat je zo slank bent!'

Jasmine deed alsof ze iets interessants zag op het scherm van haar laptop. 'Wil je alsjeblieft geen opmerkingen maken over mijn eetgewoonten? En al helemaal niet over mijn lichaam.'

Stevens leunde overdreven verbaasd naar achteren. 'Jezus, zeg, je mag ook niets meer zeggen tegenwoordig.' Hij pakte een stuk pizza uit de tweede doos.

'Kennelijk is de volle maan toch echt een belangrijk element,' vervolgde Jasmine toen ze weer een hap had weggewerkt. 'Als het wel dezelfde dader is, is er bij Finn duidelijk iets misgegaan. Bij dit slachtoffer, Bram, kloppen alle omstandigheden ogenschijnlijk weer. Tot in de puntjes. Daar is een reden voor.'

Stevens knikte op het ritme van zijn kauwen. 'Maar hoe zoeken we dit uit? Zolang we niet in het hoofd van de dader kunnen kruipen, weten we niets over zijn beweegredenen,' antwoordde hij na een tijdje.

Jasmine slaakte een kreet van frustratie. 'Konden we hem maar uitlokken. Enige communicatie van zijn kant zou al een hoop schelen. In verschillende zaken in de VS wist de recherche contact uit te lokken met een aandachtsgeile moordenaar, waardoor hij uiteindelijk fouten ging maken en ze hem konden pakken.

Denk aan de notoire BTK-moordenaar! Met brieven en uiteindelijk een advertentie, stuurde hij een floppydisk in, denkende dat die niet getraceerd kon worden. Maar dat kon wel en toen hadden ze hem. En de Zodiac zocht zelf…'

'Je kijkt te veel *true crime*, jij,' zei Stevens grinnikend.

'Whatever, Stevens. Alsof jij niet meteen bent gaan "bijlezen" over seriemoordenaars.'

'Veel te druk voor,' antwoordde Stevens. 'En als ik thuis ben, ontspan ik. Zou jij ook eens moeten doen.'

Jasmine rolde met haar ogen, maar liet zich niet uit het veld slaan. 'Dat seriemoordenaars contact opnemen met de politie of de media is van alle tijden. Het is nu makkelijker geworden om direct in contact te staan met "het publiek". Hij heeft al eens getweet omdat hij wilde dat Dex op een bepaald moment gevonden zou worden, dat zou hij toch ook kunnen doen met Finn? Twitter is zijn voorkeursmedium, waarom zouden we hem niet een handje helpen?'

'Ik weet het niet, Ziani… Ik vind dat behoorlijk link.'

'Communicatie uitlokken,' klonk de stem van De Bruijn onverwachts achter hen, 'dat is gedurfd.' Ze hadden hem allebei niet binnen horen komen. Hij dacht even na. 'We weten van de moordenaar van Dex dat hij zeker één keer eerder contact heeft gemaakt. De Belgen neigen eerder naar het scenario van de copycat, maar we hebben ook nog geen enkel ander aanknopingspunt. Wat zou je invalshoek zijn, Ziani?'

'Iets wat hem prikkelt; hem boos maakt…'

'O ja, laten we vooral een seriemoordenaar prikkelen en boos maken,' wierp Stevens tegen.

'Laten we in ieder geval horen wat Ziani voorstelt voordat we het meteen afwijzen,' antwoordde De Bruijn streng, 'of heb jij een beter idee?'

Stevens gaf geen antwoord.

'Oké,' zei Jasmine met ingehouden adem, 'we moeten er dus voor waken dat we hem niet kwaad maken, maar we moeten hem wel prikkelen. Iets over de onafgemaakte stenenfiguur in de Ardennen? Of de andere elementen die niet kloppen met de details van de zaken-Dex en -Bram. Of het feit dat het hem niet gelukt is zijn plan uit te voeren, als we daarvan uitgaan? Dat het hem in feite mislukt is in de Ardennen?'

'Dan voelt hij zich misschien geroepen om zich te verdedigen; om de zaken recht te trekken omdat het zijn eer te na is, dat is op zich wel wat.' De Bruijn knikte bedenkelijk. 'Oké, je hebt mijn toestemming,' zei hij toen resoluut, 'onder mijn verantwoordelijkheid.' Hij keek Stevens even kort aan. 'Ik zal overleggen met Weber van de IT-afdeling en licht morgenochtend de ouders in. Ziani, maak wel een apart account aan; gebruik niet je persoonlijke account. En verzin een beetje een duidelijke en officieel klinkende naam, eentje die hij makkelijk vindt.'

'Als ik de juiste hashtags gebruik, zal hij het sowieso lezen,' antwoordde Jasmine.

'Oké, nou, dan is het duidelijk dat dit jouw afdeling is,' zei De Bruijn schamper lachend om zijn eigen onwetendheid. 'Ik ga nu thuis een paar uur slapen. Om zes uur morgenochtend staat er weer een overleg gepland met het hele team.'

Er viel een stilte nadat het geluid van De Bruijns voetstappen in de lege gang wegstierf.

'En nu wil jij zeker controleren wat ik ga tweeten?' vroeg Jasmine.

'Ik zou niet durven: dit is jouw ding,' zei hij tot haar verbazing en hij stond op.

'Ga je naar huis?'

Hij schudde zijn hoofd. 'Ik ga nog het een en ander nalopen achter mijn bureau. Als ik dan even mijn ogen dicht wil doen, doe ik dat daar wel.'

Jasmine bedacht dat ze zelf ook nog even wilde nadenken over de tweet, die ze er zo snel mogelijk uit wilde hebben. Nog voor ze kon besluiten of ze ook zou blijven, besliste Stevens al voor haar.

'Wij houden de wacht. *It's you and me, baby*.' Hij knipoogde naar haar voor hij wegliep. 'Je weet me te vinden!'

Snel maakte ze een nieuwe account aan op Twitter dat ze *Jasmine Z.R.M.* noemde, de letters na haar voornaam verwijzend naar haar achternaam en de Recherche Maastricht. Niet de officieel klinkende naam zoals De Bruijn had geopperd, want iedereen las ten slotte mee. Een vage cryptische tweet vanuit de politie zou vast niet goed vallen bij twitteraars. En cryptisch moest het zijn; de dader had hen zelf ook met een cryptische tekst naar het lichaam van Dex geleid. Bovendien was het de enige manier om hem de confronteren met daderkennis zonder te veel weg te geven aan het grote publiek. Een idee begon op te borrelen. Ze haalde diep adem en drukte op het veertje om de eerste tweet van het account te typen.

Als een deken viel het licht van de wassende maan op de lege plek. De eenheid was verbroken. Of toch niet? #vermissingardennen #kindvermist #mislukt

Vanaf het moment dat ze de tweet plaatste, groeide er een zenuwachtig gevoel in haar onderbuik. Stevens' opmerkingen lieten haar niet koud. Hoewel ze heel graag wilde dat er schot in de zaak kwam, was het brutaal om deze tekst de wereld in te schieten. Het provoceren van een kindermoordenaar kon ook een reactie uitlokken die ze van tevoren helemaal niet had bevroed. Maar wat moesten ze dan?

51

'We moeten morgenochtend maar weer terug naar de Ardennen,' zei Ella zacht. 'Het voelt gek om weg te zijn van de plek waar ik hem voor het laatst heb gezien.'

Dennis knikte maar gaf geen antwoord; hij leek in gedachten verzonken terwijl hij op zijn telefoon door zijn berichten scrolde. Ze zaten naast elkaar op het hotelbed van Ella, in een luxe maar ietwat gedateerde kamer.

'Alles doet me aan hem denken,' mompelde ze zacht. De stilte die volgde moedigde haar aan om verder te praten. 'Je denkt dat je gek wordt als je kind zomaar verdwijnt maar hoop is een raar iets.' Ze keek van opzij naar zijn gezicht. 'Toch?'

Hij knikte, gevolgd door een echte dooddoener: 'Hoop doet leven.'

Ella stond op en liep met haar tas de badkamer in. Ze kleedde zich zonder iets te zeggen om in haar pyjama. Dennis zou de hint vast begrijpen en naar huis gaan.

Maar toen ze terug de kamer in kwam, bleef hij zitten.

'Weet je dat ik ergens gewoon voelde dat het niet klopte?' vroeg ze. 'Toen ze ons vertelden dat... er een jongetje was gevonden.'

Dennis keek haar verbaasd aan. Zijn ogen gingen even over haar veel te warme nachtkleding. Ze had haar tas gepakt op kamperen. Als Dennis straks weg was, zou ze waarschijnlijk in haar ondergoed slapen.

'O?'

'Ja, ik voelde het gewoon. Dit kon niet over Finn gaan. Finn is niet dood; Finn leeft.' Ze ging weer naast hem zitten en keek naar haar in elkaar verstrengelde vingers. Het voelde vreemd om de woorden zo vastberaden uit te spreken zonder enig bewijs. Alsof ze het waarheid kon laten zijn alleen maar door het te benoemen. 'Ik bedoel, ik zou het toch wel voelen als mijn eigen kind er niet meer is,' vervolgde ze, 'als mijn kind dood is?' De tranen prikten achter haar ogen.

De stilte was schrijnend.

'Heb jij dat dan niet!?'

'Ik denk ook dat hij leeft, Ella. Echt,' antwoordde Dennis.

Ze kon er niet omheen dat het leek alsof hij de woorden plichtmatig uitsprak. Net nu ze begon te denken dat ze nader tot elkaar waren gekomen, zag ze weer een glimp van de man die haar jaren had gefrustreerd. Emotioneel onbereikbaar.

'Waarom wilde je eigenlijk niet met mij mee naar huis?' vroeg Dennis ineens.

'Wat?' Ella was verbaasd door de plotselinge verandering van onderwerp. Ze realiseerde zich dat hij daar in zijn hoofd mee bezig was en wellicht daarom zo afwezig was.

'Waarom wilde je niet met mij mee naar huis?'

Ella had tijd nodig om een acceptabel antwoord te formuleren.

'Het is zo dichtbij,' verduidelijkte hij. 'Het voelt een beetje raar om je dan hier naar een hotel te brengen.'

'En voor mij voelt het een beetje raar om in jouw huis te gaan zitten,' antwoordde ze kattiger dan de bedoeling was. Als ze heel eerlijk was had ze een hekel aan zijn huis. Het huis waar ze als gezin hadden moeten gaan wonen. Ze was erin meegegaan omdat ze niets liever wilde dan een leven opbouwen met hem. Ze probeerde iemand te zijn wie ze niet was, om bij hem te passen. Uiteindelijk was ze er nooit gaan wonen omdat ze erachter was gekomen dat Dennis vreemdging. Soms dacht ze dat ze in de diepte van haar verdriet zelfs opluchting voelde. Zijn ontrouw was een '*way out*'.

Afgeleid door het verleden, stond ze op van het bed, in een poging het achter zich te laten. Ze keek van een afstandje naar Dennis. Hij keek haar nog steeds met vragende, gekwetste ogen aan.

'Je duwt mij de hele tijd weg, Ella.'

'O, is dat zo?' Ze lachte schamper. 'Ik probeer anders net met jou een gesprek te voeren en je bent compleet onbereikbaar.'

'Dat komt doordat jij mij wegduwt! Iedere keer. Daar zat ik mee in mijn hoofd. Iedere keer dat ik toenadering zoek, duw jij me weg. Toen ik je wilde troosten in het bos... Wanneer ik je uitnodig bij me thuis... Juist nu we elkaar het meest nodig hebben!' riep hij wanhopig. 'Ons kind is vermist. Het is allemaal zo heftig. Ik heb het gevoel dat jij de enige in de wereld bent die mijn gevoel begrijpt, maar dat er een muur tussen ons in staat. Ik heb zo'n behoefte om dicht bij je te zijn. Heb jij dat dan helemaal niet?'

Geen muur maar het verleden staat tussen ons in, dacht ze. Ze moest toegeven dat ze inderdaad een ingewikkelde dynamiek hadden. Hun relatie was een constant duw- en trekspelletje geweest en die neiging hadden ze nog steeds.

Ze schudde haar hoofd. 'Ik denk niet dat het ertoe doet of ik die behoefte heb. We zijn niet meer samen.'

'Maar dat kunnen we wel zijn.'

'Je hebt toch een vriendin? Sharon?'

'Sharon is verleden tijd. Het is uitgegaan vlak voor de vakantie. Ik was alleen in Thailand.'

Ella schudde bedenkelijk haar hoofd. Waarom hij dat soort dingen niet gewoon vertelde, was haar een raadsel. Maar in het licht van alles was het ook eigenlijk helemaal niet belangrijk.

'Ik weet dat ik je pijn heb gedaan in het verleden. Maar, El, ik beloof je...'

'Ik denk dat we deze dag maar moeten beëindigen,' onderbrak Ella hem. 'Ik ben kapot.' Om haar woorden kracht bij te zetten kroop ze onder het stugge hoteldekbed.

Dennis stond snel op van het bed en keek een moment lang verbouwereerd naar haar. Ella vroeg zich af of ze niet te hard was.

'Mag ik dan even bij je komen liggen? Voor ik naar huis ga?' vroeg hij toen zacht terwijl hij naar de grond keek. Zijn gezicht stond treurig. 'Op de dekens,' voegde hij er snel aan toe. Ze begreep als geen ander dat hij nu niet alleen wilde zijn. Zonder haar antwoord af te wachten ging hij op de rand van het bed zitten en begon plotseling te huilen.

'Het is net of ik jou nooit echt heb gehad. Nooit helemaal.'

Hij liet zich langzaam naar achteren zakken en ging op zijn zij liggen met zijn gezicht naar Ella toe. Ze schoof naar beneden zodat ze naast hem lag en liet toe dat hij haar beide handen vastpakte. 'Dat gevoel heb ik bij jou ook,' zei ze zacht. Ze wilde hem niet meer wegduwen.

'Laten we alsjeblieft ophouden met deze spelletjes, El. Voor Finn.' Zijn stem brak. Hij keek haar aan met zijn betraande ogen. De ogen die zo op die van Finn leken.

Ze barstte in tranen uit, niet in staat iets te zeggen. Hun gezichten bewogen ze als vanzelf naar elkaar toe.

'Ik mis hem zo,' fluisterde Dennis na een tijdje. 'Niet zoals ik hem mis wanneer hij gewoon bij jou is. Als hij gewoon veilig en gelukkig bij jou is.'

Het bleef even stil, op Ella's oppervlakkige ademhaling na.

'Ik had net een beetje een band met hem opgebouwd, weet je,' vervolgde hij. 'Nu krijg ik misschien wel nooit de kans om echt zijn vader te zijn.'

'Hij leeft nog, Den. Hij leeft nog,' fluisterde ze terug. Al haar weerstand tegen hem was weggesmolten. Ze wilde hem troosten zoals ze Finn nu zou troosten als ze bij hem kon zijn. Dicht bij Dennis zijn was het dichtste dat ze bij hun kind kon komen. Hij leefde nog. Finn leefde nog.

'Blijf bij me vannacht,' fluisterde ze zacht. Bijna meteen voelde ze de handen van Dennis om haar middel glijden, zijn lijf stevig tegen haar aan. De kus die volgde duurde lang, liet de tijd en de realiteit even vervagen en tegelijkertijd haalde het de emoties van alles wat er op dit moment speelde naar de voorgrond. Hij ging op haar liggen, het dekbed tussen hen uit trekkend. Haar pyjama vond zijn weg naar de vloer. Zijn kleding volgde snel. De geur van Dennis en zelfs het gevoel van zijn huid was Ella vertrouwd. Het was zo lang geleden.

Dennis ontdeed haar van haar slipje en verborg zijn hoofd in haar lange haren terwijl ze zijn handen op haar lichaam voelde. Ze keken elkaar een moment lang aan. Er was geen weg meer terug. Ze drukte de opnieuw opkomende tranen weg en wilde alleen nog maar proeven en voelen.

Zo intiem als nu waren hun vrijpartijen nooit geweest. De pijn, het gemis en zelfs de opluchting van die avond had verbinding gezocht en gevonden.

52

Jasmine voelde haar hand en pols zakken zonder dat ze er iets aan kon doen; de slaap bleef onverbiddelijk aan haar trekken. Op het moment dat haar telefoon uit haar hand dreigde te glijden, schrok ze wakker en greep hem in een reflex vast. Ze herinnerde zich vaag dat ze even was gaan liggen op de leren bank bij de receptie. Eventjes maar. Na de korte doffe verlossing van de slaap stroomden de gebeurtenissen van de afgelopen dagen als een waterval terug in haar gedachten.

Ze kwam langzaam overeind uit de onhandige zijpositie waarin ze door het ontbreken van een zachte ondergrond haar armen niet kwijt had gekund. Al haar spieren voelden stijf aan. Bijna automatisch opende ze als eerste Twitter weer, in de hoop dat er iets nieuws naar boven kwam. Ze scrolde kort door de gevonden tweets en hield toen plotseling halt. Daar stond het. In kleine zwarte lettertjes. Voor Jasmine hadden het net zo goed rode koeienletters kunnen zijn, zo sprongen ze eruit.

Een moederwolf huilt, maar het was niet eens volle maan.

De toon, de cryptische beschrijving, de verwijzing; alles deed haar denken aan de tweet die hen had geleid naar het stoffelijk overschot van Dex. Direct maakte ze een screenshot en bezocht het profiel dat de tweet had verstuurd. Het was een vaag account met weinig informatie en geen volgers. Gisteren aangemaakt. Ze maakte nog een screenshot. Terug op haar feed was nog een tweet verschenen.

Er was eens een moeder die niet oplette. Nu heeft ze genoeg tijd om te dichten.

Jasmines gedachten ratelden. Dit ging over Ella en het gedicht dat uit haar naam op Facebook was verschenen. Ja, de timing was verdacht zo vlak na haar tweet midden in de nacht, maar het was geen reactie op haar. Was dit belastend? Of was dit een of andere grapjas? Iedereen kon dit schrijven. Toen er direct nog een tweet verscheen, hield ze haar adem in.

Zal dit haar kind terugbrengen? Helaas, ik moet haar teleurstellen. Geen blauw dekentje voor hem.

Jasmine schoot overeind. 'Shit. Dit is hem!' Dit was daderkennis. Het blauwe dekentje was een detail dat alleen de politie en naaste betrokkenen kenden. De agent achter de balie keek even verbaasd op. Jasmine had geen tijd om iets uit te leggen. Ze maakte direct weer een screenshot en stuurde de drie foto's gehaast naar Stevens. Het zou even duren voordat ze bij zijn bureau was, dus belde ze hem. Hij nam niet op. Snel stond ze op; ze wist wat ze nu eerst moest regelen.

Ondanks de spanning van de tweet, en haar overtuiging dat het van betekenis was, voelde ze de tegenzin opkomen toen ze de lift in stapte. Ze had echter geen tijd te verliezen; voor ze het wist zou het profiel weer verwijderd kunnen zijn. De lift ging open, maar Jasmine kon niet voorkomen dat ze een moment als versteend bleef staan.

Ze herinnerde zich in een flits het gesprek dat kort na de ontdekking van het stoffelijk overschot van Dex plaatsvond. Haar verzoek om haar stage-uren op de IT-afdeling in te vullen werd binnen twintig minuten afgewezen en toen ze verhaal ging halen, had teamleider Weber geïrriteerd gereageerd: 'Waarom je verzoek afgewezen is, Ziani? Dus jij denkt dat je, omdat je toevallig een tweet op tijd hebt gezien waardoor er een kind dood is teruggevonden, uit het juiste hout gesneden bent voor deze afdeling? Je hebt niet eens de juiste opleiding,' had hij gezegd. 'Je kunt niet zomaar kiezen wat je leuk vindt of wat jou uitkomt. Je bent niets meer dan een meisje dat te veel op haar telefoon zit. Ik zit nu al drie dagen de vreselijkste beelden van kinderporno door te spitten en te hopen dat ik geen glimp opvang van het slachtoffer, omdat ik hoop dat hij daadwerkelijk niet is misbruikt. Maar het ironische is dat we verder geen andere aanknopingspunten hebben en ik hem dus eigenlijk wel tegen zou moeten komen. Ik wil hem niet zien, maar ik zoek me rot.' Hij had haar strak aangekeken en diep adem gehaald. 'Tegelijkertijd kan ik de gezichten van de kinderen die ik wél uur na uur zie niet meer van mijn netvlies krijgen.'

53

Ze stapte de lift uit voordat de deuren zich weer zouden sluiten. Er werden door de heren en dame van de IT-afdeling altijd grappen gemaakt dat het ironisch was dat ze op de laagste verdieping van het gebouw zaten, niet op de begane grond maar in de kelder, zonder ramen. Dit omdat de andere rechercheurs min of meer het gevoel hadden boven hen te staan, terwijl hun ondersteuning met de dag belangrijker werd voor het oplossen van zaken. Het feit dat een stagiaire, in opleiding voor rechercheur, een belangrijke rol had gespeeld in het vinden van Dex, met behulp van social media, bleek daardoor extra gevoelig. Technisch gezien was dit namelijk de taak van de IT-afdeling.

Wanneer er een zaak liep, was er bijna altijd wel iemand aanwezig op de IT-vloer, ook 's nachts. Jasmine vond Marcus Weber aan het werk aan zijn bureau in het verder doodstille en vrij donkere kantoor.

'Kijk eens aan, is dat niet de ster van het bureau? De "zakenkraker van de jurisdictie". Rijzende "ster-giare" Ziani.' Hij keek niet op van zijn computer terwijl Jasmine zijn verkapte beledigingen gelaten incasseerde.

'Waar heb ik dit hoge bezoek aan te danken?' Hij staarde haar nu over zijn brillenglazen heen recht aan toen haar antwoord uitbleef.

Ze liep schoorvoetend het kantoortje in en probeerde te bedenken hoe ze haar verzoek moest formuleren zonder hem wederom tegen de schenen te schoppen. Ze legde haar telefoon voor hem neer.

'Nou, vertel op,' zei Weber ongeduldig, 'wat brengt jou naar de onderste verdieping van het bureau? De spanning vreet me op.' Ondanks zijn sarcasme verraadde zijn toon dat hij stiekem wel wilde weten waarvoor ze midden in de nacht zijn kantoor kwam binnenlopen.

'Kijk dan,' zei ze daarop, 'dit heb je vast nog niet gezien!' Ze zag zijn gezicht betrekken en kon zichzelf wel voor de kop slaan om haar zelfvoldane toon. 'Ze zijn pas net getweet… onder #kindvermist,' mompelde ze daarom ongemakkelijk, 'dus het is niet heel gek dat je nog niet…'

Marcus stak zijn handpalm omhoog terwijl zijn ogen gretig de tweet lazen. 'Bespaar me je sociale onhandigheid. Dit is groots!' Op dat moment ging zijn mobiel. Hij nam direct op. 'Yep. Gezien. Ik zit erbovenop! Ik bel je zodra ik iets heb.' Hij hing weer op en begon driftig te typen. 'Dat was Stevens,' zei hij na een te lange stilte.

Jasmine keek hem afwachtend aan. 'En? Dus?'

'O, kennelijk vertrouwde hij niet helemaal dat je zelf wist hoe je dit aan moest pakken. En laten we eerlijk wezen: dat wist je ook amper.' Hij grinnikte zonder zijn ogen van zijn scherm te halen. 'En ga nu. Ik moet aan de slag. Stevens zorgt voor het bevel. Laten we die ploert zo snel mogelijk pakken.'

De zon kwam langzaam op. Een prachtig ochtendlicht verspreidde zich over de stad terwijl Jasmine nipte van haar hete koffie.

'Heb je nog kunnen slapen?' vroeg plotseling een schorre stem achter haar. Stevens zette het koffieapparaat opnieuw aan het werk.

'Niet echt,' antwoordde ze terwijl ze haar hoofd schudde.

'Fijn dat er nu schot in de zaak is,' zei Stevens vervolgens.

Ergens verwachtte ze een schouderklopje voor haar ontdekking, maar aan zijn vermoeide gezicht – inmiddels gesierd door een stoppelbaardje – zag ze dat ze daar niet op hoefde te rekenen.

Vroeger dan normaal werd het druk op het bureau. Er stond

iets te gebeuren. Er werd druk gepraat over wat er was ontdekt. Anders dan bij de vrij onverwachte ontdekking van het stoffelijk overschot de dag ervoor wisten ze nu al dat er iets groots ophanden was. Iedereen maakte zich er mentaal klaar voor. Het toekennen van de toestemmingen in verband met de privacywetgeving, het opvragen van de benodigde persoons- en adresgegevens op basis van het te achterhalen IP-adres en het aanvragen van het huiszoekingsbevel duurde, vooral door de nacht, tergend lang.

Jasmine begon te ijsberen. 'Wat zou hij bedoelen met "geen blauw dekentje voor hem"? Dat Finn niet dood is of dat hij hem niet zoals de andere slachtoffers beschouwt?'

Stevens schudde zijn hoofd. 'Ik weet het niet. Het kan van alles betekenen. Misschien hebben de Belgen gelijk, misschien ook niet. Wellicht heeft hij zich op een andere manier van Finn moeten ontdoen omdat hij moest afwijken van zijn plan.'

'Misschien bedoelt hij wel dat we Finn nooit gaan vinden.' Ze hoopte zo hard dat het tegendeel waar was, maar ze merkte ook hoe ze zichzelf er onbewust op probeerde voor te bereiden dat ook dit kind niet meer in leven was. Na het afgrijselijke beeld van het dode jongetje gisteren begon haar hoop langzaam te verdampen. Finn vinden was niettemin nog net zo belangrijk.

De Bruijn stapte binnen en verstoorde daarmee hun gesprek, hij zag eruit alsof hij niet voldoende uurtjes slaap had gepakt. Nog voordat hij iets kon zeggen, stormde Marcus Weber achter hem aan de kantine in. Hij hield een papier omhoog.

'We hebben hem! Ik denk dat dit adres een bezoekje verdient.' Vervolgens keek hij schichtig naar Jasmine. 'Goed werk, Ziani.'

54

Nog voor Jasmine goed en wel uit de auto was gestapt, zwaaide de deur van de bescheiden rijtjeswoning open. Twee agenten met tussen hen in een kleine kalende man met een bril stormden naar buiten met De Bruijn in hun kielzog. Die laatste had zijn hand voor zijn neus en mond en keek gekweld.

Jasmine staarde naar de verdachte. Was dit hem nou, de kindermoordenaar? Het monster? Ze keek stokstijf toe hoe de iele gebroken man achter in de wagen werd gezet.

'Poeh, de geur in dat huis,' zei De Bruijn, waarna hij diep ademhaalde om een teug frisse buitenlucht naar binnen te zuigen. 'Stevens, ga met de verdachte mee, ik wil geen tijd verliezen wat betreft het verhoor. Ik kom zo snel mogelijk achter jullie aan, maar ik moet binnen poolshoogte nemen. Er is daar iets absoluut niet goed. Het forensische team is onderweg.'

Jasmine slikte. Stevens keek haar doordringend aan, waardoor ze direct weer in zijn auto stapte. De politiewagen met de verdachte was al uit zicht.

'Luister, Ziani,' zei Stevens voor hij de deur van de verhoorkamer opende, 'je zit er alleen maar bij, meer niet. Dat is de procedure.' Hij leunde een beetje naar haar toe. 'Je bent duidelijk een beetje van slag, dus ik voer het woord en zodra De Bruijn er is, verlaat jij de kamer en kun je achter het raam meekijken. Je bent hier om te leren.'

Jasmine knikte. Ze begreep dat ze wederom door omstandigheden in een bevoorrechte positie terecht was gekomen. Ze was wel bekend met de meeste verhoortechnieken, maar om erbij te zitten bij zo'n grote highprofilezaak, dat was uitzonderlijk. Stiekem was ze ook benieuwd hoe Stevens zich zou redden. De druk op hem was groot nu De Bruijn er niet bij was.

Ze liepen beheerst de kamer binnen waar de verdachte was neergezet. De kamer rook muf en lichtelijk naar zweet. Simon Egberts – zijn naam hadden ze zojuist vernomen – zat aan tafel met zijn kalende hoofd in zijn handen, waardoor een glimmend eilandje hen begroette. Zijn knokige vingers waren ringloos. Pas toen Stevens de stoel recht tegenover de verdachte piepend naar achteren schoof, keek hij verschrikt op.

'Weet u misschien hoelang dit gaat duren? Van de agenten kreeg ik geen antwoord,' zei hij voorzichtig.

Jasmine observeerde de man scherp. Hij keek smekend naar Stevens, verdrietig bijna. Als hij had gedaan waarvan ze hem verdachten, was hij een monster, geen twijfel mogelijk. Maar hij zag er niet uit als een monster. Hij zat in elkaar gedoken, wat hem nog kleiner maakte dan hij al was; Jasmine wist dat als hij zou opstaan ze boven hem uit zou torenen. Achter zijn dikke brillenglazen tuurden kraaloogjes de wereld in. Vrij dikke oogleden en wallen omringden zijn ogen.

'Dat ligt eraan,' zei Stevens op neutrale toon terwijl hij ging zitten. 'Als u open kaart speelt en ons vertelt wat u weet, kunnen we snel afronden.'

Jasmine nam ook plaats. De verdachte leek haar aanwezigheid niet op te merken.

'Meneer Egberts, wij zijn rechercheur Stevens en Ziani en we gaan u een aantal vragen stellen over de ontvoering van en moord op twee – mogelijk drie – kinderen. Dit gesprek wordt opgenomen. U hebt recht op een advocaat, zoals u eerder ook is verteld. Als u nu uw best doet zo eerlijk mogelijk te antwoorden, scheelt dat u en ons een hoop tijd.'

Voorlopig had Egberts nog weinig gezegd, maar zijn gehele gezicht toonde radeloosheid en onbegrip. 'Wat heeft dat allemaal met mij te maken?'

'We hopen dat u ons dat kunt vertellen. Een aantal weken geleden was het de eerste dag van de volle maan en werd er een stoffelijk overschot van een jong kind gevonden. Nu is het weer volle maan en werd er gisteren wederom een lijkje gevonden in precies dezelfde omstandigheden. Kort daarop verstuurde jij een vreemde tweet.' Stevens legde de nadruk op 'jij', wat meer beschuldigend klonk dan het formele 'u' dat hij eerder gebruikte. Het papier dat hij vanmorgen van Marcus Weber had gekregen legde hij voor hem neer. De drie tweets van de avond ervoor stonden erop, samen met het IP-adres en het daaraan gekoppelde huisadres en persoonsgegevens. 'Wat was je bedoeling hiermee?'

'Tweeten is niet verboden,' antwoordde Egberts gedecideerd zonder naar het papier te kijken. Zijn gezicht verloor in één klap de wanhoop en kreeg een zweem van neutraliteit.

'Nee, dat zeker niet, maar het gaat me er meer om wát je schrijft.' Stevens keek hem doordringend aan. 'Een moederwolf huilt, maar het was niet eens volle maan.'

'Ja, wolven huilen graag naar de volle maan,' antwoordde de verdachte.

'Kom op, Egberts. We weten allebei dat je ergens anders op doelt. Het is nu wel volle maan. Beide slachtoffertjes zijn vermoord bij volle maan, dus de moederwolf waarnaar je refereert, is niet de moeder van een van deze twee kinderen. Is dat juist?' Stevens leek te willen dat Egberts de vermiste Finn zelf zou noemen, maar er viel een lange stilte.

Vervolgens schudde Egberts zijn hoofd. 'Geen idee waar je het over hebt.'

'Oké, dan de andere tweet. Waar ik nog veel meer mee in mijn maag zit. Deze opmerking.' Hij wees op het papier. '"Geen blauw dekentje voor hem." Vertel me eens precies wat je daarmee bedoelde.' Hij bleef oogcontact zoeken met de verdachte. Deze gaf geen krimp.

'Het jongetje gisteren is toch gevonden onder een dekentje? Althans, dat las ik. Dat weet iedereen.'

‘O ja? Weet iedereen dat?’ vroeg Stevens cynisch. ‘Iedereen weet zeker ook welke kleur dat dekentje heeft?’

‘Je moest eens weten wat er allemaal op het internet rondgaat en weer verdwijnt.’ Heel kort schoten zijn ogen minachtend de kant van Jasmine uit. ‘Vóórdat Jasmine Z.R.M. het ook maar ziet.’

55

'Was dat het?' zei Egberts verrassend lacherig. 'Ik zit hier omdat ik getweet heb? Nou, dat spijt me dan. Ik heb soms de neiging om de waarheid te vertellen omdat niemand anders dat doet. Als jullie willen dat ik mijn excuses aanbied dan doe ik dat wel, hoor. Sorry. Mag ik dan nu naar huis?'

Stevens schudde zijn hoofd. 'Nee, zo makkelijk kom je er niet vanaf. Ik denk namelijk dat er veel meer achter zit dan jij zegt. Je meent te weten dat er geen blauw dekentje is weggelegd voor een ander kind. Volgens mij weten we allebei wel wie je daarmee bedoelt.'

Egberts haalde zijn schouders op, maar zei niets.

'Weet je, Egberts, ik vraag me dan af waarom je zoiets zou zeggen als je er niets van afweet.'

'Wie zegt dat ik het daarover had?' antwoordde Egberts beheerst.

'Ach, kom op, we weten allebei waar je het over had,' zei Stevens bars.

'Kun je dat bewijzen?'

Stevens en Jasmine begrepen nu allebei dat Egberts wist dat het hun juist aan bewijs ontbrak en dat hij dus beter zijn lippen stijf op elkaar kon houden.

Plotseling snerpte het geluid van de mobiel van Stevens door de kleine verhoorkamer. Het was een bericht in plaats van een belletje, maar toch stond Stevens na een blik op zijn schermpje op en wenkte Jasmine om mee de kamer uit te gaan.

'Mag ik een glaasje water?' hoorden ze de nu weer mildere

stem van Egberts vragen voordat de deur dichtviel.

Jasmine keek verwachtingsvol naar Stevens. 'Wat?'

Hij typte vlak buiten de deur iets op zijn mobiel en liep toen door naar de koffiemachine in de hal. 'Hoezo "wat"?' Hij trok zijn wenkbrauwen op. 'O, nou hij krijgt voorlopig nog even geen water. Dat is één.'

'En wat is twee? Was dat berichtje van De Bruijn? Wat had hij te melden?' vroeg Jasmine haastig.

'O, dat. Eh, niet veel eigenlijk. Dat het nog wel even duurt daar. Meer niet.'

'Waarom moesten we dan stoppen met het verhoor?'

'Nou, het leek me een mooie nonchalante manier om even te overleggen,' antwoordde Stevens. 'Het is positief dat hij nog niet om een advocaat heeft gevraagd, maar het lijkt erop dat hij gaat zwijgen en dat kunnen we niet gebruiken. We kunnen hem vragen zijn DNA af te staan, maar ik ben bang dat hij daar geen toestemming voor geeft.' Hij dacht even na terwijl hij zelf wel een glas water dronk. 'De details van de plaatsen delict moeten juist van hem komen als we een zaak tegen hem willen hebben, dus we hebben weinig om hem uit zijn tent te lokken. Ik loop nu eerlijk gezegd een beetje vast als we alleen over die tweets kunnen praten.' Hij keek haar samenzweerderig aan. 'De Bruijn geeft me ook niets, dus ik wilde je even iets voorstellen.'

'O, wat dan?'

'Valt het je op dat hij jou praktisch straal negeert?'

'Ja, dat was me wel opgevallen ja,' gaf Jasmine schoorvoetend toe. De enige keer dat hij haar amper een blik waardig gunde, was die blik vervuld met minachting.

'Het kan iets te maken hebben met je leeftijd, maar ik vermoed dat het te maken heeft met... jouw... eh... vrouw-zijn,' zei Stevens voorzichtig.

Jasmine knikte. 'En?'

'Nou, hij is nu nog niet echt uit zijn tent gelokt en ik heb zo'n gevoel dat dit wel gebeurt als jij hem vragen gaat stellen.'

‘En wat is er gebeurd met “je mag er alleen bij zitten”?’ Ze had direct spijt van haar reactie. Waarom was haar eerste impuls toch altijd om bijdehand te doen? Ze moest deze kans juist aangrijpen. Dit was de enige manier om iets te betekenen voor Finn en zijn ouders, en niet te vergeten de nabestaanden van de vermoorde jongetjes.

Stevens haalde zijn schouders op. ‘Als er geen bewijs wordt gevonden bij hem thuis, hebben we nog maar krap acht uur voordat we hem moeten laten gaan. En we lijken nu nergens te komen met deze malloot. Ik ben bereid alles te proberen.’

Jasmine slikte een reactie in.

Stevens nam een slok van zijn hete koffie en begon hardop na te denken. ‘Ik ben er nog niet helemaal achter waarom, maar hopelijk maakt het iets bij hem los als jij het verhoor overneemt. Zeker als jij de ingang gebruikt van zijn tweet over de moederwolf. Hij richtte zich op de moeder omdat dat gedicht hem irriteert, het raakt hem. Waarom? Misschien is dat iets, misschien zit daar ergens het motief. Moeders die niet opletten... Moeders die nu genoeg tijd hebben nu hun kind dood is. Moeders die worden... gestraft? Voor hun onoplettendheid?’ Terwijl hij praatte liep hij weer de gang door, terug naar de verhoorkamer.

Jasmine vroeg zich af waarom zijn eigen voorgevoel er altijd meer toe deed dan het hare. Ze begreep dat het zo’n beetje het enige was wat ze hadden, maar of het stevig genoeg was, zou pas blijken als ze Egberts aan het praten kregen.

‘Noem het ervaring,’ zei Stevens ineens, alsof hij haar gedachte had gelezen. Voordat ze kon vragen wat ze dan precies moest vragen aan Egberts, opende hij alweer de deur naar de verhoorkamer en liep naar binnen.

56

'En mijn water?' vroeg Egberts.

'Straks,' zei Stevens en hij ging zitten. Hij keek naar Jasmine, die langzaam plaatsnam terwijl ze hoopte dat de woorden vanzelf zouden komen.

'Eh... Meneer Egberts. Het viel ons op...' begon ze voorzichtig, 'het viel míj op dat u in uw tweets iets schreef over dat de moeder niet oplette. Waarom voelde u de neiging om dat te delen?'

'Geen commentaar,' antwoordde Egberts toonloos. Hij bevestigde hiermee hun vermoeden, dat hij zich zou beroepen op zijn zwijgrecht, maar de manier waarop was een stuk botter en definitiever dan ze hadden verwacht. Zijn armen gingen over elkaar en hij staarde recht vooruit langs het gezicht van Stevens. Die laatste deed ook zijn armen over elkaar.

Jasmine voelde haar wangen warm worden. 'U gaf eerder aan dat u de neiging hebt om de waarheid te verkondigen omdat niemand dat doet. Wat voor waarheden bedoelt u daarmee?'

'Geen commentaar.'

'Zijn dat ook bepaalde waarheden over moeders, misschien? Had, volgens u, deze moeder beter moeten opletten?'

Nog steeds keek Egberts haar niet aan, maar gaf onverwachts toch antwoord: 'Dat weet ik niet, ik was er niet bij. Maar waar u me nu wel aan herinnert is dat mijn eigen moeder rond het middaguur haar thee met toast verwacht. Kan ik gaan?'

'Woont uw moeder bij u?' vroeg Stevens plotseling. Jasmine was opgelucht dat hij weer een duit in het zakje deed.

'Ik woon bij moeder.' Egberts vouwde zijn handen samen en keek naar zijn knokkels.

Jasmine wisselde snel een blik met Stevens. Hij pakte daarop zijn telefoon erbij en begon iets te typen. Ze vroeg zich af hoe ze door moest gaan.

'U zorgt voor uw moeder?'

'Ik zorg voor moeder zoals ze ooit voor mij zorgde. Het is mijn plicht. Net zoals het ooit haar plicht was.'

'Haar plicht...' herhaalde Jasmine zacht. Ergens had ze nog steeds het idee dat hij stellig vond dat de moeders van de vermoorde kinderen en de moeder van de verdwenen Finn die plicht hadden verzaakt.

'Waarom alleen de moeder?' vroeg ze hardop. 'Waarom niet de vader? Waarom is het volgens u niet de plicht van de ouders samen?'

Plotseling keek Egberts op. Het was de eerste keer dat hij haar bewust in de ogen aan bleef kijken. Het was ook de eerste keer dat ze voorbij zijn iele middelbare uiterlijk iets jongensachtigs zag. Iets kinderlijks, bijna. Zijn grijsblauwe ogen priemden in die van haar.

Stevens voelde de sfeer veranderen en legde zijn mobiel neer.

Vanuit haar ooghoeken zag Jasmine hoe haar collega uiterst onopvallend maar voor haar veelzeggend zijn wijs- en middelvingers over zijn lippen legde. Ze bleef stil terwijl ze afwachtend het oogcontact met Egberts niet verbrak.

'Omdat het de taak van de moeder is om het kind te beschermen. Dat is biologisch bepaald. Zij heeft het voorrecht om de vrucht in haar schoot te dragen en te laten groeien. Welke beschermende rol heeft de vader in die fase? Geen. Waarom zou dat veranderen? Bij de meeste diersoorten is het niet anders. De moeder beschermt en voedt op. Vaders zijn misbaar: zij planten hun zaadje en verlaten hun gezin.'

'Nonsens!' zei Stevens opeens fel. 'Mijn broers en ik zijn toevallig bij mijn pa blijven wonen na de scheiding. Hij werkte veel, ja, dat was nodig. Maar hij stond ook altijd langs de lijn bij het voetbalveld. Hij was onmisbaar. Jouw persoonlijke ervaring is niet per definitie hoe de wereld eruitziet.'

Totaal onverwachts kneep Egberts zijn ogen stijf dicht en begon met een vlakke hand tegen zijn eigen hoofd te slaan. Jasmine knipperde verbluft en probeerde razendsnel te bedenken hoe ze de man kon kalmeren. Vanuit haar ooghoeken keek ze naar Stevens, die onbewogen leek. Ze was het ook verre van met Egberts eens, maar ze waren hier niet om met hem te discussiëren of om hem ergens van te overtuigen. Hij was gaan praten, en daar ging het om.

'De moeder is de enige die het kind in haar buik kan dragen, ja, daar hebt u helemaal gelijk in,' zei ze voorzichtig. Ze keek toe hoe Egberts stopte met slaan en strak voor zich uit keek.

'Ja, en daar is een reden voor: het is de taak van de moeder om het instinct van haar kind te respecteren. Een kind wil bij zijn moeder zijn voor genegenheid, bescherming en om te leren en de moeder voorziet daarin. Het is niet alleen de biologische blauwdruk van het kind, maar ook die van de vrouw. En ja, wanneer er kinderen verdwijnen, denk ik inderdaad dat de moeder haar werk niet goed heeft gedaan. Ze ontkent haar eigen blauwdruk.'

'Pardon?' vroeg Jasmine verbaasd.

Egberts had nu geen moeite meer haar aan te kijken en te antwoorden. Alsof haar autoriteit plaats moest maken voor de zijne sinds hij begon te praten over iets waar hij kennelijk veel verstand van dacht te hebben.

'Ja, haar blauwdruk, ja. Een vrouw kan ook veel andere dingen doen in de wereld, maar haar eerste taak is leven geven, beschermen en begeleiden. Dat is toch ook zeker zo vanuit uw geloof?'

Ze kon haar oren niet geloven. 'Mijn geloof?'

Egberts liet haar weinig ruimte om verder te reageren. 'Ja, uw ouders zullen vast ook van u verwachten dat u uw lot vervult en hun een paar kleinkinderen schenkt.'

Stevens ging wat meer rechtop zitten en schraapte zijn keel. 'Ik geloof niet dat de privésituatie van rechercheur Ziani ertoe doet,' begon hij, maar Jasmine onderbrak hem stekelig.

'Niet dat het u iets aangaat, maar mijn ouders staan volledig achter mijn keuzes. Ze vertrouwen erop dat ik zelf heel goed weet wat ik met mijn leven wil doen en hoe ik mezelf nuttig kan maken in de maatschappij.'

'O ja. Vrouwen zijn ook heel nuttig,' vervolgde Egberts hoogmoedig. 'Nuttiger zelfs dan mannen. Vooral als ze het leven dat ze hebben geschonken koesteren en beschermen zoals hun dat betaamt.'

'O, is dat zo?' antwoordde Jasmine vinnig. 'Nou, ik heb geen leven geschonken en ben dat ook niet van plan. Dus dan ben ik maar een mislukt exemplaar?'

Stevens liet geen ruimte meer voor nog een verhit weerwoord. 'Ziani, kan ik je nog even op de gang spreken,' zei hij resoluut terwijl hij opstond. Het was geen vraag.

57

Jasmine verwachtte de wind van voren te krijgen zodra de deur van de verhoorkamer achter hen sloot.

'Hé, het was wel een beetje de bedoeling dat jij de *good cop* zou blijven spelen,' zei Stevens terwijl hij oogcontact met haar zocht. 'Waarom laat je hem zo onder je huid komen?'

'Dat deed jij toch ook? Met die opmerking over vaders?' vroeg Jasmine fel.

'Nee joh, ik wilde hem gewoon opfokken door zijn hypothese te ontkrachten. Uit balans brengen zodat hij minder voorzichtig werd. Daarna kon jij zijn vertrouwen proberen te winnen.' Hij snoof. 'Zijn mening over vaders interesseert me echt geen ene moer. Hij is een gestoorde sociopaat.' Hij keek haar doordringend aan.

'Hij frustreert me gewoon,' mompelde Jasmine. 'We komen zo toch nergens met die vent?'

'Nee, als jij je laat meeslepen door zijn zogenaamde persoonlijke aanvallen niet, nee. Laat het niet dichtbij komen, Ziani. Het is absoluut niet persoonlijk. Hij is slimmer dan je denkt. Dit is zijn tactiek. Zo lang het over jou gaat, gaat het niet over hem.'

Jasmine knikte terwijl ze een diepe zucht door haar mond uitblies. Een beginnersfout, besefte ze.

'Ga anders even een kop koffie nemen,' stelde Stevens voor, 'of een kalmerend kopje thee of zoiets. Ga een wandeling maken. Dit is niet niets.' Hij zag kennelijk dat ze moeite had te geloven dat pauze nemen echt zin had. 'Luister, Ziani,' zei hij, 'moordenaars met een boodschap – en ik denk dat hij er daar een van is – horen zichzelf graag oreren. Geloof me. Het is dan wel geen bekentenis, maar ik voel dat we dichter bij een motief komen. Hij zegt al veel meer dan hij van plan was. We zijn heel dichtbij, Jasmine. We moeten hem alleen nog meer uitdagen. En jij moet even je batterij gaan opladen om opgewassen te zijn tegen zijn pogingen om dat te voorkomen.'

Ze keek bedenkelijk hoe Stevens weer naar binnen ging en de deur achter zich sloot. *We moeten hem alleen nog meer uitdagen.* De woorden van Stevens galmden na. Ze bedacht zich geen moment om het idee dat haar te binnen schoot tot uitvoering te brengen. Met haar telefoon in haar hand liep ze naar de uitgang van het bureau.

Ella en Dennis mochten het hotel via de achteruitgang verlaten: de pers had lucht gekregen van hun aanwezigheid in de stad. Ella kon het er niet bij hebben. De Belgische politie had gisteren – voor ze halsoverkop naar Maastricht vertrokken – zelfs een persconferentie voorgesteld, waarin Ella zich tot de mogelijke ontvoerder zou richten. Als ze later vandaag terugkwamen in de Ardennen zou ze eraan moeten geloven; als de politie dacht dat het zou helpen om Finn terug te krijgen zou ze het natuurlijk doen.

De weg van het hotel naar het café tegenover het politiebureau was een flinke wandeling, maar toch was het de snelste manier voor hen om op de plek van bestemming te komen.

'Wat loop je snel,' mompelde Dennis.

'Ja, wat denk je,' zei Ella kattig. 'Ze belt me toch niet voor niets?' De laatste rij woningen voor het echte centrum doemde op. In de volle groene beukenhaag zong een klein vogeltje. Het was alsof zijn gezang Ella abrupt beval te stoppen met lopen. Ze keek op naar de haag. Een heel klein roodborstje stopte met zingen en keek haar nieuwsgierig aan met zijn zwarte kraaloogjes. Ella staarde doodstil naar het vogeltje.

'Wat is er? Waarom stop je ineens?' vroeg Dennis verward. Het roodborstje piepte en deed zijn kopje schuin. Vervolgens zong hij kort en vloog weg. Ella barstte in tranen uit.

'Hé, wat is er nou ineens?' Hij sloeg zijn arm om haar heen terwijl hij om zich heen keek of mensen gealarmeerd waren door Ella's plotselinge huilbui.

'Het roodborstje, Finn... Ik... Ik...'

Dennis loodste haar langzaam mee de winkelstraat in. Het politiebureau was al in zicht.

'Finnie zei laatst dat hij... dat hij... als roodborstje... als hij dood was...' Ze snikte zo dat ze niet uit haar woorden kwam.

Dennis nam haar mee het café in waar ze Jasmine Ziani zouden treffen. Aangezien het terras aardig druk was, besloten ze binnen te gaan zitten in de bijna lege kroeg. Dennis bestelde twee cappuccino's aan de bar en ging tegenover Ella aan tafel zitten.

Met een betraand gezicht schudde ze haar hoofd. 'Laat maar... Ik kan het niet uitleggen. Ik kreeg alleen zo'n overweldigend gevoel dat Finn... dat Finn...' Ze begon weer te snikken. 'Dat hij niet meer leeft.'

Dennis pakte haar handen vast en kneep er zachtjes in. 'Zeg dat niet, El.'

'De Belgische politie had ook al weinig te melden toen ze belden vanmorgen,' vervolgde ze. 'We moeten echt zo snel mogelijk terug. Ik voel me hier helemaal machteloos.'

'Laten we nu maar eerst wachten wat die Ziani te zeggen heeft,' antwoordde Dennis. De deur achter hem vloog open. Ze keken allebei tegelijk verwachtingsvol op en zagen Jasmine het café binnenkomen. Iedere keer dat ze haar zagen was potentieel het moment dat ze iets meer te horen kregen over hun kind.

'Jasmine! Is er nieuws over Finn?' vroeg Ella haastig.

'Mevrouw Lasair... Meneer Rubens... Wachten jullie al lang? Sorry, ik moest even iets uitzoeken,' zei Jasmine vlug. 'Ik kan u niet geruststellen, en dat spijt me enorm maar...' Ze ging bij hen aan tafel zitten en vervolgde op gedempte toon: 'Ik mag dit eigenlijk niet met u delen maar... we hebben een verdachte.'

'Een verdachte?' Ella sprong op en schoof daarmee onbedoeld haar stoel luid naar achteren.

Jasmine keek verschrikt om zich heen. De dame achter de bar keek haar even aan. 'We moeten proberen zo weinig mogelijk aandacht op ons te vestigen,' zei ze snel. Ella ging bedremmeld zitten en keek haar afwachtend aan. 'Wat ik nu doe, kan eigenlijk echt niet,' vervolgde Jasmine. 'Dus uw discretie is echt vereist.'

Dennis knikte: 'Vertel alsjeblieft verder.'

'We hebben een verdachte aangehouden die we mogelijk kunnen linken aan twee van de lopende zaken. Echter... over Finn weten we nog niets. Dus ik heb jullie hulp nodig. Althans... die van jou, Ella.' Ze schraapte haar keel toen ze de verwarring op hun gezichten zag. 'We zoeken naar een manier om hem te laten praten,' legde ze uit. 'Hij is tot nu toe niet erg meewerkend en we hebben nog niet veel informatie om mee te werken omdat zijn huis nog wordt onderzocht.' Toen ze Ella wit zag wegtrekken realiseerde ze zich meteen dat ze een fout had gemaakt.

'Ella, ik weet zeker dat jullie het al hadden gehoord als Finn daar was geweest.' Ze pakte Ella's hand en kneep er zachtjes in. Zo zeker wist ze dat helemaal niet.

'Waarom horen we dit nu zo officieus van jou, en niet van de rechercheurs Stevens of De Bruijn!?' vroeg Dennis ineens geagiteerd. 'Waarom zijn we niet naar het bureau geroepen? Wat is dit voor rare gang van zaken?'

Jasmine keek hem schuldbewust aan. 'Omdat het onderzoek en het verhoor nog maar net bezig zijn. Het is van belang dat we eerst alle informatie vergaren voordat jullie verder worden ingelicht. Dat ik hier met jullie zit te praten, kan me mijn kop kosten. Maar ik wil echt alles doen wat mogelijk is om Finn te vinden.' Er was geen woord van gelogen; ze kon dit niet maken, maar om uit te voeren wat ze bedacht had, moest ze hen wel inlichten. Niet alleen haar eigen cryptische tweet, maar vooral het gedicht uit naam van de moeder had Egberts uit zijn tent gelokt; de verkapte oproep en emotie raakten hem. En, nog veel belangrijker, het maakte hem onvoorzichtig.

'Maar waarom wordt die kerel niet flink onder druk gezet zodat hij vertelt waar Finn is?' bromde Dennis, zijn geduld verliezend.

'Omdat we nog niet genoeg bewijs hebben óm hem onder druk te zetten,' antwoordde Jasmine kalm. Ze keek hen om de beurt in de grote afwachtende ogen en leunde naar ze toe. 'En daarom heb ik iets bedacht om tot de verdachte door te dringen. Ik zal het u uitleggen. Ik kan niet garanderen dat het iets oplevert, maar we moeten het proberen.'

58

Elk hoekje van het huis van de verdachte werd onderzocht door de Technische Recherche. Gordijnen werden opengetrokken om het daglicht binnen te laten. Behalve in die ene kamer, daar bleven ze dicht. De muffe penetrante geur waarvan het hele huis doordrongen was, werd sterker richting de trap. De Bruijn stond ongeduldig onder aan het trapgat. Hij kon die kamer eigenlijk niet meer in, maar wist dat het moest.

'Is de patholoog al gearriveerd?' vroeg hij aan de agent die door de voordeur binnenkwam.

De agent knikte. 'Ze parkeert nu haar auto.'

De Bruijn liep voor de forensisch arts uit de trap op en opende de deur van de grote slaapkamer. De vergeelde gordijnen lieten een schamel licht binnen. De kleine gestalte op het bed was amper zichtbaar door de dikke dekens. Marga, de meest ervaren patholoog-anatoom van het bureau, aarzelde geen moment. Ze deed een kapje voor haar mond en trok snel haar handschoenen aan. De Bruijn wilde zich, hoewel hij wist wat er ging komen, niet laten kennen en ging aan de andere kant naast het bed staan.

'Hier.' Marga gaf hem een klein flesje. 'Voor onder je neus.' Vervolgens gaf ze hem ook een wit mondkapje uit haar werktas. 'Wat hebben we hier?' mompelde ze vervolgens in zichzelf. Beheerst rolde ze de deken en laken samen naar beneden.

De Bruijn wendde zijn gezicht af om ervoor te zorgen dat de golf van walging die hij voelde geen golf braaksel werd. Het lichaam op het bed was sterk in ontbinding. Het was niet eens meer een lichaam te noemen. Wat hier voor hem op het bed lag, was een van de afschuwelijkste dingen die hij in zijn loopbaan had gezien. En geroken. De scherpe doordringende geur van de dood plakte aan zijn huid en haren. De warmte van deze zomer had het lijk geen goed gedaan. De meeste insectenlarven hadden het weefsel, dat nu niet meer was dan een gelige papperige drab, verlaten.

'Ik heb hier meer tijd voor nodig. Er is weinig over waar ik op het eerste gezicht mee kan werken. Maar dit kleine kereltje' – ze pakte met een pincet een larve beet en trok hem voorzichtig tevoorschijn uit de brij van stoffelijke resten – 'gaat mij in ieder geval helpen bepalen wanneer de dood is ingetreden. Hij en de entomoloog die ik om advies ga vragen.' Ze bekeek het kronkelende beestje van dichtbij. 'Wat ben ik blij dat jij bent achtergebleven.'

De Bruijn liep plotseling richting de deur. 'Ik ga even kijken hoe het met het buurtonderzoek staat. Ik stuur assistentie naar boven. Laat het me direct weten als je iets weet!'

Jasmine probeerde zo beheerst en stil mogelijk de verhoorkamer weer binnen te komen. Haar ingeving en het plan dat ze daarop had uitgevoerd, hadden haar nieuwe energie gegeven. Zowel Stevens als Egberts keek verrast op.

Omdat het verhoor zo plotseling werd onderbroken, zag de verdachte een kans. 'Mag ik nu alsjeblieft naar huis? Ik moet naar moeder.' Er kwam geen antwoord. 'Ze is heel oud en heeft zorg nodig, weet u?' Hij was ineens zichtbaar gestrest.

'Het is nog geen tijd om naar huis te gaan, meneer Egberts,' antwoordde Jasmine resoluut. 'Ik wil u namelijk graag iets laten zien.' Ze pakte haar telefoon erbij en opende haar fotoalbum om op de laatste video te drukken.

Nog voor ze op de PLAY-knop kon drukken, pakte Stevens haar pols.

'Ziani, op de gang graag.'

‘Wat denk jij dat je aan het doen bent? Ik wist niet dat jij de leiding over dit verhoor had?’ beet hij haar met opengesperde ogen toe zodra de deur gesloten was.

‘Sorry, ik wilde je niet passeren,’ antwoordde Jasmine beheerst. ‘Ik weet dat het brutaal is, maar geef me alsjeblieft een kans. Met deze video van Ella kunnen we misschien tot hem doordringen!’

‘De moeder van het vermiste kind? Wanneer heb je die dan gezien?’ Bij zijn wijd open ogen kwam nu ook een zware frons. Het was zelfs een beetje eng. ‘O, Ziani, wat heb je nu weer gedaan?’

Jasmine zocht naarstig naar de juiste woorden. ‘Je zei dat we hem moesten uitdagen, uit zijn tent moesten lokken. Nou, ik denk dat wat ik hier heb dat precies doet.’

Hij leek niet overtuigd.

‘Stevens… alsjeblieft,’ zei Jasmine smekend. ‘Er is iets met die man en moeders, dat is duidelijk. Moeders die niet goed op hun kinderen letten voornamelijk, maar deze moeder, een alleenstaande moeder, nota bene, doet er alles aan om er voor haar kind te zijn. Dat komt ook naar voren uit haar videoboodschap. Naar wat ik begrijp is ze eerder te beschermend. Het zou iets in hem kunnen raken… Zoals het gedicht dat ook deed! Echt, als je me nu even…’

‘Ik peins er niet over.’ Met een strenge blik bleef hij haar aanstaren, alsof hij wilde dat ze haar blik zou afwenden om zijn superioriteit te bevestigen.

‘Oké, dan leg ik het De Bruijn voor,’ zei ze daarop brutaal. ‘Misschien kan het dan later, want ik zie echt niet in hoe jij nu wat gaat bereiken met die vent. En ga jij de baas dan ook maar meteen uitleggen hoe het komt dat je geen steek verder bent gekomen.’

Tijdens een gespannen stilte bleven ze elkaar indringend aankijken.

‘Oké, weet je wat, Ziani,’ zei Stevens vervolgens, ‘doe je ding. Maar het is jouw verantwoordelijkheid. Als er een kop gaat rollen, is het de jouwe. En voor je het weet zit je dan achter de telefoon tips aan te nemen van paragnosten.’

59

'Zijn we klaar hier?' De wenkbrauwen van Egberts gingen optimistisch omhoog. 'Moeder wacht op me. Na haar thee en toast lees ik haar altijd voor.' Zijn kinderlijke optimisme stond in schril contrast met hoe hij zich eerder had gedragen.

Jasmine schudde haar hoofd. 'Ik wil u iets laten zien.' Ze legde haar telefoon voor hem neer en zette meteen de video aan. Een radeloze Ella Lasair keek de vermoedelijke ontvoerder van haar kind aan. Althans, zo leek het voor hem.

'Simon...' zei de vrouw op de video aarzelend. Het had Jasmine een goed idee geleken om zijn voornaam te gebruiken. 'Simon... Ik wil je iets vertellen over mijn zoontje en mij.' Ze haalde even diep adem. 'Vanaf dat hij een peuter was, woonde ik alleen met hem. En ondanks het feit dat de breuk met zijn vader heel verdrietig was, maakt het leven met Finn me zo ontzettend gelukkig. Hij is het zonnetje in mijn leven. Hij gaat altijd uit van het goede in de mens.' Met een snik stopte ze met praten.

Jasmine was blijven filmen om haar verdriet vast te leggen; hopelijk maakte het haar menselijk voor de verdachte. Ze keek naar het gezicht van Egberts, dat onbewogen bleef. Toch stopte hij niet met kijken. Toen Ella weer ging praten, knipperde hij een paar keer achter elkaar.

'Weet je, Simon, voordat Finn vier werd, heb ik bewust gesolliciteerd naar een baan vlak bij de basisschool, zodat ik hem meestal zelf op kon halen na schooltijd. Dan wandelden we samen naar ons flatje, waar we een kopje thee dronken met koekjes. Hij drinkt liever limonade, maar omdat mama thee drinkt...'

Ze brak even, maar herpakte zich snel. 'Simon, vertel ons alsjeblieft waar Finn is. Ik hou zo ontzettend veel van hem en heb alles voor hem over. Alsjeblieft...' Jasmine stopte de video.

'Wie is dit?' vroeg Egberts ogenschijnlijk oprecht.

'Dit is de moeder van Finn... Een van de jongetjes die...' begon Jasmine, maar Egberts onderbrak haar.

'Die ken ik niet,' besloot hij en hij keek weer voor zich uit. De moed zakte Jasmine in de schoenen; ze had meer reactie verwacht.

Stevens liet een geïrriteerde zucht horen.

Ineens keek Egberts Jasmine weer aan. 'Maar weet u, mevrouw, als zij alles voor hem over had, en zogenaamd zo goed op hem lette... Hoe heeft hij dan toch kunnen verdwijnen?' Zijn stem klonk venijnig.

Stevens kwam onverwachts gefrustreerd uit zijn stoel. 'Dus dat doe jij? Moeders straffen omdat ze niet op hun kinderen letten? Hè?'

'Ik doe helemaal niets,' antwoordde Egberts onberoerd. 'En als ik al iets deed, dan zou het waarschuwen zijn. Als je niet op je kind let, gebeuren er namelijk de vreselijkste dingen.' En toen leek hij eindelijk weer van zijn zelfgenoegzame sokkel af te vallen: 'Laat je ze alleen met vieze oude mannen, dan doen die smerige dingen met ze.'

'Maar de jongens die je hebt gedood, zijn niet misbruikt,' zei Stevens, die weer langzaam op zijn stoel was gezakt.

'Zie ik er dan uit als een vieze oude man!?' Egberts ontvlamde zo plotseling in woede dat er een gevoelige snaar geraakt moest zijn. 'Ik heb helemaal niemand misbruikt! Niemand pijn gedaan! De duivelse aanraking, ha! Ik ga nog liever dood dan dat ik dat doe!'

Zowel Stevens als Jasmine wist dat er nu niets verkeerd gezegd moest worden. Ze hadden een wond blootgelegd, die open moest blijven. Zodat alle narigheid eindelijk naar buiten zou etteren.

'Het was adembenemend om zo dicht bij zoveel onschuld te

zijn. Wilde ik het bezitten?' Hij haalde zijn schouders op met een aarzelende blik. 'Maar zelfs als ik dat wilde… Ik heb het niet gedaan!'

Jasmine keek naar de digitale opnameapparatuur op de hoek van het bureau, alsof ze wilde controleren dat de opname daadwerkelijk draaide. Hij gaf toe dicht bij de jongens te zijn geweest, voor het eerst.

'Mag ik dan nu alsjeblieft een glaasje water?' vroeg Egberts, ineens een stuk kalmer.

'Vroeg die arme jongen dat ook?' vroeg Stevens kortaf.

Jasmine schatte in dat hij het vuurtje bij Egberts weer wilde opstoken, zodat hij meer zou loslaten.

'Wat? Die jongen kwam niets tekort,' antwoordde Egberts impulsief. 'Ik heb hem gevoed. Zelfs zijn favoriete eten gegeven.'

Stevens en Jasmine wisselden snel een blik uit; dit was de daderinfo waar ze op wachtten; zijn betrokkenheid was nu onomstotelijk bewezen.

'Welke jongen?' vroeg Jasmine ongeduldig. 'Dex? Bram? Of Finn?' Hij moest ze benoemen.

Stevens en Jasmine schrokken op toen hun beide telefoons tegelijk piepten en de spanning in de kamer doorbraken. Zonder een woord te zeggen lazen ze allebei snel het bericht van De Bruijn in een beveiligde groeps-app van het team.

Verdachte woonde nog bij moeder in huis. Moeder gevonden in bed. Overleden. Minstens twee maanden. Mogelijk natuurlijke doodsoorzaak. Vermoeden: overleden rond de ontvoering van het eerste slachtoffer, Dex. Buren gesproken. Strenggelovige vrouw. Opvoeding met harde hand. Hardwerkend uit noodzaak. Geen familie, wel een huurder op zolder gedurende de jeugd van verdachte. Zonderlinge oudere man volgens buurvrouw. Er gebeurden rare dingen in dat huis, meende ze.

60

'Is dat wat er met jou is gebeurd? Ben jij door je moeder bij een vieze oude man achtergelaten die je heeft misbruikt?' Jasmine keek verbluft op van haar telefoon terwijl de woorden als vanzelf uit haar mond kwamen.

Stevens typte gehaast iets op zijn telefoon.

'Moeder moest werken,' zei Egberts. 'Ze moest alles alleen doen. Ze had geen keus!' Hoewel zijn woorden helder waren, toonde zijn gezicht pijn en twijfel. Zijn toch al labiele loyaliteit naar zijn moeder en moeders in het algemeen leek te gaan wankelen.

Jasmines telefoon piepte weer en in één oogopslag zag ze dat het bericht van Stevens was, die naast haar zat. *Hij snakt naar medeleven en troost. Een moederfiguur. Wees dat,* stond er.

Meteen keek ze op naar de verdachte. Ze moest een moederfiguur zijn voor deze kalende man van middelbare leeftijd. Ze knikte bijna onzichtbaar zonder haar ogen van hem af te halen. 'Dat kan zo zijn, Simon, maar haar kind beschermen was toch haar eerste en belangrijkste taak.' Haar ogen schoten even naar Stevens, die bijna onmerkbaar naar haar terug knikte. Ze stond plotseling op en ging langzaam naast Egberts zitten. Ze leunde zelfs een beetje naar hem toe. Egberts kromp overduidelijk in elkaar door haar nabije aanwezigheid.

'Niemand had het recht jou aan te raken, Simon. Jouw lichaam was en is van jou. En een kleine kwetsbare jongen is helemaal afhankelijk van de zorg en beslissingen van volwassenen. En zijn moeder...' voegde ze er veelbetekenend aan toe voordat ze bewust een stilte liet vallen. De moeder over wie hij steeds weer begon was doodgegaan. Ze had hem verlaten. Terwijl hij over haar praatte alsof ze er nog was. En ze was er ook, in verregaande staat van ontbinding, thuis in haar bed. Een afschuwelijk gegeven waar Jasmine met haar verstand niet bij kon. Was Egberts gek geworden na een compleet logische levensgebeurtenis: de natuurlijke dood van zijn oude moeder?

'Moeder nam altijd alle beslissingen,' zei hij plotseling emotieloos. 'Als mijn reactie haar niet beviel, dan kreeg ik met de mattenklopper. Maar ze moest wel. Ik had geen vader om me te disciplineren. Ik deed mijn best, echt... Maar ik was een kind. En ik moest het nog leren... Wat ze van me verwachtte... Hoe ik haar liefde kon verdienen.'

'Als ik het zo hoor, verdiende je haar liefde al, je deed je best,' zei Jasmine zacht. 'Maar het was kennelijk... nooit genoeg voor haar.'

'Praat niet zo over mijn moeder!' schreeuwde Egberts ineens terwijl hij zijn stoel met kabaal een stuk van haar af schoof. 'Ze deed haar stinkende best! Ze stond er helemaal alleen voor!'

Jasmine schrok van zijn plotselinge uitbarsting. Ze wist dat ieder kind in beginsel onvoorwaardelijk van zijn moeder houdt, hoe vreselijk zij ook is. Zijn moeder was geen goede moeder, maar ze was van hem.

'Ze stond er niet helemaal alleen voor, toch?' vroeg Stevens toen. 'Jullie huurder paste waarschijnlijk op jou als ze werkte?'

Egberts sloot zijn ogen, alsof hij zich wilde afsluiten voor wat hij zei. Hij haalde diep en hoorbaar adem.

'Hij was er altijd als je uit school kwam. Je wist waarschijnlijk niet beter,' vulde Jasmine perfect aan.

Egberts trok zich echter nog steeds niets aan van hun insinuaties. Hij leek in een dromerige toestand terecht te zijn gekomen, met verlangend staren in de verte en al. 'Soms wilde ik niets liever dan dat moeder me op schoot zou nemen en haar armen om me heen sloeg. Ik droomde daarover als ik in het donker in het verwarmingshok zat met mijn dekentje dicht tegen me aan. Al had ze dat maar één keer gedaan, dan zou het 't allemaal waard zijn geweest.'

Stevens en Jasmine wisselden een blik van betekenis met elkaar. 'In het verwarmingshok?' vroeg Stevens. Behoedzaam nam hij zijn mobiel weer in zijn hand en typte een bericht terwijl hij ook contact probeerde te houden met de verdachte.

'Ja, als ik stout was of moest huilen wilde mijn moeder me uit haar ogen hebben. En me vooral niet horen. Dan moest ik in het hok en ging het deurtje op slot, tot ze er zeker van was dat ik geen lawaai meer zou maken.'

Jasmine slikte bij de gedachte van een klein jongetje dat helemaal alleen in het donker zat. Eenzame opsluiting was al genoeg om een volwassene gek te maken. Ze kon zich wel voorstellen wat het herhaaldelijk opsluiten deed met het ontwikkelende brein van een kind.

'Als ik stout was, dan kreeg ik aandacht. Eerst was er de aandacht. Daarna pas het donker en de stilte. Nu is moeder alleen maar stil.'

Zijn moeder was stil. Stil omdat ze dood was, dacht Jasmine. Als hij stout was, kreeg hij aandacht. Wilde hij haar aandacht door stout te zijn? Had hij daarom de kinderen vermoord? Omdat hij hoopte dat zijn moeder haar stilte zou doorbreken?

'Wat moet dat moeilijk voor je zijn geweest,' zei ze mechanisch. 'Je zult je machteloos gevoeld hebben. En de huurder... Hoe heette hij? Hielp hij je niet?' Ze voerde de druk op zoals Stevens dat ook deed: uiteindelijk was hun doel dat er een zaak tegen hem opgebouwd kon worden. Alle informatie die zijn motief zou staven was welkom.

'Weet je... Ik denk dat ze het wel wilde... maar niet kon,' antwoordde Egberts afwezig, de vraag over de huurder negerend. 'Waarom gooide ze anders mijn dekentje naar binnen als het koud was? Ze wist dat het me troostte. De warmte zat wel in haar... maar kwam er niet uit.'

In een flits zag Jasmine het blauwe dekentje voor zich dat ze gisteren op het kleine slachtoffer had zien liggen. Een dekentje gaf troost, bescherming. *Alleen had een dood kind daar niets meer aan.* Ze drukte het onthutsende beeld weg. Wat Egberts zei deed haar denken aan iets wat ze ooit had geleerd tijdens de basiscursus psychologie. Dat baby-testaapjes altijd de ijzerdraad surrogaatmoeder met een stuk zachte stof eroverheen verkozen boven de ijzerdraad surrogaatmoeder zónder zacht stofje maar mét een fles voeding. Kennelijk is warmte en een zachte aanraking een essentiële levensbehoefte. En een klein kind klampt zich vast aan iedere kruimel warmte die het kan vinden. Dat deed Egberts ook.

Voorzichtig legde ze haar hand op zijn arm. Hij trok zijn arm terug, maar Jasmine liet zich niet uit het veld slaan. 'Ik begrijp hoe moeilijk het moet zijn geweest, Simon. Je had warmte en genegenheid nodig, maar kreeg blauwe plekken. En... een vieze oude vent misbruikte je.'

Er viel een lange stilte. Ze had het gevoel dat als hij het misbruik maar toegaf, hij ook in staat was zijn hele verhaal toe te geven. De ontvoeringen... en de moorden. Hopelijk kon hij dan ook vertellen waar Finn was.

61

'Dus daarom straf jij moeders? Omdat je geen liefde kreeg van je mammie?' In één klap veranderde Stevens Egberts weer van slachtoffer in dader. Jasmine keek haar collega geïrriteerd aan, maar die ontweek haar blik.

'Nee. Moeders moeten goed voor hun kinderen zorgen, het is hun bestemming; ik herinner ze daaraan,' antwoordde Egberts emotieloos. 'Kinderen zijn tegenwoordig niets meer dan bagage in het volwassen leven. Met de stroom mee, opgevangen worden door vreemden, zodat papa en mama geld kunnen verdienen. En het wordt allemaal gestimuleerd door het gezag! De economie is voor onze overheid belangrijker dan een vredelievende sociale maatschappij waarin kinderen worden gekoesterd. De duivel is de mensheid als geheel. Daarvoor moeten de gevers van leven worden gewaarschuwd. Kinderen zijn het symbool van de kwetsbare onschuld die moet worden beschermd tegenover de driften van grote mensen. Ze moeten veilig kunnen opgroeien tot evenwichtige volwassenen, anders glijdt de mensheid alleen maar verder af. En dan zijn we verloren.' Hij sloot zijn ogen.

Hoe durfde hij, de kindermoordenaar, te praten over vredelievend zijn en kinderen koesteren, dacht Jasmine. 'Kinderen maken deel uit van onze maatschappij en groeien daarin op,' mompelde ze stekelig. 'Alsof er geen erge dingen gebeuren als moeders wél bij hun kinderen zijn.'

Simon Egberts opende minachtend zijn ogen. Plotseling ontvlamde hij in iets wat leek op een mengeling van woede en wanhoop: 'Je luistert niet, hè? Je wil nooit naar me luisteren!'

Zijn uitbarsting deed hen terugdeinzen. De radeloosheid in zijn opengesperde ogen deed Jasmine vermoeden dat hij in zijn hoofd heel ergens anders was dan daar met hen op het politiebureau. De kleine grijze man had zijn breekpunt bereikt.

'Ik heb deze jongens juist gered! Gered van meer leed door moeders die niet wisten wat een kind nodig heeft! Van een onverbonden eenzaam leven!'

Het was de eerste keer dat hij toegaf verantwoordelijk te zijn voor hun dood. Hij staarde naar de tafel en begon langzaam heen en weer te wiegen.

'Ik ben Simon. Simon moet luisteren en gehoorzamen. De boodschap werd al die tijd opgebouwd. Het was vreselijk, maar het hoorde erbij. De duivelse aanraking. Ik werd verstikt en doorboord,' zei hij monotoon. Al wiegend en starend vertelde hij verder. 'Ik wist dat het niet goed was. De pijn... Maar moeder leerde mij iets. Gewoon vertellen wordt niet gehoord. Als je wilt dat de boodschap overkomt, moet er een groots gebaar zijn. Het is allemaal niet voor niets geweest. Er was een doel. Ik was al die tijd onderdeel van de boodschap van God.'

Jasmine keek verbijsterd naar de man. Hij geloofde het echt. Hij moest het geloven. Om zijn leed te accepteren. En om zijn moeder te vergeven. Om van haar te kunnen blijven houden, vooral nu ze dood was.

'Ik ben geen gewelddadige man,' vervolgde Egberts. 'Ik heb ze gesmoord met een kussen.'

Jasmine dacht aan hoe de jongetjes waren neergelegd. In de foetushouding onder een dekentje. Egberts had spijt gehad. Zijn eigen denkbeelden strookten niet met zijn gevoel, hoe graag hij dat ook wilde. Hij was ziek. Heel ziek.

Jasmine begon bijna medelijden te krijgen met hem, maar toen scheen ineens zijn trots door zijn duistere gedachten heen en liet hij zien dat hij wel degelijk genoot van wat hij teweegbracht.

'Wat ik heb gedaan, verbond mensen. Ons land. Ouders. Moeders. Door wat ik heb gedaan knuffelden miljoenen moeders hun kind meer. Een paar dagen...'

Jasmine duwde verbolgen haar vingernagels in de muizen van haar handen.

Plotseling sloeg Stevens vol walging met een vuist op tafel en riep: 'Nou, je bent geweldig! Je hebt onschuldige kinderen vermoord!'

'Ja, dat heb ik gedaan,' antwoordde Egberts emotieloos. 'Gruwelijk. Verschrikkelijk. Maar het ging erom wat ik duidelijk wilde maken voor het grotere goed.'

Jasmine schoot woedend naar de verdachte toe. 'Denk je nou echt dat als je tot zulke afschuwelijke extremen gaat om een punt te maken, mensen naar je zullen luisteren?' siste ze in zijn oor.

Egberts bleef stoïcijns voor zich uit staren. Zijn hele houding was op slag veranderd. 'In ieder geval bereikte ik dat veel moeders beter op hun kroost letten.'

'Voor vijf minuten, ja,' antwoordde Jasmine venijnig. 'En nu jij eindelijk bent opgepakt, gaat het gewone leven weer door. En ben jij zo weer vergeten.'

'Je hebt gelijk,' zei Egberts, de stilte verbrekend. 'Mijn daden zijn significant. Essentieel. Maar kennelijk niet onvergetelijk. Na een paar dagen meer knuffelen en extra waarderen, werd alles weer gewoon. En de kinderen weer vervelend. En de ouders weer druk. En bewijst dat nou niet precies mijn punt?'

Er viel een stilte. Een stilte die Jasmine en klaarblijkelijk ook Stevens eraan herinnerde waarom ze nog steeds met deze gekwelde geest in een kamer zaten.

'Wat ik niet begrijp,' zei Stevens ineens, 'is dat Finn niet gevonden is. Hoe past dat in je plan? Waar is je derde, of eigenlijk tweede slachtoffer?'

'Finn, Finn, Finn! Ik ken helemaal geen Finn,' antwoordde Egberts woedend.

'Waarom maakt dat je zo kwaad, Simon? Dat we vragen naar Finn?' vroeg Stevens bedenkelijk.

'Omdat dat kind alles in het honderd liet lopen!'

62

‘Poeh, ik was wel even toe aan een pauze.’ Toen Stevens geen reactie van Jasmine kreeg, draaide hij zich naar haar om. ‘Weigeren om ook nog maar iets te zeggen tot hij zijn water zou krijgen. Verwaand rotventje. Ik kreeg langzaam maar zeker de behoefte om die man iets aan te doen. Dat water komt, maar hij mag er nog wel even op wachten.’

Jasmine staarde door het raam van de kantine naar buiten, de inmiddels in donker gehulde stad in. De volle maan leek haar te bespotten.

‘De cycli van volwassenen die kinderen pijn doen, herhaalt zich steeds,’ mompelde ze na een lange stilte. ‘Volwassenen zijn eigenlijk niets anders dan beschadigde kinderen.’

Stevens ging naast haar staan met twee dampende mokken koffie in zijn handen. Jasmine keek er verbaasd naar; kennelijk was ze gepromoveerd van de plastic bekertjes uit het apparaat naar de kleine groep persoonlijke mokken in de kast.

‘Wist je dat de mate waarin je ouders hun liefde tonen voor een groot gedeelte bepaalt hoeveel je denkt dat je waard bent?’ vroeg ze aan hem voordat ze van haar koffie nipte.

‘Dat zal best waar zijn,’ antwoordde hij, ‘maar er zijn zoveel mensen die een vreselijke jeugd hebben gehad. Dat worden toch ook niet allemaal moordenaars? Kinderen… Mensen zijn veerkrachtig. Een volwassene dient verantwoordelijk te zijn voor zijn acties. Wat hun ook is overkomen.’

‘Maar dat heeft Egberts nooit geleerd,’ sputterde Jasmine tegen. ‘En bovendien is hij gek… geworden. Zijn hersenontwikkeling kan niet optimaal zijn geweest in die situatie.'

'Geen excuus,' antwoordde Stevens resoluut. 'En laten we hopen dat hij daardoor niet de straf ontloopt die hij verdient.'

Het viel Jasmine nu pas op hoe moe hij eruitzag. 'Het maakt wel pijnlijk duidelijk dat de wereld dus niet zwart-wit is,' vervolgde ze haar mijmeringen. 'Een mens is niet per definitie goed of slecht. Afhankelijk van de omstandigheden heeft iedereen de potentie om een monster te worden. En wat zegt dat over ons?' *Het maakt de wereld onvoorspelbaar. En eng.*

'Dat Egberts ook een beetje gelijk heeft, bedoel je?' vroeg Stevens. 'Dat zijn handelen zijn eigen punt min of meer bevestigt?'

Ze vond het stiekem heerlijk dat ze hem mee haar gedachtegang in kon trekken. Hij was de eerste die zich daartoe liet verleiden.

'Dan komen we uit bij de discussie over "*nature* versus *nurture*",' voegde hij toe. 'Gelukkig is het niet aan ons om daarover te oordelen, onze taak is bewijs vergaren zodat hij kan worden opgesloten en niemand meer pijn kan doen.' En zo simpel was het.

Hun telefoons piepten. Het was weer een groepsbericht van De Bruijn. Geen spoor van Finn aangetroffen. In het verwarmingshok van de verdachte lag een blauwe deken, stond er. Er waren grote stukken uit geknipt. Jasmine sprong op. Fysiek bewijs om hem aan de moorden te linken en zo zijn bekentenis te staven!

'De deken gaat naar het lab om vergeleken te worden met de stukjes deken die de twee slachtoffertjes bedekten,' las Stevens hardop. 'De Bruijn is onderweg.'

Zijn eigen dekentje, zijn troost en veiligheid, toonde zijn zwakte en werd nu zijn ondergang, dacht Jasmine. 'Wat gaat er nu gebeuren?' vroeg ze opgewonden.

'Als er een definitieve match is, hebben we samen met zijn bekentenis meer dan genoeg bewijs. We zullen geen probleem meer hebben om zijn DNA af te mogen nemen. Dan is het tijd om Egberts in staat van beschuldiging te stellen.' Hij schraapte zijn keel. 'En dan is ons verhoor ook voorbij, dus als we nog iets uit hem willen krijgen over Finn moeten we opschieten.'

'Gaat het wel met je?' vroeg Stevens toen ze terug naar de verhoorkamer liepen.

Jasmine haalde haar schouder op.

'Jasmine, je geeft wel aan of je dit aankunt, hè?'

Ze vond het opmerkelijk dat hij haar op zo'n moment altijd bij haar voornaam noemde. Eigenlijk gebruikte hij geen andere technieken dan bij een verhoor. Familiariteit scheppen, dichterbij komen, je kwetsbaar opstellen; allemaal zodat iemand zich openstelt. Ze kende het heus wel.

'Moet ik heel eerlijk zijn?' antwoordde ze. 'Ik weet niet eens of ik dit aankan, maar we doen dit en het werkt. De muren komen op me af en het gebrek aan slaap en een goede maaltijd in mijn maag maken me licht in het hoofd. Ik zit voortdurend op het randje van hyperventileren. Dus ja, ik vind het zwaar. Retezwaar! Wil ik stoppen? Over mijn lijk.'

63

'Jullie gaan het toch wel goed vertellen, hè?' zei Egberts toen de apparatuur weer liep. Hij keek vragend van de een naar de ander.

'Wat vertellen?' vroeg Stevens toen hij het glas water voor hem neerzette.

Egberts dronk het glas eerst in één keer leeg voordat hij antwoord gaf. 'Wat ik heb gedaan en waarom.'

'Dat mag je zelf doen voor de rechter.'

Egberts sloot zijn ogen en schudde hevig zijn hoofd. 'Nee, nee, nee! Dat duurt veel te lang! Dan is alle emotie van de mensen al lang weer weggezakt. Dan komt het niet aan zoals ik bedoeld heb! Niemand zal begrijpen waarom ik de triquetra gebruikte. Ik haat het als dingen niet gewoon zijn zoals ze zijn!' Met zijn handen sloeg hij drie keer tegen zijn hoofd en stopte met bewegen.

'Vertel het ons maar,' zei Jasmine impulsief.

Egberts haalde opgelucht adem. 'Alle ellende in de wereld heeft maar één doel. Het is bedoeld om mensen wakker te schudden. Wakker te maken uit de boze droom die mensheid heet en hen in contact brengen met het goddelijke in hen. Daarom heb ik de offers zo neergelegd in de drie-eenheid van de Vader, de Zoon en de Heilige Geest. Het is een eer om een offer te zijn, wist je dat?'

Jasmine begreep dat hij het nodig had om zijn eigen ellendige bestaan betekenis te geven.

'Het was afschuwelijk om te doen, maar het was nodig,' vervolgde Egberts somber. 'En hoe zou ik ooit kunnen begrijpen hoe ik de wereld tot in haar ziel kon raken zonder zelf in te zien hoe afgrijselijk dit is? Je hebt geen idee hoeveel verdriet het me deed toen het eenmaal achter de rug was.'

Tot de verbazing van Jasmine en Stevens legde hij ineens zijn handen tegen zijn gezicht en begon oncontroleerbaar te schokken. Na een snijdende stilte, die een zee van akelige mogelijkheden in zich leek te herbergen, huilde Simon Egberts met grote uithalen.

'Hou die krokodillentranen maar voor je,' mompelde Stevens.

Egberts keek direct op. Zijn hele gezicht vertrokken en nat van de tranen, zijn ogen rood van onmacht. 'Krokodillentranen?' schreeuwde hij. 'Je hebt werkelijk geen idee hoe dit voor mij is geweest!' Hij snoof en keek even naar zijn handen, alsof de sporen van schuld daar nog op te zien waren. 'Het ene moment was Dex bij me. En het volgende moment was ik weer alleen. Moederziel alleen!' Zijn ogen schoten heen en weer alsof hij paniek voelde. 'De eenzaamheid verscheurde me. Ik wilde het niet meer doen! Nooit meer!'

'Waarom heb je het dan toch weer gedaan?' vroeg Stevens met een standvastige stem.

'Als ik het niet nog eens deed, zou nooit duidelijk worden wat mijn missie was. Uiteindelijk zouden alle feiten van die Ardennen-vermissing wereldkundig gemaakt worden en dan was alles wat ík had gedaan voor niets geweest. Het begon meteen al, wist je dat?' Hij keek met wijd open ogen van Stevens naar Jasmine en weer terug.

'Wat begon al?' vroeg Stevens.

'Het verbroddelen van mijn boodschap! Op Twitter was er ineens een rare tweet van iemand die de IChThUS van stenen naast de eerder uitgelekte foto van Dex de wereld in stuurde. Een deel van het symbool dat ik maakte voor Dex naast een of andere stenenfiguur van dat kind in de Ardennen! Om ze te vergelijken... alsof ze bij elkaar hoorden. Maar er klopte helemaal niets van! Er was geen kind. Dat kind was zogenaamd verdwenen, maar... het was niet eens volle maan! De volle maan die alle ellende afsluit voor het nieuwe kan beginnen. Een nieuwe mensheid. Waarom zag niemand dat het niet klopte? Iedereen speculeerde maar, ze gingen aan de haal met mijn missie!' Hij hield zijn adem vast in een poging zijn frustratie te beteugelen.

Stevens keek even kort naar Jasmine. De Belgische collega's hadden gelijk: er was een copycat. En de copycat had het slapende beest in Egberts wakker gemaakt. Haar hart bonsde in haar keel. Zij had de splitscreenfoto waar de verdachte over sprak nooit op Twitter gezien, maar hij wel! Mogelijk had dit hem het duwtje in de rug gegeven om Bram te ontvoeren. Als zij haar werk goed had gedaan, had ze kunnen voorkomen dat Egberts de foto zag. En dat betekende dat ze de moord op Bram misschien had kunnen voorkomen.

'Ze lieten me geen keus. Ik moest snel beslissen. Het was bijna volle maan. Net als bij Dex. Het moest gewoon helemaal kloppen. Iedereen zou snappen dat die vermissing in de Ardennen niets met mij te maken had. Alleen dan zou de ware betekenis achter het offer duidelijk zijn.'

Er klonk een kordate klop op de deur. Het was hoofdrechercheur De Bruijn. Stevens en hij knikten zonder een enkel woord naar elkaar voordat de deur weer werd gesloten. Het was tijd om af te ronden. Achter die deur stond namelijk een agent om Simon Egberts naar een cel te brengen. Het verhoor was voorbij.

Jasmine realiseerde zich nu pas wat dit betekende. Haar rol was uitgespeeld. De zaak-Dex die haar wekenlang had geteisterd was opgelost. Deze man zou achter de tralies of in een tbs-kliniek verdwijnen. Twee kinderen waren dood. Voor altijd. Het beeld van de kleine Dex in het midden van de triquetra drong zich aan haar op. Zonder dekentje was zijn kwetsbare ineengedoken houding op de rommelige bosgrond hartverscheurend. En dan de lange donkere wimpers van Bram; gesloten oogjes op bolle wangetjes zonder levenslust… En Finn was nog steeds weg. De kamer duizelde. Zijn verdwijning had niets met hun zaak te maken en lag in de handen van de Belgische collega's. Er was niets meer wat ze kon doen.

64

'Het kan me niet schelen hoeveel tranen je huilt,' siste ze ineens tegen Egberts. 'Je ben een vreselijk mens. In- en inslecht. Je hebt twee onschuldige kinderen omgebracht.' Haar ogen schoten vuur.

Stevens pakte zacht haar onderarm vast. Ze dacht dat hij het nu echt gehad had met haar emotionele uitbarstingen. Hij gebruikte de stilte echter om de opnameapparatuur stop te zetten.

'Ze heeft gelijk, Egberts,' zei hij vervolgens. 'Twee jochies aan het begin van hun leven... Vier ouders en hele families die niets hebben misdaan.' Hij zag dat Egberts hem wilde onderbreken maar stond op en zei met een indrukwekkend standvastige stem: 'Nee, jij hebt nu genoeg gepraat! Nu mogen wij wat zeggen! Je bent een onderkruipsel. In plaats van je demonen te bevechten heb je ze gekoesterd en gevoed en daar zijn twee onschuldige kinderen het slachtoffer van geworden.'

Egberts schoot met een ontdaan gezicht zijn stoel naar achteren. 'Wie is de schuldige?' riep hij hard terug. 'De enige schuldige? Altijd maar wijzen naar degenen die openlijk uitkomen waar ze voor staan. En al die stiekemerds dan? Die achter gesloten deuren kinderen verkrachten, wurgen, de mond snoeren! "Kop houden! Het hok in." Al die mensen die het toelaten! Wie straft hen? Wie straft moeder? Zij liet me alleen in handen van de duivel! En nu laat ze me weer alleen!'

Jasmine bleef ademloos kijken naar het schouwspel. Ze had verwacht dat de deur van de verhoorkamer open zou vliegen, dat De Bruijn of de agent zouden ingrijpen, maar er gebeurde niets.

Egberts trok zijn knieën op en verborg zijn hoofd in zijn handen. Terwijl hij heen en weer wiegde huilde hij onbedaarlijk: 'Moeder, waarom hebt u mij verlaten?'

'Ik hoop dat je nooit meer vrijkomt, miserabel ventje,' voegde Stevens onbewogen toe aan zijn eerdere betoog. Hij stond op en verliet de kamer. Jasmine volgde hem haastig. Ze knikten allebei vriendelijk naar de agent, wiens gezicht niet verraadde dat hij alles had gehoord.

'Dat voelde best goed,' fluisterde ze terwijl ze Stevens' pas, onderweg naar het kantoor van De Bruijn, probeerde bij te houden.

Hij hield plotseling halt en keek haar even doordringend aan. 'We hebben het hier nooit meer over.' Hij liep door, haar verbouwereerd achterlatend.

Jasmine pakte haar spullen bij elkaar om naar huis te gaan. Na de briefing met De Bruijn – en met de Belgische collega's via Skype – had ze een bezoekje gebracht aan Marcus Weber van de IT-afdeling. Het contact verliep al een stuk soepeler dan voorheen. Hij had op het punt gestaan om naar huis te gaan, maar toch ging hij meteen aan de slag met haar verzoek. Hij vroeg niet eens om goedkeuring van Stevens en De Bruijn, die op dat moment de ouders van Finn Rubens inlichtten. Ze hoopte vurig dat Weber haar snel kon geven wat ze nodig had.

Een vrouwenstem verderop in de gang haalde haar uit haar gedachte. Ze luisterde aandachtig. Het was overduidelijk Ella Lasair die een telefoongesprek voerde. Ze maakte eruit op dat de ouders van Finn in de ochtend terug naar de Ardennen zouden gaan.

'Nee, ik kan je niet meer zien,' hoorde ze Ella zeggen. 'Het is gewoon te veel nu. Maar echt... Dank je wel voor al je hulp en je bezorgdheid.' Er viel een stilte en Jasmine stond op om zich kenbaar te maken in de deuropening.

Ella keek even verbaasd en richtte zich toen weer op de persoon aan de andere kant van de lijn. 'Ik zou willen dat we terug konden in de tijd. Dank je wel. Dag.' Ze hing op.

Jasmine keek haar begripvol aan. 'Nick?' Ze realiseerde zich dat het misschien ongepast was, maar ze kon niet ontkennen dat ze elkaar in korte tijd beter hadden leren kennen.

Ella knikte. 'Hij zoekt heel af en toe contact. Er bloeide misschien wel iets moois tussen ons, maar hoe kan ik denken aan de toekomst? Hoe kan ik ooit nog denken aan de toekomst zonder...' Ze keek Jasmine treurig aan. Ze zei er niet bij dat ze door de verzoening met Dennis het gevoel had permanent vast te zitten in een mix van het verleden en het heden. De toekomst was niet meer dan steeds een dag vooruit zolang er geen nieuws was over Finn.

'Het spijt me zo dat we jullie geen duidelijkheid hebben kunnen geven,' zei Jasmine zacht. 'Zoals je net hebt gehoord van de andere rechercheurs hebben we geen enkele reden meer om aan te nemen dat onze verdachte iets meer weet over Finn.'

Ella knikte terneergeslagen.

'Juist jouw video maakte dat duidelijk, Ella. Je hebt het goed gedaan.'

Er klonk rumoer verderop in de gang. Ook Dennis kwam nu het kamertje uit, met De Bruijn en Stevens.

Jasmine bedacht zich geen moment. 'Ella,' fluisterde ze snel voordat de anderen binnen gehoorbereik waren, 'ik weet dat het onze zaak niet meer is, maar ik wil je op het hart drukken dat je me altijd mag bellen. Als je wil praten of er komt iets in je op met betrekking tot Finn... Aarzel niet. Je hebt mijn nummer. Ik ben dag en nacht bereikbaar.'

Jasmine liep met tegenzin naar de uitgang van het bureau. Ze moest accepteren dat het tijd was om naar huis te gaan, maar de verdwijning van Finn liet haar niet los. Stel dat dit nou ingaat tegen alles wat we geleerd hebben, dacht ze, stel dat dit iets is wat we simpelweg nog nooit hebben meegemaakt. Waardoor het zoveel moeilijker is om uit te vogelen. Haar telefoon zoemde en toen ze op haar schermpje keek, zag ze een WhatsApp-bericht van Marcus Weber. Haar hart maakte een sprongetje. Ze aarzelde niet en beende terug het bureau in.

'Ik weet wie de splitscreenfoto op social media heeft gedeeld die de twee vermissingen zo onomstotelijk aan elkaar koppelde!' riep ze door de open deur van het kantoor van De Bruijn, waar ook Stevens zat. 'Er is in deze zaak wel degelijk iemand die de moeder wil straffen. En ik denk dat we allemaal wel kunnen raden wie.'

65

‘Dennis… Ik wil niet alleen zijn nu,’ zei Ella terwijl ze met haar hand voorkwam dat hij voor haar de deur van het hotel opende. ‘Ik… denk dat ik nu wel met jou mee naar huis wil.’

‘Denk je niet dat je je fijner voelt hier in het hotel? Dan blijf ik weer bij je,’ vroeg Dennis tot haar verbazing.

‘Ja maar… Moet jij niet wat kleren halen en zo?’

Hij schudde zijn hoofd. ‘Ik red het wel met mijn vakantiespullen, hoor. En anders rijden we morgen langs voor we naar de Ardennen vertrekken.’

Ze dacht dat hij blij zou zijn dat ze nu wel mee naar zijn huis wilde.

Dennis legde zijn toiletspullen in de badkamer en suite en Ella hoorde de douche aan gaan. Zoals ze gewend was, zei hij niet wat hij ging doen. Nadat ze haar eigen ouders had gebeld om ze een update te geven, had ze hem gevraagd of hij zijn ouders ook al had gebeld.

‘Nee, ik wacht nog even af. Ik wil ze niet onnodig ongerust maken,’ had hij gezegd. *Onnodig?* Hij had geen antwoord meer gegeven.

De telefoon die ze nog in haar hand had liet een melodie horen en ze nam haastig op. Het was een nummer dat ze niet kende.

‘Hé, Ella met mij.’ Ella herkende de stem van de vrouw niet.

‘Joyce?’ vroeg ze verbaasd.

‘Nee, dit is Marlies.’ Ella bleef even stil terwijl ze probeerde om te schakelen, maar Marlies gaf haar niet echt tijd.

'Ik wil je niet lastigvallen of zo, maar... Ik heb je nummer van Nick. Ik wilde je vertellen hoe vreselijk ik het vind wat er is gebeurd!'

'O... Eh...' Ella wist niet wat ze moest zeggen.

'Ik wil je, denk ik, gewoon even laten weten dat ik aan je denk.'

'Dat is lief van je,' wist Ella uit te brengen. 'Dat waardeer ik. Echt.'

'Hoe gaat het met je?'

'Tja,' Ella zuchtte diep. 'Niet zo goed, eigenlijk. We verkeren in niemandsland. Er is nog geen nieuws.' Dit laatste voelde als de makkelijkste samenvatting van wat er allemaal gebeurd was.

'Ja, vreselijk... Ik volg alles via de social media,' was het antwoord.

Ella knikte, alsof Marlies haar kon zien. Ze zou het kunnen haten dat de hele wereld zomaar kon meelezen over haar leven en leed, maar ze had er gewoon de energie niet voor. Het geluid van de douche stopte.

'Marlies, ontzettend bedankt voor je belletje. Als ik eraan denk zal ik je contacten als ik iets weet, maar...'

'O nee, nee, nee, dat hoeft helemaal niet!' antwoordde Marlies snel. 'Maar ik wil wel dat je weet dat je niet alleen bent. Ik ben er... Je mag me altijd bellen.'

'Dank je wel. Ik moet gaan. Nogmaals... dank je wel voor je belletje. Het betekent veel voor me.'

Ella hing op en staarde voor zich uit met haar mobiel in haar hand. Marlies voelde zich vast schuldig dat ze niet meer was teruggekomen naar de Ardennen om te helpen zoeken. Dat was echter het laatste waar Ella zich mee bezighield. Ze had een vreemd gevoel gehad in haar buik toen ze de onbekende vrouwenstem had gehoord. In een fractie van een seconde dacht ze dat Joyce haar belde met een ander telefoonnummer, omdat ze haar had geblokkeerd. Dennis kwam in een handdoek de badkamer uit.

'Dennis?' zei ze vragend. 'Heb jij een rare ex of zo?'

'Huh?' Terwijl hij met een tweede handdoek zijn haren droogde keek hij haar verbaasd aan.

'Een vrouw met wie je ooit bent vreemdgegaan misschien?' verduidelijkte Ella.

'Hoezo?'

'Nou, je weet toch dat ik de politie vertelde over die vriendin... Joyce? Een jaar lang zijn we heel close geweest. Ik vertrouwde haar volledig. Maar vanaf het moment dat we elkaar in het echt zouden ontmoeten, veranderde ze op slag. Ik kon er geen peil op trekken.'

'Dat is raar. En heb je in de Ardennen nog contact met haar gehad?' vroeg Dennis verrassend geïnteresseerd.

'Ja, natuurlijk.'

'Hoe had je dan contact met haar?' vroeg Dennis. 'Via WhatsApp of zo?'

'Ja,' bevestigde Ella, 'we hadden altijd contact via Facebook, nou ja, Messenger eigenlijk, maar vanaf het moment dat ik in de Ardennen was en zij aangaf dat ze niet kon komen, kreeg ik ineens haar nummer.'

Dennis keek haar bedenkelijk aan. 'En daarvoor had je dat nummer nooit?' Hij leek niet op te kijken van de andere aspecten van het verhaal.

Ella schudde haar hoofd. 'Nee, ze was voorzichtig, zei ze, maar dat had meer met haar ex te maken dan met mij, denk ik. Vanaf het moment dat ze vreemd begon te doen, bleek ze ondergedoken te zijn voor hem. Maar waarom vraag je dat?'

Dennis haalde zijn schouders op. 'Ik weet het niet hoor, maar het klinkt niet goed. Ik zou haar echt blokkeren,' zei hij resoluut.

Ella fronste. 'Dat heb ik al gedaan, maar ik twijfel nu of dat wel zo handig was.'

Dennis gooide nonchalant zijn handdoek op een stoel en trok een schone boxershort aan. 'Dit heb je toch helemaal niet nodig nu, El? Weet je, ik kan het niet plaatsen, maar ik kan ook niet uitsluiten dat die Joyce een rancuneuze ex van mij zou kunnen zijn die een andere naam gebruikt. Alleen...' Hij dacht even na. 'Zou die dan echt zoveel investeren om met jou een band op te bouwen? En waarvoor dan?'

Ella sloeg gefrustreerd met haar handen naast zich op het bed. 'Weet ik het? Om mij in de gaten te houden of zo? Om jou te raken via mij... Via Finn?' Ze zou hem nu het liefst de selfie die Joyce haar had gestuurd voor zijn neus houden, maar ze had in haar boosheid impulsief de chatgeschiedenis gewist en daarmee de foto.

'O nee, lieverd,' zei Dennis terwijl hij voor haar neer hurkte. 'Ik merk welke kant jouw gedachten nu op gaan, maar dit heeft niets met de verdwijning van Finn te maken. Echt niet.' Hij pakte haar handen vast en keek haar meelevend aan.

'Hoe weet je dat nou zo zeker?' Haar stem klonk scheller en meer beschuldigend dan ze wilde.

'Omdat ik nooit, maar dan ook nooit een relatie heb gehad na jou die ook maar iets om het lijf had.' Er verscheen een kleine glimlach om zijn mond en hij trok speels zijn wenkbrauwen op. 'Het ging allemaal niet zo diep.'

'En Sharon dan? Met wie je op vakantie zou gaan?' vroeg Ella vol ongeloof.

'Ach kom, dat hield ik alleen maar vol om...' Hij keek naar de grond. 'Heel eerlijk? Om jou jaloers te maken. Ze betekende niets voor me.'

Ella keek hem lang aan. Hoewel het haar zou moeten raken wat hij zei, deed dat het niet. Ze besloot er niet op in te gaan.

'Dus je kunt niemand bedenken die wraak zou willen nemen? Zegt de naam Marlies je iets?'

66

Dennis schudde bedenkelijk zijn hoofd. 'Nee... En ik kan verder ook niemand bedenken.' Hij stond op en trok de dekens terug. 'Maar die Joyce zou ik direct uit mijn leven schrappen.'

'Maar denk je niet dat ik juist weer contact met haar moet maken omdat ze mogelijk iets weet over Finn?' vroeg Ella terwijl ze hem met haar ogen volgde, een vleugje wanhoop in haar stem.

'Ella...' antwoordde hij, 'echt, dit is verspilde energie. Vergeet die gestoorde Joyce. Ze zullen toch nooit kunnen achterhalen wie ze nou werkelijk is door die privacyregels. En waarschijnlijk is ze helemaal niemand bijzonders. Gewoon een gefrustreerde gescheiden vrouw die een beetje de weg kwijt is geraakt nu ze niet meer op je kan leunen.'

Ella wilde zeggen dat ze juist heel veel steun had gehad aan Joyce, maar ze besloot het voor nu te laten rusten.

'Nu het uit is met Sharon is er eigenlijk niemand meer in mijn leven die iets van me wil,' hoorde ze Dennis zeggen.

Ze was te moe om te laten doordringen waar hij hiermee naartoe wilde.

'Wist je dat?' voegde hij toe, toen ze geen sjoege gaf.

'Is dat zo?' vroeg ze afwezig. Ze was bezig snel haar kleren uit te trekken en kroop daarna in haar onderbroek en beha onder het strakke hotelbeddengoed, dat aan haar kant nog min of meer was opgemaakt. Ze voelde zijn ogen op haar branden terwijl ze naar het plafond staarde.

'Niemand.' Hij snoof. 'Maar ik geloof wel dat er iemand in jouw leven is die met jou bezig is.'

Ella begreep nu waar hij op doelde, maar zei niets.

'Was het niet die Nick die belde, toen je tijdens het gesprek met de rechercheurs wegliep om op te nemen?' vroeg Dennis. 'Die Indiana Jones van de Ardennen?'

Hij had het dus toch doorgehad op het politiebureau. 'Nick heeft me geholpen en was benieuwd hoe het ging,' antwoordde ze. 'Niets bijzonders.'

'O, is dat zo?' Dennis schoof dichterbij tot hij naast haar lag, zijn gezicht vlak bij het hare. Plotseling begon hij haar hals te kussen, waarna hij haar vragend aankeek. Alsof ze iets te bewijzen had. Zijn hand kriebelde haar blote buik en ze liet hem haar kussen. Seks met Dennis leek ineens niet alleen een mogelijkheid meer, maar een vast gegeven.

Naast haar lag Dennis al in een diepe slaap. Vrijen met hem had anders gevoeld, alsof ze minder verbinding met hem kreeg. Het hielp niet dat ze dit overdag ook al had gemerkt; na hun intieme samenzijn van de nacht ervoor leken zijn emoties bedaard en zijn kwetsbaarheid weer verscholen. Hij was weer zijn nuchtere zelf en ergens stoorde het haar. Met deze vrijpartij had ze gehoopt weer naderbij te komen, maar eigenlijk wist ze dat dit niet zou werken. Ze kon ook niet ontkennen dat zij zelf met haar gedachten elders had gezeten.

Op het nachtkastje lag haar mobiel, ze reikte ernaar in het donker. Ze kon haar twijfels over Joyce niet loslaten en besloot een berichtje te sturen naar Jasmine Ziani. Die had zich tenslotte vooral beziggehouden met de digitale wereld omtrent de vermissing. Misschien was zij sowieso al meer te weten gekomen.

Haar oog viel op een melding bij Messenger en voor ze het wist had ze erop geklikt; het was bijna een reflex. Doordat ze haar Facebook-account had gedeactiveerd, kreeg ze direct een foutmelding. Ze doorliep gedreven de stappen om haar account weer te activeren en opende Messenger opnieuw.

Het bericht was van Joyce. Ze kon haar ogen niet geloven. De account die ze min of meer had opgegeven in de Ardennen was ineens weer actief, compleet met de oude vertrouwde profielfoto van de blonde vrouw met een rode bloes aan.

Lieve Ella, ik wil zo graag weten hoe het met je gaat. Wat is er toch met ons gebeurd? Ik mis je!

Haar gedachten gingen in een flits naar het onverwachte telefoontje van Marlies. Ze had gedacht dat het Joyce was en was daarvan geschrokken. Dat Joyce het contact echt niet kon loslaten, was met dit berichtje wel duidelijk.

Wat er is gebeurd? Je respecteert mijn grenzen niet, typte ze snel terug, *ik blokkeer je nummer en jij activeert je FB-account om me toch te contacten?*

Ze zag dat Joyce haar bericht direct na het verzenden had gelezen en was begonnen met typen: *Ella, waarom vertrouw je me niet meer?*

Omdat je een compleet andere persoon bleek te zijn vanaf het moment dat ik in de Ardennen was, schreef Ella terug.

Ik ben nog steeds ik. Dezelfde Joyce met wie je een jaar lief en leed hebt gedeeld. Dat kun je toch niet zomaar uitwissen?

Ella staarde naar haar schermpje. Het raakte haar meer dan ze had verwacht. In alle eerlijkheid voelde chatten met Joyce nog steeds vertrouwd. Alles was zo verwarrend. Ze had zojuist nog geopperd dat Joyce weleens iets met de verdwijning van Finn te maken kon hebben en nu ze midden in het contact zat, zei haar intuïtie weer iets heel anders. Ze zuchtte. Ze miste haar enige persoonlijke vriendin, haar steun en toeverlaat, altijd beschikbaar in haar telefoon.

Joyce... Als ik onze vriendschap nog een kans wil geven zal ik je snel persoonlijk moeten ontmoeten. Er moeten wat misverstanden uit de weg worden geruimd... Het gedoe rond je foto en je naam maakt me behoorlijk onzeker.

Ze typte daarna de vraag of Joyce iets afwist van dat vervloekte gedicht, maar besloot de tekst weer te verwijderen.

Zodra het kan spreken we af, dat beloof ik! was het antwoord.

En je moet ophouden over Dennis, typte Ella daarna snel.

Ze zag dat Joyce het bericht had gezien. Er kwam echter geen antwoord. Ella keek in het donker naar het felverlichte schermpje. Ze merkte dat ze even haar adem inhield.

Ik kan het er nu niet bij hebben en ik ga er allemaal rare dingen van denken. Snel drukte ze op verzenden voor ze zich zou bedenken.

Het duurde even voordat de tekst '*Je bent nu zeker bij hem?*' op haar scherm verscheen.

Ella zuchtte. *Zelfs als dat zo is… waarom denk je dat dat jou iets aan gaat?*

Ben je bij hem? Geef gewoon antwoord.

Ella ontvlamde in woede. Er was helemaal niets veranderd.

Je lijkt wel een stalker, weet je dat? tikte ze nijdig in. *En aangezien je zo geïnteresseerd bent in Dennis: ik heb net heerlijke seks met hem gehad en we zijn nog nooit zo close geweest. LAAT ONS MET RUST.*

Ze verwijderde nijdig de Messenger- en Facebook-apps van haar telefoon om niet meer in de verleiding te komen om te reageren op dit mens. Ze had wel andere dingen aan haar hoofd.

67

Haar mobiele telefoon liet een melodie horen en Ella schoot overeind; na de eerste tonen had ze het ding al van het nachtkastje gepakt. Het drong tot haar door dat het al licht was.

'Met Ella?'

'Mevrouw Lasair, dit is Thomas Stevens, recherche Maastricht. Is meneer Rubens bij u? We proberen hem al sinds gisteravond laat te bereiken.'

Ella keek meteen naast zich in de veronderstelling Dennis daar te zien liggen. Het bed was echter leeg.

'Dennis?' Ze richtte haar blik op de badkamerdeur. Geen antwoord. Nu ze goed keek, realiseerde ze zich dat zijn spullen ook weg waren. De stoel waarover hij zijn kleren had gehangen, was leeg. Zonder iets te zeggen stond ze op en opende de deur van de badkamer. Ook die was leeg.

'We willen hem graag spreken, en u ook,' vervolgde Stevens ongeduldig.

'Hij was hier...' stamelde Ella bij wijze van antwoord, 'maar hij is weg.'

'Daar was ik al bang voor. Luister, we hebben goede redenen om hem op te willen sporen. Zijn telefoongegevens worden nu opgevraagd bij de provider. Ik weet dat het vroeg is, maar komt u naar het bureau?'

Verward liep Ella heen en weer over de parkeerplaats van het hotel. Ze wist zeker dat ze hem hier had geparkeerd. Er stonden maar drie auto's, alle drie onbekend. Haar hart klopte in haar keel. Wat rechercheur Stevens haar zojuist aan de telefoon had verteld gonsde door haar hoofd. Ze moest Dennis vinden.

Online zocht ze snel een taxibedrijf en bestelde een taxi. Nerveus liep ze van de parkeerplaats naar de weg en weer terug.

Toen ze eindelijk in de taxi zat, gaf ze door waar ze naartoe wilde; ze was niet van plan naar het politiebureau te gaan. Daarna belde ze nogmaals naar Dennis. Al tig keer had ze hem geprobeerd te bellen – omdat ze niet wist wat ze anders kon doen –, maar hij nam niet op. Daarna schakelde de telefoon steeds direct over op de voicemail. Ze hing weer op en schrok toen meteen daarna haar ringtone door de auto galmde.

'Sorry,' mompelde ze tegen de chauffeur, die allang vrede leek te hebben met het feit dat hij in de vroege ochtend niet over koetjes en kalfjes hoefde te praten. Ella nam op, zonder te registreren wat er op het schermpje stond. 'Dennis!?'

'Mevrouw Lasair... Ella? Je spreekt met Jasmine.' Haar stem klonk zacht en gehaast en er waren veel geluiden op de achtergrond. 'Ik zou je nu eigenlijk niet moeten bellen.'

Ella zag de afslag die haar naar de woonwijk van Dennis zou leiden al in de verte.

'Ella?'

'Ja?' antwoordde ze afwezig.

'Luister, ik zag je berichtje gisteravond. Ik heb geprobeerd in contact te komen met die Joyce van Nispen, maar dit is niet gelukt. Is het mogelijk dat dit niet haar echte naam was?' vroeg Jasmine.

'Ze gebruikte ook weleens de naam Nicole van Benthem.'

'Oké... Het was fijn geweest om dat eerder te weten,' antwoordde Jasmine. 'Heb je verder nog iets over Joyce wat van belang kan zijn?'

'Ze nam gisteren weer contact met me op,' zei Ella snel. 'Ze had haar Facebook-account weer geactiveerd.'

'Echt? Is het mogelijk dat je weer contact met haar opneemt?' vroeg Jasmine opgewonden. 'En misschien kun je dan haar nieuwe telefoonnummer achterhalen. Het oude dat je me gaf, is niet meer in gebruik. Ze is onvindbaar.'

'Hebben jullie Dennis al kunnen bereiken?' vroeg Ella gespannen als reactie. 'Want als ik hem bel, gaat hij nu meteen op voicemail.'

Jasmine moest kennelijk even omschakelen nu Ella niet aanhaakte op wat ze haar vertelde over Joyce. Een stilte volgde.

'Ella, zit je al in de auto? We zijn niet meer op het bureau. Je hoeft niet hierheen te komen. Wellicht kun je beter in de stad blijven.'

Plotseling hoorde Ella een mannelijke stem op de achtergrond zeggen: 'We hebben hem! Bij het vismeertje!' Er klonken meerdere stemmen en geluiden.

Ella's hart begon nog harder te bonzen.

Jasmine vloekte aan de andere kant van de lijn.

'Met wie bel jij!?' schalde het vervolgens door de auto. Ella dacht de stem van rechercheur Stevens te herkennen.

'Ella, ik moet ophangen,' zei Jasmine gejaagd. 'Het spijt me.' Ze voegde de daad bij het woord, verbrak de verbinding en liet Ella perplex achter.

Het vismeertje... Zo stond een watertje in het Bovenste Bos bekend in de regio. Dennis kwam er weleens met Finn. Het lag achter de wijk waar hij woonde.

Ze zag dat de chauffeur in de achteruitkijkspiegel naar haar keek. Ongemerkt was ze hoorbaar gaan ademen door haar mond. Haar vingers waren verkrampt van het knijpen in haar telefoon. De taxirit leek een eeuwigheid te duren. Ze haalde diep adem en keek door het raam naar de lucht. Waar was Dennis? En waar was Finn? Haar lieve kleine Finn. Zou hij ergens zijn waar hij de wolken kon zien?

Nog geen minuut later drukte ze de chauffeur te veel cash in zijn hand en haastte zich uit de taxi. Ze had zich laten afzetten bij een kleine parkeerplaats die alleen bekend was bij bewoners. Eindelijk was ze weer baas over haar eigen snelheid en meteen begon ze te rennen, het bos in.

Ze had geen idee wat dit allemaal te betekenen had, maar ze moest erheen. *Was Dennis hier? Was Finn hier?*

Een steek in haar zij dwong haar even stil te staan. Ze had te lang te hoog in haar borst geademd. Hoe kwam ze ook alweer het snelst bij het vismeertje? Helder nadenken lukte allang niet meer. Ze begon weer te rennen, tussen de bomen door, de paden negerend. Het stille dichte bos leek zo vroeg in de ochtend in diepe rust, afgezien van het prachtige vogelgezang. Het meertje was echter allesbehalve stil. Een geroezemoes bereikte haar, maar ze zag nog niet veel door de bomen.

'Wat zeiden de agenten?' vroeg Jasmine nadat Stevens ophing met De Bruijn. Op een drafje volgde ze zijn lange benen.

'Hij is het. Geen twijfel mogelijk,' antwoordde Stevens nors. De auto hadden ze moeten laten staan aan de rand van het bos. De navigatie gaf aan dat dit de snelste weg moest zijn.

'We moeten opschieten, we moeten er zijn voordat de moeder arriveert,' bromde hij. 'Als zij hier daadwerkelijk naartoe komt... Verdomme, dat kunnen we nu écht niet gebruiken!' Ze naderden de plek aangegeven door de agenten ter plaatse. Het doffe gepraat verderop verraadde dat er iets gaande was.

'Ik zei toch al sorry?' zei Jasmine schuldbewust. 'Ik realiseerde me niet...'

'Dat weet ik nu wel!' kapte hij haar boos af.

Opeens hield hij halt en keek doodstil naar de agenten die ter plaatse waren en datgene wat nooit zou wennen. Ook al was hun precies verteld wat ze zouden aantreffen, wat ze zagen vervulde hen met ontzetting en extreme verslagenheid. Stevens draaide zich bedrukt om naar een geschrokken Jasmine, maar zijn aandacht werd meteen getrokken door een plotseling geritsel links van hen.

'Shit, daar is ze!' siste hij gealarmeerd.

Jasmine draaide zich om en fluisterde ontsteld: 'Ze moet via een andere weg zijn gekomen!' Een hartverscheurende schreeuw schrikte het vredige bos op; opvliegende vogels deden de bladeren ruisen.

Stevens kwam direct in beweging om Ella te ondersteunen en wendde haar gezicht af met zijn hand. 'Kijk niet, doe het niet,' zei zijn stem beheerst maar dwingend.

Jasmines maag draaide zich nog net niet om van het tafereel dat zich voor haar ogen ontvouwde. Links in haar blikveld een radeloze Ella die volledig instortte in de armen van haar collega en rechts het lichaam dat levenloos aan een boom hing.

68

Ella zat alleen in een stille verhoorkamer en staarde voor zich uit. Haar gedachten waren in één klap verstomd door wat ze had gezien en door wat nu nog op haar netvlies gebrand stond. Er was alleen nog maar gevoel. Een ijselijk gevoel dat haar vulde en omvatte.

De deur ging open en Jasmine zette zonder iets te zeggen een glas water voor haar neer. Stevens kwam binnen met een stapel papieren met daarop haar autosleutels en een mobiele telefoon. Hij ging tegenover Ella zitten terwijl Jasmine de stoel naast hem pakte. Ze hadden een halfuur geleden ook gepoogd een gesprek met haar te beginnen, maar Ella had niets kunnen uitbrengen.

'Deze is van u. Vrijgegeven. Hij staat op de parkeerplaats hierachter.' Hij legde haar autosleutels voor haar neer.

Ze pakte ze, maar zei niets.

'Mevrouw Lasair, ik begrijp dat dit een lastige tijd voor u is maar...'

Plotseling keek ze van het raam recht in de ogen van de jonge rechercheur. 'Een lastige tijd, zegt u?'

De tikkende klok benadrukte het ongemakkelijke gesprek.

'Mijn kind is nog altijd vermist en mijn ex-man heeft zelfmoord gepleegd. Dit is geen "lastige tijd". Dit is het einde van alles,' voegde ze er beheerst aan toe. Haar gezicht was emotieloos.

Zowel zij als Stevens keek even verbaasd op toen Jasmine haar keel schraapte. 'Ella... Je moet je verschrikkelijk alleen voelen nu. Ik kan me niet voorstellen hoe zwaar dit voor je is.' Ze keek haar meelevend aan. 'Maar feit blijft dat je zoon inderdaad nog steeds niet is gevonden. En wij willen er – samen met de Belgische recherche – alles aan doen om hem te vinden. We hebben hiervoor jouw medewerking nodig. We hebben nu helaas geen toegang meer tot wat er speelde in het hoofd van uw ex-man. Zijn plotselinge zelfverkozen dood is geen goed voorteken.'

Ella keek haar verbluft aan. Het leek alsof wat Jasmine zei ervoor zorgde dat ze nu wel aanhaakte bij het gesprek, maar ze kon niets uitbrengen.

'Ella, is het voor jou plausibel dat hij zelfmoord heeft gepleegd omdat hij de verdwijning niet aankon?' vroeg Jasmine discreet.

Ella moest toegeven dat dit in het geheel niet paste bij Dennis. Hij was de afgelopen dagen, afgezien van die ene avond, relatief kalm geweest en hoopvol. Althans, zo leek het. Ze zag allesbehalve een gebroken man die geen uitweg meer had gezien. Zijzelf daarentegen wist dat als ze aan de toekomst dacht, er geen enkele was zonder haar kind. Zij was degene die wist dat als Finn niet meer in leven was, ze zelf kon bepalen er een einde aan te maken. Dennis was niet zo.

Rechercheur Stevens haalde haar uit haar gedachten: 'Had uw ex-man last van depressies?'

Ella schudde haar hoofd. 'Niet dat ik weet. Voor vandaag zou ik dat in ieder geval nooit van hem gedacht hebben.'

'We willen natuurlijk niet te snel conclusies trekken,' zei Stevens daarop. 'Maar iemand kan zich ook impulsief van het leven beroven wanneer hij zich in de nesten heeft gewerkt. En wanneer er een kind verdwijnt tijdens of na een scheiding...'

Ella wist waar hij op doelde. Vaak werden zaken in de media samengevat als 'familiedrama', maar iedereen wist inmiddels dat dit betekende dat een van de ouders zichzelf en zijn of haar kinderen van het leven had beroofd. Een paar jaar geleden was er zelfs een wanhopige vader die vóór zijn zelfmoord had geprobeerd zijn vermoorde kinderen voor altijd verborgen te houden voor de radeloze moeder.

'U denkt toch niet dat hij Finn...'

'We denken dat de kans bestaat dat hij uw zoon heeft omgebracht. Wellicht was het altijd al zijn plan om daarna zichzelf van het leven te beroven of kon hij niet meer met zichzelf leven,' zei Stevens.

Ella keek hem onthutst aan. Ze kon even niets uitbrengen, nu alle informatie begon in te dalen.

'We hebben uw auto onderzocht, maar het werd al snel duidelijk dat Finn alleen in zijn autostoel heeft gezeten. Op enkele haren na...'

'Wat had u dan verwacht te vinden, het is mijn auto,' beet Ella hem plotseling toe.

'We hoopten dat meneer Rubens Finn recentelijk...'

'Dit is lariekoek!' onderbrak Ella hem. 'Het slaat echt werkelijk nergens op!'

'Rustig, Ella,' zei Jasmine kalm, 'we willen net als jij alleen maar je zoon vinden. Ik begrijp dat dit veel is om ineens te verwerken. Probeer alsjeblieft rustig te blijven en onze vragen te beantwoorden.' Ze schoof het glas water naar haar toe. Ella dronk een paar slokken en knikte gelaten.

'Bestaat er een kans dat meneer Rubens u wilde straffen?' vroeg Stevens daarop.

Ella schudde bedenkelijk haar hoofd.

'Controle over u wilde uitoefenen? In verband met de voogdij van Finn?'

'Nee, helemaal niet,' antwoordde Ella resoluut. 'Dat is nog nooit in me opgekomen. Hij bemoeide zich af en toe met dingen en als ik het dan niet met hem eens was, uitte hij duidelijk zijn irritatie. Zoals met het kampeeruitje. Daar was hij ineens tegen. Maar ik heb nooit gemerkt dat...'

'Dus hij wilde meer te zeggen hebben in het leven van Finn?' concludeerde Stevens rap. 'Wilde hij een andere voogdijregeling, een fiftyfifty verdeelde co-ouderschap? Of hem gewoon vaker zien?'

'Ja, hij wilde bij tijd en wijle meer invloed op ons leven hebben, maar nee, hij wilde geen andere bezoekregeling of co-ouderschap. Misschien wilde hij hem vaker zien, maar dat heeft hij dan niet kenbaar gemaakt.' Ella haalde haar schouders op. 'Afgezien van het kampeeruitje deed hij eigenlijk nooit moeilijk. Hij vertrouwde volledig op mijn oordeel en beslissingen.'

69

'Is er misschien nog iemand die we zouden kunnen spreken?' vroeg Stevens ongeduldig. 'We zouden graag willen weten wie we bij welke instantie kunnen benaderen om vragen te stellen over het gedrag en de geestelijke toestand van meneer Rubens omtrent de scheiding en de voogdij.'

'Hoe bedoelt u?'

'Wie bij Jeugdzorg bijvoorbeeld? We hebben contact gelegd, maar...'

'Jeugdzorg is helemaal niet betrokken geweest bij onze scheiding en de voogdij over Finn,' onderbrak Ella hem.

'Geen gezinsvoogd? Hebt u dan misschien zelf een mediator in de arm genomen die we kunnen contacteren?'

'Dat is het juist: die hadden we helemaal niet nodig!' zei Ella. 'Dit was geen vechtscheiding! Dennis vond het helemaal prima dat Finn bij mij woonde. De bezoekregeling is zelfs pas na een paar jaar van kracht geworden toen hij aangaf dat hij Finn vaker wilde zien. En ik had geen bezwaar. Dennis is' – haar adem leek even te stokken, waarna ze zuchtte – 'wás Finns vader; hun band vond ik belangrijk. Maar ik wilde Finn niet bij hem brengen voordat Dennis liet zien dat hij dat echt wilde.'

'Dus u bepaalde wanneer...'

'Nee, meneer Stevens,' onderbrak Ella hem op strenge toon. 'Ik bepaalde helemaal niets. Dennis moest na onze scheiding – en tijdens ons huwelijk, kan ik wel zeggen – wat wilde haren kwijtraken, maar vanaf het moment dat hij zich realiseerde dat hij deel wilde uitmaken van het leven van zijn kind, heb ik hem daar volledig ruimte voor gegeven.' Ze keek van de een naar de ander. 'Finn ging gemiddeld eens in de twee weken een kort weekend naar hem toe. Het laatste jaar werden de weekenden op Dennis' verzoek langer en bracht ik Finn al op vrijdagmiddag. Dennis nam zelfs de middag vrij en ging dan vaak met hem naar de speeltuin of de kinderboerderij. Of met hem vissen bij het vismeertje...'

'Meneer Rubens ging dus zijn best doen om de relatie met Finn te verbeteren,' zei Jasmine ineens. 'Zou er nog een andere reden kunnen zijn geweest dat hij dat deed? Behalve de band met zijn kind verbeteren?'

Ella fronste onwillekeurig haar wenkbrauwen. De stilte die volgde sprak boekdelen.

'Waarom vraag je dat?' Ze dacht aan de afgelopen dagen en nachten die ze met Dennis had doorgebracht.

Stevens kneep zijn ogen bedenkelijk tot spleetjes. 'Wellicht had het meer met u te maken dan met Finn?'

'Ik weet het niet,' zei ze zacht. Ze had vóór deze zomer gedacht dat Dennis haar weer wat meer had losgelaten. Zijn belangstelling voor Finn bleef op dat moment stabiel en ze kon niet anders dan het als oprecht beoordelen. Zeker nu hij niet meer leefde, wilde ze dat zo ontzettend graag geloven.

Stevens haalde haar uit haar gedachten: 'In de woning van uw ex-man...'

'Is er iets gevonden!?' onderbrak ze hem haastig.

Hij schudde zijn hoofd. 'Het forensisch team is nog bezig. Laat ik er geen doekjes om winden, mevrouw Lasair, we willen u geen valse hoop geven. Er is nog geen enkel spoor gevonden dat naar uw zoon leidt. Natuurlijk zijn er wel sporen van Finn aangetroffen in het huis, maar er is tot nu toe niets gevonden wat wijst op geweld. Nergens.' Hij leek te aarzelen. 'Weet u misschien waar die lege kamer voor is? Was hij van plan een logeerkamer te maken?'

'Lege kamer?' vroeg Ella verbaasd. Ze schudde bedenkelijk

haar hoofd. Dennis had geen kamer over. Haar hart begon te bonzen. Dit moest ze met eigen ogen zien. Ze moest hier weg, zo snel mogelijk. Haar blik ging naar de smartphone die op de stapel papieren lag voor Stevens' neus.

'En op zijn computer? Zijn telefoon? Is daar nog iets op gevonden?'

'Ja... Dat is ook iets wat we met u willen bespreken.' Stevens keek op de papieren en ontgrendelde daarop zonder problemen de telefoon. 'Er zijn wat vreemde dingen gevonden op zijn mobiel,' zei hij terwijl hij iets zocht op het toestel. 'Meneer Rubens had het ding gewoon bij zich, maar het was wel uitgeschakeld.'

Ella kon niet tegenhouden dat ze zich direct verbeeldde hoe agenten het ding uit zijn achterzak pulkten, terwijl zijn lichaam nog bungelde aan het touw. Haar maag draaide zich om.

'Op zijn telefoon is een compromitterende foto gevonden. Van u.' De woorden van Stevens haalde haar bruut uit haar gedachten. Hij schraapte op zijn beurt ongemakkelijk zijn keel en hield het schermpje naar haar op. 'Dit bent u, toch?'

Verbaasd boog Ella over de tafel naar de telefoon toe. Op de foto zag ze zichzelf, ver ingezoomd... Naakt. Ze was voorovergebogen en was vanaf haar zijkant gefotografeerd. Haar borst, een gedeelte van haar billen en de zijkant van haar gezicht waren zichtbaar. Het beeld was korrelig, maar er was geen twijfel mogelijk.

'Ik kan dit helemaal niet plaatsen!' Ella schudde haar hoofd in ongeloof. 'Ik bedoel, ik zie dat ik dat ben, maar ik weet helemaal niet waar en wanneer die foto is genomen.'

'Dit is ook voor ons relevant omdat een voor ons onbekend contact dit een paar dagen geleden stuurde naar meneer Rubens, en met een reden. Het contact stond in zijn telefoon onder I.J. Het telefoonnummer bestaat helaas sinds zeer recentelijk niet meer en is van een niet te achterhalen buitenlandse prepaid simkaart. Hebt u misschien enig idee waar I.J. voor kan staan en waarom iemand dit naar uw ex-man stuurde?'

Ella bleef gespannen naar de telefoon kijken en schudde haar hoofd. 'Ik snap niet... Ik weet niet...' Ze zette haar ellebogen op tafel en legde haar voorhoofd in haar handen.

'Dit was helaas niet het enige, mevrouw Lasair.'

Jasmine keek Stevens even kort aan. Hij begreep dat ze het mysterie van de foto even moesten laten rusten. Ella leek nu bijna apathisch in gedachten verzonken en met haar in gesprek blijven werd steeds moeilijker.

'Hetzelfde nummer heeft hem een berichtje gestuurd dat hij afgelopen nacht moet hebben ontvangen,' vertelde Stevens snel. 'Er stond: *Ze zijn je op het spoor*.'

70

'Wat?' Ella keek Stevens en Jasmine verward aan. 'Dat betekent dat...'

'Wij denken dat met "ze" de politie bedoeld wordt. Wij dus,' lichtte Jasmine onnodig toe. 'Toevallig probeerden we hem ook meerdere malen te bellen, omdat we gisteravond laat ook daadwerkelijk een verband met uw ex-man en een foto op Twitter hebben geconstateerd.'

Stevens onderbrak haar door flink zijn keel te schrapen, waardoor ze wel naar hem moest kijken. Hij schudde vastberaden zijn hoofd. Het was – in het licht van de zelfmoord van Dennis – kennelijk niet meer de bedoeling dat ze Ella zouden inlichten over de splitscreenfoto die Dennis had gedeeld kort na de verdwijning van Finn, waarop de twee stenenfiguren met elkaar werden vergeleken.

Ella leek niet door te hebben wat er gebeurde. Ze staarde vol ongeloof naar de telefoon.

'Het bericht kan bedoeld zijn geweest om Dennis uit zijn tent te lokken. En klaarblijkelijk heeft dat gewerkt,' vervolgde Stevens.

Ella staarde hem aan. Had Dennis zichzelf van het leven beroofd omdat hij bang was gepakt te worden voor het ontvoeren van zijn eigen kind?

'Na het versturen van dit bericht is de prepaid simkaart vermoedelijk vernietigd,' zei Stevens. Ze bleven Ella, die alle informatie probeerde te verwerken, goed in de gaten houden. 'Er is dus duidelijk nog iemand in het spel. In ieder geval iemand die ervan afwist,' concludeerde Stevens.

'Vandaar dat jullie me vanmorgen vroegen naar Joyce,' mompelde Ella.

Jasmine knikte. 'We willen je vragen onder begeleiding van ons contact met haar op te nemen.'

Alle drie schrokken ze op toen de deur ineens openging. Hoofdrechercheur De Bruijn kwam plechtig binnenlopen. Hij stak zijn hand uit naar Ella, die hem wat afwezig aannam. 'Ik wil u condoleren met uw verlies.'

Het waren precies de woorden die Ella de afgelopen dagen niet wenste te horen. Nu moest ze ze accepteren, ook al was de context compleet anders dan ze had kunnen denken.

'Het onderzoek in de woning van de heer Rubens is nog in volle gang. Er zijn nog geen directe aanwijzingen gevonden, maar uiteraard doen wij nog steeds onze uiterste best om uw zoontje te vinden.'

Ella knikte en keek Jasmine vragend aan, alsof ze zwijgend vroeg om meer informatie.

'Ik hoorde wel dat er wat indirect bewijs is gevonden op zijn computer die in beslag is genomen,' zei Jasmine toen maar. 'Zoals een zoekgeschiedenis naar slaapmiddelen. En ik zag op zijn telefoon dat hij veelvuldig naar informatie had gezocht over de ontvoering van...'

'Ziani?' De Bruijn leek niet geamuseerd. 'Kan ik je even spreken?'

Jasmine kon een zucht net onderdrukken en stond op om hem de kamer uit te volgen.

'We moeten haar wel goed in de gaten houden,' zei De Bruijn streng, 'maar geef haar alsjeblieft geen informatie meer die haar leven en ons werk alleen maar moeilijker maken. Wil je koffie?'

Jasmine knikte. Ze begreep het wel, maar soms vond ze de professionele scheidslijn tussen haar en de moeder moeilijk te bepalen. Tot nu toe had ze juist het meeste bereikt wanneer ze menselijk contact de boventoon liet voeren.

'Je moet leren een beetje afstand te houden,' concludeerde De Bruijn voor hij verder in volledige stilte voor Jasmine uit beende, naar de kantine. Met tegenzin volgde Jasmine hem. Ze was het zat dat de mannen 'boven haar' steeds kritiek hadden op haar aanpak. Ja, ze maakte fouten, maar het viel toch ook zeker niet te ontkennen dat ze veel had klaargespeeld met haar manier van werken.

Bij de koffiemachine begon De Bruijn in stilte een mok met koffie te vullen. Vervolgens vulde hij een tweede. Toen hij haar een van de mokken aanreikte stond zijn gezicht verrassend mild. Hij leunde voor zijn doen nonchalant tegen het aanrecht. 'Nu dat uit de weg is, wil ik je zeggen dat ik trots op je ben. Je doet het goed, Ziani.'

Jasmine knipperde met haar ogen van verbazing en wist even niets terug te zeggen.

'Ik weet dat het lijkt alsof we je alleen maar aanspreken op wat niet goed gaat – zeker bij stressvolle zaken als dit sluipt dat er weleens in –, daarom wilde ik je even apart spreken. Je bent zeer waardevol gebleken in deze zaak en een welkome aanvulling op het team.'

'Dank u wel, meneer, ik...' Ze voelde haar wangen warm worden.

'Heb je het idee dat je voldoende begeleid wordt? Ik weet dat er op het moment weinig tijd is om te evalueren.'

Jasmine glimlachte. 'De *line of duty* is de beste leerschool, meneer.'

'Noem me maar Walter,' zei hij vriendelijk.

Op weg terug naar de verhoorkamer vroeg ze zich af of Stevens De Bruijn had verteld over haar aandeel in het verhoor en of zijn lovende woorden daar hun origine hadden gevonden. Hoe dan ook, ze concludeerde tevreden dat ze nieuwe energie had gekregen van hun gesprek.

'En waar is ze nu?' hoorde ze De Bruijn verbaasd aan Stevens vragen.

'Mevrouw Lasair bedacht ineens dat ze weg moest. Ze is naar Schiphol om haar ouders op te halen. Die komen van Bonaire om haar bij te staan. Ze hebben daar een eigen hotel en konden niet eerder weg.'

'Oké, houd contact met haar, maar niet zo overduidelijk dat ze doorheeft dat je haar in de gaten houdt.' De Bruijn dacht even na. 'Sms of app haar in plaats van te bellen. Gewoon om te informeren hoe het met haar gaat. Vaak.'

'Oké,' antwoordde Stevens. 'Dat kan Ziani dan mooi doen. Die lijkt haar vertrouwen gewonnen te hebben.' Hij gaf Jasmine een snelle knipoog.

'O, en vergeet niet te vragen waar het kind sliep als hij bij zijn vader verbleef,' voegde De Bruijn toe terwijl hij wegliep. 'We hadden toch op zijn minst een kinderkamer verwacht in het huis.'

71

Eigenlijk wilde Ella niets liever dan in bed onder de dekens kruipen om nooit meer tevoorschijn te komen. Dat kon ze echter niet; ze was hier met een reden. De bijna fysieke pijn die het gemis van Finn met zich meebracht hield haar op de been. Het verlamde haar niet meer; het maakte de dienst uit. Urenlang had ze gespannen gewacht tot de avond viel. Vanuit haar auto zag ze nu achter elkaar agenten het huis verlaten. De voordeur werd afgesloten. Ze zakte weg achter haar stuur toen de wagens langs haar reden.

De tien minuten wachten om zo te voorkomen dat buurtbewoners haar zouden opmerken, duurden een eeuwigheid. Pas toen durfde ze weer over haar stuur heen naar het huis te turen. Niemand te zien, ook niet in de straat.

Langzaam kwam ze in beweging en klom uit haar auto. Zachtjes en behoedzaam sloot ze haar portier en dook een zijstraat in. Ze wist dat ze zo het steegje achter de tuin van Dennis kon bereiken.

Voor zijn tuindeur haalde ze diep adem. Dennis is dood. Hoe vreemd was het dat zijn hele huis achter deze deur nog intact was? Dat zijn jas nog aan de kapstok hing en zijn bed onbeslapen was? Er zou zomaar een gebruikte koffiemok kunnen staan van de ochtend van zijn vertrek naar Thailand, als bewijs van zijn bestaan. Alles was er nog, maar Dennis bestond niet meer.

Opluchting vervulde haar toen de voordeursleutel ook op de tuindeur paste. Ze voelde zich een indringer, en technisch gezien was ze dat ook, ook al had hij haar de sleutel zelf gegeven voor noodgevallen. Ze mocht hier niet zijn; de politie had het huis nog niet vrijgegeven. Maar als ze wilde zien welke kamer de rechercheur bedoelde of iets anders wilde vinden, een boodschap voor haar, een afscheidsbrief of zelfs ook maar een aanwijzing die alle gebeurtenissen van deze week zou kunnen verklaren, dan moest ze hier zijn.

Ze stapte de woonkamer in, het rook vertrouwd. De zwarte leren bank, de stenen vloer, de moderne salontafel, alles ademde Dennis. Ze liep rond en keek om zich heen. In de kleine open keuken stond inderdaad een mok met een laagje opgedroogde koffie op de bodem.

De woonkamer liet ze voor wat het was en ze liep naar de gang waar de trap was; beneden waren geen kamers meer. De aanblik van de kapstok bevroor haar snelle tred. Naast Dennis' regenjack en een winterjas die zijn weg naar de zolder nooit had gevonden hing er ook een zomerjasje van Finn. Automatisch pakte ze het jasje, duwde het tegen haar gezicht en snoof. Tranen vulden haar ogen.

In de lange smalle spiegel herkende ze zichzelf bijna niet. Even keek ze naar haar bleke zorgelijke gezicht en haar rode vermoeide ogen.

Ze hing het jasje terug en liep gedecideerd de trap op. Boven aan de trap hield ze meteen halt. Ze staarde naar de dichte deur van Finns kamer. Dennis had haar hulp gevraagd toen Finn klaar was voor een grotejongenskamer en die kans had ze aangegrepen om zo veel mogelijk vertrouwde spullen in zijn 'stiefkamer' te krijgen. Dezelfde IKEA-meubels, dezelfde schilderijtjes en zelfs een aantal dezelfde knuffels zodat hij die grote dingen niet altijd met zich mee hoefde te slepen. Ze had er stiekem best moeite mee gehad dat haar zoon een tweede kamer had, volledig ingericht met een tweede verzameling speelgoed en kleding, alsof hij een dubbelleven leidde.

Ze aarzelde. Het gemis was zo intens dat ze toch het verlangen voelde een beetje Finn op te snuiven, ook hier. Ze opende de deur en meteen sloeg de schrik haar om het hart; de kamer was leeg. Dit was de kamer waar rechercheur Stevens het over had. Niets verraadde dat hier ooit een kleine jongen sliep. Ze wankelde op haar benen en greep de deurpost vast. Het was waar, het was allemaal waar.

In paniek rende ze naar de werkkamer; ze moest iets vinden. Het leek alsof de inhoud van hele lades op het blad van de werktafel waren neergelegd om er snel doorheen te kunnen scannen. Er stond een open laptop op de papieren. Waarom was die niet in beslag genomen door de politie? De desktop was wel weg. Ze begon kastjes en lades open te trekken. Er moest een aanwijzing zijn die alleen zij zou begrijpen. Waarom was er geen afscheidsbrief gevonden, schoot het door haar heen.

Tranen liepen over haar wangen terwijl ze in een razernij stapels papieren op het bureau doorkeek en wild aan de kant schoof. *Wat heeft hij met ons kind gedaan?* Haatte hij haar echt zo erg? Ze had hem afgewezen. Wilde hij haar daarom in de val lokken, haar naderbij trekken om haar hart vervolgens volledig te verpulveren?

Ineens hoorde ze de laptop zacht zoemen gevolgd door het aanschieten van het scherm. Ze had kennelijk per ongeluk de losse muis verschoven, die onder de papieren terechtgekomen was, en zo de computer uit de sluimerstand gehaald. Er was geen wachtwoord nodig. Ze opende zonder na te denken direct de browser en klikte 'geschiedenis' aan. Haar ogen schoten langs de namen van websites die hij recentelijk had bezocht. Webwinkels, porno, Facebook? Ze bezocht de Facebook-pagina in de hoop dat hij nog ingelogd zou zijn; misschien had hij voor zijn dood een boodschap gedeeld met haar of met de wereld.

De blauw met witte pagina liet zich zien en Dennis had inderdaad niet uitgelogd. Meteen werd haar aandacht getrokken naar zijn profielfoto in de hoek, maar het duurde even voordat ze besefte wat ze zag. De foto was niet van Dennis, maar voor haar wel een heel bekende. Van iemand tegen wie ze al meer dan een jaar haar hart uitstortte. Het was de vage foto van een knappe blonde vrouw met een rode bloes aan.

Het kloppen van haar hart dreunde in haar oren en haar ademhaling versnelde zo mogelijk nog meer. Een golf van paniek gevolgd door een plotselinge hevige pijn tegen haar hoofd overviel haar, waardoor ze de kans niet kreeg haar gedachte af te maken. In één klap was het donker.

72

De zon ging al onder toen het spoedoverleg met de Belgische collega's op het punt stond te beginnen.

'Waarom zijn ze hier eigenlijk nu pas?' vroeg Jasmine vermoeid op weg naar de vergaderkamer.

'Ze waren er vanmorgen vroeg al,' antwoordde Stevens. 'Om het verhoor te beluisteren en de verdachte zelf te spreken. Kennelijk wilden ze het zekere voor het onzekere nemen. Alsof ons verhoor niet duidelijk genoeg was. De hele middag hebben ze tijd zitten verdoen met Egberts en nu verwachten ze ook nog even dat wij de avond weer werken om met hen om de tafel te gaan.'

'Tja, nu ze hier toch zijn,' antwoordde Jasmine laconiek.

'Tja, en nu *wíj* hier toch ook zijn. In de tussentijd zit De Bruijn zelf wel lekker onderuitgezakt met een biertje op de bank.'

'Volgens mij was zijn kleinzoon jarig,' antwoordde Jasmine, maar ook zij kon een glimlach niet onderdrukken bij het beeld van de stijve rechercheur onderuitgezakt op de bank.

'Een wijntje dan, op een stoel tijdens een kringverjaardag,' zei Stevens met een knipoog. Voor ze de vergaderzaal in liepen, keek Jasmine op haar telefoon. Nog steeds geen bericht van Ella Lasair. Ze had haar vanmiddag een paar keer geprobeerd te bellen over die dame, Joyce van Nispen. Meestal was het niet moeilijk Ella te pakken te krijgen.

In de vergaderkamer zaten de Belgische rechercheurs al te wachten. Naast Gilbert en Vanderlinde waren er nog twee rechercheurs die Jasmine herkende van het overleg in de Ardennen.

'Welkom, rechercheur Stevens en Ziani,' begon rechercheur Gilbert zonder te gaan zitten. 'Is rechercheur De Bruijn er niet bij?'

Steven schudde zijn hoofd. 'Familieaangelegenheden.'

'O, dat is zeer spijtig.' De teleurstelling was van het gezicht van rechercheur Vanderlinde af te lezen, maar ze herpakte zich snel. 'De zaken zijn in rap tempo veranderd, dus wij vonden het hoog tijd dat we elkaar weer zouden spreken. U had daar vanmorgen direct na onze aankomst helaas geen tijd voor.'

'Nee, wij hadden onze handen vol aan de zelfmoord van de heer Rubens,' zei Stevens scherp.

Gilbert trok zijn wenkbrauwen op. 'Ja, wij vernamen van rechercheur De Bruijn wat er gebeurd is. Triest, zeer triest.'

'Inmiddels hebben wij de zoekactie in het natuurgebied uitgebreid,' vertelde Vanderlinde. 'De directe omgeving rondom het kamp is volledig uitgekamd en vrijgegeven. Maar als het kind is weggeraakt kan hij natuurlijk alle kanten op zijn gegaan. De kans dat hij nog leeft wordt met de dag kleiner.'

'Dat klinkt alsof u ervan uitgaat dat het kind toch op eigen houtje is verdwaald,' vroeg Stevens met een frons. 'Wij dachten dat door de ontwikkelingen met de vader...'

'We houden alle opties open. Daarom zijn we ook hier,' onderbrak Gilbert hem. 'Voor de zekerheid is er een Amber Alert uitgegaan waarop uiteraard dagelijks vele tips binnen komen. De meeste tips zijn zichtmeldingen van het kind van hier tot aan de Portugese kust, die nergens toe leiden. Er bellen ook veel paragnosten en mensen met complottheorieën over politieke en zelfs satanische pedofielennetwerken.' Hij zuchtte. 'Het meeste is onbruikbaar... waardeloos zelfs, maar we hebben het team uitgebreid om de tips dag en nacht aan te nemen en na te trekken.' Er klonk frustratie door in zijn stem.

'Aangezien u, zoals u zelf al zegt, uw handen vol had, ook met de verdachte in uw zaak, hebben wij inmiddels ook contact opgenomen met alle aanwezigen van het kampeergezelschap,' voegde Vanderlinde toe. 'Uit dit onderzoek is helaas niets gekomen.' Ze keek naar de papieren die voor haar op tafel lagen. 'En het is ook wel duidelijk dat de heer Egberts niets met de verdwijning van Finn Rubens te maken heeft.'

'Nou ja, "niets" zou ik niet zeggen,' antwoordde Jasmine impulsief. Ze haalde snel een print van de splitscreenfoto uit haar tas die Weber voor haar had weten terug te vinden. Het was de foto van de stenenfiguur in de Ardennen naast de eerder gelekte foto van de zaak-Dex, die vlak na de verdwijning van Finn werd gedeeld op Twitter. 'Mag ik?'

Ze stond op liet de foto langzaam aan iedereen zien van links naar rechts. 'De linkerfoto lekte uit net na de vondst van het slachtoffertje Dex in Limburg. Het is maar een derde van de triquetra, maar door het feit dat hij gehaast is gemaakt in combinatie met de slechte belichting lijkt het verdacht veel op... deze foto.' Ze wees op de figuur die in de Ardennen was gevonden na de verdwijning van Finn. 'We waren al tot de conclusie gekomen dat deze eerste foto de maker van de tweede figuur, in de Ardennen, waarschijnlijk heeft geïnspireerd. Net zoals de ontvoering hem heeft geïnspireerd.'

'En zo lijken ze inderdaad beiden op een Jezusvis,' beaamde rechercheur Vanderlinde.

'Dat maakt de mogelijkheid van een copycat nog aannemelijker. Een heel slechte copycat, dat wel,' concludeerde Gilbert.

'Juist,' antwoordde Stevens. 'En wij waren deze copycat net op het spoor toen hij besloot zelfmoord te plegen.'

73

Ella was ervan overtuigd dat ze haar ogen had geopend, maar het bleef gitzwart. Ze lag op haar rug op een zachte ondergrond. Haar hoofd bonkte door een doffe maar zeer aanwezige hoofdpijn. Vooral waar haar achterhoofd de ondergrond raakte voelde het pijnlijk. Ze wilde bewegen, maar haar spieren werkten niet direct mee. De lucht om haar heen was bedompt en het rook muf. Dat was echter niet wat haar aandacht trok; ze hoorde een ademhaling heel dichtbij. Naast haar gezicht. In, uit, in, uit. Het was een snelle korte ademhaling. Ze was nog te versuft om angstig te zijn en ergens klonk het bekend. Iemand aaide haar over haar gezicht. Het was een klein klam handje.

Haar hart sloeg op hol. Ze probeerde iets te zeggen, maar haar stem wilde niet meteen meewerken. Ze kneep haar ogen dicht om ze snel weer te openen. En nog eens. Niets. Ze zag niets.

'Ik moest je laten slapen van Robin,' fluisterde een stemmetje.

Heel even wist ze zeker dat ze dood was. Samen met hem. Ze herkende de manier van praten namelijk uit duizenden.

'Finn?' Een huilbui dwong zich door haar schorre stem heen terwijl ze dankzij een stortvloed aan adrenaline in één keer weer beweging in haar lichaam kreeg en rechtop schoot. Ze tastte in de totale duisternis snel naar het handje en het lijfje dat erbij hoorde.

'We speelden verstoppertje, maar je hebt me gevonden,' zei hij met bibberige stem.

Ella was zo overdonderd dat zijn woorden niet direct tot haar doordrongen. Ze trok hem naar zich toe en hield hem stevig vast. Al zou ze hem nooit meer kunnen zien, hem tegen zich aan voelen was de hemel.

'Ik was zo bang dat je dood was!' flapte ze er snikkend uit.

Plotseling schoot het licht als vanzelf aan. Kil fel licht vulde de ruimte, en Ella met overweldigende verbijstering. Ze pakte Finns gezichtje beet en keek hem in zijn felblauwe ogen.

'Je bent het echt! Dit is echt!' riep ze uit.

Bij het zien van haar gezicht barstte ook Finn in tranen uit.

'O, mannetje van me!' Ze trok hem weer tegen zich aan, sloot haar betraande ogen en haalde diep adem, van opluchting, van de bevrijding van die eeuwigdurende onzekerheid. Even vergat ze de wereld om zich heen, maar toen ze haar ogen weer opende, kwam de realiteit terug.

Terwijl ze haar kind beschermend tegen zich aan drukte keek ze met open mond rond. De ruimte waarin ze zaten leek exact op Finns kamer, maar het was zijn kamer niet. Het was een kopie. Het bed waar ze op zaten met het Superman-dekbedovertrek, de knuffels, de schilderijtjes, alles was hetzelfde. Alleen was deze kamer kleiner en vierkant en er waren geen ramen. Ook was het plafond veel lager. De angst wedijverde met blijdschap.

Ze drukte een kus op het voorhoofd van haar zoon. 'Maar jij bent het wel. Je bent wel echt!' Naast verdriet zag ze ook verwarring op Finns gezicht.

'Het was een spel,' stotterde hij schor. 'Maar ik wilde bij jou zijn, mama.'

'Dat snap ik, liefje, ik wilde dat ook. Ik heb je zo gemist. Ik ben zo blij dat je er bent!'

Terwijl ze hem troostte, kwam het onheilspellende gevoel echter weer aan denderen als een op hol geslagen trein. Wat had dit te betekenen? Wie had haar bewusteloos geslagen en haar hier bij Finn gelegd in een replica van zijn kinderkamer? Ze keek om zich heen. Waarom was het licht zo plotseling aangegaan? Ze speurde de kamer af en zag in de hoek de zender van een camerababyfoon. Ze herkende het apparaatje van jaren geleden, toen ze het zelf zo graag had willen aanschaffen. En deze ruimte kende ze ook, ook al had ze hem in geen tijden gezien. De stellingkasten en stapels dozen ontbraken, maar ze herkende hem, evenals de lichtelijk vochtige muren en zelfs de geur. Het zicht op de trap naar boven werd ontnomen door een extra deur, maar het was niet te ontkennen; ze was in de kelder van het huis waar ze ooit gelukkig hoopte te worden.

Het was Dennis. Dennis had hen hier opgesloten. Maar Dennis was dood. Ze had het zelf gezien. In een flits had ze zijn lichaam zien hangen, voordat rechercheur Stevens haar beetpakte en afschermde. Ze had zijn kleding en haar herkend, maar had ze zijn gezicht gezien? Ze wist zeker van niet. De identificatie zou gedaan worden door een naast familielid, niet door haar. Was dat al gebeurd?

'Wie zorgde er hier voor jou, Finnie?'

'Toen ik wakker werd na de Ardennen was Batman hier,' zei hij twijfelend. 'Hij zei dat het een spel was en dat ik niet hoefde te huilen. Ik was eerst bang, maar hij was heel lief.'

Ella knikte behoedzaam. Natuurlijk kon Dennis zich niet vertonen aan Finn als zijn plan moest werken. En zijn liefde voor superhelden zorgde voor het vertrouwen dat nodig was.

'Maar ik weet alleen wel zeker dat het niet de echte Batman was,' vervolgde Finn. 'Hij fluisterde alleen maar, dat doet Batman helemaal niet. Ik denk dat het papa was.'

Ella knikte. Ze vond het wonderlijk dat de altijd voorzichtige Finn zijn situatie relatief makkelijk had geaccepteerd; ondanks zijn verdriet was hij redelijk ontspannen. Zijn eigen spullen om hem heen zouden hem zeker hebben geholpen in deze onverwachte situatie, weg van zijn moeder. Hij dacht dat het een spel was. Werkelijkheid en fantasie liepen voor de vijfjarige nog vloeiend in elkaar over, en daar had Dennis dankbaar gebruik van gemaakt. De schoft. Ze richtte zich plots woedend naar de camera.

'Hé, lafaard! Kom je nog? Ik ben hier, dus waar blijf je? Je hebt me eindelijk gevangen in je geliefde nieuwbouwwoning!'

De benauwde ruimte bleef doodstil, tot Finn in haar armen

plotseling weer begon te snikken. 'Niet boos zijn, mama. Het was maar een spelletje. Batman zei dat je me niet zou vinden en dat wij dan hadden gewonnen. Ik mocht gewoon weer naar huis als we hadden gewonnen. We zouden allemaal weer thuiskomen.' Hij stopte met huilen en zijn vochtige blauwe kijkers keken haar hoopvol aan.

Ze probeerde zijn verhaal tot zich door te laten dringen.

'En dan zou ik gewoon weer bij jou zijn.' Het kleine mannetje struikelde over zijn woorden. 'We zouden allemaal weer thuiskomen. Als wij winnen komt alles goed, dat zei Batman.'

Ze aaide over zijn bol en terwijl ze gluurde naar de camera bedacht ze dat haar woede uiten misschien niet de beste tactiek was. Als Dennis de gevaarlijke psychopaat was die ze nu dacht dat hij was, zou ze het veel slimmer moeten aanpakken.

'Maar nu heb jij gewonnen, mama,' zei Finn met een klein stemmetje. 'Kunnen we dan nog wel naar huis?'

Plotseling hoorde ze voetstappen op de keldertrap. Ze stond strijdlustig op en ging pal voor Finn staan met haar gezicht naar de deur die op dat moment van het slot werd gehaald. Toen die eindelijk openging, sloeg ze haar handen voor haar mond. Zonder te aarzelen vloog ze hem om de hals. Het was voorbij! Ze waren gered.

Nick beantwoordde haar omhelzing aarzelend.

'Hoe heb je ons gevonden!? Waar is Dennis?' stamelde Ella toen ze de complete verbijstering op zijn gezicht registreerde.

'Eindelijk heb ik jullie gevonden,' zei Nick toen. Hij keek naar Finn en toen weer naar haar. 'Wat is er allemaal gebeurd? Wat doen jullie hier?' Hij keek verbaasd de kamer rond.

'Hé, ik ken jou!' zei Finn ineens enthousiast.

'Ja, natuurlijk ken je mij. Ik ben Nick, van het kamperen, weet je nog?' Nick keek met opgetrokken wenkbrauwen naar de kleine jongen, die op zijn beurt zijn hoofd schudde.

'Nee, jij bent Robin. Het hulpje van Batman. Je hebt me gisteren macaroni gebracht.'

74

Ella deinsde achteruit, Finn weer achter zich duwend. 'Nick... Wat bedoelt hij?'

Nick ademde diep in. Zijn hele gezicht leek te veranderen voor hij met een zucht uitademde. 'Weet je... Ik heb geen zin meer in spelletjes,' was zijn antwoord. 'Zeker niet met jou.'

Ella staarde hem met grote ogen aan. Haar brein probeerde verbindingen te vinden die er niet leken te zijn.

'Heb jij Finn hier opgesloten? In Dennis' kelder? Ik snap niet...'

Nick schudde zijn hoofd terwijl hij met zijn vingers over zijn voorhoofd en zijn duim over zijn slaap wreef. 'Het spijt me echt wat ik nu ga doen, maar het is allemaal anders gelopen en ik ben er nog niet uit over wat er nu moet gebeuren.' Hij stapte naar achteren en sloot resoluut de deur achter zich. Ella bleef verbijsterd achter met haar kind.

'Hè? Nee! Wat doe je nou!?' riep ze hem na. 'Laat ons hieruit! Wat doe je in vredesnaam? Nick!' Ze bonsde op de deur. 'Nick!'

Pas nu nam ze de tijd om tot zich door te laten dringen dat Finn hier in de kelder was geweest terwijl de politie het huis had doorzocht. Hoe was het in vredesnaam mogelijk dat ze hem niet hadden gevonden? De deur moest verborgen zijn. Als je geen deur in de kast onder de trap vond, zou je niet kunnen weten dat er een kelder was. Een kelder was namelijk niet gebruikelijk voor dit type huis. Dennis had er bij de bouw echter op gestaan, iets wat zij niet had begrepen. Het kostte klauwen met geld en waarvoor? Omdat hij zogenaamd een groot gezin wilde en een groot gezin nu eenmaal veel bergruimte nodig heeft. En nu zit zijn hele gezin in die stomme kelder van hem, snoof Ella.

Het liefst bleef ze bonzen op de deur en schreeuwen om hulp, maar haar kind had haar kalmte nodig. Ze probeerde een glimlach te forceren.

'Hé Finnie, je bent gewoon hier. Mama heeft je zo gemist!'

Hij klom bij haar op schoot en ze verstopte haar gezicht in zijn haar om zijn geur op te snuiven. Haar bonzende hart kalmeerde. Ze kon nog steeds niet geloven dat ze hem eindelijk weer stevig kon vasthouden.

'Je bent hier al die tijd alleen geweest,' fluisterde ze meer tegen zichzelf dan tegen Finn.

'Het was niet zo erg hier, hoor, mama. Ik miste jou wel, maar ik heb daar in de la koekjes en chipjes voor als ik écht honger heb. En ik mocht de hele tijd op de iPad.'

Ella keek naar de splinternieuwe tablet die op de grond aan een oplader lag. Aangezien hij thuis maar een halfuur per dag op het ding mocht spelen, kon ze wel raden dat hij zich best had vermaakt met onbeperkte schermtijd. Met een eindeloze stroom YouTube-filmpjes had Dennis zijn zoon min of meer verdoofd gehouden.

Ineens zette ze Finn naast zich neer om de iPad te pakken. Er was geen code, maar de hoop die ze had vervloog snel. Er was ook geen internetsignaal; de wifi moest inmiddels zijn uitgeschakeld. Een bericht sturen naar de buitenwereld was onmogelijk. Ze legde de tablet neer en aaide Finn over zijn bol.

'Mama wist helemaal niet dat ze meedeed aan een spel. Ik was dus heel erg bezorgd om jou.'

'En ik miste jou zo, mama,' zei Finn weer, alsof hij zich pas realiseerde hoezeer hij haar gemist had nu ze weer bij hem was.

Hoe onzeker hun situatie ook was, en hoe ver dit scenario ook stond van wat ze al die dagen had gedacht, ze was er blij mee. Heel diep vanbinnen, waar het heel erg donker was geworden, had ze verwacht dat ze hem nooit meer zou zien.

'Maar nu ben je weer bij me.' Ze drukte de verdrietige gedachten weg en knuffelde hem. 'En wat er ook gebeurt, ik laat je niet meer los.'

Haar blik werd als vanzelf getrokken naar de camera in de hoek. Als het Nick was die haar had opgesloten, was Dennis dan toch dood? Als dit alles om haar heen mogelijk was, was het ook mogelijk dat hij de ultieme uitweg had gezocht om te voorkomen dat hij gepakt zou worden. Een waterval aan gedachten drong zich aan haar op. Ze was in de kelder van Dennis, dus betekende dat dat hij de mastermind van de ontvoering was geweest?

Vanaf het moment dat ze het account van Joyce open had zien staan op de laptop van Dennis vielen er razendsnel allerlei puzzelstukken op hun plek. Het gedoe over de nepprofielfoto en het feit dat Joyce niet was komen opdagen in de Ardennen. Natuurlijk kon Joyce haar niet in het echt ontmoeten, Joyce was Dennis.

Al die tijd had hij haar bespeeld. Hij was een jaar lang de steun en toeverlaat geweest die haar precies vertelde wat ze wilde horen. Alles in naam van zijn grote plan. En uiteindelijk lokte hij haar naar de Ardennen om haar kind af te pakken. Ze werd er misselijk van. Wat was ze ontzettend bedonderd.

Nick organiseerde de kampeertrip – waar Joyce haar voor uitnodigde – met het doel om Finn voor Dennis te ontvoeren terwijl Dennis zelf een alibi had in Thailand; daarom was hij natuurlijk toch op vakantie gegaan zonder Sharon. Nick die haar uit al die leuke single moeders had uitgekozen en haar overstelpte met aandacht om haar af te leiden.

Nick die in de afwezigheid van Dennis ogenschijnlijk goed voor Finn had gezorgd. Hij zou terugkomen, dat kon niet anders. En als dat zo was, zou ze haar slag slaan.

75

'De splitscreenfoto van de twee stenenfiguren die u hier voor u ziet is oorspronkelijk gedeeld door meneer Rubens,' vertelde Stevens aan de Belgische rechercheurs. Hij nam overduidelijk de leiding van Jasmine over.

Het was leuk zolang het duurde, dacht ze geïrriteerd. De foto werd zorgvuldig bekeken.

'Ja, dat begrepen we van rechercheur De Bruijn. Maar waarom is uw conclusie dan dat hij daarom ook achter de verdwijning zit?' vroeg Gilbert kritisch. 'Kan het niet gewoon zijn dat de bezorgde vader de gelijkenissen opmerkte en aandacht wilde vragen voor de mogelijke ontvoering van zijn zoontje? Het gebeurt toch wel vaker dat ouders zich vastgrijpen aan iedere strohalm, zowel online als offline?'

'Toch niet meteen op de dag van de vermissing? Uit zijn telefoongegevens bleek dat hij nog in Thailand zat, toen hij dit deelde,' zei Stevens geagiteerd. 'En hoe kwam hij zo snel aan een foto van de stenenkring in de Ardennen?'

De collega's moesten zich wel realiseren dat zo'n vroege foto alleen door de dader of daders gemaakt kon zijn óf mogelijk gelekt was door hun eigen onzorgvuldigheid.

'Tja,' begon Gilbert voorzichtig, 'er waren ontzettend veel mensen in het bos die dag. Allemaal met een camera op hun mobiele telefoon. Ik kan niet uitsluiten dat...'

Stevens onderbrak hem. 'Wij denken wel degelijk dat de vader er belang bij had dat de twee zaken duidelijk met elkaar in verband werden gebracht. Zo kon hij de schuld van de ontvoering in de schoenen schuiven van de eerdere kidnapper. De verdachte die wij in hechtenis hebben.'

'Oké, stel dat u gelijk hebt,' zei Vanderlinde. 'Als de vader – nu overleden vader – verantwoordelijk is, waar zoeken we het slachtoffer dan? Tot nu toe zijn er geen sporen van het kind gevonden bij de vader thuis of in zijn eigen auto. We weten dus alleen dat het kind in de Ardennen is verdwenen.'

Niemand had daar iets tegen in te brengen. De locatie van verdwijning legde de verantwoordelijkheid van de zaak overduidelijk weer bij de Belgen.

'De moeder is overigens niet overtuigd dat de vader...' begon Jasmine, maar Vanderlinde onderbrak haar onverwachts.

'We zullen de moeder zo snel mogelijk opnieuw verhoren.'

'Ik denk ook niet dat we ons hierop moeten blindstaren,' zei Gilbert daarop. 'Het is natuurlijk ontzettend triest wat er is gebeurd, maar we hebben geen sluitend bewijs dat de vader verantwoordelijk is. Hoe heeft hij het kind kunnen ontvoeren als hij in Thailand zat?'

'We hebben gegronde redenen om te denken dat er een handlanger in het spel is,' antwoordde Stevens.

Jasmine wist dat hij doelde op het provocerende berichtje dat Dennis had ontvangen vlak voor zijn dood.

'Ja die dame, die Joyce van Nispen, die volgens u de moeder naar de Ardennen heeft gelokt?' zei Vanderlinde snel. 'Wij zijn ermee bezig.'

De woorden *volgens u* herhaalde Jasmine in haar hoofd.

'Weet u wat het is?' zei Gilbert ineens. 'Een copycat behoort zeker tot een van onze opties. En het is ook mogelijk dat de vader erachter zit én dat we zoeken naar een mededader. Maar meneer Rubens kan zich ook van het leven beroofd hebben omdat hij gelooft dat zijn kind niet meer in leven is. Na alle bevindingen van de afgelopen dagen moeten we concluderen dat er geen zekerheid is dat het daadwerkelijk om een ontvoering gaat. De stenenkring was voor ons de enige indicatie hiervoor. Maar nu die niet echt blijkt te zijn – en daarmee bedoel ik dat het niet te linken is aan uw verdachte, Simon Egberts – kan de figuur ook een ongevoelig grapje zijn van een van de aanwezige tieners op het kampeerterrein die dat nu niet meer durft toe te geven. Het is nog steeds net zo plausibel dat Finn Rubens in het natuurgebied is verdwaald of gevallen en als dat zo is, is hij wellicht een heel eind meegesleept door een roofdier of ligt hij in een van de vele wateren. Er zijn genoeg verklaringen te verzinnen waarom we hem nog niet hebben aangetroffen.'

Jasmine staarde hem verbijsterd aan. Ze waren er niet van overtuigd dat Dennis Rubens verantwoordelijk was voor de verdwijning van Finn.

'Maakt u zich geen zorgen,' zei Vanderlinde toen ze haar gezicht zag. 'In overleg met rechercheur De Bruijn stellen we een forensisch team samen dat zo snel mogelijk de woning van de heer Rubens nogmaals onderzoekt.'

'Wat is zo snel mogelijk? Als je eerst nog een nieuw team moet samenstellen, dat ook nog eens moet reizen vanuit België... Terwijl we er hier een prima team van de Technisch Recherche op hebben gezet. Ik denk niet dat...' begon Stevens, maar ook hij kon zijn zin niet afmaken.

'En ik geloof niet dat het aan u is om er verder iets van te denken, meneer Stevens,' zei Gilbert vastberaden. 'Hoofdrechercheur De Bruijn heeft zijn voortdurende medewerking toegezegd en ik denk dat wij daar voorlopig prima mee uit de voeten kunnen. We hebben uw input en die van uw protegee in onze zaak zeer gewaardeerd en we zullen zeker een beroep op u doen wanneer dit weer nodig is.'

'Ik geloof niet echt dat dat uw insteek is,' zei Stevens bot. Er viel een stilte, die hij al snel vulde: 'Hebt u enig idee hoeveel tijd en energie we in deze zaak hebben gestoken?'

'Wij hebben een vertrouwensband met de betrokkenen opgebouwd, kunt u hetzelfde zeggen?' sputterde ook Jasmine tegen.

'Ik denk dat wij prima in staat zijn om te gaan met betrokkene.

Dit hangt niet af van taal of nationaliteit,' antwoordde Vanderlinde bits.

'Ik geloof niet dat u begrijpt dat we onder enorme druk staan om de zaak op te lossen,' probeerde Stevens nog, maar Gilbert onderbrak hem:

'Nee, wíj staan onder druk om deze zaak op te lossen. Uw zaak is al opgelost.'

'Nogmaals,' zei Vanderlinde toen resoluut, 'we zijn u zeer dankbaar voor alle informatie die u ons hebt overlegd. Uw input is essentieel gebleken, maar aangezien uw verdachte niet in verband gebracht kan worden met onze zaak en de enige connectie tussen onze zaken alleen oppervlakkig is, is het engagement van een volledig team aan uw zijde niet meer nodig.'

'We danken u hartelijk voor uw aanvullingen bij dit spoedoverleg,' vulde Gilbert aan. 'Ik begreep van rechercheur De Bruijn dat u uw handen vol hebt aan de afwikkeling van de twee moordzaken die in uw jurisdictie plaatsvonden. We geven u graag alle ruimte om terug te keren naar die werkzaamheden.'

76

Het was Ella gelukt om Finn voor te lezen en in slaap te krijgen alsof er niets aan de hand was, maar binnen in haar woedde een storm van onrust. Zijn honger had ze gestild met de weinige chips en koekjes die nog over waren in zijn la. Zelf had ze geen hap door haar keel kunnen krijgen. Wel had ze dorst, maar in het enige flesje water dat ze vond zat nog maar een klein laagje. Haar intuïtie zei haar dat ze daar zuinig op moest zijn.

Ze had het gevoel niet genoeg lucht te krijgen in de bedompte kelder, net zoals haar gedachten geen bevredigende verklaring vonden. Waar ze vooral met haar hoofd niet bij kon was dat Dennis zelfmoord had gepleegd. Na al die moeite om haar te doen geloven dat haar kind door een seriemoordenaar was ontvoerd. Ze kon zich best voorstellen dat hij spijt had of dat hij bang was om gepakt te worden, alleen maakte hij die indruk de avond ervoor helemaal niet toen ze samen het bed deelden. Deed hij het omdat zijn handlanger op het punt stond hem te verraden?

Ze schrok toen ze geluiden hoorde achter de deur. Nog voor ze de kans kreeg van het bed af te komen ging de kelderdeur open en stond Nick weer voor haar, zichtbaar nog steeds niet zeker van wat hij wilde.

Ella stond snel op en pakte zijn hand.

Nick keek haar verward aan.

'Nick, alsjeblieft...' Ze had besloten dat er een andere aanpak nodig was dan een van aanval en beschuldiging en keek hem indringend aan. Was hij een echte bedreiging of simpelweg verloren zonder de sturing van zijn doortrapte opdrachtgever? Ze hoopte van harte dat de interesse die hij in haar had getoond niet alleen maar gespeeld was in naam van het plan.

Hij bleef zo lang stil dat ze het gevoel had alsof ze een mijnenveld betrad.

'Ik snap hier helemaal niets van, Nick.' Ze kneep zachtjes in zijn warme zongebruinde hand. 'Wil je me alsjeblieft vertellen wat er allemaal aan de hand is?'

Zou het haar lukken een glimp te zien te krijgen van de Nick met wie ze dacht een connectie te hebben gehad? De Nick die opgewonden werd van haar? Als ze die Nick wist wakker te schudden, dan kon het haar lukken om zichzelf en Finn te bevrijden.

Nick trok haar zachtjes dichter naar zich toe. Zijn blik was anders dan de vorige keer, zachter. Misschien hoopte ze dat maar, zijn woorden waren namelijk hard. 'Oké, maar we praten boven.' Hij wees naar haar slapende zoon. 'Zijn deur gaat op slot en de sleutel zal alleen voor mij te vinden zijn. Ik zou niet willen dat je je iets doms in je hoofd haalt.' Het was nu zijn beurt om haar indringend aan te kijken.

Er liep een rilling door haar lijf.

'Boven is ook alles op slot en ik heb een wapen, als je je dat soms afvraagt,' voegde hij er emotieloos aan toe. Ondanks het feit dat ze begreep dat ze de kelder uit moest om weg te komen, voelde ze een overweldigende paniek opkomen. Ze keek om naar Finn in het bed.

'Kunnen we niet hier praten?'

'Nee. Ik word depressief van deze benauwde ruimte.' De ironie van zijn eigen opmerking ontging hem niet, dus trok hij met een schuldbewust gezicht zijn wenkbrauwen op.

Ella knikte bedachtzaam. Hoe erg ze het ook vond om Finn hier beneden achter te moeten laten na alles wat er was gebeurd, ze moest alles doen om het vertrouwen van Nick te winnen. Alles.

Boven aan de trap werd het haar duidelijk waarom de politie de kelder niet had gevonden. Er was geen deur meer zichtbaar. Het was een paneel geworden met schappen met daarin allerhande dingen die je in een inbouwkast zou verwachten, zoals een kleine gereedschapkist, een doorzichtige opbergbox met batterijen, lampjes en snoeren en puzzels van Finn. Niets vreemds te zien en al helemaal niet iets wat zou doen vermoeden dat er een opening met een smalle trap achter het paneel zat. Ze vroeg zich af hoe ze de onzichtbare deur kon openen, aangezien er geen deurklink was.

'Oké, genoeg gezien,' mompelde Nick en hij duwde haar zacht maar dwingend door de deur de woonkamer in. De sfeer in de kamer was warm en intiem. De donkere rolgordijnen van de keuken aan de straatkant waren dicht, het licht was gedimd en er brandden kaarsen. Kaarsen waarvan ze zeker wist dat zij ze jaren geleden had gekocht toen ze nog in hun oude appartement woonden. Dennis hield niet van 'die poespas' zoals hij dat noemde; de kaarsen waren waarschijnlijk niet eerder de la uit geweest. Haar ogen gleden langs de pui aan de tuinkant. Alle ramen in de woning konden afgesloten worden met een klein sleuteltje. Het leek er inderdaad op dat Nick dit ook daadwerkelijk gedaan had: bij ieder raam ontbrak het sleuteltje. Nick zag haar kijken en liep naar de gordijnen om ze te sluiten.

'Let op je volume, ik wil niet dat de buren ook maar iets merken,' zei hij streng.

Ze knikte. Met een blik op de klok wist ze zeker dat de buren al lang op bed moesten liggen. Ze zou dus erg haar best moeten doen als ze hun aandacht wilde trekken. Bovendien zou ze Nick dan alleen maar kwaad maken.

Hoe ironisch, ze had altijd gedacht dat ze zich opgesloten zou voelen in dit huis, en nu was ze het ook echt.

'Wil je wijn?' vroeg hij haar.

Ze knikte. Hoewel ze zelf geen wijn wilde, niet in de minste plaats omdat ze haar helderheid nodig had, wist ze dat Nick waarschijnlijk meegaander en makkelijker te beïnvloeden zou zijn als hij alcohol in zijn bloed had. Bovendien schepte het de illusie van een amicale sfeer. Ze zou erop letten dat hij flink meer dronk dan zij, alleen dan kon haar alertheid en zijn zwak voor haar in haar voordeel werken.

Nick kwam de open keuken uit met twee volle glazen rode wijn. Uit een fles wijn die Dennis ooit kocht. Hij keek erbij alsof ze samen een succesvolle eerste date hadden en Ella moest haar best doen haar verbijstering te verbergen en vriendelijk te glimlachen. Hoe kon hij dit normaal vinden?

77

'Ga zitten,' nodigde Nick haar uit op de zwarte bank van haar ex. Voorzichtig nipte ze voor de vorm aan haar net aangereikte glas wijn. Ze probeerde te bedenken hoe ze moest beginnen, maar Nick, die tegenover haar op een leren fauteuil was gaan zitten, was haar voor.

'Luister, Ella. Ik heb Dennis alleen maar geholpen. Hij huurde me in via internet. Ik deed het voor het geld. Meer niet.' Hij leunde naar haar toe met zijn ellebogen op zijn knieën en zijn handen samengevouwen.

'Waarom sloot je ons dan meteen weer op?' Ze had gehoopt minder scherp te klinken.

'Omdat ik niet wil dat ik hier de zondebok word, oké? De enige andere verdachte heeft zelfmoord gepleegd. Wat denk je dat dat voor míj betekent?'

'Nick...' begon Ella voorzichtig, 'stel dat ik je beloof dat ik jou erbuiten laat? Dan doen we gewoon alsof jij ons hebt gevonden omdat je vermoedde dat Dennis dit had bekokstoofd.'

Zijn donkere ogen toonden twijfel, dus Ella vervolgde: 'Je bent hier niet voor niets, Nick. Je had ook gewoon kunnen verdwijnen en mijn kind in die kelder kunnen laten. Maar je kwam terug.'

'Het was een impuls,' zei Nick ineens.

'Wat was een impuls? Dat je bent teruggekomen?'

'Nee... Dat ik je knock-out heb geslagen en opgesloten,' antwoordde hij. 'Ik kwam langs om bij Finn te kijken en hem een maaltijd en iets te drinken te brengen. Dennis antwoordde al een tijdje niet meer en toen ik hier kwam zag ik de politie vertrekken en wist ik dat het goed mis was. Ik heb gewacht met naar binnen gaan. Op een gegeven moment hoorde ik iemand rommelen boven. Toen ik je bij die laptop zag staan met het account van Joyce open, schrok ik. Ik heb je toen in een impuls knock-out geslagen... met de zaklantaarn die ik in mijn handen had. Daarna wist ik niets anders te doen dan je in de kelder te leggen bij Finn en je op te sluiten.' Hij maakte een onbeholpen indruk door al deze informatie zo makkelijk met haar te delen. 'Sorry daarvoor.'

'Waarom ben je toen niet weggegaan? Je had ook weg kunnen gaan en nooit meer terug hoeven komen.'

Nick lachte schamper. 'Je weet best waarom ik niet ben weggegaan.' Hij keek haar veelbetekenend aan. 'Sowieso had ik nu een fout gemaakt. Ik had jou niet verwacht. En nu lag jij ook beneden.'

Ella keek hem afwachtend aan.

'Toen ik erachter kwam dat Dennis dood was, wist ik ook dat het niet verklaard kon worden als jij hier ook opgesloten gevonden zou worden.' Hij keek naar haar nog volle glas.

'Hoe wist je dat Dennis dood was?' vroeg Ella plotseling. Achterdocht kroop als een rilling via haar onderrug naar haar nekharen.

Er viel een korte stilte en ze had het idee dat hij even moest nadenken. 'Twitter. Er was zelfs een link naar een artikel in het AD, geloof ik. *Vader van vermiste jongen pleegt zelfmoord.*'

Ella schudde langzaam haar hoofd. 'Waar is mijn telefoon?'

'Die heb ik natuurlijk,' was het korte antwoord.

Bedenkelijk stond ze op. 'Ik pak even wat water. Mijn mond voelt zo droog.'

Nick stond ook abrupt op en bleef pal voor haar staan. 'Nee, ik pak het wel, ga maar zitten.' Met een klein zetje zorgde hij dat ze weer op de bank zat. Verbouwereerd keek Ella hem na.

Ze moest zichzelf met alles wat ze in zich had bedwingen om het glas water dat hij haar gaf niet achterover te slaan; ze had niets meer gedronken sinds eerder die dag op het politiebureau, maar ze vertrouwde Nick allerminst. Ze nam een voorzichtige slok. 'Hm, dat water is niet echt lekker.' Met een klap zette ze het volle glas neer. Haar ademhaling versnelde.

'O sorry, ik had hem even door moeten laten lopen, mijn fout,' zei Nick nonchalant.

'Maar hoe wist jij zo zeker dat de politie wist dat Dennis dood was voor ik hier kwam? Ik bedoel, hoe wisten zij dat ik hier niet al was opgesloten… Ik bedoel… Hoe wist jij dat? Dat de politie dat wist.' Ze kon zichzelf wel vervloeken om haar verwarrende manier van praten. Haar hoofd leek heel even niet goed mee te werken. Ze keek naar het glas water. Ondanks haar dorst wist ze nu zeker dat ze geen slok meer zou nemen. Nick gaf geen antwoord, maar bekeek haar nauwlettend.

'Een handlanger die gewoon spoorloos is, dat kan toch ook? De verdenking hoeft toch niet op jou te vallen?' Haar stem klonk smekend. Er moest een oplossing zijn die hen beiden tevreden zou stellen.

'Wel als ik hier ben en jullie vind,' antwoordde Nick.

'Oké, en als jij ons dan niet vindt?' Ze probeerde wanhopig haar gedachten te ordenen. 'Je gaat gewoon weg, terug naar de Ardennen en laat de kelder open. Ik zweer je dat ik je erbuiten laat! Ik zweer het op mijn kind.' Hoopvol keek ze hem aan.

'Dat gaat niet werken,' antwoordde hij serieus. 'Finn zal worden ondervraagd. Hij gaat mij noemen. Je hebt zelf gehoord dat hij mij heeft herkend. En zelfs als je dat uit zijn hoofd kunt praten, doordat ik vermomd was… geloof ik niet dat ik jou durf te vertrouwen.' Hij kneep zijn ogen tot spleetjes. 'Jij wil alles weten. Je wil dit begrijpen. Jij geeft je niet zo snel gewonnen.'

Haar hart begon te bonzen. Zat hier echt alleen maar een ingehuurde kracht voor haar, stom genoeg om te vallen voor de praatjes van Dennis… voor geld? Híj heeft na de ontvoering mijn auto onklaar gemaakt, schoot het ineens door haar heen. *Hij wilde dat ik afhankelijk van hem was.*

Ella schudde haar hoofd. 'Je kunt me vertrouwen Nick, echt.' Haar eigen stem klonk ver weg.

'O ja?' vroeg Nick ineens verrassend speels. 'Je zit hier anders je uiterste best te doen om geen druppel te drinken en je mooie hoofdje erbij te houden. Dat laatste lukt niet helemaal, hè?'

Zijn plagerige toon vertelde Ella op dat moment dat zij de touwtjes nooit in handen had gehad. En dat ze dat ook nooit zou krijgen.

78

'Ik kan niet geloven dat De Bruijn ons zo makkelijk buitenspel laat zetten,' zei Jasmine voordat ze eenmaal buiten het politiebureau hun eigen weg zouden gaan. De Bruijn had zojuist telefonisch bevestigd dat hun assistentie voor de Ardennen-zaak inderdaad niet meer nodig was. De Belgen hadden te kennen gegeven liever met hemzelf en Gutierrez te werken. En dat kwam mooi uit, want er was genoeg werk te doen rondom de triquetrazaak, wat Stevens voor zijn rekening kon nemen. En daarmee leek voor hem de kous af te zijn.

'Wat doen we nu?' vroeg Jasmine toen Stevens niet antwoordde.

'Nou, ik weet niet hoe het met jou zit, maar ik ben wel toe aan een borrel.' Hij keek naar zijn horloge en vervolgens vragend naar haar. 'Ga je mee naar de kroeg?'

'Ik bedoel met de zaak,' zei Jasmine terwijl ze hem de straat door volgde. 'Morgen zouden we zelf het onderzoek in de woning van meneer Rubens kunnen hervatten...'

Stevens rolde met zijn ogen. 'Ziani, heb je nou net echt niet geluisterd? Het is aan de Belgen om de huiszoeking verder op te pakken en zij werken liever samen met de baas.' Met grote passen liep hij naar de kroeg waar hij en andere politiemensen regelmatig een afzakkertje namen. Jasmine was er nog nooit binnen geweest.

Ze voelde de koele avondlucht tegen haar verhitte wangen. Ze snapte niets van zijn houding; waarom wond hij zich niet meer op?

'Je weet dat het komt doordat je zo superirritant tegen ze hebt gedaan, hè?' vroeg ze stekelig nog voor hij de deur van het café kon openen. 'En nu heb je mij daarin meegesleept, als jouw "protegee".' Ze maakte cynisch aanhalingstekens in de lucht.

Stevens keek geïrriteerd naar haar om, maar haalde diep adem. 'Ik wil je vragen gewoon eens even te stoppen met drammen. Ik heb tijd nodig om na te denken. Je moet het loslaten, Jasmine.'

'Hoe kan ik het nou loslaten? Hoe kun jij dit loslaten? Waar is je pit opeens gebleven, je vuur?' vroeg ze gefrustreerd. 'Finn is nog steeds niet gevonden. Ik heb gewoon sterk het gevoel dat...'

'Je hebt een gevoel? Een gevoel?' vroeg Stevens, nu ook met verheven stem. 'Hoe moet ik dat verkopen aan De Bruijn? En aan de Belgen!? Eh, we zitten dan wel niet meer op deze zaak, maar willen toch nog even kijken in de woning van die kerel die aan de boom bungelde, want Ziani heeft "een gevoel".'

'Kun jij ook eens gewoon menselijk doen?' vroeg Jasmine geprikkeld.

'Ik denk dat het probleem is dat jij té menselijk bent,' antwoordde Stevens ad rem.

'Wat?' Ze keek hem beduusd aan.

'Ik zou maar wat harder worden, Ziani. Je trekt het je weer zo aan,' verduidelijkte hij.

'Krijgen we dat weer!'

'Ja, want het blijft een probleem,' antwoordde hij kalm. 'Ik probeer je advies te geven. Je weet wel, als je mentor. Je moet echt snel een balans gaan vinden tussen Jasmine de speurneus en Jasmine de mens. Anders ga je eraan onderdoor. Aan dit werk, met al zijn gruwelijkheden.' Ze wilde hem onderbreken, maar hij stak zijn hand op om dat te voorkomen en vervolgde: 'Je grootste talent is meteen ook je grootste valkuil als je niet leert doseren. Je moet leren afstand te houden.'

'Wie denk je wel niet dat je bent? Mijn psycholoog?'

'Luister, Jasmine, ik pretendeer niet alles te weten en iedereen heeft zo zijn shit, maar jouw obsessieve drive doet je geen goed.'

Hij aarzelde even. 'Je bent gewoon te godvergeten emotioneel! Je moet je echt leren vermannen!'

'Me vermánnen? Dus daar komt het op neer? Dat ik een vrouw ben! Te emotioneel. En daarom volgens jou met je middeleeuwse opvattingen niet geschikt voor dit werk?'

'Weet je, als je zo gaat beginnen, dan houdt het gewoon op.' Hij keek stuurs voor zich uit, maar zijn snelle ademhaling verraadde hoe nijdig hij was. Hij verbrak dan ook snel zijn eigen stilzwijgen. 'Luister, je bent een verdomd goede speurneus, maar om een goede rechercheur te zijn, moet je meer zijn dan dat.'

'O ja? Moet je er ook een klootzak voor zijn? Want dan ben jij wel een verdomd goede rechercheur.'

'En dat is nu precies wat ik bedoel,' antwoordde Stevens ineens akelig kalm. 'Je hebt je emoties totaal niet onder controle en dat is de reden dat je zojuist je meerdere uitscheldt. Goede zet, Ziani, goede zet.' Hij opende de deur en liep de kroeg binnen. De deur klapte achter hem dicht.

79

Ella sloot haar ogen en wreef over haar slapen. Ze voelde zich duizelig worden. Haar honger had zich al de hele dag laten verdrijven door acute stress, maar nu begon haar suikerspiegel alarm te slaan. 'Waarom doen jullie me dit aan?'

'Dennis wilde je terug,' zei Nick resoluut, een einde makend aan haar twijfel. 'Hij had alles al geprobeerd, zijn leven omgegooid, gestopt met de vrouwtjes, alles. Hij deed zijn best met Finn,' Nick staarde naar het glas in zijn hand, 'maar jij wilde hem niet meer.'

'En hij dacht echt dat dit ons weer bij elkaar zou brengen?' Na diep ademhalen werd haar hoofd weer iets helderder.

'Dat deed het toch ook?' Zijn toon was scherp. Ze wist op dat moment zeker dat hij wist van de nachten die ze met Dennis had doorgebracht, alsof het op haar voorhoofd geschreven stond. Hij was jaloers.

'Maar daar was deze poppenkast toch helemaal niet voor nodig geweest? Hij had als "Joyce" zoveel invloed op me kunnen uitoefenen om hem toch weer een kans te geven. In plaats daarvan probeerde Joyce me juist de hele tijd te laten inzien wat een eikel hij...' Ze stopte met praten en keek Nick aan.

Hij grijnsde. 'Denk je nu echt dat die kerel in staat is tot het soort gevoelige gesprekken dat je had met Joyce? Serieus? Kom op, Ella! Jij bent met hem getrouwd geweest.'

Ella keek bedenkelijk naar hem. 'Jíj was Joyce.'

Zijn trotse blik bevestigde het. Het was moeilijk om hem nu in de ogen te blijven kijken. Ze hield haar adem in bij de gedachte aan alle intieme details die ze met haar hartsvriendin had gedeeld over haar leven, bijna een heel jaar lang. De hartsvriendin die haar nu met een stoppelbaard van drie dagen verwachtingsvol zat aan te kijken.

'De laptop boven, was die van jou?'

Nick schudde zijn hoofd. 'Nee, van Dennis, maar die had ik wel bij me, ik pakte hem gisteren in een impuls mee omdat ik geen toegang meer had tot Joyce' account. Ik wilde hem vanavond terugzetten, maar zag dat rommeltje in de werkkamer en besloot toen snel bij Finn te gaan kijken. In de tussentijd moet jij binnengekomen zijn.'

Dat Ella hem vragend aan bleef kijken, was voor hem genoeg om het verder uit te leggen.

'Vlak voor de kampeertrip stond Dennis erop dat ik het contact verbrak en het Joyce-account deactiveerde. Hij was bang dat ik na al dat contact gevoelens voor je had gekregen en nu we elkaar zouden ontmoeten, wilde hij geen invloed meer van "Joyce". Ik moest haar afscheid van je laten nemen. Hij stond erop dat ik hem de inloggegevens gaf en daarna kon ik het account niet meer in.'

Het werd haar ineens duidelijk waarom Joyce zo had gehamerd op haar mogelijke gevoelens voor Dennis. Nick had het gevoel gehad zijn grip op haar kwijt te raken en werd wanhopig.

'Daarom ben ik je in de Ardennen gaan appen. Dennis wist hier niets van.'

Ella fronste. 'Waarom deed je dat? Hoe zou dat het plan van Dennis helpen waarvoor je was ingehuurd?'

'Dat deed ik niet voor zijn plan. Ik miste je. Ik miste ons contact.' Even keek hij haar verlegen aan.

'Maar ik was daar, bij jou!' antwoordde Ella. 'En we hadden toch een klik met elkaar? Was dat dan niet genoeg?'

'Ja oké, maar dat was niet als Joyce. Met Joyce was je enorm close. Als Nick moest ik je nog voor me winnen.'

Ella deed haar best om niet te fronsen. Als Joyce kon je me manipuleren, dacht ze.

'Je was altijd zo open tegen me... tegen Joyce,' zei Nick. 'Stel je eens voor hoe dat voor me was. Jou voor het eerst in het echt ontmoeten, na al die gesprekken. Realiseer je je dat iedere keer dat jij in je bed lag te chatten... ik dat ook deed? We deelden de meest intieme dingen met elkaar.'

'Ja, ík ja! Maar jij niet! Jij was helemaal geen vrouw met een gewelddadige ex!' sputterde ze tegen.

'Nee, maar ik was wel gewoon mezelf,' antwoordde hij. 'Dat kostte me geen enkele moeite bij jou.'

Ze realiseerde zich dat ze Joyce vaak heel direct over vond komen, in haar denkbeelden. Vooral als het ging om mannen en seks. Het was allemaal zo helder nu.

Ella slikte. Het maakte haar misselijk om hem te horen praten over hun intieme online vriendschap. Haar plan om zijn vertrouwen te winnen ebde langzaam bij haar weg naarmate hij meer details onthulde die haar vervulden met ongeloof en afkeer. Ze hoorde hem kalm vertellen hoe hij bij de lunch een slaapmiddel in Finns melk had gedaan en hem nauwlettend in de gaten hield tijdens het verstoppertje spelen. Hoe hij hem zodra hij begon te versuffen en de mogelijkheid zich aandiende in zijn achterbak had gelegd. Hij had daarna gewacht op een goed moment om Sophie weg te brengen om zo Finn uit de Ardennen te vervoeren. Hij vertelde dat Dennis alle andere voorbereidingen had getroffen, zoals de kelder gereedmaken.

Hij heeft mijn kind gedrogeerd, bedacht ze ontsteld. Gedrogeerd! Hij is gewoon met hem weggereden terwijl het wemelde van de politie. Hij kon niet van tevoren weten dat zijn achterbak niet gecontroleerd zou worden. Waarom was hij bereid zo'n groot risico te nemen voor Dennis? Voor geld?

'En die stenencirkel heb je gemaakt zodat iedereen dacht dat Finn was ontvoerd door dezelfde dader als Dex?'

Nick bekeek haar nauwlettend. 'Oké, Ella, als je het echt wil weten... De vermissing van het eerste jongetje plantte het zaadje. Zo kwam Dennis op het idee om de ontvoering van zijn eigen kind in scène te zetten, om daardoor weer echt in contact te komen met jou: samen in hetzelfde schuitje. Niemand kon en zou jullie begrijpen. Alleen jullie elkaar.'

Ze sloot haar ogen. Het leed van anderen gebruiken om je ex te manipuleren... Dennis was een wrede narcist. Ze vroeg zich af waarom Joyce haar dan al meer dan een jaar geleden privé benaderde in de Facebook-groep voor alleenstaande moeders. Het plan moest al eerder ontstaan zijn. Ze wist dat wat hij zei niet klopte, maar de duizeling die ze voelde en een bonkende hoofdpijn voorkwam dat ze iets zei.

'Gaat het wel?' vroeg Nick ogenschijnlijk bezorgd.

Ella antwoordde niet. Al die fratsen. Al die idiote plannen. En nog steeds was Dennis niet in staat geweest echt contact met haar te maken; hun intieme verbinding was maar van korte duur geweest en gebaseerd op gespeeld verdriet. Hij was te trots geweest om zijn kwetsbaarheid te tonen en gewoon met haar te praten over zijn gevoelens. Het zou nooit hebben gewerkt tussen hen, dat realiseerde ze zich. Had Dennis dat ook maar ingezien.

Ze opende haar ogen. 'Ik heb de hele dag niet gegeten, Nick.' Ze stond snel op. 'Ik pak zelf wel wat.'

Nick keek haar na terwijl ze naar de keuken liep. Op het aanrecht stond een papieren zak met doosjes en een drinkbeker van een fastfoodrestaurant. De maaltijd die voor Finn bedoeld was, nam ze aan. Er was niets over.

In de deur van de koelkast stond alleen een halflege fles cola. Dat was te verwachten. Ze klapte de deur dicht en opende doelgericht de keukenkastjes. Ze vond een pak crackers dat nog dicht was, scheurde het open en at er snel een. Haar mond was extreem droog en ze kreeg de cracker moeilijk weg. Ze voelde dat Nick haar in stilte observeerde, maar op dit moment kon ze aan weinig anders denken dan aan eten en drinken. Ze had het gevoel ook suiker nodig te hebben; ze werd steeds lichter in het hoofd.

Hoewel ze wist dat de cola er al een tijdje moest staan, pakte ze het uit de koelkast, draaide de dop eraf en zette de fles aan haar mond. Haar extreem droge keel zorgde ervoor dat ze bleef doordrinken. Toen de smaak tot haar doordrong keek ze naar de fles. Angst overspoelde haar. *Hij heeft ook iets in de fles gedaan.* Hij had overal rekening mee gehouden. Ze liep snel terug naar de bank, waar ze hem ermee wilde confronteren, maar de overweldigende duizeling was sterker en zorgde ervoor dat ze neerplofte.

Nick ging onverwachts naast haar op de bank zitten en leunde ontspannen naar haar toe. Ze hoorde hem verder vertellen, ook al had ze geen vraag kunnen formuleren.

'Het plan was al die tijd geweest om Finn na een paar dagen licht gedrogeerd in het Bovenste Bos achter te laten. Zijn kinderlijke verhalen over zijn tijd in de kelder zouden nooit serieus genomen worden. Toen er echter nog een jongetje verdween voerde dat de druk op bij de politie. Dennis raakte volledig in paniek nadat duidelijk werd dat de verdachte die was aangehouden niets te maken had met de verdwijning van Finn. Hij dacht niet helder meer na en maakte rare sprongen.'

Herinneringen aan de laatste nacht met Dennis drongen zich aan haar op; de nacht vlak voordat hij zelfmoord pleegde. Hij had geen enkele blijk van paniek of paranoia getoond. *Totdat jij hem dat berichtje stuurde. Nadat ik Joyce had verteld dat ik seks met hem had gehad.*

'Maak jij niet ook rare sprongen?' wist ze uit te brengen.

'Misschien wel ja,' was het antwoord. 'Hij zette me buitenspel. Ik was alleen nog maar goed voor het verzorgen van Finn. En hij wist dat ik hem niet zou verlinken: hij had mijn tweede betaling nog niet overgemaakt. Bovendien zat ik er zelf te diep in. Ik probeerde wanhopig contact met je te maken, omdat ik het gevoel begon te krijgen dat zijn plannetje werkte. Ik moest erachter komen of je opnieuw voor hem viel.'

'Dat was toch de bedoeling?' Ze wreef met haar vingers over haar slapen terwijl ze staarde naar de salontafel, die niet op zijn plek leek te kunnen blijven staan.

Nick schudde bijna onmerkbaar zijn hoofd. 'Niet voor mij. Niet meer.'

Gedachten werden op haar afgevuurd als kanonskogels in de duisternis, maar het lukt haar niet meer om iets te zeggen. Ze kon niets anders dan luisteren naar zijn zware schorre stem.

'Ik wil je voor mezelf.'

80

Jasmine liep naar binnen en zag Stevens in de halflege kroeg aan de bar zitten. Er werd een glas sterkedrank voor zijn neus ingeschonken. Ze ging naast hem zitten en beantwoordde de knik van de barman.

'Een cola, alsjeblieft.'

Stevens erkende haar aanwezigheid niet.

'En je emoties wegpaffen en verdrinken in alcohol? Dat is zo gezond!' vroeg ze toen.

Hij keek haar ineens aan, zijn blik liet een rilling over haar rug lopen. Hij dronk zijn glas in één teug leeg. 'Ik heb jouw goedkeuring niet nodig.'

Jasmine liet een spottende lach horen. 'Nou, dat is mooi, Thomas Stevens, want ik heb jouw goedkeuring ook niet nodig. Niet als mens en niet als aspirerend rechercheur. Ik denk dat...'

Stevens onderbrak haar abrupt. 'Het kan me werkelijk niet schelen wat jij denkt, Ziani. Je bent een eigenwijs stuk vreten, weet je dat? Ik probeer jou al tijden iets mee te geven en het wil maar niet doordringen. En ja, misschien is mijn methode om jou wat bij te brengen wat onorthodox, maar je zult er toch wat mee moeten.' Hij zuchtte en sprak toen zachter. 'Ik zie wat het allemaal met je doet. Net als die keer dat ik je meenam naar de plaats delict. Ik probeerde te kijken of...'

'Je probeerde te kijken of wat?' viel Jasmine in. 'Het lijkt af en toe wel of je hoopt dat ik dit werk niet aankan!'

'We zijn niet de enigen hier, hou je koest,' siste hij terwijl hij over zijn schouder keek. 'Integendeel. Maar ik probeer er wél achter te komen wat voor vlees we in de kuip hebben. En dat recht heb ik. Vergeet niet door wie je nog steeds bij de zaak betrokken bent.'

'Door jou?' Ze kon haar verbazing niet verbergen en voelde haar hals en wangen gloeien. Waarom wist ze dit niet? Ze had er überhaupt niet over nagedacht dat Stevens er een rol in kon hebben aangezien hij haar zo dwars had gezeten, zeker in het begin.

'Ja. Door mij, ja,' antwoordde hij. 'Ik heb De Bruijn gevraagd om je aan te houden als consultant. Ik ben toch ook degene die je iedere godvergeten keer mee op sleeptouw neemt, of niet soms? Waarom denk je dat ik dat doe?' Hij had nu zelf moeite zijn volume laag te houden. Ze zag zelfs in de schamele verlichting dat zijn wangen inmiddels ook rood waren, maar niet van schaamte. Hij was woest.

'Waarom doe je dan altijd zo lullig tegen me?'

'Ik doe niet lullig. Ik doe gewoon zoals ik doe. En soms is dat een reactie op jou. Op je naïeve, controlerende, obsessieve trekjes. Dat zul je met meer mensen gaan ervaren. Mensen gaan jou gewoon niet altijd leuk vinden en je dus rot behandelen en dat zul je moeten accepteren. Je kunt niet alles maar doen wat jij wilt en je kunt zeker niet alles op jouw manier willen doen.'

'Dus niet omdat ik een vrouw ben?' vroeg ze bedremmeld.

'Nee! Omdat jij *jíj* bent!' Hij haalde diep adem om zijn kalmte terug te vinden en toen hij weer begon te praten lukte dat redelijk. 'Weet je, zachte heelmeesters maken stinkende wonden. Ik probeer je gewoon bewust te maken van je gedrag. En ja, ik probeer je harder te maken om dit vak op de langere duur aan te kunnen.'

'Harder te maken?' Ze lachte schamper en nam een slok van haar cola. 'Ik heb jou niet nodig om mij "hard" te maken.'

'O nee? Heb je jezelf weleens gezien?' vroeg hij bijdehand.

Jasmine fronste haar wenkbrauwen.

'Ja, je ziet eruit als een lijk,' verduidelijkte hij. 'En weet je waarom? Je slaapt slecht omdat je maar blijft malen en malen. Je eet slecht. En dat obsessieve socialmediagedrag! Om gek van te worden! Alsof je daarmee de uitkomst kunt beïnvloeden!'

Jasmine opende haar mond om iets terug te zeggen, maar Stevens was haar voor: 'Je hebt steeds hoofdpijn door de alsmaar opbouwende spanning, denk maar niet dat ik het allemaal niet doorheb. En als laatste: je hebt je herexamens laten liggen voor de zomer, die je waarschijnlijk al gewoon in één keer had kunnen halen als je je even had ingezet. Je bent een superpientere meid. Maar je doet niets anders dan werken en piekeren.' Hij keek haar doordringend aan. Ze had geen weerwoord. 'Je ontspant nooit en je hebt geen sociaal leven. Zie je ooit weleens je vrienden? Ga je weleens stappen met een leuke vent? Dansen met vriendinnen? Naar een club? Ik durf te wedden dat dit de eerste keer is dat je voet hebt gezet in een kroeg in deze stad.' Hij tikte vervolgens tegen zijn glas en knikte naar de barman. 'Nog een, beste man.'

Jasmine rolde met haar ogen. 'Wat gaat jou dat aan?' antwoordde ze vinnig. 'En ga jij me nu echt vertellen dat ík te hard werk? De helft van de tijd slaap je achter je bureau. En ík heb geen leven? De pot verwijt de ketel. Alsof dat van jou zo enerverend is.'

Stevens trok verbaasd zijn wenkbrauwen op. 'Pardon? Ik zal jou vertellen dat als er geen grote zaak speelt, ik mijn vrije tijd heel anders invul. Normaal zeil ik de hele zomer iedere zondag met mijn vader en mijn broer. Op zaterdagochtend train ik het hockeyteam van mijn neefje. Ik zie mijn vrienden regelmatig in onze stamkroeg en op vrijdag heb ik vaak afspraakjes met leuke vrouwen die ik via Tinder ontmoet. Dus als jij denkt dat ik geen leven heb, heb je het mis!' Hij keek haar indringend aan.

'Ik dacht dat het niet uitmaakte wat ik dacht,' mompelde Jasmine.

'Dat doet het ook niet,' zei hij nors. Hij gooide zijn drankje achterover, legde cash op de bar en vertrok zonder Jasmine nog een blik waardig te gunnen.

Ze glimlachte ongemakkelijk naar de barman. Ze had Stevens volledig verkeerd ingeschat. En misschien had ze zojuist de grootste fout in haar carrière gemaakt.

81

'Ik zag het zelf ook niet aankomen,' vertelde Nick. 'Toen ik je benaderde als Joyce ging ik ervan uit dat je net zo was als die feeks van een moeder van mij; een gescheiden vrouw vol rancune over haar mislukte huwelijk.'

Ella slikte. Toen hij haar in de Ardennen vertelde over zijn moeder had ze niet kunnen bevroeden dat hij zoveel haat voelde jegens haar, hij had zo nonchalant geleken.

'Maar dat was je helemaal niet,' vervolgde hij. 'Je was lief en zacht en begripvol. Ondanks het liegen en bedriegen van Dennis accepteerde je hem zoals hij was en wilde je koste wat kost een goede band houden met de vader van je kind. Onbegrijpelijk voor mij, maar ergens ook zo aandoenlijk. Naïef bijna.' Hij legde zijn hand op haar been en wreef tergend langzaam over haar broek.

Als 'Joyce' ergens haar best voor had gedaan, dan was het wel Ella ervan overtuigen dat ze Dennis uit haar leven moest weren. Ze begreep niet hoe dit rijmde met het plan van de twee mannen.

Ze haalde trillerig adem en legde haar hand op zijn hand. Ze concentreerde zich voor zover dat lukte terwijl ze probeerde hem goed aan te kijken ondanks haar wazige zicht.

'Als je zo gek op me bent… Waarom kun je ons dan niet laten gaan?' wist ze langzaam uit te brengen.

'Dat zal niet gaan, ben ik bang. En ik had al verwacht dat je alles uit de kast zou trekken om me te overtuigen.' Hij draaide zijn hand om en streelde zacht de palm van haar hand. Zijn woorden waren zo anders dan zijn daden.

'Maar… waarom dan niet?' vroeg ze wanhopig

Twee brede grijnzen van Nick wedijverden om haar focus.

'Omdat, lieve Ella, ik je zojuist ons misdrijf gedetailleerd uit de doeken heb gedaan. Nu kún je me niet eens meer manipuleren en overtuigen dat ik jullie moet laten gaan.'

Het voelde alsof alle lucht uit Ella werd geperst. Het tegenovergestelde van wat ze van plan was geweest, was gebeurd.

'Als ik je nu die deur uit laat lopen met je kind, laat je me zeker oppakken en is alles voorbij.' Met zijn vrije hand begon hij haar gezicht te strelen. 'Ik ben niet zo gek als je denkt.'

Hij had haar alles verteld. Alles. Het was een val geweest. Ze voelde zich meer gevangen dan ooit tevoren. Ze stond kordaat op, maar voelde meteen hoe ze wankelde op haar benen. Hij trok haar moeiteloos op zijn schoot. Ze kon geen weerstand bieden, ook al zou ze het willen.

'Maar de politie...' stamelde ze. De kamer om haar heen draaide. Ze kon niet anders dan tegen Nick aanleunen. Ze voelde zijn ene hand om haar middel gaan en met zijn andere wreef hij zacht over haar dijbeen.

'De politie komt terug. Daar twijfel ik niet aan. Helaas hebben ze de deur naar de kelder vandaag niet gevonden.'

Ella deed haar ogen dicht. Als de politie Finn bij de huiszoeking had gevonden was alles voorbij geweest. Dan had Dennis de schuld gekregen en ging Nick vrijuit.

Hij leek haar gedachten te kunnen lezen en zei: 'Alles wees naar Dennis. Finn had wellicht kunnen zeggen dat hij dacht dat ik er ook was geweest, verkleed als Robin, maar dat had afgedaan kunnen worden als kinderlijke fantasie. Ik dacht echt dat ze hem zouden vinden.'

Ella zei niets terug. Ze voelde vooral zijn warme handen. Wat hij zei drong maar langzaam tot haar door.

'Maar helaas. Nu weten jullie allebei van mijn betrokkenheid. Ook Finn heeft me nu gezien zonder vermomming en de connectie gelegd,' zei hij en hij snoof. 'Daarom kan ik jullie nooit levend achterlaten.'

Ze wist dat wat hij zei gruwelijk was, maar ze was niet meer in staat angst te voelen; er ging iets vreselijk mis in haar brein.

'Allemaal door een stomme miscalculatie,' hoorde ze Nick zeggen. Zijn stem klonk ver weg, ook al was zijn mond naast haar oor.

Een stomme miscalculatie. Het echode in haar hoofd.

'Het maakt nu toch allemaal niet meer uit,' zei hij ineens schor. Zijn ademhaling voelde warm tegen haar huid en hij begon haar nek te kussen. De hand die op haar been had gelegen, liet hij naar boven glijden over haar buik naar haar linkerborst. Ze voelde de aanrakingen intens en het voelde prettig. Heerlijk. Ze draaide haar hoofd en kuste hem terug. *Wat doe ik?* Zijn warme tong vond de hare. Ze kon niets meer doen om het te stoppen. *De drugs in mijn drinken.* Opeens stond hij op en met een zwaai had hij haar in zijn armen. Als een lappenpop was ze volledig weerloos.

'Waar gaan we...?' wist ze nog uit te brengen toen hij haar richting de gangdeur en daarna de trap op droeg.

'We gaan naar de slaapkamer van Dennis om af te maken waar we in de Ardennen aan begonnen zijn.'

Ella probeerde haar ogen te openen, maar het bleef zwart. Ze wist zeker dat haar ogen niet meer gesloten waren, maar ze zag niets. Dit had ze eerder meegemaakt. De kelder, ze was weer terug in de kelder.

'Finn?' Er volgde geen antwoord. Niet eens een ademhaling in de stilte of het geschuifel van een kleine beweging. Een acuut paniekgevoel schoot door haar heen. 'Finn!' schreeuwde ze nu terwijl ze panisch om zich heen begon te voelen. Niets dan doodse stilte. In het aardedonker kroop ze langzaam en behoedzaam van het bed af terwijl ze in constante aanraking probeerde te blijven met iets. Haar linkerarm maaide ze heen en weer in het donker.

'Liefje, wordt wakker! Ben je oké? Waar ben je?' Ze voelde de tranen opkomen en haar keel werd langzaam dichtgeknepen door de angst.

Plotseling schoot het felle licht aan. Ze was zich vaag bewust van haar naakte lijf, maar haar aandacht werd opgeslokt door wat ze zag. Of eigenlijk wat ze niet zag. Op het bed na was de kamer helemaal leeg. Geen speelgoed, geen posters, geen superhelden. En geen Finn.

82

Een verlammende hoofdpijn hield Jasmine al de hele dag in bed. Ze had een vrije dag opgenomen van haar stagewerkzaamheden. Ze kon onmogelijk meteen weer terug naar die geestdodende administratieve zaken na de week die ze had gehad.

Langzaam werd ze wakker en zag dat het al donker was. Het liefst ging ze weer slapen om haar bestaan volledig te ontkennen, maar dat lukte niet. Het zou een lange nacht worden, aangezien ze het grootste gedeelte van de dag had geslapen. Ze zuchtte terwijl ze naar het plafond staarde. Ze zou blij moeten zijn dat de zaak die haar nachtenlang had geteisterd eindelijk was opgelost. Simon Egberts werd officieel aangeklaagd voor de ontvoering en moord op Dex en Bram. Gerechtigheid voor de dode jongetjes en hun naasten zou er komen, ja. Het zou ze echter niet terugbrengen: de families zouden voor altijd moeten leven met een gapend gat in hun hart.

Nu de moorden waren opgelost, sijpelden de feiten langzaam de wereld in. Simon Egberts was in de media omgedoopt tot de 'triquetra-moordenaar'. De details van de moorden, zijn denkbeelden, zijn waanzin, er werd van gesmuld. Men had er smachtend op gewacht. Het kwaad was weer in het vizier en alle angst kon geprojecteerd worden op het zogenaamde monster.

Maakte het wegstoppen van één gestoorde beschadigde man de wereld er nou wel echt een stukje beter op? Er komen altijd nieuwe idioten die kinderen pijn doen, dacht Jasmine, en er is niets wat ik kan doen om het te voorkomen.

Ze draaide zich op haar zij en trok haar dekbed over haar

hoofd, hoewel dat veel te warm was. Ze had alles gegeven om Finn wel te redden en nu kon ze niets meer doen. Ze had stiekem nog geprobeerd contact met Ella op te nemen, maar haar pogingen waren tevergeefs. Ze was bang dat de moeder zichzelf misschien ook iets aan zou doen. Wanhoop en medelijden vulden haar borstkas. Ze kneep haar ogen dicht om de tranen tegen te houden.

Ze wist zeker dat Dennis Rubens iets met de verdwijning van zijn zoon te maken had, ook al was de Belgische recherche daar niet van overtuigd. En hij had niet alleen gehandeld, dat was onmogelijk. Hoe kon ze, zo zeker van haar zaak, werkeloos in bed blijven liggen?

Ella had geen idee hoe laat het was. Na een tijdlang schreeuwen en bonken op de deur van de kelder was ze uitgeput op het bed gaan zitten. Ze had haar naakte lichaam bedekt met het dekbed waar de overtrek nu van ontbrak.

Angst drong zich door haar boosheid heen. *Hij is sporen aan het wissen.* Daarom waren alle spullen natuurlijk weg. Hoe had ze dit kunnen laten gebeuren? Ze herinnerde zich momenten van de avond ervoor, althans, ze ging ervan uit dat het de avond ervoor was, want ze had geen idee hoe lang ze buiten bewustzijn was geweest. Het gesprek waarin Nick haar alles vertelde over Dennis' plan kon ze zich nog goed herinneren. Daarna werd het steeds verwarrender. Tegen de tijd dat Nick haar naar boven had gebracht, werkte haar hoofd niet meer mee. Haar lichaam echter wel. Flarden van wat er zich in het bed van Dennis had afgespeeld drongen zich aan haar op. Ze had nog nooit zo wild gevreeën met iemand. Alles had heviger gevoeld en ze had zichzelf totaal niet onder controle gehad. Zijn handen waren overal geweest. Haar mond… Ze drukte de herinneringen woedend weg.

'Wat heb je me gegeven!?' riep ze kwaad richting de camera. 'Je hebt me gewoon gedrogeerd om je zin te krijgen. Smeerlap!'

Onverwachts hoorde ze een geluid en ze sprong op. Na al die

tijd van stilte en hopeloosheid. Het dekbed trok ze half mee. Ze hield haar adem in toen de deur eindelijk openging.

'Waar is Finn? Wat heb je gedaan?' riep ze direct. Nick bekeek haar van top tot teen en ze was zich er ondanks de situatie van bewust dat ze zichzelf nauwelijks bedekte met de deken. Ze trok het ding meer voor haar.

'Nou nou, dat is toch niet nodig. Ik geloof dat we dat stadium al gepasseerd zijn,' zei hij grinnikend. Hij had een bundeltje kleding in zijn handen.

'Mijn kleren, geef hier!' snauwde ze. Als reactie op haar boosheid gooide hij het bundeltje voor zijn voeten op de grond. Ze moest nu wel dichterbij komen en gebogen graaide ze naar haar kleding. De deken moest ze laten vallen en ze voelde zijn ogen op haar branden. Hij manoeuvreerde haar bewust weer in een kwetsbare onderdanige positie en dat besef maakte haar ondanks haar boosheid ook bang. Nick was verschrikkelijk onvoorspelbaar.

'Oké, ik heb Finn weggebracht,' gaf hij ineens toe toen ze helemaal aangekleed voor hem stond. 'Weg van hier. Ik hoopte dat ik hem op andere gedachten kon brengen. Een ander verhaal over zijn ontvoering... Ik weet het niet.' Hij haalde zijn schouders op. 'Maar maak je geen zorgen. Hij is op een veilige plek.' Hij draaide zich peinzend om en leek weer naar de deur te lopen. Zijn stem klonk kalm en vertrouwd, wat ervoor zorgde dat Ella's angst zich naar de achtergrond liet duwen en ruimte maakte voor de woede die in haar binnenste opborrelde. Ze was het zat om als speelbal te fungeren.

'Vertel me nu waar mijn kind is!' schreeuwde ze en ze vloog Nick aan.

Wat er toen gebeurde had ze niet verwacht. Met een snelle handeling trok Nick haar voor zich en hield hardhandig haar polsen op haar rug vast. Hij was sterk. Heel sterk. En niet alleen lichamelijk. Ze had iets losgemaakt in hem wat hij niet eerder had laten zien.

83

'En nu is het afgelopen met jou.' Hij hijgde in haar oor. Eén hand liet haar polsen los, maar de andere was sterk genoeg om haar in bedwang te houden. Ze schrok van het koude gevoel van een lemmet tegen haar huid, net onder haar kaak.

'Ik heb genoeg van jouw spelletjes. Nu ga je je gedragen of ik beëindig het hier en nu.'

Haar adem stokte in haar keel.

'Je moet blij zijn dat ik ben teruggekomen, want eigenlijk wilde ik je hier gewoon laten verrotten,' snauwde hij.

Waar was de gevoelige man gebleven die zogenaamd gek op haar was? De quasi-onhandige handlanger die niet geheel door zijn eigen toedoen tot aan zijn nek in de problemen was gekomen? Veel van wat hij haar had opgebiecht leek een leugen in het licht van wat hij nu deed.

'Maar wij hebben... Je hebt...'

'Ja, we hebben gesekst ja. En dat moest er ook maar een keertje van komen. Was lekker, toch? Je lustte er wel pap van.' Hij lachte hees.

Zijn geur zo dichtbij groef weer flarden uit haar geheugen op. In een flits zag ze het plafond van de slaapkamer voor zich toen ze met haar hoofd naar achteren naakt boven op Nick had gezeten. Hij had plots haar haren naast haar oren gepakt en terwijl hij half rechtop kwam had hij haar gezicht dicht bij het zijne getrokken. Zijn intense blik boorde zich in die van haar voordat hij haar gepassioneerd had gekust. Hij was in haar geweest. Eindeloos. Ritmisch. Ze had hem op dat moment zo lekker gevonden. Een golf van misselijkheid overviel haar.

‘Het waren de drugs,’ mompelde ze. Haar weerstand gleed weg door wat ze zich realiseerde. *Het was allemaal een act.*

‘Ja, een beetje GHB in je drinken om de zaken wat te bespoedigen. Als het aan jou lag hadden we de hele avond door gekletst.’ Zijn stem klonk akelig helder vergeleken bij haar eigen gemoedstoestand.

‘Het was nu weleens tijd om te krijgen wat je de hele tijd voor mijn neus hebt laten bungelen.’

Ella wilde het niet meer horen. Ze wilde alleen nog maar weg, weg van deze man, maar vooral naar haar kind.

‘Wil je me alsjeblieft naar Finn brengen? Alsjeblieft?’ Ze probeerde zich om te draaien om hem smekend in de ogen te kijken. ‘Wat je dan ook met ons van plan bent, laat ons in ieder geval samen zijn.’

‘Wat je wilt.’ Hij duwde haar langzaam de deur door en de keldertrap op.

‘Wat ga je doen?’ vroeg Ella paniekerig toen hij haar de gang door naar de garagedeur leidde. Voor haar neus stond haar eigen auto met draaiende motor. Ze had zich al afgevraagd wat hij ermee had gedaan nadat ze hem verderop in de straat had geparkeerd. Voor ze het wist trok hij een kabelbinder strak aan rond haar polsen, wat ervoor zorgde dat ze een kreet gaf.

‘Stil! Het is nog midden in de nacht!’ snauwde hij.

‘Nick? Wat ben je van plan?’ vroeg ze angstig. Ze worstelde instinctief om zichzelf te bevrijden; rationeel wist ze dat ze geen schijn van kans maakte tegenover deze man.

Nick zette de achterbak open. Het bloed trok weg uit haar gezicht toen ze voelde dat iets zich straktrok rond haar enkels en ze beet op haar lip om niet weer een gil te geven.

‘Erin.’ Hij hielp haar, wat niet voorkwam dat ze met een doffe bons neerkwam op de harde bodem van de achterbak en haar heup bezeerde. Zonder iets te zeggen klapte Nick meteen de achterklep dicht.

In de aardedonkere benauwde ruimte voelde ze een traan vanuit haar ooghoek over de zijkant van haar gezicht lopen. Bleef de motor aan? Paniek sloeg haar om het hart. Was dit zijn plan? Om haar te laten sterven door de uitlaatgassen van haar eigen auto? Kon dat zomaar? Had hij de uitlaatgassen op de een of andere manier de auto in geleid? Ze begon het al flink te ruiken.

Ze kreeg een visioen van zichzelf in de bestuursstoel. Dood. Geen kabelbinders meer om haar polsen en enkels. Het zou worden gezien als zelfmoord. *Wat een beest!*

Nick liet haar denken dat ze Finn weer zou zien. Betekende dat… dat Finn dood was? Als dat zo was, dan maakte het allemaal niets meer uit. Ze sloot haar ogen, waarna er druppels over haar wang en neus over haar klamme huid rolden. Laat me dan maar doodgaan, dacht ze. De auto schudde iets heen en weer, waarna ze een piepend en krakend geluid hoorde dat ze dacht te herkennen als het in beweging komen van de garagedeur. Haar ogen schoten open.

84

Voorzichtig opende Jasmine de voordeur van de woning van Dennis Rubens. Het was doodstil in het huis. Ze liep de gang door terwijl ze haar ogen zorgvuldig de kost gaf. Ze zag een bijna lege kapstok, een deur die naar een garage bleek te leiden en een trap naar boven. De woonkamer was vrij minimalistisch ingericht. Na even rondkijken ging ze terug naar de hal en liep de perfect witgelakte trap op. Haar voetstappen klonken hard door in het stille huis. Boven aan de trap zag ze meteen de badkamer aan haar linkerhand, een masterbedroom rechts met een groot bed waarvan het beddengoed was afgehaald en recht voor haar een kinderkamer waarvan de deur openstond. Had De Bruijn niet gezegd dat er geen kinderkamer was? Ze liep naar binnen en keek verbaasd rond terwijl ze automatisch haar mobiel uit haar broekzak haalde. Ze maakte snel wat foto's en zocht toen het nummer van Stevens op.

Voor ze ook maar kon bedenken of het verstandig was wat ze aan het doen was, deed een geluid haar verstarren. Het was zo stil in het huis dat het onmiskenbaar was: er werd aan de deur gerommeld. Het leek erop dat de buitendeur opengging. Ze verschool zich half achter de deur van de kamer en luisterde met ingehouden adem naar het gestommel beneden. Wie had hier nu iets te zoeken? Familie van Dennis? Of de vermoedelijke mededader? Ze hoorde met toegeknepen ogen het geschuifel weer luider worden, gevolgd door voetstappen in de hal en vervolgens op de trap. Ze haatte het dat ze nog geen wapen had.

'Ziani?'

Opgelucht haal ze adem. 'Jezus, Stevens, je laat me schrikken. Wat doe jij hier?'

'Volgens mij kan ik dat beter aan jou vragen. Ik ging een van de sleutels halen en hoorde dat jij er ook een had opgehaald. Ben je nou helemaal gek geworden!?'

Ze keek hem schuldbewust aan. 'Sorry, maar...'

'Denk je dat ik niets beters te doen heb dan op jou te passen?'

'Ik weet het, en het spijt me maar...' Ineens bedacht ze zich. 'Waarom ging jij de sleutel halen?'

Hij liet een stilte vallen en zuchtte. 'Ik had gisteravond meteen na het overleg met de Belgen al besloten dat ik hiernaartoe zou gaan.'

'Daarom deed je zo vaag! Waarom zei je dat dan niet gewoon!?'

'Ik wilde jou niet mee hebben.'

'O, nou lekker dan...'

Hij overstemde haar met iets luidere stem. 'Ik wilde je niet mee hebben omdat op eigen houtje een huis betreden, terwijl je van een zaak bent gehaald, echt niet kan. Nu kan ík me wel wat veroorloven, maar ik zou het zonde vinden als jouw carrière al stopt voor ie begonnen is.'

Jasmine knikte verlegen. 'Ik heb wel iets ontdekt,' zei ze snel.

Hij keek haar argwanend aan. 'Wat dan?'

'Kijk, hier. Er is wél een kinderkamer, terwijl De Bruijn duidelijk zei dat die er niet was.'

'Wow! Dit is bizar! Hier kijk je niet zomaar overheen,' zei Stevens. 'En moet je dit horen: onderweg hierheen hoorde ik dat het autopsierapport van Dennis Rubens binnen is. Sectie verrichten leek De Bruijn op z'n plaats om niets over het hoofd te zien in deze zaak. De doodsoorzaak was overduidelijk verhanging, maar daarnaast had hij zo'n bizarre cocktail van drugs in zijn bloed dat...'

'Hij had waarschijnlijk de moed niet om nuchter te doen wat hij ging doen,' onderbrak Jasmine hem bedenkelijk.

Stevens schudde zijn hoofd. 'Ik heb het over zo'n grote hoeveelheid dat hij nooit had kunnen doen wat hij heeft gedaan, zonder hulp.'

Jasmine was sprakeloos.

'En nu blijkt dus dat iemand hier de boel heeft verbouwd na de huiszoeking. Des te meer redenen om de woning zo snel mogelijk verder te onderzoeken en een buurtonderzoek in te stellen,' vervolgde Stevens. 'Dus heb ik net Gilbert gebeld, maar die nam niet op. Ik heb ook bij De Bruijn een voicemail ingesproken. We moeten de juiste procedure volgen, anders is de kans groot dat eventueel bewijs als onrechtmatig wordt bestempeld.'

Jasmine knikte zuchtend. 'Moeten we daar dan nu weer op wachten?'

'Officieel wel. Maar ik weet zeker dat na het toxicologierapport Gilbert en Vanderlinde het met me eens zullen zijn. Zij krijgen het volledige autopsieverslag ook doorgestuurd. Misschien zijn ze zelfs al onderweg. Ik wil ze niet nog meer tegen de schenen schoppen.' Hij leek even te aarzelen. 'Dat heb ik al genoeg gedaan.' Het was de eerste keer dat hij zich werkelijk bescheiden opstelde.

'Maar je was toch vóór dat rapport ook al van plan om hier officieus rond te neuzen?' vroeg Jasmine terwijl ze hem de trap af naar beneden volgde.

'Ja dat klopt', antwoordde hij, 'omdat ik iets stevigers in handen wilde hebben dan die splitscreenfoto om ze te overtuigen. Het autopsierapport is een onverwachte meevaller, maar er is iets anders wat ik wilde checken. Ik heb vannacht een tijdlang zitten zoeken naar meer informatie over Dennis Rubens. Ik stuitte op internet op bouwplannen van een paar jaar geleden waar een vergunning van de gemeente voor nodig was. Dit is altijd openbaar, zodat buren eventueel bezwaar kenbaar kunnen maken. De bouwplannen betroffen iets wat niet bij het originele ontwerp van dit type huis hoort, namelijk een kelder.'

Na alle hoeken van de garage te hebben onderzocht, de plek waar de vermoedelijke kelder zich volgens de blauwdruk voornamelijk onder moest bevinden, liep Jasmine gefrustreerd de hal door de woonkamer in.

'Nergens een luik te vinden. Was die omschrijving maar wat duidelijker!'

'Ik begin te denken dat hij de vergunning niet heeft gekregen,' mompelde Stevens teleurgesteld achter haar. Zijn oog viel op de kast onder de trap. 'Als er een luik is moet dat ergens op de begane grond zijn. Een plek waar je het niet meteen ziet, want het is over het hoofd gezien bij het onderzoek.' Hij opende de kast en begon direct spullen eruit te halen om de vloer te inspecteren. Jasmine keek toe hoe zich een berg van skispullen, een kampeerslaapzak en andere rommel vormde naast de deur van de kast.

'Niets!' riep Stevens uit. Jasmine ging naast hem staan en keek mee over zijn schouder naar de lege vloer met goedkoop linoleum. Geen naad te zien. Ze wrong zich langs Stevens en knipte een lampje aan. Terwijl ze leunde tegen de plankenkast tegen de achterste muur, zakte ze door haar knieën en pulkte aan de rand van het linoleum.

'Misschien zit het los en zit het luik eronder.' Ze ging verzitten en voelde dat toen ze haar grip op de laagste plank aan de muur verslapte, de muur langzaam naar haar toe kwam. Het duurde even voordat ze zich realiseerde wat er gebeurde. Ze stond op en zag dat ze met het gewicht van haar lichaam een drukmechanisme in werking had gesteld.

'Krijg nou wat!' zei Stevens achter haar.

Jasmine trok het paneel met planken naar zich toe om het verder te openen en staarde tot haar verbazing in een donker gat.

85

Al vanaf het moment dat de auto in beweging was gekomen, had Ella gemerkt hoezeer ze haar spieren moest aanspannen om de pijn in haar lichaam te beperken. De auto hobbelde en de lege achterbak gaf geen enkele ondersteuning voor haar vastgebonden lijf. Haar bezeerde heup deed pijn en een vreselijke kramp trok doorlopend door haar armen achter haar rug. Het duurde nu al zo lang. Ze had een paar keer geprobeerd te roepen, maar Nick kon haar kennelijk niet horen.

Plotseling stopte de auto. Iemand stapte uit, voelde ze aan het gewiebel. Nog een deur ging open. Ineens hoorde ze een klein stemmetje. *Finn?* Ze begon te schreeuwen. Met haar voeten trapte ze zo hard als ze kon tegen de zijkant van de auto. 'Finn!'

Ze hoorde dat het kind begon te huilen. Het was niet Finn. Het gehuil verplaatste zich van buiten naar binnen in de auto en een deur klapte dicht. Ze kromp ineen toen de achterklep plotseling openging. Het flauwe schijnsel van de wegverlichting viel naar binnen. Ook het daglicht liet zich langzaam zien. Ze waren ergens langs de weg gestopt en het was doodstil om hen heen.

Nick keek haar woedend aan. 'Houd je kop! Ik had je moeten muilkorven. Nu heb je Sophietje bang gemaakt!'

Ella realiseerde zich dat Sophie voor de rit al in de auto moest hebben gezeten, of misschien wel had liggen slapen. Ze had nu waarschijnlijk moeten plassen.

'Laat me er alsjeblieft uit,' smeekte ze direct. 'Ik zal het goedmaken. Doe alsof je me net hebt opgehaald en dat we verstoppertje speelden.' Ze keek hem met verwilderde opengesperde ogen aan.

Hij leek te twijfelen.

'Alsjeblieft Nick, mijn rug doet zo'n pijn.'

Hij zuchtte hoorbaar uit.

'Nick, ik hoor dat Sophie heel erg verdrietig is.'

'Ze is bang door dat gebonk en geschreeuw van jou,' zei hij resoluut.

Ella schudde haar hoofd. 'Dat niet alleen. Je bent gespannen en ze heeft je dagen niet gezien. Ze is moe en de lange autorit helpt daar niet bij. Normaal ligt ze nu lekker in haar bedje. Ik kan haar troosten en in slaap helpen,' ratelde ze. 'Laat mij samen met haar achterin zitten. Alsjeblieft. Jij kunt dan gewoon doorrijden.'

Nick liet haar nog even in het ongewisse terwijl hij wegliep. Hij kwam terug met het mes en even sloeg de schrik haar om het hart. Er was nog een manier om haar de mond te snoeren. Maar zonder aarzeling sneed hij kundig de plastic kabelbinders om haar polsen en enkels door. Het voelde bevrijdend en pijnlijk tegelijk. Hij hielp haar uit de achterbak. Toen ze stond hield hij even haar zere hand vast en boog iets naar haar toe.

'Onthoud dit,' fluisterde hij. 'Ik ben de enige ter wereld die weet waar je kind is. Haal je dus niets in je hoofd.'

Ella knikte gehoorzaam.

Hij deed de portier van de achterbank voor haar open en ze schoof naar binnen.

'Hé Sophie, sorry dat ik je zo heb laten schrikken,' zei ze zacht. 'We speelden verstoppertje en papa wist niet dat ik me in de achterbak had verstopt. Ik kon er niet meer uit.'

Nick ging weer achter het stuur zitten. 'Gelukkig vindt Ella het heel leuk om met ons mee te gaan,' zei hij gespeeld opgewekt. 'En nu we haar hebben gevonden, kan ze gezellig bij jou zitten. Vind je dat leuk?'

Sophie knikte.

'Je kent me nog wel, toch?' vroeg Ella.

Sophie knikte weer. 'Van het kamperen. De mama van Finn.'

Ella glimlachte liefdevol naar haar. 'Was het leuk bij opa en oma?' vroeg ze toen Nick de auto weer van de rustplaats de snelweg op reed.

'Opa en oma zijn de liefste opa en oma van de wereld.' Ze glimlachte.

'Vond je het jammer om weer weg te gaan?'

'Ja... Maar ik miste papa ook.' Ze leunde een beetje tegen Ella aan. Haar autozitje was opzijgeschoven, ze zat er niet op. Ella vermoedde dat ze echt had liggen slapen op de achterbank. Ze deed haar arm om het meisje heen en voelde dat ze ontspande tegen haar aan. Ze aaide haar haartjes liefdevol en suste haar zacht. Haar ademhaling werd al snel langzamer en haar lijfje zwaarder. Ella's ogen ontmoetten die van Nick in de achteruitkijkspiegel. Zijn donkere ogen keken scherp, achterdochtig.

Een paar minuten reden ze in stilte. Ze kwamen weinig andere auto's tegen in de vroege ochtend. Toen hij zeker wist dat Sophie weer in slaap was gevallen, zei Nick zacht, maar hard genoeg dat Ella hem kon verstaan: 'Begrijp één ding heel goed. Ik heb jou alleen maar opgehaald uit dat huis van je ex omdat die dame van de politie je maar bleef bellen en appen. Die Jasmine, wat een pitbull. Ze zou je nog gevonden hebben voor je zou uitdrogen en dat kon ik me niet permitteren.' Hij keek haar nog eens doordringend aan in de spiegel. 'Maak je dus geen illusies. Ik heb er geen moeite mee van de bestemming af te wijken.'

'Waarom zeg je dat?' vroeg Ella koeltjes.

Nick keek een lange tijd stuurs voor zich uit. 'Ik weet wel wat je probeert te doen. Met Sophie.'

'Ik probeer helemaal niets,' antwoordde ze bits. 'Ik houd jouw kind vast. Zij heeft een moeder nodig. En ik een kind.' Die woorden leken hem te raken, maar hij zei niets. 'Mijn kind. Mijn zoon die jij me hebt afgenomen,' voegde ze er daarom scherp aan toe.

'Ik breng je toch naar hem toe?' zei Nick op een uitdagende toon.

'Je weet best dat ik dat niet bedoel.'

'Dat was Dennis.'

'Dennis is dood,' zei Ella venijnig. Ze had te veel tijd gehad om na te denken in de donkere achterbak. Iemand die van haar hield deed haar dit niet aan. Ze voelde zich boos en recalcitrant. Nu Nick daar zat, achter het stuur, en zij hier met zijn kind in haar armen, was ze minder bang van hem. Ze wist rationeel dat ze voorzichtig moest zijn, want alleen hij kon haar naar Finn brengen, maar diep vanbinnen had ze de behoefte de confrontatie met hem aan te gaan. Juist omdat ze hem niet kon doorgronden. Toen ze seks hadden, kon hij haar niet weerstaan en nu gunde hij haar geen blik waardig. Hij was een compleet andere man dan eerst, toen hij haar alles vertelde over het plan van Dennis. Wat was daarvan waar geweest?

'Was jij echt zomaar iemand die Dennis betaalde om zijn smerige werk op te knappen?' vroeg ze impulsief.

Nick keek haar bedenkelijk aan in de spiegel voor hij zich weer op de weg richtte. Hij zei niets.

'Jij en Dennis speelden al die tijd een smerig spelletje. Die naaktfoto van mij op de telefoon van Dennis, die stuurde jij.' Ze stopte even met praten toen ze het zich realiseerde.

'Maakte je die toen we gingen zwemmen?' Haar maag kromp ineen bij het idee dat hij op dat moment, een moment waarop ze dacht dat ze iets moois hadden, heel bewust bezig was de situatie naar zijn hand te zetten. Ze dacht koortsachtig na. Het leek er bijna op of hij haar alleen maar probeerde te verleiden om Dennis een hak te zetten. Maar waarom zou hij dat doen bij zijn partner in crime?

'Ik weet wat je denkt,' antwoordde hij met een verrassend milde stem. 'Maar ik maakte de foto in een impuls. Dennis had ons lijntje doorgeknipt. Die van jou met Joyce. Ik wilde hem laten zien dat hij daar niets mee had bereikt.'

Dennis had haar toen herhaaldelijk gebeld; Nick moet hem vooraf hebben laten weten wat hij van plan was met Ella, en Dennis had hun moment willen verstoren. Dat was hem gelukt. De naaktfoto van Ella was Nicks wraak. Die gasten waren elkaar de hele tijd aan het opnaaien, dacht Ella. Het was een spel voor hen. En ik was niets meer dan een pion.

Haar volume ging langzaam omhoog. 'Waarom in vredesnaam? Je deed dit toch allemaal omdat hij je betaalde?'

'Ssst! Je maakt Sophie nog wakker!' siste Nick. Vervolgens hield hij zijn lippen stijf op elkaar.

Ze wist gewoon zeker dat hij haar niet alles vertelde. Niemand met een geweten kon dit toch allemaal doen? Hoewel ze niet meer geloofde dat hij echt gevoelens voor haar had, hoopte ze toch vat op hem te kunnen krijgen. Hij vond haar aantrekkelijk, zoveel wist ze wel, en wellicht kon ze dat gebruiken.

Inmiddels was het haar wel duidelijk waar Finn was; ze had genoeg borden gezien om te weten waar ze naar onderweg waren. De Ardennen. En de reden dat ze daarnaartoe gingen, kon er maar een zijn. Het natuurgebied dat hij op zijn duimpje kende was de perfecte plek om zich te ontdoen van hun lichamen.

86

'Jemig,' mompelde Marcus Weber van achter zijn computer. 'Wat zijn jullie al hyper zo vroeg in de ochtend. Ik mag hopen dat een van jullie een kop koffie voor me heeft meegebracht.' Hij keek veelbetekenend naar hun lege handen.

'Ik zit erbovenop!' riep Jasmine en ze haastte zich de kamer uit.

Terwijl de mok van Weber – ze wist welke van hem was – volliep met koffie, pakte ze haar mobiel. Voor de zoveelste keer probeerde ze Ella te bellen. De telefoon ging over en schakelde door naar de voicemail. Inwendig vloekte ze. Ze graaide snel nog twee bekers uit de kast, pakte een dienblad en legde er suiker en melkkuipjes op.

Toen ze terugkwam was Stevens niet meer bij Weber in de kamer. Ze zette het dienblad neer.

'Bizarre ontdekkingen daar in dat huis,' zei Weber tegen haar. 'Het is duidelijk dat er nog iemand in het spel is. Hopelijk heeft diegene meer sporen achtergelaten dan hij of zij heeft proberen te wissen. Het probleem is dat de enige lead, die Joyce van Nispen, nergens in de landelijke en gemeentelijke basisadministratie te vinden is. Het account waarmee mevrouw Lasair recentelijk contact had is intussen ook verwijderd. Ik zal dus nu contact moeten opnemen met Facebook zelf om erachter te komen vanaf welke IP-adressen het account is gebruikt, maar die gasten zijn zo slecht bereikbaar. Dit gaat tijd kosten.'

Stevens kwam de kamer weer binnen. 'Oké, dit is apart. Ik probeerde zojuist Gilbert nogmaals te bereiken, maar had een gemiste oproep van een onbekend buitenlands nummer. Het bleek de vader van Ella Lasair te zijn. Hij probeert haar al een tijdje te pakken te krijgen, maar krijgt geen gehoor. Hij belde vanaf Bonaire.'

'Hè? Ze had haar ouders toch al opgehaald van Schiphol?' vroeg Jasmine.

Stevens schudde zijn hoofd. 'Hij vertelde me dat ze pas morgen een vlucht hebben.'

Het gepiep van Jasmines telefoon sneed door de stilte. Haar hart maakte een sprongetje toen ze zag dat het Ella was.

'Wat?' zei ze ongelovig terwijl haar ogen het bericht nog scanden. 'Nu krijg ik ineens een appje van Ella. Ze schrijft dat ze oké is, maar dat ze even wat tijd voor zichzelf nodig heeft na de dood van haar ex-man.'

'Er klopt niets van,' zei Stevens. 'Ze loog over haar ouders en nu is ze praktisch onbereikbaar. Of die dame is zelf toch niet zo zuiver als we dachten of...'

'... ze is in gevaar,' maakte Jasmine zijn zin af.

'Kom eens hier met die telefoon,' zei Weber vastberaden.

Ella zat al uren opgesloten in de slaapkamer van Nick, radeloos. De omgeving had in de vroege ochtend uitgestorven geleken. Geen mens, geen auto, geen spoor van de zoektocht van de politie. Alleen de roerloze bomen en fluitende vogels. Waar was Finn?

Ze had al meerdere keren geroepen, maar er kwam geen antwoord. Ze hoorde ook geen geluiden in het huis, maar dat betekende niet dat ze ervan uit kon gaan dat Nick was vertrokken.

Ze kon zich niet voorstellen dat Finn ook in het kleine houten huis was; dan had ze iets moeten horen. Nick had een grote schuur waar hij alle spullen voor de campingtrips stalde. Zat hij daarin opgesloten? Ze kon het vanaf haar raam niet zien. Voor de zoveelste keer probeerde ze het te openen. Het lukte niet. De deur was ook direct op slot gegaan ondanks haar protest. Nick had haar volledig genegeerd.

Ze plofte weer neer op de rand van het bed en wreef met haar vingers over haar slapen. *Hij is voorbereidingen aan het treffen.* Ze probeerde rustig te blijven ademen. Als ze hier weg wilde komen moest ze niet in paniek raken. Ze was nu in ieder geval in de buurt van Finn, dat gaf hoop.

Doordat ze Nick niet meer kon bereiken liet hij haar eigenlijk alleen de keuze om hem te overmeesteren, maar hij was een grote sterke vent. Ze keek rond in de kamer, opende de kledingkast. Een hanger… Nee, er moet iets beters zijn. Ze dook op haar knieën om onder het bed te kijken. Niets. Ze trok een lade van een van de nachtkastjes open. Op een portretfoto na lag er niets in. Ze voelde hoe haar hart sneller begon te kloppen. Als ze het glas van de lijst kon breken, kon ze hem neersteken. Op zijn minst verwonden. Maar als Nick in huis bleek te zijn, hoorde hij het glas breken en zou hij meteen komen. Misschien kon ze het glas breken tussen een deken.

Ineens fixeerde ze haar aandacht op de foto. Ze zag een knappe vrouw met een heel kleine Sophie op haar schoot. De vrouw had rossige krullen en prachtige bruine ogen. Nick had gezegd dat Sophie niet op hem maar sprekend op haar moeder leek, maar dat was – afgezien van haar sproetjes en krullen – helemaal niet het geval. Haar neus niet, haar mondje niet. Sophie had felblauwe ogen terwijl de vrouw bruine ogen had, net als Nick. Er was nog een reden waarom ze naar de foto bleef staren. Ze had de vrouw eerder gezien. Dat wist ze zeker. Het was Joyce. Althans, het was de vrouw op de selfie die Joyce – oftewel Nick – haar had gestuurd om te bewijzen wie ze echt was. Een geluid achter haar deed haar opschrikken. 'Waar ben jij mee bezig?'

Ella's hart sloeg over. Nick stond met een wantrouwende blik in de deuropening.

'Wie is deze vrouw, Nick?' Ze hield de foto van de vrouw met de baby omhoog. 'Wie is dit? Wat voor ziek spelletje spelen jullie?'

Het gezicht van Nick bleef neutraal en hij gaf antwoord alsof er geen vuiltje aan de lucht was: 'Sophie is even gaan liggen op haar bed; ze is nog erg moe. Ik wilde met haar gaan houthakken, maar daar had ze geen zin in.' Hij pakte rustig de foto uit haar hand en legde hem op het bed neer, de afbeelding naar beneden.

'Dat is de moeder van Sophie. In een tijd dat we nog gelukkig waren.'

'Ja, dat begrijp ik ook nog wel!' snauwde Ella. Ze voelde hoe ze de controle over de situatie begon te verliezen.

'Ze kreeg de diagnose manisch depressief,' zei Nick met verheven stem, alsof hij geïrriteerd was dat ze zijn verhaal onderbrak. 'Ze slikte antidepressiva omdat ze, nadat ze niet meer mocht vliegen, in een lange dip terechtkwam. Het mocht allemaal niet baten.' Hij keek mijmerend op naar het raam. 'Ik vond haar hangend in het trappengat.'

Ella's ogen knepen samen, evenals haar maag. Nicks vrouw had zich opgehangen. Net als Dennis. Zijn vrouw die niet meer mocht vliegen…

Nick keek haar aan en leek zich zodra hij de uitdrukking op haar gezicht zag te realiseren dat hij een fout had gemaakt.

'De stewardess!' schreeuwde Ella plotseling vol ongeloof uit. 'De stewardess op Bonaire!'

87

Hun trip naar Bonaire was allesbehalve wat ze ervan had verwacht. In plaats van dat het haar en Dennis weer nader tot elkaar had gebracht, werden vooral hun verschillen pijnlijk duidelijk. Nadat Ella erachter was gekomen dat Dennis niet meer naast haar lag, klom ze uit bed. Eerder nieuwsgierig dan gealarmeerd schakelde ze nogmaals de babyfoon door naar haar mobiel en verliet de kamer.

In de lounge was barman Jeffrey nog bezig met zijn late dienst. De meeste gasten waren al vertrokken en hij hield zich vooral bezig met het schoonmaken van de bar en het verzamelen van glazen die door de ruimte verspreid stonden.

'Ja, ik heb meneer Dennis nog gezien. Hij was met een van de stewardessen, die met de rossige krullen. Ze dronken Tequila Sunrise.' Ella wist niet wat ze met dit laatste weetje aan moest, maar het gaf wel aan dat de trouwe Jeffrey oplettend genoeg was.

'Zijn ze samen vertrokken?'

Eigenlijk wist ze het antwoord al. Dennis was niet hier, en ook niet op hun eigen kamer. Er was maar één plek waar hij nu kon zijn. Op haar mobiel hoorde ze gemorrel en hoewel ze hoopte dat het Dennis was die ze net was misgelopen toen hij van de lounge naar hun kamer liep, wist ze dat het de kleine Finn was die haar nodig had. Ze besloot woedend dat Dennis kon verrekken en ging terug naar de kamer.

'Is er wat?' vroeg Dennis bij het ontbijt toen hij koffie bijschonk aan hun kleine tafeltje met het hagelwitte tafellaken. Finn zat in zijn

kinderstoel op een broodkorst te sabbelen. Er stond een heerlijk koel briesje op het terras, maar het kon Ella niet bekoren. Ze had nog niet veel gezegd. Ze had sowieso besloten niets te zeggen als hij er niet zelf over zou beginnen. Ergens hoopte ze nog dat hij een goede verklaring had voor zijn afwezigheid en als hij er zelf mee zou komen, kon ze nog geloven dat hij haar trouw was gebleven.

'Nee? Zou er iets moeten zijn?' vroeg ze kattiger dan ze van plan was.

'Je bent zo afstandelijk,' antwoordde hij met opgetrokken wenkbrauwen terwijl hij met zijn vork een stukje meloen uit zijn fruitsalade prikte.

'Zo afstandelijk als jij vannacht, bedoel je?' zei Ella scherp. Dennis keek haar uitdagend aan en de stilte leek een eeuwigheid te duren.

'Oké, je hebt klaarblijkelijk gemerkt dat ik nog een drankje ben gaan doen gisteren.'

Ze deed haar armen over elkaar en bleef hem aan kijken.

'Je moet weten dat ik met je meeging naar onze kamer in de hoop ons eigen feestje te kunnen bouwen,' zei Dennis onschuldig. 'Maar toen deze rakker' – hij keek even naar Finn en aaide hem weinig liefdevol over zijn pluizige bol – 'roet in het eten gooide, ben ik nog even teruggegaan naar de bar. Ik was nog niet moe en voelde me gefrustreerd. Dus ja, ik wilde even wat stoom afblazen.'

'Nou, daar heeft die stewardess je dan mooi een handje mee geholpen, of niet?' zei Ella vinnig.

Dennis trok zijn wenkbrauwen op. 'Zo, klaarblijkelijk heb jij je loyale spionnetjes hier nog altijd.' Hij roerde nonchalant in zijn cappuccino.

Ella had het gevoel dat de stoom uit haar oren kwam. 'Verander het onderwerp niet. En doe al helemaal niet alsof ik gek ben.'

Dennis legde zijn lepel neer en keek haar indringend aan. 'Oké, ik heb inderdaad met die vrouw aan de bar gezeten, maar ik heb alleen maar haar verhaal aangehoord en haar daarna keurig naar haar kamer gebracht.'

Ella keek hem wantrouwend aan.

'Ze was verdrietig,' vervolgde Dennis, 'omdat zij en haar man al tijden een kindje proberen te krijgen en kleine Finn hier confronteerde haar met haar diepste wens. Meer niet. Natuurlijk had ik gewoon weer naar bed moeten komen, maar jullie sliepen en we raakten aan de praat. Toen ik merkte hoe hoog het bij haar zat, en dat ze daardoor stevig doordronk, besloot ik dat ik haar zo snel mogelijk in haar kamer en in bed wilde krijgen... Alleen. Om haar roes uit te slapen. Ik wilde haar ook niet zomaar ineens laten zitten. Dat begrijp je toch wel?' Zijn laatste zin klonk bijna verwijtend.

'Nou... Nee,' zei Ella. 'Je had er ook geen problemen mee om mij alleen achter te laten.'

'Ja, maar jij sliep. En ik was nog niet moe,' was het ongecompliceerde antwoord. Alles in zijn wereld was logisch. Hij begreep zichzelf in ieder geval altijd volledig. Quasi-onverschillig trok hij zijn wenkbrauwen op en pakte haar hand.

'En als ik iets ondeugends van plan was, denk je dan echt dat ik dat in het hotel van je ouders zou doen? In het zicht van iedereen? Kom op, zo dom denk je toch niet dat ik ben?'

Tijdens hun vakantie op Bonaire besloot Ella Dennis het voordeel van de twijfel te geven. Hij bleef zo standvastig in zijn verhaal. Het hielp ook dat ze de stewardess niet meer terugzagen; de crew had na een weekend vrij weer een vlucht terug. Wel had deze ervaring haar ogen geopend voor een deel van het karakter van Dennis dat haar niet beviel. Een achterdocht was in haar aangewakkerd. Het viel haar steeds vaker op hoe frequent hij met zijn telefoon bezig was en hoe vaak hij ineens weer 'met vrienden' ging stappen. Uiteindelijk had ze het lef om tegen haar principes in zijn telefoon te pakken en vond daarin talloze pikante berichtjes van vrouwen waaruit bleek dat Dennis er meer dan één scharrel op na hield.

Ze confronteerde hem en hij kon niets anders dan toegeven. Hij leek in eerste instantie nog verbolgen ook dat ze zijn privacy had geschonden. Ella was er op slag klaar mee geweest. Ze betrok tijdelijk het kleine leegstaande appartement van haar ouders in het centrum en zocht van daaruit een leuke nieuwe baan in de buurt en een huis waar ze permanent kon verblijven met Finn.

Achteraf realiseerde ze zich dat haar gevoel haar niet had bedrogen wat betreft Dennis en de stewardess, maar ze had haar verder nooit meer een gedachte waard gevonden.

Nu vielen alle puzzelstukjes op hun plek. Dennis had met zijn hartstochtelijke nacht met de rossige stewardess een keten van gebeurtenissen in gang gezet die hun leven voorgoed zou veranderen. En dat van hem uiteindelijk zou beëindigen.

88

‘Ik zie dat het kwartje is gevallen,’ zei Nick terwijl hij Ella scherp in de gaten hield. ‘Je bent er waarschijnlijk nu achter dat Dennis mij niet heeft uitgekozen, ook al denkt hij van wel.’

Ella knikte bedeesd. Ze pakte de foto die hij had neergelegd weer voorzichtig op. Het was gewaagd, maar ze wilde haar gezicht zien. En misschien wilde ze wel dat Nick haar gezicht zou zien. De vrouw op de foto staarde haar aan. Bijna brutaal, zoals ze haar toen ook had aangekeken, op Bonaire. Met haar bruine ogen. Niet blauw zoals die van Sophie. Niet blauw zoals die van Finn... en Dennis.

‘Ik had die foto moeten laten verdwijnen,’ zei Nick meer tegen zichzelf dan tegen haar. ‘Ik wilde niet dat Sophie zich blijvend aan haar moeder zou hechten, maar ik wilde dat ze wel iets tastbaars van haar had.’

‘Wat heb je met haar gedaan?’ fluisterde Ella verbijsterd.

‘Ze nam me Sophie symbolisch af, toen ze niet mijn biologische kind bleek, maar ik zou er hoe dan ook voor zorgen dat ze me mijn dochter niet echt af kon nemen.’ Hij staarde door het raam het bos in.

‘Ik kan niet geloven dat Dennis de vader is van Sophie,’ mompelde Ella.

‘Ik ben de vader van Sophie!’ Zijn stem donderde en zijn ogen schoten vuur. ‘Het enige wat die lapzwans heeft gedoneerd is zijn zaad. Meer niet. Een vader is hij niet! Niet voor jouw kind en niet voor het mijne!’

Met grote ogen keek Ella hem aan. Ze herinnerde zich nog dat

Dennis vertelde hoe hoog de onvervulde kinderwens zat bij de stewardess. Nick had minstens zo naar een kind verlangd. Een kind van hemzelf, zijn eigen vlees en bloed.

'Denk je dat ik ook maar één seconde zou overwegen mijn lieve meisje over te dragen aan die egoïstische klootzak? Zeker toen ik erachter kwam hoe hij echt in elkaar stak, wist ik dat ik goed bezig was.' Hij snoof vol minachting. 'Het kostte me geen enkele moeite om hem te overtuigen zijn eigen zoon te ontvoeren met het doel jou terug te winnen. Niets!' Hij knipte met zijn vingers om zijn woorden kracht bij te zetten.

Ella staarde hem ademloos aan.

'Sophie mocht er nooit achter komen wie haar had verwekt,' vervolgde hij, 'en hij verdiende zijn straf. Híj, en zíj ook!' Hij wees nijdig naar de foto. 'Ze ontnamen me mijn wens. Mijn dochter! Mijn enige familie! Weet je wel hoelang ik op haar heb gewacht!?'

Ella zag een diep gepijnigde man. Een gepijnigde, gevaarlijke man die van jongs af aan had gesmacht naar onvoorwaardelijke liefde binnen een liefdevol gezin. En toen hij het eindelijk had, bleek al snel dat het nooit van hem was geweest. Ze ging dichter bij hem staan en keek hem indringend in de ogen.

'Ik begrijp je, Nick.'

Ze was nu in het grootste gevaar waarin ze ooit verkeerde. Zij wist nu echt alles. Hij was het brein achter dit hele verdorven plan. Maar er was hoop. Nick leek te verdwalen in het verleden en was minder alert.

'Toen ik haar de eerste keer in mijn armen had in het ziekenhuis... Zo klein, zo kwetsbaar, zo mooi. Ik nam me voor dat ik haar met mijn leven zou beschermen. Nog nooit hield ik in één oogopslag zo veel van iemand. En om er dan achter te komen dat ze niet van mij was...'

Ella schuifelde iets langs hem zodat ze toegang had tot de deur van de kamer. 'Maar misschien had je wel nooit een kind gekregen als zij niet...' zei ze voorzichtig.

'Ga je nou goedpraten wat die slet heeft gedaan!?' vroeg hij geprikkeld. 'Ze heeft haar eigen plan doorgezet en mij gewoon achtergelaten! Zij wilde een kind, dus zij kreeg een kind! En nu is dat kind van mij!'

Ella zweeg. Ze moest uit alle macht proberen aan zijn kant te komen. 'Sophie kan zich geen betere vader wensen,' zei ze zacht terwijl ze haar hand op zijn arm legde. Zijn huid voelde warm in vergelijking met haar koude vingers. Nick staarde haar aan alsof hij wilde ontdekken of ze oprecht was.

'De ogen van Sophie bleven maar blauw, ze werden zelfs steeds lichter en feller. Mijn intuïtie vertelde me dat er iets niet klopte en ik kon het niet loslaten. Ik vond iets op de telefoon van mijn vrouw, een appgesprek tussen haar en een man, over mijn dochter. Hij wilde er niets mee te maken hebben. Tenminste, toen nog niet. Ik confronteerde haar ermee. Woedend was ik.'

'En wat is er toen gebeurd?' Ze moest zichzelf dwingen om over zijn arm te wrijven. Ze begon te vermoeden dat de blauwe ogen van Sophie het lot van haar moeder hadden bezegeld.

Nick keek op, maar zijn ogen keken langs haar. 'Weet je, ik was echt bereid het samen op te lossen. Echt! Maar' – hij haalde diep adem – 'ze wilde bij me weggaan. Er was geen reden meer om te blijven. Ze zou weggaan en Sophie meenemen.'

Hij schudde zijn hoofd. 'Jij weet als geen ander hoe vaders aan het kortste eind trekken bij een echtscheiding. En ik ben niet eens haar biologische vader. Ik kon het er niet op gokken. Sophie is alles voor me.' Zijn stem klonk emotieloos, bijna sereen.

'Hoe heb je Dennis gevonden?' Ze moest hem aan de praat houden.

'In het appgesprek noemde mijn vrouw hem bij naam. Ik keek door haar vriendenlijst op Facebook en vond iemand die Dennis heette. Ik zag die ogen. Ik heb meerdere foto's van hem bekeken om mijn gevoel te bevestigen. Noem het intuïtie, maar ik zag de ogen van míjn dochter in die ogen van hem. Na een klein beetje speuren zag ik foto's van jullie op Bonaire, hetzelfde weekend dat zij een vlucht had. Zo simpel was het. En toen wist ik het zeker.'

Ineens keek hij haar mijmerend aan. 'En zo heb ik jou ook gevonden.' Hij aaide met zijn wijsvinger over haar wang. 'Althans, zo heeft Joyce jou gevonden. En dat bracht het balletje pas echt aan het rollen.'

89

Ella schudde haar hoofd, alsof ze wilde verdringen wat hij vertelde.

'Jij was zo gewillig om me allemaal details te vertellen over Dennis. Wat een klootzak hij was. Dat hij vreemdging. In welke kroeg hij graag kwam.'

Een rilling liep over haar rug. 'Heb je Dennis zo benaderd? Je bent vrienden met hem geworden?'

Alsof hij haar angst rook, pakte hij ineens haar pols. 'Weet je, Ella, je hebt dit allemaal zelf uitgevogeld. Ik hoef het verder toch niet voor je uit te kauwen?'

Pas nu daalde de realiteit volledig in. Zij was de enige die de waarheid kende en de enige die ervoor kon zorgen dat degene die hem het meest dierbaar was in de wereld hem werd afgenomen. Hoe bozer ze hem maakte, hoe kleiner de kans werd dat ze hier nog wegkwam met Finn. Ze moest tot hem doordringen en het kleine vonkje voor haar in hem ontsteken.

'Nick, misschien heb je dit ook wel een beetje voor ons gedaan,' probeerde ze terwijl ze zijn oogcontact wist te vangen. Zijn trekken leken even te verzachten. Ze streelde zijn gezicht met de achterkant van haar vingers. 'Echt, ik zie het nu allemaal helder.'

Hij grinnikte even en keek haar toen akelig streng aan. 'Ik ben niet achterlijk hoor, Ella. Je kunt me niet meer manipuleren.'

'Nee, ik meen het! Nu ik alles weet, zie ik in dat dit alles ons niet voor niets bij elkaar heeft gebracht. Finn en Sophie, broer en zus. En jij en ik: de twee bedrogen partners die elkaar wel moesten vinden. Het heeft gewoon zo moeten zijn!'

Ze probeerde zijn gezicht beet te pakken en hem te kussen, maar hij pakte haar polsen beet. Zijn intense blik boorde zich in de hare. Vurig hoopte ze dat hij haar geloofde. Was dit niet precies wat hij wilde? De ultieme uitkomst van zijn plan?

In een plotselinge krachtige beweging gooide hij haar op het bed. 'Kom op, Ella, je bent beter dan dat.'

De moed zonk haar in de schoenen. 'Je moet toegeven dat we heel goed bij elkaar passen. Zeker in bed.' Ze wilde haar shirtje uittrekken om haar woorden kracht bij te zetten.

'Doe geen moeite, Ella. Ik heb al gekregen wat ik wilde. Dennis neukte de vrouw van wie ik hield en ik die van hem.'

Ze wist geen andere uitweg meer. 'Echt, Nick! Met Finn erbij kunnen we een gezin vormen. Alsjeblieft. Vertel me waar hij is. Hij hoort bij ons te zijn.'

Nick keek hooghartig op haar neer. 'Dat is alles waar je om geeft. Waar Finn is.'

'Kun je dat dan niet in me waarderen?' vroeg ze radeloos. 'Ik ben precies hetzelfde als jij! Alles voor mijn kind! We passen bij elkaar.'

Nick staarde haar bedenkelijk aan, maar zei niets.

'Geef me alsjeblieft mijn kind,' smeekte Ella terwijl de tranen over haar wangen rolden.

'Dat lijkt me nu geen goed idee meer,' antwoordde Nick met ijzige stem. Haar emotie deed hem niets.

'Niet meer?' vroeg ze onthutst.

Hij schudde langzaam maar vastberaden zijn hoofd. 'Ik word slordig door jou. De zelfmoord van Dennis heb ik impulsief veel eerder uitgevoerd dan gepland doordat ik jou onder mijn huid liet komen. Dat berichtje van jou aan Joyce dat jullie seks hadden gehad...'

Een immens zwaar gevoel op haar borst ontnam Ella haar adem. Ze realiseerde zich nu pas wat haar aandeel was in de plotselinge dood van Dennis.

'Ik lokte hem uit zijn tent, ik drogeerde hem, en het lukte gewoon… Maar ik was er nog helemaal niet klaar voor,' vervolgde Nick. 'Finn was nog in de kelder. Jij was daar ineens. Ik moest improviseren. En nu loopt alles anders.'

'Maar… Ik deed het niet bewust. Ik wist niet wat ik deed!'

'Nee, dat is misschien wel het enge. Je bent zonder dat je het weet een waardigere tegenstander dan die ex van je. Ik had gewoon weg moeten gaan. Maar door jou…'

'Papa?' vroeg ineens een klein stemmetje vanuit de woonkamer. 'Jullie maken zo'n lawaai.'

Nick draaide zich geschrokken om. 'Ach, kom maar, liefje. Papa is hier.' Zonder na te denken liep hij naar het kleine meisje toe. Ella greep haar kans, sprong van het bed en stoof door de woonkamer naar de buitendeur. Tot haar opluchting ging die meteen open. Ze rende naar buiten, bijna direct gevolgd door een gealarmeerde Nick.

'Je kunt niet vluchten, Ella, ik ben sneller!'

Ze luisterde niet. Vluchten was haar enige kans. Ze was bijna voorbij de grote schuur.

'Ellaaaa!' bulderde zijn stem. Een plotseling schot deed haar verstarren. Talloze vogels schoten op uit de bomen. Na het gekrijs van de kauwen was het akelig stil. Ze durfde zich nauwelijks om te draaien, omdat dan haar angst zou worden bevestigd.

'Draai je om,' beval Nick haar. Ze draaide zich langzaam om en keek hem in de ogen. Hij hield een jachtgeweer op haar gericht, inmiddels op nog geen drie meter afstand. 'Dit was een waarschuwingsschot, maar de volgende is raak.'

'Waar is mijn zoon!?' vroeg ze met beverige stem. 'Is hij daar binnen?' Ze wees naar de houten schuur en deed er een stap naartoe. 'Finn? Ben je daar?'

'Als je nog één stap richting die schuur zet…'

'Wat heb je met hem gedaan? Finn?' Haar stem klonk hoog en schel. Ze was er nu zeker van dat deze koelbloedige man tot alles in staat was. Er kwam geen enkel geluid uit de schuur. De meest afschuwelijke beelden drongen zich aan haar op. Misselijk van angst staarde ze hem aan, naarstig op zoek naar wat haar volgende stap moest zijn. Hij wilde overduidelijk niet dat ze naar de schuur ging.

'Papa? Wat doe je? Ik ben bang!' zei het kleine meisje terwijl ze om het hoekje van de deur keek.

'Sophie, ga terug het huis in,' zei Nick luid zonder zijn blik van Ella af te halen.

'Vertel me nu wat je met Finn hebt gedaan,' zei Ella met dreigende stem. 'Ik vertel haar alles, hoor je me.' Ze deed een stap dichterbij en boorde haar ogen in de zijne.

'Ik vermoord je,' zei hij koelbloedig.

'Zoals je haar moeder hebt vermoord?' fluisterde Ella.

'Houd je kop!' brulde hij.

Haar ogen, die waren opengesperd als die van een waanzinnige, vulden zich met tranen. Wat had ze nog te verliezen?

'Als je Finn iets hebt aangedaan... Ik zweer je...'

'Je hebt nogal praatjes voor iemand die in de loop van een geweer kijkt,' onderbrak Nick haar koeltjes.

'Wat ga je dan doen?' vroeg ze onverschrokken. 'Ga je me doodschieten voor de ogen van je angstige dochter?' Haar ogen schoten vuur. Iets in haar zei dat het allemaal toch niet meer uitmaakte.

'Sophie, ga terug naar binnen! Oké, liefje?' riep Nick.

'Nee, Sophie, blijf maar hier. Ik wil je wat vertellen!' riep ze dapper.

'Sophietje, naar binnen!' Zijn stem brak, evenals zijn wilskracht nu hij voor een patstelling stond. Sophie verroerde zich niet, inmiddels aan de veranda genageld door het tafereel dat zich voor haar ogen afspeelde.

'Schiet dan. Dan hoef ik het haar ook niet te vertellen. Ze ziet dan zelf wat voor monster je bent,' bracht Ella hijgend uit.

'Papa...?' Op de veranda van het houten huis begon het kleine meisje te snikken. 'Papa, ik ben bang!' De snikken werden lange uithalen tot het meisje onbedaarlijk stond te huilen.

Nick draaide zich met een grom om, zichzelf vervloekend om zijn enige zwakte, waarop Ella zich instinctief omdraaide en het bos in vluchtte.

90

Haar longen brandden in haar borst. Ze had zo hard gerend dat ze niet meer kon. Voor haar doemde opeens de geul op, de heuvelachtige maar onmiskenbare afgrond waar ze maar met moeite af zou kunnen dalen. Waarom was ze nu precies deze kant op gerend? Was het blinde paniek geweest of had ze onbewust een onbestemd gevoel gevolgd, omdat het de richting was waarin ze Finn voor het laatst had zien weglopen toen hij hier verdween? Een hevige misselijkheid overviel haar. Warme tranen liepen over haar wangen. Zelfs als ze hier wegkwam, wat was dan de kans dat haar leven nog iets waard zou zijn?

Veel tijd om na te denken had ze niet en haar overlevingsinstinct nam het over. Ze hoorde in de verte een aanhoudend geritsel en verborg zich razendsnel achter de stam van een enorme eik. Hijgend probeerde ze na te denken. Nick had vast gezien welke kant ze op rende voor hij naar Sophie ging. Hij kende de omgeving waanzinnig goed en moest weten dat ze op de afgrond was gestuit.

Ze hoorde nu onmiskenbaar het regelmatige gekraak van knappende takjes en zachte doffe dreunen van zijn schoenen op de ondergrond en riep haar zware ademhaling abrupt een halt toe. Ze wist dat ze niet moest kijken; zich verschuilen was haar enige kans. Ze had de afgrond af kunnen klimmen, maar die gaf haar nauwelijks beschutting en Nick had een geweer. Hij zou haar direct neerschieten. De voetstappen kwamen dichterbij. Ze hield haar adem in en hoopte dat hij dacht dat haar voorsprong groter was. Dat ze toch de gok had gewaagd om naar beneden te klimmen.

'Ella?' bulderde hij plotseling, erg dichtbij.

Ella moest een kreet van schrik onderdrukken. Ze had het idee dat haar bonzende hart haar zou verraden.

'Ik weet dat je hier bent! Het heeft geen zin om te vluchten!'

Ze schatte in dat hij een paar meter van haar schuilplaats over de afgrond stond uit te kijken. Plotseling hoorde ze een kinderstemmetje bibberig beginnen met huilen. Meteen wist ze dat het niet Sophie was; ze herkende het stemmetje uit duizenden. *Hij leeft nog!*

Ze kon zich niet langer inhouden en gluurde met ingehouden adem langs de boomstam. Daar stonden ze, iets verder dan ze had verwacht. Haar ogen sperden zich open, haar vuisten gebald. Haar kleine ventje stond naast Nick, met een zwarte blinddoek voor zijn ogen en een kleine gekleurde koptelefoon op zijn hoofd waarop een blauw lampje flikkerde. Nick had een hand in zijn nek gelegd, in zijn andere hand hield hij het geweer. Finn had ook iets in zijn handen.

Wat kon ze doen? Zodra ze zich kenbaar zou maken kon Nick schieten, op haar of op haar kind. Haar ogen bleven gefixeerd op wat Finn vasthield. Het leek een groot dik touw. Ze probeerde uit alle macht te begrijpen wat dit betekende. Nick tuurde van haar weg de afgrond in.

'Ella! Ik heb hier iemand voor je!' brulde hij, niet wetende dat ze zo dichtbij was.

Finn begon harder te snikken. 'Ik ben bang...'

'Ach, knul, is je liedje afgelopen?' Nick haalde de koptelefoon van zijn hoofd.

Had Finn haar daarom niet geantwoord? Als hij inderdaad in de schuur zat opgesloten, had hij haar met dat ding op niet kunnen horen.

Ella dacht razendsnel een mogelijk scenario uit, een ontsnapping die zowel haar als Finn veilig kon stellen. Kon ze snel genoeg in actie komen om Nick een harde duw te geven? De afgrond in? Wat hun tijd gaf om te vluchten?

'Als je je niet gewonnen geeft, mama van Finn, dan gaat Finn jou zelf zoeken.' Nicks stem bleef standvastig, 'Wat erg moeilijk is met een blinddoek om' – hij schraapte zijn keel – 'en een jager achter je aan.'

Finn wist wat een jager was. Zijn snikken sneden door haar hart. Hij wist donders goed dat dit geen spel was.

'Mama? Waar ben je, mama?' vroeg hij met een breekbaar stemmetje, het zware touw braaf voor zich uit houdend. Een deel van het touw lag voor zijn voeten op de grond. Het was een strop.

Het enige wat Ella registreerde was zijn gespannen mondje. Wat was hij bang. Ze moest iets doen.

Plotseling sprong ze uit haar schuilplaats met de bedoeling Nick snel te benaderen, maar ze had geen schijn van kans. In haar frustratie liet ze een oerkreet horen.

Nick liet direct Finns nek los en richtte het geweer op hem.

Ella's woeste blik veranderde op slag in een angstige.

'Kijk kijk, daar is ze dan,' zei Nick tevreden. Zijn geweer klikte. 'Geen stap, dame. Geen stap.'

'Finn, mama is hier. Alles komt goed,' zei ze tegen Finn, die haar niet kon zien.

Nick schudde zijn hoofd. 'Voor jou helaas niet, Ella.' Hij leek ervan te genieten. Hij knikte naar het touw in Finns hand. 'Dat is namelijk voor jou.'

In een flits zag Ella Dennis hangen aan de boom in het Bovenste Bos. 'Hier kom je nooit mee weg,' zei ze in een opwelling. 'Drie mensen in jouw omgeving die...'

'Stil!' Zijn stem dreunde in het stille bos. Hij klonk weer akelig kalm toen hij zag dat ze gehoorzaamde. 'Laten we je zoon niet meer traumatiseren dan nodig is. Kleine potjes hebben grote oren. Hoe minder hij doorheeft wat er gebeurt, hoe beter...'

Ella keek hem ongelovig aan. 'Is hij daarom geblinddoekt?' bracht ze nerveus uit.

Nick knikte. 'Ik ben en blijf een kindervriend.'

'Nick, alsjeblieft! Ik doe alles wat je wilt. Alles!' jammerde Ella luid. 'Dit is mijn kind. Hij heeft mij nodig.' Alles werd troebel door de tranen die maar bleven komen.

Nick drukte plotseling met de vingers van één hand hard tegen zijn slaap en kneep zijn ogen dicht. Hadden haar woorden effect?

'Alsjeblieft, ik zal nooit iets zeggen,' vervolgde ze. 'Ik laat je gaan. Met Sophie. Zij heeft jou nodig. En Finn heeft mij nodig.'

'Een kind kan prima zonder zijn moeder!' schreeuwde Nick plotseling woedend. 'Ik kon het! Sophie ook!' Zijn ogen boorden zich in die van haar.

Ella kromp ineen. 'Maar... Maar Finn niet,' stamelde ze. 'Hij heeft alleen maar mij. Net zoals Sophie alleen maar jou heeft.'

'Hou je kop over Sophie! Ik zei dat je stil moest zijn!' Hij greep Finn weer hardhandig bij zijn nek. Zijn ogen kneep hij nu wat langer dicht, en hij haalde een paar keer hoorbaar diep adem. Het moment dat hij zichzelf bij elkaar probeerde te rapen leek een eeuwigheid te duren.

De ogen van Ella schoten heen en weer van zijn gekwelde gezicht naar het halfbedekte gezichtje van Finn, die stilletjes huilde.

Ineens opende Nick zijn ogen. 'Als jij doet wat ik zeg, spaar ik je kind en verzin ik er wel wat op,' fluisterde hij onheilspellend. 'Zoals ik dat altijd doe. Maar ben je weer ongehoorzaam, dan...' Met de hand waarmee hij Finn had vastgehouden maakte hij een glijdende beweging langs zijn hals. Vervolgens bracht hij met een veelbetekende blik langzaam zijn wijsvinger naar zijn lippen.

Ella begreep dat ze Finn nog kon redden. Nick kon hem dieper het bos in brengen en doen alsof hij al die tijd daar was geweest, wat het kind zelf ook zei. Kinderen verzinnen de raarste dingen; hun fantasie zorgt dat ze trauma's kunnen overleven. Ze geloofde echt dat het kon. Ze moest geloven dat ze hem kon redden. Voor haar kind was er hoop, voor haar niet.

'Nu is het tijd om galgje te spelen.'

91

Nick knikte naar de strop in de handen van Finn. 'Pak maar, mama van Finn,' zei hij op een toon waardoor het leek alsof ze echt een leuk spelletje gingen spelen. 'Pak het touw maar.'

Ella kon niet anders dan gehoorzamen.

'Ik zie aan deze boom al een goede tak,' zei Nick, die zich wonderbaarlijk genoeg weer gedroeg als een kundige padvinder. 'Ja, die lijkt me stevig genoeg. We willen natuurlijk niet dat hij meteen breekt.' Zijn beheerste houding was surrealistisch in de situatie waarin ze zich bevonden. 'Dan hebben we nu eerst een flinke opstap nodig. Er ligt daar een stuk stronk van een omgevallen boom waarvan al eerder hout is gehakt. Die is niet al te zwaar meer. Als jij die nou eens hiernaartoe rolt, dan kun je daar op gaan staan. Lijkt me perfect.'

Hij geniet hiervan. Het beeld van haar zoontje met het geweer tegen zijn achterhoofd zorgde ervoor dat ze deed wat hij zei, maar ze kreeg er nauwelijks beweging in, het ding was veel te zwaar.

'Bijzonder wat mensen bereid zijn voor je te doen als ze denken dat het ze extra tijd zal geven,' zei Nick met een kille stem. Ella voelde hoe haar handen en schouders pijn deden. De stam bewoog steeds een centimeter en viel dan weer terug op zijn plek.

'Het lukt niet!' Ze huilde gefrustreerd.

Nick liet Finn staan en liep naar haar toe. 'Weet je wat het is, Ella,' zei hij terwijl hij neerkeek op de gebroken vrouw voor zijn voeten. 'Je moet de omgeving gebruiken. Kijk, daar ligt een grote kei, zie je dat? En daar zit een klein heuveltje in de ondergrond dat van pas komt, dus als ik nu precies hier tegen de stronk een flinke trap geef...' Met een duwende trap kreeg hij het stuk boomstronk in beweging. Het zware ding rolde over de kei tot bijna onder de tak die Nick had aangewezen. Met nog een enkele schop bracht hij de stam in de positie die hij wilde.

'Zo. Nu kun je in ieder geval het touw vastmaken,' zei hij content. Hij richtte zijn geweer weer op Finn toen Ella het touw uit zijn handen pakte. De kleine jongen leek verstijfd. Het kostte haar alles om zich te bedwingen en hem niet vast te pakken en tegen zich aan te drukken. Ze was bang dat ze hem nooit meer los zou laten en dat dat direct het einde voor hen beiden zou betekenen. Snel raakte ze nog even zijn warme handje aan.

'Ik zal je misschien even moeten optillen om genoeg kracht bij te zetten als het moment daar is. Knoop hem goed vast. Denk erom.'

De waanzin van Nicks woorden drong maar half tot Ella door. Ze ging op de boomstam staan en gooide het touw over de dikke tak. Tranen rolden over haar wangen. Toen ze Finns stemmetje weer hoorde, kon ze een lange uithaal niet meer onderdrukken. Wat wilde ze hem graag geruststellen. Stevig tegen zich aanhouden. Nog één keer.

'Alsjeblieft, Nick.' Met betraande ogen keek ze hem nu recht aan. Ze begon harder te huilen.

'Ella. Wees niet dom. Stil nu,' donderde zijn stem. 'Je wilt toch niet dat Finn te weten komt hoe galgje eruitziet? Wil je nu echt dat hij dat voor de rest van zijn leven op zijn netvlies gebrand zal hebben?'

Ze wilde Finn besparen wat ze hem kon besparen – en dat hij zijn moeder zou zien spartelen aan een strop tot de dood het won, wilde ze koste wat kost voorkomen.

Zou hij hem echt sparen? Als er al een kleine kans was dat Finn hier levend vandaan kwam moest ze die aangrijpen. Als ze niets deed, was het sowieso voorbij. Nick wist dit. Hij wist dat zijn spelletje inwerkte op haar psyche. Ze begon het touw te knopen. Een knoop, een dubbele knoop.

‘Hou je woord, alsjeblieft,’ fluisterde ze bevend, meer tegen een hogere macht dan tegen haar kwelgeest.

‘Zo, en nu de lengte passen. Doe dat ding om je nek,’ sommeerde Nick haar kalm. Ella sloot haar ogen. *Hij gaat de stam wegtrappen.* Haar adem bleef steken in haar borstkas. *Hij weet dat ik het anders niet kan.* Was dit het dan?

Angst omklemde haar hart. *Ik wil niet!* Vanbinnen schreeuwde ze het uit. *Ik ben nog niet klaar hier.* Een klamme kilte verspreidde zich door haar lichaam. *Wees sterk, lieffie. Mama houdt van jou.* Het beeld van de kleine Finn voor haar vertroebelde door haar tranen. *Hoe moet het nu verder met hem? Zonder mij. Hij kan toch nog niet zonder mij?*

‘Laat hem alsjeblieft niets zien,’ piepte ze zacht terwijl ze met trillende handen de strop om haar nek deed. *Ik mis je nu al.* ‘Laat hem leven. Ik smeek het je.’ *Vergeet me niet.*

‘Laat je wapen vallen!’ klonk plotseling een mannenstem.

Ella opende haar ogen en zag rechercheur Stevens en Jasmine Ziani voor zich staan. Stevens had zijn dienstpistool getrokken en op Nick gericht, en onbedoeld ook op Finn die voor hem stond. Ella haalde de strop vliegensvlug van haar nek en stapte van de boomstam.

‘Niemand beweegt!’ brulde een overrompelde Nick, die zijn geweer nog altijd op de kleine jongen gericht had.

‘Wapen neer, meneer Vonk,’ herhaalde Stevens. ‘Het is voorbij.’

Jasmine stond een paar meter van hem vandaan, schuin achter Nick en Finn. ‘Nick, dit wil je niet doen,’ voegde zij met ferme stem toe. Nick keek even kort haar kant op. Ze stond onverwacht dichtbij, maar was ongewapend.

‘Aha. Dus hier komt het op uit. Een duel,’ zei Nick onbevreesd tegen Stevens. ‘Daar hou ik van.’

Ella’s ademhaling versnelde zo mogelijk nog meer, haar spieren spanden zich aan. *Ik moet iets doen.* Jasmine keek veelbetekenend naar haar. Haar donkere ogen fixeerden zich op die van Ella en ze schudde bijna onmerkbaar haar hoofd. De stilte in het bos was oorverdovend en werd alleen verbroken door hun ademhaling.

Tot Nick weer sprak. 'Wie doet het eerst, rechercheur Stevens, jij of ik?'

'Ik!' Met een sprong beukte Jasmine tegen het geweer van Nick aan en gooide zich op het kind. Ella, die ook naar voren gesprongen was, viel opzij. Het geluid van een schot schalde door het bos.

92

Het gebeurde allemaal heel snel. Ze zag dat Ella in beweging kwam en dat kon ze niet laten gebeuren. Zij of Finn zou het niet overleven, wist Jasmine. Haar enige kans was het geweer een stoot naar boven geven, in dezelfde beweging Nick naar achteren duwen en haar lichaam als schild gebruiken om Finn te beschermen voor het geval dat.

Ze hoorde het schot en voelde direct een scherpe pijn in haar schouderblad. Het geweer was afgegaan toen het op de grond klapte.

Ze herinnerde zich Stevens, die met een telefoon aan zijn oor brulde of iedereen oké was. Later begreep ze dat hij een ambulance belde en de Belgische recherche voor assistentie. De verdachte kreunde. Hij was achterover in de afgrond gevallen. Hij was gewond. Maar Finn was ongedeerd. Finn en zijn moeder waren ongedeerd.

'En jij gaat het ook redden,' zei de vriendelijke ambulancemedewerker. 'Het is een schampschot, net naast je vest. Je gaat nu mee naar het hospitaal, maar voor je het weet ben je weer thuis.'

'Ik moet eerst een verklaring afleggen,' antwoordde ze met schokkende ademhaling door de pijn, toen ze Stevens op zich af zag komen lopen.

'Ik heb ze gevraagd ons nog even de tijd te geven.' Hij knikte richting rechercheur Gilbert, die welwillend terug knikte.

'Ga je me nu een standje geven voor mijn onbezonnen actie?' vroeg Jasmine. Ze lachte schamper, maar dat deed haar schouder pijn, dus stopte ze direct.

'Onbezonnen actie? Er was niets onbezonnen aan. Ik zag wat er gebeurde. Ella kwam in beweging en dat zou weleens heel slecht hebben kunnen eindigen. De verdachte had gelukkig zijn ogen op mij gericht en niet op jou. Je deed het enige wat je kon doen.'

Jasmine knikte. Ze kon hem niet direct aankijken; erkenning van Stevens was ze niet gewend.

'De uitkomst is sowieso helemaal goed. De slachtoffers zijn in veiligheid gebracht én de verdachte is nog in leven.' Hij keek haar trots aan.

'Als Nick Vonk me onderweg naar zijn huis geen berichtje had gestuurd met de telefoon van Ella, waren we hier nooit op tijd geweest,' antwoordde Jasmine bedenkelijk. Weber had kunnen achterhalen via welke 4G-mast het was verstuurd.

'Maar jij wist meteen bij wie we moesten aankloppen,' zei Stevens. Het angstige dochtertje van Nick Vonk had hun bij het huis de richting gewezen waarin haar vader met Finn achter Ella aan was gegaan.

Ze lachte. 'Door al dat last minute verplaatsen van meubelen naar Finns kamer dacht ik dat het wel een sterk iemand moest zijn en hij was de eerste aan wie ik dacht in combinatie met de Ardennen. Maar het bleef een gok. Geef maar toe dat jij ook opgelucht was toen Vanderlinde belde toen we in de auto zaten.'

Stevens knikte. 'Ik ben blij dat de Belgen zo snel hebben gehandeld. En dat er nog vingerafdrukken waren achtergebleven na zijn gepoets. Wat een geluk, hè, dat hij in het systeem zat?'

'Hoe kan het ook anders, met zo'n moeilijke jeugd.'

'Waarom hij die kinderkamer terugbracht in de originele staat is me een raadsel,' overpeinsde Stevens. 'Hij wist toch dat we die kamer al leeg hadden gezien?'

Jasmine haalde haar schouders op. 'Ella zei dat hij overal een spel van maakte... Misschien wilde hij ook een spelletje spelen met de politie.'

Een commotie trok hun aandacht. Vanuit het bos kwamen vier gewapende agenten en twee ambulancebroeders met tussen hen in de verdachte liggend op de brancard. Jasmines ogen schoten direct naar Ella, die samen met haar zoontje werd onderzocht door de verpleegkundigen van de derde ambulance. Ze zag Ella zich plotseling omdraaien en naar de brancard rennen die met haast de ambulance in werd gereden.

'Ik ga wel.' Stevens sprong eropaf. Een van de agenten greep Ella van achteren beet en Stevens riep haar naam. Het voorkwam niet dat het haar lukte met haar gezicht dicht bij het gezicht van Nick Vonk te komen.

Met opengesperde betraande ogen vroeg ze met trillende stem: 'Waarom heb je ons dit aangedaan, jij monster? Had ons gewoon achtergelaten in die kelder, dan had ik je laten gaan!'

Nick keek haar doordringend aan. De pijn was van zijn gezicht te lezen. De agent trok Ella succesvol naar achteren, maar ze hield de donkere blik van Nick vast.

'Misschien was ik wel niet bereid jou te laten gaan,' antwoordde hij hees.

Vervolgens reden de ambulancebroeders de brancard met een ruk verder naar binnen. Stevens trok Ella zacht maar dwingend weg uit de greep van de agent. Ze keken elkaar even zwijgend aan terwijl de deuren dichtklapten.

'Nog even en je kunt naar huis, Ella,' zei Stevens zacht. 'Jij en Finn.' Ze liet zich lichtelijk verdwaasd meevoeren terug naar haar kind.

Stevens kwam kort daarop met opgetrokken wenkbrauwen terug naar Jasmine. 'Wauw,' zei zijn mond zonder geluid. Peinzend keek hij richting de ambulance die in beweging kwam. 'Hij raakte de controle kwijt. Als hij zijn plan had uitgevoerd zoals hij voornemens was, dan was hij er misschien nog wel mee weggekomen ook. Naar wat ik begreep was het zijn initiële bedoeling alleen Dennis uit te schakelen en tegelijkertijd zijn reputatie te gronde te richten. Maar hij kon niet stoppen.'

'Het kwam door Ella,' zei Jasmine bedenkelijk. 'Ik dacht al die tijd dat zij de mot was, maar ze is de vlam.' Samen keken ze naar

Ella, die haar aandacht weer op Finn had gericht.

'Doortastend als altijd, Jasmine,' zei Stevens. Hij keek haar doordringend aan. 'Die doortastendheid is onmisbaar geweest in deze zaak. Jíj bent onmisbaar geweest in deze zaak.'

Haar wangen gloeiden. 'Dank je wel, jij ook,' antwoordde ze knikkend. 'Ik bedoel... Ik had het niet zonder jou gekund.' Ze glimlachte toen ze zich iets realiseerde. 'Hoorde ik nou dat er een promotie voor je in zat? De volgende zaak ga jij leiden?' vroeg ze, lichtelijk opgelucht dat ze het onderwerp kon veranderen.

'Ja, dat klopt, dat deed ik nu praktisch ook al en kennelijk was De Bruijn tevreden over mijn volhardendheid én mijn suggesties.' Hij glimlachte veelbetekenend. Jasmine keek naar de grond en veegde een pluk haar achter haar oren om haar verlegenheid te maskeren.

'Luister,' zei hij toen. 'Je gaat eerst even goed herstellen en uitrusten. Ontspannen, van de zon genieten. Na de zomer ga je je richten op het afronden van je opleiding.'

Jasmine knikte. Het moest er maar eens van komen.

'Als dat is gebeurd,' concludeerde Stevens, 'dan zie ik je daarna graag zo snel mogelijk terug in het team. Mijn team.'

'Meen je dat?' Opgetogen keek ze hem in de ogen. Ze zag een twinkeling.

'Absoluut, ik kan af en toe wel een flinke dosis menselijkheid gebruiken.'

'En ik een flinke schop onder mijn kont,' zei ze grinnikend.

'Mooi. Volgens mij vullen we elkaar perfect aan.' Met een knipoog liet hij haar achter.

93

Ella liep over het centrale pad. Weelderige rododendrons vol witte bloemen sierden dit nieuwere gedeelte. Het kleine handje in haar hand voelde een beetje klam. Hij vond het spannend.

'Hier is het,' zei ze, maar ze wist zeker dat Finn de weg ook nog wist. Het graf was goed onderhouden door zijn ouders. De steen was schoon en iemand had recentelijk nog bloemen gebracht. Ze liet Finn drie witte rozen neerleggen op de grote steen. In stilte keken ze naar het graf van Dennis.

Zo met het zonnetje op hun rug was het bijna rustgevend om even alles te overdenken op de serene begraafplaats. Ondanks haar witte jurk warmde de zon Ella snel op.

Na een tijdje zei ze: 'Ga je mee? De taxi wacht. Zeg maar dag tegen papa. Het zal even duren voordat we hem weer kunnen bezoeken.' De gebeurtenissen van de vorige zomer zouden haar nooit helemaal loslaten als ze in Nederland bleven.

Ze liepen terug over het pad richting de uitgang.

'Sophie vond het leuk, hè? Dat we haar even kwamen bezoeken bij haar opa en oma.'

'Ja zeker! Als we morgen op Bonaire zijn en ik weer internet heb op de iPad, ga ik haar meteen een berichtje sturen.'

Ella lachte. 'Wil je niet eerst je nieuwe kamer zien en zo?'

'Ja, dan kan ik Sophie een foto sturen,' was zijn enthousiaste antwoord.

Hij zou snel genoeg wennen aan hun nieuwe leven en het oude bekende wat meer durven loslaten. Daar vertrouwde ze op.

Na even nadenken stelde Finn een vraag die hij vaker stelde: 'Ben je nog boos op papa?'

Ella antwoordde precies zoals ze hem altijd antwoordde: 'Nee, ik ben niet meer boos op papa. Papa heeft mij de twee grootste liefdes van mijn leven gegeven.'

'En dat zijn wij, hè, mama?' vroeg Finn blij.

'En dat zijn jullie,' antwoordde Ella liefdevol.

In de draagzak op haar buik kreunde de baby zacht. Ze opende nog slaperig haar ogen. Grote helblauwe ogen. Dezelfde prachtige blauwe ogen als die van Finn.

DANKWOORD

Lieve Mark, Jasper, Lars en Tobias, ik wil jullie bedanken voor jullie geduld en aanmoediging. Jongens, mijn gevoel voor jullie is mijn onuitputtelijke inspiratiebron. Mark, ik ben heel blij dat ik het stokje wat vaker aan jou kon doorgeven de afgelopen tijd. Met z'n vijven komen we er altijd uit.

Mijn naaste familieleden zijn het soort supporters dat nog altijd even enthousiast staat te juichen zelfs als ik de allerlaatste marathonloper ben, die de race toch afmaakt zonder hoop op een medaille.

Lieve pap en mam, bedankt voor jullie onvoorwaardelijke geloof in mij vanaf het prille begin. Die computer op mijn kamer was een goed idee.

Natasja, dankjewel voor de tijd die je iedere keer vrijmaakt om mijn manuscript als eerste te lezen. Jouw enthousiasme zorgde ervoor dat ik zelf bleef geloven in de rode draad van het verhaal.

Tamara, jou wil ik bedanken voor het onbedoelde zaadje van inspiratie. Single mothers rock!

Lieve oma Karling, mijn trouwste volgster en lieve vriendin, dank u wel voor uw steun en enthousiasme.

Collega Angelique Haak, je weet inmiddels dat ik zonder jouw duwtje in mijn rug de sprong in het diepe misschien niet meer had gewaagd. Je stond – heel subtiel – niet toe dat ik mijn talent zou laten knakken in de dop, wink wink. Als proeflezer vond je jezelf snoeihard maar ik heb ontzettend veel gehad aan jouw professionele kijk. De volgende keer dat we een kop thee drinken, wees dan maar blij dat je geen wijntje drinkt met Ella. Ik las ergens dat ze al teut wordt als ze eraan ruikt.

Ilse en Manon van De Crime Compagnie, jullie lazen het manuscript in een vroeg stadium en besloten me een kans te geven. Van jullie commentaren en dat van Coby heb ik ontzettend veel geleerd. Bedankt voor het vertrouwen en alle ondersteuning!

Beste proeflezers, ieder van jullie heeft mij op haar manier verder geholpen. De een met heldere commentaren die het verhaal echt beter maakten, de ander met een lyrisch enthousiasme waardoor ik na alle commentaren en puzzels die ze opleverden niet geneigd was het manuscript in de digitale prullenbak te kieperen. Jullie zijn onmisbaar!

Redacteur Lydia, je hebt flink wat geduld moeten opbrengen om steeds dezelfde fout in interpunctie aan te geven. We kwamen heel vlot uit wat twistpuntjes en ik heb mijn eigen taalkennis ook weer wat op kunnen poetsen. Bedankt voor de prettige en leerzame samenwerking!

Dan nog een laatste woord aan de trouwe lezers en boekenbloggers die mij vijf jaar lang regelmatig hebben laten weten nog steeds te wachten op een volgende thriller van mijn hand. Jullie zijn met te veel om op te noemen maar ik weet zeker dat jullie zelf weten wie ik bedoel. Bedankt voor jullie enthousiasme en vertrouwen!

Genoten van dit boek? Dan vind je vast de andere boeken van De Crime Compagnie ook leuk! Onze boeken zijn te herkennen aan de kleine doodskopjes op de achterkant. Enkele van onze titels zijn:

Loes den Hollander – *Je bent aan de beurt*
Linda Jansma – *Verlos ons van het kwade*
Marijke Verhoeven – *Vervlogen*
Marelle Boersma – *Het Moezelmeisje*
Angelique Haak – *Nooit meer alleen*
Mariska Overman – *Noorderlicht*
Ingrid Oonincx – *Verdwenen*
Heleen van den Hoven – *Het Tango algoritme*
Chantal van Mierlo – *De verloren jongen*
Marion van de Coolwijk – *Mama liegt*

Kijk voor meer informatie ook op www.crimecompagnie.nl.